孔仲溫教授逝世五週年
紀念文集

孔仲溫教授逝世五週年
紀念文集編輯委員會編

臺灣 學生書局 印行

孔仲溫教授逝世五週年紀念文集

目次

一、師友輩文章

二、學生輩文章

漁家傲·夜飲藍帶酒適孔生仲溫逝世周年感觸彌多用歐公十月小春梅蕊綻韻

陳新雄

小住人間無破綻。師生相處溫情遍。美酒沾脣心再暖[1]。詩夢懶。悲懷戚緒旋盈滿。　淚滴衣襟哀未卷。可憐佳士埋幽遠。傳道無從緣已斷。聲漏晚。尋思不盡絲紛亂。

1 孔生贈我藍帶白蘭地酒，已逾十年，適逢棄世週年，近雖不飲，亦破例把盞，而悲不自勝，故賦此遣懷。

「舜讓于德弗嗣」考

許錟輝

民國八十五年九月，余與陳教授新雄、蔡教授信發、沈教授謙偕同前往昆明參加儒學國際學術研討會，添富、仲溫二位仁弟亦隨行與會。途中仲溫談及余昔在文化大學講授《尚書》之往事，謂余講解經文，每喜徵引古籍，多方考證，而時值午後，諸生方疲憊思眠，經余多所考據，不禁昏昏入夢，惟仲溫一人振筆疾書，由是於余訓詁考證之道，頗有心得。時光荏苒，昆明舊事，歷歷在目，仲溫所述，言猶在耳，而斯人早逝，倏忽二年，可爲浩歎。

今者，仲溫授業諸生，爲紀念業師逝世五周年，擬於明年四月出版紀念論文集，求文於余，余念仲溫曩昔從余修習《尚書》，既有所得，爰就《尚書·堯典》「舜讓于德弗嗣」一句，徵引史籍，略事考證，仲溫地下有知，當可重溫舊夢矣。

《尚書·堯典》云：「舜讓于德弗嗣。」僞孔傳曰：「辭讓於德不堪，不能嗣成帝位。」孔穎達疏云：「舜辭讓於德，言己德不堪嗣成帝位也。」今考《史記·自敘》云：「唐堯遜位，虞舜不台。」此檃栝《尚書·堯典》「舜讓于德弗嗣」之意，而文字有所出入。復考《史記·五帝本紀》云：「舜讓，於德不懌。」此引《尚書·

堯典》「舜讓于德弗嗣」之文，而文字亦有不同。《集解》引徐廣曰：「音亦，今文《尚書》作『不怡』，怡、懌也。」《索隱》云：「古文作『不嗣』，今文作『不怡』，怡即懌也，謂辭讓於德不堪，所以心意不悅懌也。」又考《後漢書・班固傳》載〈典引篇〉云：「正位度宗，有于德不台淵穆之讓。」此亦檃栝《尚書・堯典》「舜讓于德弗嗣」之意。李賢注云：「前書曰：『舜讓于德不台』，音義曰：『台讀曰嗣』，言二祖初即位居尊之時，並謙言於德不能嗣成帝功，有此淵深穆敬之讓。」今考《漢書・王莽傳》載陳崇上奏稱莽功德云：「然而公惟國家之統，揖大福之恩，事事謙退，動而固辭，書曰：『舜讓于德不嗣』，公之謂矣。」顏師古注曰：「書曰，虞書〈舜典〉之辭，言舜自讓德薄，不足以繼帝堯之事也。」王先謙補注引王念孫曰：「不嗣本作不台，古文《尚書》『舜讓于德弗嗣』，今文作不怡，《漢書》皆用今，文故作不台。《史記・五帝紀》『舜讓于德不懌』，徐廣曰：『今文《尚書》作不怡，怡、懌也。』又自序曰：『唐堯遜位，虞舜不台』，皆用今文也。《文選・典引》『有于德不台淵穆之讓』，李善曰：『《尚書》曰：「舜讓于德不嗣」。《漢書音義》韋昭曰：「古文台為嗣」』，《後漢書・班固傳》注曰：『前書「舜于德不台」，《音義》「台讀曰嗣」』。據此則二李所見《漢書》，皆作『不台』，顏依古文改為嗣，而釋以偽孔傳，謬矣。」按李賢注《後漢書・班固傳》，所引「前書」，即《漢書・王莽傳》，所引「舜讓于德不台」，即《尚書・堯典》之文，而字作「不台」，此李賢所見本如此，今《漢書・王莽傳》引作「不嗣」，當是後人據偽孔本《尚書》所改，王念孫謂「二李（李善、李賢）所見《漢書》皆作『不台』，顏依古文改為嗣，而釋以僞孔傳，謬矣。」，其說至允。然則〈堯典〉此文蓋有二說：其一，今文《尚書》之說，文作「舜讓，于德不台」，謂舜辭讓不即帝位，以自省德薄，于心有所不滿，故曰「于德不台」，此舜辭讓帝位之所由也，司馬貞《史記索隱》云：「謂辭讓於德不堪，所以心意不悅懌也。」其言「所以心意不悅懌也」是矣，而謂「謂辭讓於德不堪」，「於德」之後綴加「不堪」二字，不免增字解經之嫌。顏師古注云：「言舜自讓德薄，不足以繼帝堯之事也。」釋讓爲責讓之義，釋不台爲不足以繼，謂舜自我責讓德薄，不足以繼承堯之帝位，良以王念孫斥其謬，謂其「釋以僞孔傳」也。其二，僞古文《尚書》之說，文作「舜讓于德，弗嗣」，謂舜辭讓帝位于有德者，弗能嗣成帝位。僞孔傳曰：「辭讓於德不堪，不能嗣成帝位。」「於德」之後綴加「不堪」二字，是亦增字解經。孔穎達疏云：「舜辭讓於德，言己德不堪嗣成帝位也。」其稱「舜辭讓於德」，是矣，而謂「言己德不堪嗣成帝位也」，則又依僞孔傳而云然，未允。若夫《漢書音義》曰：「台讀曰嗣」，則以僞古文《尚書》「弗嗣」釋今文《尚書》「不台」，其謬誤不待辨，而李賢云：「言二祖初即位居尊之時，並謙言於德不能嗣成帝功，有此淵深穆敬之讓。」亦就僞古文「弗嗣」之意爲說，並非是。

壬午仲秋，粵梅許錟輝於臺北學而思齋，時年六十有八。

老師啊！我是仲溫哪！

劉文起

初識仲溫是在民國六十七年，那時我正在師大攻讀博士學位，蒙伯元師厚愛，邀我回文化華岡母校中文系兼課。狹長的教室座落在大仁館內，到現在還記得一個坐在後排，個頭不大的學生，一直聚精會神，認真聽講。華岡天氣多變，時而飄雲，時而多霧；授課時教室光線不夠，他還會半站起身子，注意我在黑板上所書寫之授課內容；下課時更常常帶著筆記，到休息室來問問題。這就是我初識仲溫時的印象。

和仲溫有了更深入的接觸，是他在政大讀博士學位之後。先前我既教過他，又同是華岡前後期校友，所以仲溫與我之間，情誼尤深。我教書時日漸長，總覺得一些年輕人，要不是飛揚浮燥、任性使氣；就是低三下四、苟合取容。但是這些習氣和態度，全與仲溫絕緣。凡與他有過接觸的人，都知道仲溫待人，一向親切平易、彬彬有禮。但是若要了解，他亦有豪情大方的另一面，那可就需要仔細體會了。

記得仲溫讀博三時，那年夏天，我們一批朋友在臺大批閱大學聯招考卷，仲溫邀我們至興隆路租處吃飯。我們到時，他正設酒作食，在廚房忙得起勁。我們就座沒一會兒，就發生了意外。原來是仲溫大兒文文，在客廳騎他的小腳踏車，不小心碰翻了擺在牆邊的啤酒瓶，「碰！」的一聲，不但瓶子破了，也割傷了孩子的腳。僑雲趕緊抱起了孩子，隨我下樓就醫，但卻又吞吞吐吐，支吾半天，經我追問，才知道仲溫家中扣除酒食之外，已無多餘款項可以支付醫藥費用。我一方面安慰僑雲，幫著她護送孩子就醫療傷；一方面也爲仲溫的大方豪爽，暗暗心折。

後來，我從永和遷居汐止，搬遷、打包，乃至隨車押送，全由仲溫與晉龍負責。記得那時天氣熱，他們二人身著短褲、汗衫，吆喝、指揮，真像幹粗活的綑工。晉龍個性一向豪邁，還可以「原諒」；仲溫亦復如此這般，我當年的訝異驚喜，直到現在還鮮明清楚。

仲溫取得博士學位後，先在臺中靜宜中文系執教，在那幾年中，慶勳、國順、天佑、金裕、文顏、松柏、進時、正隆……一批老朋友，或專或兼，每個星期，我總會和他們碰面。授課之外，打球、打橋牌、擺龍門陣、喝啤酒，就成了必然之事。而抬槓、胡扯也就成爲家常便飯。座中仲溫最爲年少，面對這些咄咄逼人的兄長，他一向是不疾不徐、不溫不火，應對進退，極有分寸。但若遇到「擦槍走火」的即興情況，仲溫也會面紅耳赤的和他們據理相辯——尤其是當「炮火」對準我的時候，那種「吾道不孤」的感覺，真是特別值得回味。

靜宜教了多年，仲溫又到東吳，再南下中山。這十多年來，我時常抽空南下，老友群中必有仲溫相伴。看到仲溫在學術研究上日漸有成；乃至於擔負行政，爲國家奉獻心力，心中那份與有榮焉的感覺，實在是一點不假。每遇仲溫北上公幹，或是逢年過節，他總會聯絡問好，「老師啊！我是仲溫哪！……」就時常會從電話那頭傳來，既親切又率真。

國順染病之後，我下高雄的心情就不復以往的歡樂與盡興了。但偶而也有例外，仲溫初接系所職務的那年暑假，我先赴國順家探視，然後一塊兒和仲溫聚於西子灣畔一家小店，言談之間，頗能感受到仲溫初接職務的誠惶誠恐，好在有國順的鼓勵和打氣，再加上我在旁敲了些邊鼓，仲溫的眉頭漸次舒展開來，精神也開朗了些。飯後，僑雲趕來相會。因我須趕回嘉義，而晚上駕車上高速公路不易，於是仲溫駕車前導，我與僑雲尾隨於後；至交流道後，仲溫熄火下車，竟權充交警，指手畫腳，為我指引車道。我上了交流道後，直抵中正大學宿舍，一進門，電話鈴就響起，「老師啊！我是仲溫哪！……」熟悉的聲音傳來，心中既是感激，又是驕傲。前年暑假，仲溫與國順一塊率團赴大陸學術交流。回來之時，我正好換了一輛新車，一時興起，就驅車直下高雄國順住處。才知道仲溫在西安時，背傷發作，苦不堪言，竟是靠坐輪椅搭機才回到高雄。我還來不及細問，「老師啊！我是仲溫哪！」他的電話卻先掛了過來，除了把身體狀況向我作了「簡報」（記得這是當時仲溫用的詞）；還一再為破了「規矩」而道歉（很早以前，仲溫就立了一個「規矩」，只要我南下，就一定有他在。）我當時鄭重「警告」仲溫，要他趕緊辭去行政職務，否則絕無可能專心休養。我還刻意「恐嚇」他，必要時將請出伯元師督陣。可能是我的由衷之意，暖於布帛吧！仲溫不但承認行政職務壓力過重，是造成背痛難捱的主因；也明白不卸下職務，要使身體復原，根本是難上加難。於是答應我一年後任滿，絕對交棒卸職。天知道，這麼一樁簡單明快的「約定」，竟成為永遠無法兌現的遺憾。

去年暑假，慶勳來電告知，國順因病心情欠佳，約我南來探視。當晚慶勳、國順與我三人，小酌於「御書房」，念及仲溫往生，已經一年多了，而昔年舊事，猶歷歷在目，依稀之間，「老師啊！我是仲溫哪！」熟悉的聲音，又在耳畔響起，我手裡的酒盅，竟再也舉不起來了！

2002 年秋

寄仲溫老弟

李威熊

一直到今天，我從沒感到你已經走了，走回那不可知人人的原鄉。民國八十九年，我們本有跨校國科會合作計畫還未完成，以你的責任感，是不會把它擱下來一走了之的，你一定很累，需要長長的休息，然而我們卻萬分的不捨。

記得在民國六十九年底，你還在政大博士班深造，僑雲在文大碩士班就讀，那時正好高明老師應中華文化基金會之邀，主編中華文化百科全書，僑雲幫忙我處理諸子、術數……等部分資料，你也擔任一段的祕書業務，一起參加編輯的有五、六位老師，對你無不稱讚有加。

民國七十年到七十七年個人因擔任政大中文系系務，爲輔導學生學習，在系上成立許多小組，其中有一組是輔導學生報考研究所，特別請你幫忙指導，其實那時你工作已經很忙，你還是高興的答應了，爲學生提供閱讀篇目和相關資料，並定時和他們共同討論，當時這些學生不少已獲得碩士、博士學位，並已在大學任教。

那時很想把你留在政大任教，可惜系上沒有缺，失去了機會，但人才是到處受歡迎的，後來你應聘到靜宜、中山大學任教。你在文字、聲韻方面的素養和功力，深受學界推崇；教學又熱心、盡力，對學生愛護備至，是眾弟子心目中的良師。在今天的大學校園，是多麼須要這樣的教授，可是你卻匆匆離去。司馬遷《史記》在〈伯夷叔齊列傳〉對「天道無親，常與善人」的話，嘗加以懷疑，像你這麼好的人，爲什麼老天不讓你長留人間作更多的貢獻？我們也一樣要感嘆：天道何在？

在你擔任中山大學中文系所主任時，規劃系務發展，不但切合實際，且具有遠大的願景；定期舉辦大型國際學術會議，每次一到中山，你不管怎麼忙碌，還是殷勤接待這些師長或朋友。記得最後一次到中山考博士論文，那時你身體實已不適，你並沒把它當一回事，還是親自開車送我到高雄火車站，沿途還談一些所要推展的工作，你就是這麼凡事盡心的人。當時除了心疼和感激外，心想你還那麼年輕，病痛應該馬上會好，但旋即傳來你病重的消息，這時仍不斷遙祈你能轉危爲安，早日康復。結果希望落空，除了震驚哀嘆外，馬上給僑雲寫封信，希望她能節哀順變，勇敢地站起來，把小孩子撫養長大，你才能走得放心。

人生無常，自然生命，有時而盡，縱使百年歲月，也只不過是短暫一瞬。但是德業命是可以永恆的，你是多少師長心中難忘的學生，也是同儕的益友，更是學生的經師、人師，以及留下那麼多擲地有聲的著作，這些都足以傳世，仲溫老弟，人生至此，也可以無憾了。

海峽兩岸設問的異稱與分類之比較

蔡宗陽

摘要

海峽兩岸修辭學方面專書綦多，論文尤多，鄙人以「海峽兩岸設問的異稱與分類之比較」爲題，先蒐集資料，再整理資料，最後經過分析、比較、歸納。本文先敘述設問的流變，再闡析其異稱，最後比較各家分類的異同。

關鍵詞：海峽兩岸、設問的異稱與流變、設問分類的異同

一、前言

鄙人榮獲九十一學年「行政院國家科學委員會專究計畫」獎助，題目爲〈海峽兩岸修辭格的異稱與分之比較研究〉，本專題計

畫分爲三年，以設問、引用、層遞爲例，每年以一個子題爲例，本文係第一年子題。海峽兩岸修辭學方面專書甚多，單篇論文更多，鄙人先蒐集資料，再整理資料，最後經過分析、比較、歸納。本文以〈海峽兩岸設問的異稱與分類之比較〉爲題，先闡述其流變，再論述其異稱，最後比較各家分類的異同。茲以目前蒐集資料，析論海峽兩岸設問之異稱與分類，並作比較。本文分爲比較設問的異稱與流變、比較設問分類的異同兩項，茲逐項闡析之、詮證之。

二、比較設問的異稱與流變

設問的異稱，有答問、詰問格、問答法、反意問語、問語。最早言及有關「設問」者，係民國四十九年四月（北）京人民文學出版社印行的宋朝陳騤《文則》，《文則・丁七》將「設問」稱爲「答問」。其次是「詰問格」，十八年十月上海商務印書館印行的唐鉞《修辭格》稱「設問」爲「詰問格」。再其次是「問答法」，二十年八月上海開明書店印行的陳介白《修辭學講話》稱「設問」爲「問答法」。又其次才是「設問」，二十一年四月上海開明書店印行的陳望道《修辭學發凡》最早言及「設問」一詞。再又其次係「問語」，五十二年二月天津人民出版社印行的張弓《現代漢語修辭學》稱「設問」爲「問語」。最後是「反意問語」，五十八年三月（臺北）正中書局印行的傅師隸樸《脩辭學》稱「設問」爲「反意問語」。一言以蔽之，「設問」的異稱雖然甚夥，但目前修辭學者多半仍用「設問」。同用「問答法」者，除陳介白《修辭學講話》外，尚有六十三年八月臺灣中華書局印行的徐芹庭《修辭學發微》。同用「設問」者，除陳望道《修辭學發凡》，尚有二十四年六月上海中華書局印行的宋文翰《國語文修辭法》、四十二年三月棠棣出社印行的譚正璧《修辭新例》、六十四年一月（臺北）三民書局印行的黃師慶萱《修辭學》、六十九年六月浙江人民出版印行的倪寶元《修辭》、七十年六月黎明文化事業公司印行的蔣金龍《演講修辭學》、七十年十月益智書局印行的董季棠《修辭析論》、七十一年七月安徽教育出版社印行的鄭遠漢《辭格辨析》、七十二年十月福建人民出版印行的鄭頤壽《比較修辭》、七十三年一月甘肅少年兒童出版社印行的錢覺民、李延祐《修辭知識十八講》、七十三年四月湖南人民出版社印行的黃民裕《辭格匯編》、七十三年六月高雄復文圖書出版社印行的吳正吉《活用修辭》、七十三年七月吉林人民出版社印行的程希嵐《修辭新編》、七十三年九月吉林人民出版社印行的宋振華、吳士文、張國慶、王興林《現代漢語修辭學》、七十五年五月吉林文史出版社印行的季紹德《古漢語修辭》、七十五年八月商務印書館香港分館印行的黎運漢、張維耿《現代漢語修辭學》、七十六年五月浙江教育出版印行的王德春《修辭學詞典》、七十八年七月中共中央黨校出版社印行的吳桂海、鮑慶林《語法修辭新編》、七十九年九月浙江教育出版社印行的池太寧、陸稼祥《修辭方式例解詞典》、八十年二月（臺北）國立空中大學出版部印行的沈謙《修辭學》、百花洲文藝出版社印行的劉煥輝《修辭學綱要》、中國經濟出版印行的周靖《現代漢語語法修辭》、八十年六月廈門大學出版社印行的鄭文貞《篇章修辭學》、中國青年出版社印行的成偉鈞、唐仲揚、向宏業《修辭通鑒》、八十一年陝西人民出版社印行的馬鳴春《稱謂修辭學》、八十一年十一月華南理工大學出版社印行的胡性初《實用修辭學》、八十二年六月中國世界語出版社印行的楊鴻儒《當代中國修辭學》、八十八年四月國家出版社印行的黃師麗貞《實用修辭學》、西南師範大學出版社印行的楊月蓉《實用漢語語法與修辭》、八十九年三月高雄復文圖書出版社印行的杜淑貞《現代實用修辭學》、九十年五月萬卷樓圖書有限公司印行的蔡宗陽《應用修辭學》。

三、比較設問分類的異同

設問的分類，一般分爲提問和激問。但陳騤《文則》論述「答問」，以「一問一」方式而言，類似「設問」，而「設問」又有廣義、狹義之分。狹義的「設問」，僅指自問自答的「提問」；廣義的「設問」，則包括自問自答的「提問」與問而不答的「激問」。「激問」，又叫「反問」。廣義的「反問」，則單獨成立一類辭格，不屬於「設問」的範疇。因此，擬分廣義的「提問」與「反問」、狹義的「設問」與「反問」兩項來探究。

（一）廣義的「設問」與「反問」

所謂廣義的「設問」，是包括「反問」。廣義的「設問」，有二分法、三分法。二分法的「設問」，即將「設問」分爲「提問」和「激問」兩種，有陳望道《修辭學發凡》將「設問」分爲提問和激問兩種[1]。宋文翰《國語文修辭法》把「設問」也叫「詰問」，可

---

[1] 見陳望道《修辭學發凡》，頁一四〇至一四三，上海教育出版社印行民國六十八年九月新一版；原版係上海開明書店印行，民國二十年八月初版。

分爲提問和激問兩種[2]。張弓《現代漢語修辭學》將「設問」分爲正問—自問自答（即提問）、反問（又名激問）兩種[3]。倪寶元《修辭》把「設問」也叫「問語」，可分爲提問、激問（又叫反問、反詰）兩種[4]。鄭遠漢《辭格辨異》把「設問」也叫「問語」，可分爲提問和激問兩種[5]。季紹德《古漢語修辭》將「設問」分爲提問和激問兩種[6]。沈謙《修辭學》將「設問」分爲提問和激問兩種[7]。程祥徽、田小琳《現代漢語》將「設問」分爲提問和激問兩種[8]。由此可知，陳望道、宋文翰、倪寶元、鄭遠漢、季紹德、沈謙皆將「設問」分爲提問和激問兩種。三分法的設問，有黃師慶萱《修辭學》[9]、及蔣

---

[2] 見宋文翰《國語文修辭法》，頁二一至二二，上海中華書局印行，民國二十四年六月初版。

[3] 見張弓《現代漢語修辭學》，頁一七七至一八二，天津人民出版社印行，民國五十二年二月。

[4] 見倪寶元《修辭》，頁一八五至一九二，浙江人民出版社印行，民國六十九年六月初版。

[5] 見鄭遠漢《辭格辨異》，頁七四至八三，湖北人民出版社印行，民國七十七月初版。

[6] 見季紹德《古漢語修辭》，頁三七五至三八六，吉林文史出版社印行，民國七十五年五月初版。

[7] 沈謙《修辭學》，頁三六七至三八六，國立空中大學出版部印行，民國八十年二月初版。

[8] 見程祥徽、田小琳《現代漢語》，頁三九三至三九五，香港三聯書店印行，民國七十八年十一月初版。

[9] 黃師慶萱《修辭學》將「設問」分為「提問」、「激問」、「疑問」三種。詳見該書頁三五至四九，三民書局印行，民國六十四年一月初版。

金龍《演講修辭學》[10]都將「設問」分爲「提問」、「激問」、「疑問」三種。尚有董季棠《修辭析論》[11]將「設問」分爲「提問」、「激問」、「懸問」三種；吳正吉將「提問」分爲「懸問」、「問答」（又叫「提問」）、「反問」（又叫「激問」）三種[12]。所以，董、吳二氏的分類，名異實同。譚正璧《修辭新例》將「設問」分爲「提問」、「激問」、「提問」兼「激問」三種[13]。程希嵐《修辭新編》將「提問」分爲「提問」、「反詰」、「提問」兼「反詰」三種[14]。「反詰」又叫「激問」，因此譚、程二氏的分類，名異實同。黃師麗貞《實用修辭學》將設問分爲有問有答（即「提問」）、

---

[10] 蔣金龍《演講修辭學》也將「設問」分為「疑問」、「激問」、「提問」三種。詳見該書一三七至一四二，黎明文化事業公司印行，民國七十年六月初版。所謂「設問」，是指在語文中，故意採用詢問語氣，以引起對方注意的一種修辭技巧。

[11] 董季棠《修辭析論》將「設問」分為「提問」、「激問」、「懸問」三種。詳見原版頁一0三至一一三，益智書局印行，民國七十年十月初版；增訂版頁一0七至一一七，文史哲出版社印行，民國八十一年六月初版。

[12] 吳正吉《活用修辭》將設問呈現的方式，分為「懸問」、「問答」與「反問」三種。「問答」又稱為「提問」；「反問」又叫做「激問」。詳見該書頁四八至五一，高雄復文圖書出版社印行，民國七十三年六月初版。

[13] 曾師忠華《作文津梁》將「設問」分為「提問」和「激問」兩種。詳見該書第一冊頁七五至七七，學人文教出版社印行，民國七十四年八月初版。沈謙《修辭學》也將「設問」分為「提問」和「激問」兩種。詳見該書上冊頁三六七至三八五，國立空中大學印行，民國八十年二月初版。凡是提醒下文而問，叫做「提問」，這是「自問自答」。凡是激發本意而問，叫做「激問」，這是「問而不答」。

[14] 見程希嵐《修辭學新編》，頁二九四至三00，吉林人民出版社印行，民國七十三年九月初版。

問而不答（即「提問」）、反問三種[15]。杜淑貞《現代實用修辭學》將設問分爲形式和內容兩大類。就形式而言，設問分爲單獨問句、連續問句、不連續設問三種。就內容而言，設問分爲疑問、提問（包括激問）、懸問三種[16]。

（二）狹義的「設問」與「反問」

所謂狹義的「設問」，是指自問自答的「提問」，「提問」單獨成立一類，叫做「設問」，不包括「反問」。「反問」又叫「激問」、「詰問」、「反詰」，單獨成立一類，稱爲「反問」。民國七十年以後，大陸修辭學專家學者多半將「設問」、「反問」分爲兩個辭格，有些專家學者又分爲若干小類，有些專家學者則不分類。不分類者，有華中師範學院中文系現代漢語教研組編《現代漢語修辭知識》[17]、鄭頤壽《比較修辭》[18]、錢覺民、李延祐《修辭知識十八講》、吳桂海、鮑慶林《語法修辭新編》[19]、鄭文貞《篇章

---

[15] 見黃師麗貞《實用修辭學》，頁一七三至一八五，國家出版社印行，民國八十八年四月初版。

[16] 見杜淑貞《現代實用修辭學》，頁二五五至二七三，高雄復文圖書出版社印行，民國八十九年三月。

[17] 見華中師範學院中文系現代漢語教研組編《現代漢語修辭知識》，頁八五至九五，湖北人民出版社印行，民國六十一年六月初版。

[18] 鄭頤壽《比較修辭》，頁二０七至二一０，福建人民出版社印行，民國七十二年十二月初版。

[19] 吳桂海、鮑慶林主編《語法修辭新編》，頁二六六至二六八，中共中央黨校出版社印行，民國七十八年七月二版。

修辭》[20]、胡性初《實用修辭》[21]、楊月蓉《實用漢語語法與修辭》[22]。至於各家論「設問」、「反問」的分類，各有千秋，如宋振華、吳士文、張國慶、王興林主編《現代漢語修辭學》[23]將「設問」分爲一問一答、數問一答、連問連答三種，「反問」分爲單提式、對舉式兩種。黎運漢、張維耿將「設問」分爲一問一答、多問一答、連問連答、問而不答四種，「反問」分爲用否定的形式表示肯定的意思、用肯定的形式表示否定的意思兩種[24]。池太寧、陸稼祥《修辭方式例解詞典》將「設問」分爲一問一答式設問、一問兩答或數答式設問、兩問或數問一答式設問、連問連答式設問四種，「反問」分爲是非型、特指型、選擇型、正反型四種[25]。劉煥輝《修辭學綱要》將「設問」分爲一問一答、二問一答、三問一答、兩個一問一答、三個一問一答五種，「反問」分爲用否定的反問形式表達肯定

---

[20]鄭文貞《篇章修辭學》，頁三三八至三四四，廈門大學出版社印行，民國八十年六月初版。

[21]胡性初《實用修辭》，頁二七一至二七三，華南理工大學出版社印行，八十一年十一月初版。

[22]楊月蓉《實用漢語語法與修辭》，頁三0一至三0三，西南師範大學出版社印行，民國八十八年四月初版。

[23]宋振華、吳士文、張國慶、王興林主編《現代漢語修辭學》，頁一三七至一四0及頁一七六至一七九，吉林人民出版社印行，民國七十三年九月初版。

[24]黎運漢、張維耿《現代漢語修辭學》，頁一五二至一五九，商務印書館、香港分館印行，民國七十五年八月初版。

[25]池太寧、陸稼祥《修辭方式例解詞典》，頁二0七至二一0以及頁七三，浙江教育出版社印行，民國七十九年九月初版。

的意思、用肯定的形式表達否定的意思[26]。周靖《現代漢語修辭》將「設問」分爲一問一答式、多問多答式、多問一答、連問連答式四種，反問分爲用否定的反問表示肯定之意、用肯定的反問表示否定之意、用肯定及否定選用方式表示肯定、否定之意、肯定反問和否定反問綜合運用四種[27]。成偉鈞、唐仲揚、向宏業主編《修辭通鑒》根據性質，將「設問」分爲啓發性設問、強調性設問、抒情性設問三種；根據問數，分單問和連問兩種；從設問者角度看，分爲有作者設問、讓人物設問、借他人設問三種。設問共分爲啓發式設問、強調式設問、問答式設問、無回答式設問、單一設問、反復設問、篇首設問、篇末設問、直接設問、讓人物設問、借他人設問十一種。「反問」分爲肯定式反問，否定式反問、選擇式反問、單一反問、連續反問、篇首反問、篇末反問、自我反問、對人反問九種。楊鴻儒《當代中國修辭學》將「設問」分爲（一）可以劃分爲明知故問、自問自答和問而不答三類、（二）可以劃分爲標題設問、反復設問和篇章設問三類。「反問」可分爲否定形式的反問和肯定形式的反問兩種[28]。此外，尙有王希杰將「設問」分爲自問自答式、問而不答式兩種，「反問」沒有分類[29]。黃民裕《辭格匯編》將「設

---

[26] 劉煥輝《修辭學綱要》，三九一至三九二以及二九三至二九四，百花洲文藝出版社印行，民國八十年二月初版。

[27] 周靖《現代漢語語法修辭》，頁三三八至三四四，廈問大學出版社印行，民國八十年六月初版。

[28] 楊鴻儒《當代中國修辭學》，三０六至三一三，中國世界語出版社印行，民國八十二年六月初版。

[29] 成偉揚、向宏業主編《修辭通鑒》，頁五二二至五二八以及頁六四一至六四六，中國青年出版社印行，民國八十年六月初版。

問」分爲一問一答、二問一、連續三個一問一答、二問不答、四問不答五種，「反問」沒有分類[30]。各家分類，或詳或略，各有特色。

除了「設問」、「反問」之外，還有運用其他名稱來「設問」、「反問」者，如唐鉞《修辭格》將「詰問格」分爲說明的詰問格、申重的詰問格兩種[31]。「詰問」又叫「反問」。陳介白《修辭學講話》將「問答法」分爲造出空想的人物使之能言語、假借歷史上的人物而對問、假借現代的人物而答問、以目前的人而答問、自問而自答五種[32]。傅師隸樸《脩辭學》舉例闡述「反意問語」的意義，並未分類[33]。「反意問語」，就是「反問」，徐芹庭《修辭學發微》舉例闡述「問答法」的意義，並未分類[34]。陳、徐所謂「問」，就是「設問」。

綜觀陳騤《文則》論「答問」以及《文則》以後各家論「設問」、「反問」，見仁見智，各有特點。鄙人會通各家精華，附加淺見，以爲當作理想的辭格名稱是「設問」。至於理想的「設問」分類，可以從不同角度來分。就內容上，可以分爲提問、激問、懸問三種。

[30] 黃民裕《辭格匯編》頁，三至七六，湖南人民出版社印行，民國七十三年四月初版。

[31] 見唐鉞《修辭格》，頁六一至六四，上海商務印書館印行，民國十八年十月初版。

[32] 陳介白《修辭學講話》，頁一四五至一四七，信誼書局印行，民國六十七年七月初版；原版係上海開明書店印行，民國二十年八月初版。

[33] 見傅師隸樸《脩辭學》，頁一一一至一一三，正中書局印行，民國五十八年三臺初版。

[34] 徐芹庭《修辭學發微》，一〇五至一〇六，臺灣中華書局印行，民國六十年三月初版。

就問數上，可以分爲一問一答、一問多答、多問多答、連問連答一不答、多問不答七種。就性質上，可以分爲啓發性設問、強調性設問、抒性設問三種。就形式上，可以分爲以肯定形式表達否定之意、以否定形式表達肯定之意、佚用肯定和否定形式表達肯定、否定之意、綜合運用肯定和否定的形式四種。就類型上，可以分爲是非型、選擇型、正反型、特指型四種。就對象上，可以分爲自我設問、對人設問、借他人設問三種。就位置上，可以分爲篇首、篇中、篇末。

四、結語

陳騤《文則》所謂的「答問」，約類似現代修辭學「設問」中的「提問」，但稍有不同。臺灣修辭學專家學者多半將「設問」分爲「提問」、「激問」、「疑問」三種，或分爲「提問」、「激問」、「懸問」三種，或僅分爲「提問」、「激問」兩種。但大陸修辭專家學者卻大部分把「提問」當作「設問」，「激問」當作「反問」，又叫「反詰」、「詰問」，各立一個辭格，成爲「設問」、「反問」兩種辭格。尤其是民國七十年以後，大陸出版修辭學書，多半是將「設問」、「反問」，各立一個辭格；而臺灣修辭學專家學者不論分爲兩類或三類，皆合併爲「設問」一個辭格，不另立辭格。

論《說文》與六書

王初慶

提要

本文之主要觀點，在辨析《說文》雖爲研讀文字之首要典籍，「六書」亦爲認識文字結構之基本原則；然而應知用《說文》而不爲《說文》所拘，駕馭「六書」又不侷限在「六書」之框架中。全文共分四部分：

壹、漢字之結構與六書：說明傳統論析文字雖必由「六書」入手，然而以「六書」之架構解析文字有其限制；探討文字之規律時，勿忘古今之通變。

貳、分辨六書之依據：分「《說文》說解之特色」及「由《說文》篆體及說解分辨六書之原則」兩部分說明「六書」之分野。

參、三書說平議：說明各家三書說仍可與六書之架構相輔相成，但並不能取六書而代之。

肆、結論：引甲文「子」、「巳」及《說文》「㐬」、「抗」，「鱻」、「鮮」爲例，皆有同形異字之現象，與假借迴異。如何運用《說文》與「六書」以通文字，又不致爲其說所羈，當爲好文字者深思。

壹、漢字結構與六書

一· 文字之學為研讀經籍之基礎，傳統文字學論析文字之結構必由六書入手

文字之基本功能在紀錄語言，就漢字個別之形體言之，前輩學者雖有「單音節」、「單形體」之說；然就語言觀之，其基本組成之單位是「詞」，「詞」則未必爲單音節，是以複詞、聯緜詞，如「葡萄」、「流離」，已非單一之字形可以涵蓋之：是以論文字之發展本不可忽略語言因素。惟「時有古今，地有南北」，語言既變，文字亦往往與時推移，有所因革損益以因應之。隸變之後，自唐代以降，文字透過「字樣學」的標準化而大致穩定下來，其後雖仍有存廢，然大體上是因襲多而更革少。五代末葉始刊刻五經，隨著印刷術之興起，各類典籍、文獻得以散播、流傳，於是辨識文字之工作，乃爲研讀經籍之所必備，甚或忽略了文字與語言之關係；捨棄語言的文字，也就失落了生命力。早在〈漢志·六藝略〉即以「小學類」居末，其後文字之學，一直都是研讀經籍前之基礎啓蒙之學。

漢字包括形、音、義三大要素，王筠在《說文釋例·自序》裏說得清楚：

> 文字之奧，無過於形、音、義三端：而古人之造字也，正名曰物，以義為本而音從之，於是乎有形；後人之識字也，又形以求音，由音以考其義，而文字之說備。

蓋無形就不能筆之於書，無書則不能據以宣之於口，無義則不能施

之於用，三者相輔相成。段玉裁於〈說文敘〉「六書」條下云：

> 六書者，文字、聲音、義理之總彙也：有指事、象形、形聲、會意而字形盡於此矣；字各有音，而聲盡於此矣；有轉注、叚借而字義盡於此矣。異字同義曰轉注，異義同字曰叚借。

雖然於六書究竟係分之爲體用抑或爲造字之本，其爭議至於今未嘗稍歇，然從段氏之說以釋六書者頗眾，段氏又於「厥誼不昭，爰明以論」下注曰：

> 說其義而轉注、叚借明矣；說其形而指事、象形、形聲、會意明矣；說其音而轉注、叚借愈明矣。一字必兼三者，三者必互相求。

傳統之文字學教學，論析文字之結構必從「六書」入手。根據統計，有過半之學生在學完文字學一科後，未必有完整之文字概念。[1]這種以六書爲主體解析文字結構之方式，容或有再商榷之必要。

二、以六書辨析文字之結構有其限制

文字之基本功能既在於紀錄語言，就其本形、本音、本義論之，固有「本字」可求；而時空轉移後，往往有既有之文字不足以誌變遷後之語言者，此「老」之所以不得不變爲「考」也。就字形論之，古、籀、篆、隸間已有同化、異化之現象，徵之甲、金文，亦復如

---

[1] 見民國八十五年教育部顧問室人文社會科學教育改進計劃　國內大學及師院「文字學」教學之研究（第二期）　成果報告·頁14。

此，故「[illegible]」之爲「燕」，「[illegible]」之訛爲「卩」、「儿」。隸變之後，「春」之爲「春」、「秦」之爲「秦」、「塞」之爲「塞」、「寒」之爲「寒」，這種「強異爲同，將一作二」的情況，更讓文字之原始形貌難以推尋，此許叔重《說文》不得不以篆文爲其解析文字，分部立文之依據也。隸變之後，有「別異」者：故「气」省爲「乞」；假「氣」作「气」，「氣」又增爲「餼」、「槩」；「享」、「亨」、「烹」異用。又有爲紀錄語言而省形益聲者：故「榦」或作「幹」，「遐」或作「蝦」。這些隸變以後之字形，已非六書之體系能完全涵蓋。就字義言之，則「引申」、「假借」二者，亦往往引發字形之變化：如「格」爲「木長皃」，衍爲「至」之義，又衍爲「來」義；「襄」由「漢令解衣而耕」之古義引申爲「除去」，又加形作「攘」。[2]「西」本爲「鳥棲」，借爲「西方」，又別出「栖」，再易爲「棲」，以誌字之本義。是知徒以「六書」體系探討文字之結構，並不能全面解決文字衍化的問題，顯有未盡之處。

文字形體既定，因應「符號化」、「工具化」之要求，即或原先頗爲具象化之文字，後人亦往往在字形上難以辨識，自篆文已然，是以孔廣居《說文疑疑》曰：

> 如日體圓也，篆乃方之；米粒短也，篆乃長之。若此之類，形亦頗乖。

而隸變之後，更不得以原始之形象拘之。《史記・萬石君傳》誌石

---

[2] 參見王初慶〈說文段注引申假借辨〉，《第一屆中國訓詁學會學術研討會訓詁論叢》頁 125、129，民國八十二年十二月。

建「誤書馬字，與尾當五，今乃四，不足一。」是其證也。《說文》說解解析字形之結構，所謂之「从某某，某象某形」往往並非在說明字之偏旁而係解析組成文字之部件，[3]《說文》首創部首之體系，其後之字書，就五百四十部首字陸續增刪歸併，至明代《字彙》立爲二百一十四部後，遂爲後人所沿用，直到近年新編之字書，才就二百一十四部首再作刪併。由「部首」統領文字之原則，在於細究文字之形構，無論獨體或合體，皆能細分出一個或數個組成之「部件」，但是這些「部件」卻未必能獨立成文，亦未必與所組成字之字義相關；以「部件」之觀念看待「部首」，再究其組成之字，方不致爲部首自本身之形義框架所限制。

一九八六年上海辭書出版社編印之《漢語大字典》，在卷首〈部首排檢法說明〉中指出此一字典之特色，如將《康熙字典》二百一十四部首刪併爲二百部：於歸類不明顯之字略加調整；於字形相似之字，統一歸部；簡化字按字形歸部等。可謂類似於以「部件」分部立文之新字書。無論作爲經籍之探討或文字之研究者，於客觀分析文字之形義之餘，亦應關注語言文字衍化之軌跡，尋求語言文字分化變易之內在規律。

由於漢字筆劃繁簡不一，於初學者或有窒礙，於是自民國初年始，倡導文字改革者或主張以簡化的方式來消弭這種障礙。大陸易幟後，更由官方之力量推動文字簡化的工作，於是兩岸文字之體式漸行漸遠；然文字經簡化以後，往往有淆混之現象，一九七八年公佈「二簡」以後，這種情況益發嚴重，「二簡」不得不停止施行；

---

[3] 本文於下一節中，將繼續討論此一問題。

足以證明，簡化並非解決漢字困擾之良策。近年來，兩岸有識之士已開始研議整合之可能性。此外，同樣受到漢字文化影響之漢字生活圈中，如日、韓諸國，也組成「漢字振興協會」，與兩岸文字學界共同籌商漢字標準化之推進，並舉行多次國際漢字研討會。然如彼此未能在文字變化之內在規律上先取得共識，漢字之整合及標準化、國際化之工作，恐難有所突破。

就文字之變易論之，漢字化繁爲簡者自來有之。大陸所通行之簡化字，亦有因襲古人者：如「禮」之爲「礼」，「無」之爲「无」，「個」之爲「个」，「爾」之爲「尒」。然則「簡化」並非文字變革之唯一途徑：「云」之作「雲」，「𦣞」之作「頤」，「𡿨」之作「甽」、「畎」，或以本字爲假借義所專加形以明本義，或以形義不顯加注代表事類之偏旁，或以形義不顯而加注語言之聲音；字形繁化者亦所在多有。《說文》中所列之「亦聲字」以及「右文說」中所舉諸例，原先只有兼義又兼聲的部分—也就是文字的聲符—所有的偏旁都是後世爲「別異」而後加的。從文字演化之內在規律看，簡化與繁化其實是齊頭並進的。於較繁複之字形，則簡省之：故「纍」省作「累」，「[illegible]」省爲「糱」；爲「別異」之故，突顯文字之音義，則以增加形符偏旁或聲符之方式以區隔之，故「句」增爲「笱」、「鉤」，「晶」增爲「曐」：甚或有本已有其字，卻捨簡就繁者：如以「氣」代「气」，以「考」代「丂」，皆爲明證。

綜觀文字衍化之軌跡，要求「標準化」與「俗字」之出現，彼此更迭，甚或並形不廢。即便在厲行「書同文字」之強秦，隸篆二體皆爲所用，隸書即可謂當時之俗字。唐代之正字著有成效，《開元文字音義》頒行後，楷書之字形大致固定下來，但俗字之發展亦未曾停頓，徵諸《敦煌俗字譜》、《宋元以來俗字譜》，即可見一斑。俗字雖與時推移，歷代不絕，卻並不能取標準化之正字而代之。

三、探討文字之規律勿忘古今通變

於文字衍化之內在規律，固仍有仁智之見，但如能破除先入爲主之定見，就資料全面分析，力求客觀，勿以偏蓋全，文字研究者應該還是可以獲得共識。此外，「約定俗成」亦爲影響語言文字變化之因素，文字與文化本爲一體，在繁簡更革之際，約定俗成之字形，亦往往融入文化之層面中；故「不用爲罷」、「自反爲歸」、「更生爲蘇」，雖然都是顏之推所譏之俗體，而「甭」、「皈」、「甦」諸字，卻一直沿用至今。

文字講求標準化，〈許敘〉云：「蓋文字者，經藝之本，王政之始；前人所以垂後，後人所以識古。」吾輩所以能「尙友古人」而「知人論世」，莫非透過前人文字之紀錄；此正字之工作爲歷代有國者之所以視爲急務也，掌握文字一脈相傳之體式，後人方得以承遞先民文化之精髓。然時代之巨輪不停運轉，敦煌文物之再現，於六朝俗文字之研究也有了豐富的素材；自銀雀山漢簡、馬王堆帛書、雲夢睡虎地秦簡陸續出土，二十餘年來，在各地之發掘考古中，珍貴之先秦文獻一一重現天日：而這些以六國文字所紀錄之資料，寧非戰國時之俗字耶？欲一探歷時異代之文化，正字與俗字各具其使命。是以要變古求新，除必先知古、通古，再體察當前之時空環境，方能日起有功。在文字之層面來說，試圖訂定文字之規範時，如何讓學習者透過文字，足以銜接古今，以通其變，方爲當務之急。

二十世紀末最大之貢獻，在於隨著科技之發展，民智已開，「知識」與「資訊」已不再由特定的階層所掌握。如果我們以官方之權勢，制定一種既在文字之結構上未必有理可求，又與以往承傳之文化中所熟知之文字差距甚大，徒以簡化爲目的，則其利弊得失，自不待言。

在文字之衍化中，異體字的出現也是常見的現象。雖說由標準化之眼光視之大有除之而後快之感，《東觀記》記載了一段馬援的佚事：

> 援上書：『臣所假伏波將軍印，書「伏」字，「犬」外嚮；城皋令印，「皋」字為「白」下「羊」丞印「四」下「羊」，尉印「白」下「人」，「人」下「羊」。即一縣長吏，印文不同，恐天下不正者多。符印所以為信也，所宜齊同。』薦曉古文字者，事下大司空正郡國印章，奏可。[4]

伏波將軍印文犬字外向，城皋縣之官印，令、丞、尉三者之印信上所刻的「皋」字寫法不同，引起馬援的恐慌；但以治印者之眼光觀之，又當如何？謹以此一漢代名將逸聞，爲本節作結。並供好文字之學者省思。

貳、分辨六書之依據

一、《說文》說解之特色

許敘云：「厥誼不昭，爰明以諭。」段氏於其下說明《說文》

[4] 見《新校本後漢書・卷五十四・馬援列傳第十四》章懷太子李賢注引，頁 839。

說解之條理：「許君之書，主就形而爲之，說解其篆文，則形也。其說解則先釋其義，…次釋其形，…次說其音。」然《說文》幾經傳鈔，往往已失其真。如：

莧：莧菜也，从艸見聲。(一下六艸２４)

段注云：「菜上莧字乃複寫隸字刪之僅存者也：尋《說文》之例，云芺菜、葵菜、蒩菜、蘮菜、薇菜、蓶菜、菦菜、蘸菜、莧菜以釋篆文；葵者字形，葵菜也者字義。如水部河者字形，河水者也字義；若云此篆文是葵菜也，此篆文是河水也；槩以爲複字而刪之，此不學之過。」許君自謂《說文》十四篇「九千三百五十三文，重一千一百六十三，解說凡十三萬三千四百四十一字」，段氏以大徐本所載字數覈之：正文九千四百卅一，增多者七十八文；重文一千二百七十九，增多者一百一十六文；說解十二萬二千六百九十九字，減少一萬七百四十二字。以證「說解中歷代妄刪字、奪去字至於如此之多」。段玉裁博覽周秦兩漢古籍，精於小學，積三十一年之精力以注《說文》，別擇其是非；凡有「爲後人竄改者、漏落者、失其次者，一一考而復之，悉有左證，不同肊說，詳稽博辨。」[5]是以後世治《說文》者，多以段氏之《說文解字注》爲津梁。唯段氏刪篆、改篆、校改說解、易動字次，勇於自信，破字創意爲多；欲深入研讀《說文》，明其本始，大徐本《說文》仍不可廢。

許書說解，固在於闡明文字之本義、本形，博採通人，引據古今文獻，務期其說信而有徵。而其說義往往使用音訓之法，更不能

---

[5] 見盧文弨〈說文解字讀序〉。

免於當時學術風尚之所及，也有用陰陽五行之概念來詮釋字義者；苟能一一溯其源，字之本義當得以釐清。而《說文》釋字之形構，或曰「象形」、或曰「象某某之形」、或曰「从某，某象某某之形」、或曰「从某某」、或曰「从某从某」、或曰「从某某，某亦聲」、或曰「从某某聲」，論者往往據之而謂《說文》中以使用「六書」之觀念以解析文字；細究之，恐未必然。縱使「六書」之定義至〈許敘〉而後明，亦爲之分別舉出例證，然《說文》並未使用「六書」之觀念以解析文字；其解析文字之術語，雖或可與六書之分類冥合，凡謂「象形」、「象某某之形」者多半爲象形，凡謂「从某某」、「从某从某」幾乎爲會意，凡謂「从某某聲」必爲形聲；而六書僅得其三，指事、轉注、假借又將憑何等術語以明之耶？《說文》固於「上」下說解明指爲指事，惜乎僅爲孤證，雖各家於六書之歸類頗有出入，而指事初文不僅一字，當無疑義；又「圂」下既云「从囗，象豕在囗中也。」又申之曰「會意」[6]，則許書之辨明六書，究竟係以術語抑或以六書名稱爲之？以說解之術語附會六書，並不能將六書之劃分作全面處理，不如正本清源，單獨從術語解析文字形構之層面探討之。

《說文》「據形系聯」，係以探討字形爲主之字書，是以許書解析文字之形構，重心在於說形而不在於論義；如「一」部所收五字，

---

[6] 謹案：「連」，大徐作「連：員連也；从辵从車；力延切。」（二下二辵）小徐作「連：員連也；从辵車；臣鍇曰：若車之相連也。會意。鄰延反。」（通釋第四・五辵）段注本作：「連：負車也；从辵車；會意。」（二下九辵）段氏謂依《韻會》訂，然則《韻會》誤以徐鍇之注語混入說解正文，段注本又以訛傳訛；「連」下說解不當有「會意」二字。

除部首字及其重文外：

> 元：始也，从一兀聲。
>
> 天：顛也，至高無上；从一大。
>
> 丕：大也；从一不聲。
>
> 吏：治人者也；从一从史，史亦聲。

如將《說文》術語解爲六書用語，則「元」與「丕」爲形聲，「天」爲會意，「吏」爲亦聲字（或稱之爲會意兼聲，或逕歸之入形聲）。於「元」从兀聲，徐鍇已謂「不當有聲字」；高田忠周《古籀篇・三十一日》：「疑元字从人从二，二亦古文上字，人首在上之義，在上即始之義也。」又謂：「而兀實元古文也，《說文》凡从上即二字，古文从一。」朱歧祥《殷虛甲骨文字通釋稿》云：「从人从上，隸作元，始也、上也，示人之顛首。《易》：『元者，氣之始也。』字由 而 而 而元。」[7]是知「元」所从之一，非指其字从「數名」一之義，其从一或从二也者，乃由示人首之・衍爲横線一，又於其上加上裝飾之短横線作二也。依 形而言，从・乃象人之首；依 、元諸形，則从一从二也者，謂之象人之首可也，謂之指明人首之部位亦可也，所謂从一，於形雖與數名之一相仿，形相似而非其義也。又「元」與「兀」本一字之異體，亦不得謂从兀聲。

---

[7] 見《殷虛甲骨文字通釋稿》頁8。

「天」，李孝定《讀說文記》云：「天之訓顛，爲其本義，金文多作 ，即繪人形而特大其首以示意，用爲天地乃假借，…許書『至高無上』乃說假借義，字爲全體象形，『一』乃『•』之演變，『大』則爲人之全面象形。」[8]是故「天」所从之一與「元」字同，係指人首而非數名。

「丕」，李孝定《讀說文記》云：「金文『丕顯』字皆作『不』，許君以『鳥飛上翔不下來』訓『不』，蓋以否定辭爲『不』之木義，故其語不經，『不』之爲否定辭乃假借，『不』實爲『丕』之本字也。小雅棠棣：『鄂不韡韡』，鄭箋云：『不當作柎，古聲柎不同』，鄭說甚是，然猶未達一間，『不』實柎之古字，其字契文或作 ，上象萼，下三垂象花萼萎敗之形，字於金文或作 ，直畫加『•』，爲古文恆例，『•』又衍爲『一』，及爲『丕』字，从一不得有大義，柎爲子房，日以滋長，故引深得有大義也。」[9]則「丕」所从之一，乃爲增加之裝飾線條而已。

「吏」，王國維〈釋史〉曰：「史爲掌書之官，自古爲要職，殷商以前，其官之尊卑雖不可知，然大小官名及職事之名，多由史出，則史之位尊地要可知矣。《說文解字》：『事：職也；从史 省聲。』又：『吏：治人者也；从一从史，史亦聲。』然殷人卜辭皆以史爲事，是尙無事字；周初之器，如毛公鼎、番生敦二器，卿事作事，大史作史，始別爲二字，然毛公鼎之事作 ，小子師敦之卿事作 ，師 敦之嗇事作 ，从中，上有斿，又持之，亦史之繁文。

---

[8] 見《讀說文記．第一卷》頁2。

[9] 見《讀說文記．第一卷》頁3。

或省作𠀀，皆所以微與史之本字相別，其實猶是一字也。」又：「史之本義爲持書之人，引申而爲大官及庶官之稱，又引申而爲職事之稱；其後三者各需專字，於是史、吏、事三者於小篆終截然有別：持書者謂之史，治人者謂之吏，職事謂之事；此蓋出於秦漢之際，而《詩》、《書》之文尚不甚區別。」[10]則「吏」所从之一，乃增繁之筆劃。

不僅「元」、「天」、「丕」、「吏」諸一部所收之字所从之一僅指其形貌而非其義，其他从一之字，亦多非謂「數名」義，如：

本：木下曰本；从一在木下[11]（六上二十一木251）

日：實也，大易之精，不虧；从囗一，象形。…㘝古文日，象形。（七上一日305）

旦：明也；从日見一上，一，地也。（七上十四旦311）

「本」字所从之一，乃在指明樹根之部位；「日」字所从之一，徐灝《說文解字注箋》云：「相傳日中有烏者，以黑點如群烏飛耳；古文或作㘝，蓋後人以乙象烏也。此字全體象形。」一乃象日中黑烏之形。「旦」字所从之一，則表示地平線；故曰：「从一在木下」，「一，地也」，於所从一之下，皆有釋形之補述語。於《說文》補述語，許錟輝教授論之甚詳，可參看其〈說文訓詁條例〉系列論文。

---

[10] 《觀堂集林・卷六》頁269。

[11] 此依大徐本，段注本改為「从木从丅」，非是。

明乎《說文》說解，除釋義、釋形、釋音外，另有說義、說形之補述語，則不必以《說文》說解之術語混同六書分類如指諸掌。不僅《說文》說解之所謂从某主形不主義，而其分別部居，「方㠯類聚，物㠯群分，同條牽屬，共理相貫」；故凡部首字必於其說解末端指明「凡某之屬皆从某」。惟此所謂之「从某」，亦指部首內屬字之字形以部首字爲其形構組成之一部份，其義未必與焉。前已指出一部之屬字除一之外皆與「數名」無關，另如「烏」部收「烏」、「舄」、「焉」三字，「舄」、「焉」二字之形並不依「烏」形而來，段注云：「烏、舄、焉皆象形，惟首各異，故合爲一部。」更爲其明證。亦有字之形構从同一部件而分居不同之部首者，如：

它：虫也；从虫而長，象冤曲𠂹尾形；上古艸凥患它，故相問無他乎。凡它之屬皆从它。蛇：它或从虫。（十三下八它684）

龜：舊也，外骨內肉者也；从它，龜頭與它頭同；…象足甲尾之形。凡龜之屬皆从龜。（十三下九龜685）

黽：　黽也；从它，象形，黽頭與它頭同。凡黽之屬皆从黽。（十三下十黽685）

「它」部文一重一，並無其他屬字；蓋「它」、「龜、「黽」雖皆爲象形字，而「龜、「黽」形構之部件皆从「它」，或象龜頭，或象黽頭；「龜」、「黽」二者皆又有屬字，於是分別立爲部首。

二、由《說文》篆體及說解分辨六書之原則

「六書」之觀念，當係漢儒辨析古文經之形義所衍生之副產品，〈漢志·小學類後序〉雖稱之爲「造字之本」，其實「六書」並非於造字前預設之造字原則，先民創造文字，亦不以「六書」爲依據；前輩學者已辨之甚詳。「六書」之系統，由劉歆以降，經鄭眾、許慎，才一一爲之釐清界說，找出例字；是以吾人可視「六書」之體系爲漢儒整理當時所有之古、籀、篆形構，所獲知的文字構造原理；係歸納既有之字而後所釐出之文字條理。雖衍於同門，然〈漢志〉、〈周禮注〉、〈說文敘〉三者所列「六書」之名稱及次第不一，可見一直到東漢末葉，「六書」之體系尚未成熟。宋代以降，「六書學」研究之風漸興，雖各有所見，然多已滲入論者之主觀認知，故歷代之論「六書」界說，皆以〈說文敘〉爲據，而其定義頗有出入也。表面觀之，「六書」之分類在於對文字之形構作客觀之體察，苟能將文字作全面深入之分析，似乎可以獲得學界之共識。然而今日之「六書」研究，早已脫離瞎子摸象之片面認知，於大體之類例雖已無歧見，卻由於研究者各具主見，在細部之類例上仍舊難有定說；如凡「借形爲事」之文，《說文》析其形或謂「象形」、或謂「象某某之形」，應歸入「象形」亦或「指事」？凡「亦聲字」，既謂「从某某」，又曰「某亦聲」，應歸入「會意」亦或「形聲」？爭議至今而未已。

又欲將文字作全面深入之分析，如何作全面處理？如僅將文字作平面之分析，從任何一字之本形、本音、本義分析，獨體之文歸之於「象形」與「指事」；合體字以形加形者歸入「會意」，以形

加聲者歸入「形聲」。「轉注」顯示兩個或兩個以上之字間之關係；「假借」則係借用一個已有之字來紀錄語言中與之音同音近，當時卻無法為之造字之語辭。是以如僅將文字作平面之分析，只能分出「象形」、「指事」、「會意」、「形聲」四者，「轉注」、「假借」則不與焉。此主「六書」分體用者所持之全面也。然將全面擴及於文字之衍化，則由「老」而衍生「考」，由「尢」而衍生「尪」，可歸之於「轉注」；段氏所謂「叚借在先，製字在後」之本有其字之假借，如假「丂」而後造「巧」，假「哥」而後造「歌」，二者亦當歸之於「假借」：則「轉注」、「假借」皆涉及新字之衍生，又非體用之說所能涵蓋。

各家「六書」之歸類不一，於「轉注」、「假借」之爭議尤烈，然眾家之說皆有所長，其爭論往往係解析文字之角度不同所致，未必有是非可以評定。我們尊重這些見解，同時也要進一步去了解立論者所持之分析角度及主觀立場，當可於「六書」有更宏觀之看法，亦可捨棄人云亦云，取一說即為其說侷限，莫衷一是之無本之學習態度，由之逐漸建立自己之「六書」理論體系。

欲正本清源以究「六書」之分野，與其採諸眾說，不如先由《說文》字形及其說解入手，然後據之以明諸各家異同，方能有所去取。誠如前節所云，《說文》並未使用「六書」之觀念以解析文字；其解析文字之術語，雖或可與六書之分類冥合，但並不周備。是以除參酌說解所用術語外，尚需根據字之形義以辨別之。只要術語明確，形義清晰之文字，幾乎皆可將之納入象、指、意、聲四書之中：凡說解使用「象形」、「象某某之形」等術語，其形為獨體，取象於實物，且代表實物本身之意義者為「象形」；凡說解使用「象形」、

「象某某之形」等術語，其形爲獨體，或爲虛擬之符號以表示意中之形、或其形雖取象於實物，其義所主在於由實物所延伸出來之相關概念而不在實物本身者，皆爲「指事」。凡說解使用「从某某」、「从某从某」、「从某某某」、「从某从某从某」、「从二某」、「从三某」等術語，其形爲合二體或二體以上之異文比類或同文比類以組成之字，皆爲「會意」；凡說解使用「从某某聲」之術語，其形符已成文，或爲以形益聲、或爲以聲益形、或爲半形半聲，皆爲「形聲」。

然《說文》之釋形既主形不主義，其說解術語或謂「从某，某象某某之形」，所解析者僅係文字中之部件而非組成文字之偏旁，其形究爲獨體亦或合體？於「六書」中當歸入象、指亦或意、聲？則需作進一步之推敲。自章太炎提出「半字」之概念[12]，黃季剛更以「半字」與文字之發展相比附，揉合師說，分半字爲合體（謹案：就文字之概念而言，合體已爲字，應名之爲「增體」爲宜。）、渻變、兼聲、複重四類[13]，且就文字中形構尤其複雜者命爲雜體，釐清造字之次序：由文而進乎半字，再進而爲字，字之後猶有雜體。許敘所謂：「依類象形故謂之文，其後形、聲相益即謂之字。」之旨因得以明。更發篁半字爲會意、形聲之原：蓋就增體（合體）之半字而言（章氏另亦指合體指事爲增體，以合體指事與合體象形之結構言之，無論係以不成文加成文抑或以成文加不成文，皆不能稱之爲字，爲表示文與字之區隔，似以增體之名爲宜。），如：

叉：手措相錯也；从又一，象叉之形。（三下十七又116）

---

12 見《文始·敘例》。

13 見《黃侃論學雜著·論文字製造之先後》頁3、4。

父：巨也，家長率教者；从又舉杖。（三下十七又116）

牟：牛鳴也；从牛，𠃋象其聲气從口出。（二上七牛52）

芊：羊鳴也；从羊；象气上出，與牟同意。（四上三十三羊147）

末：木上曰末；从木，一在其上。[14]（六上木二十一251）

或加不成文之符號以表手中夾叉有物與爲父之家長手中所握之杖之象。既有牛、羊之形矣，又增以不成文之部分象其聲氣從口出之事狀。既有成文之木、又，或加不成文之一以表木根之位置；——無論所加之部分係表物象、事狀、位置，合體指事皆係先有成文之部分後，再加上不成文的部分，以示其位置或事狀。皆以歸入增體指事爲當。

又如：

果：木實也；从木，象果形在木之上。（六上木二十二251）

朵：樹木𠂹朵朵也；從木，象形；此與采同意。（六上木二十四252）

[14] 此依大徐本，段注本改為「从木从丄」，非是。

兒：孺子也；从儿，象小兒頭囟未合。（八下八儿409）

疇：耕治之田也；从田𠃬，象耕田溝詰詘也。𠃬：⿰田𠃬或省。

（十三下四十二田701）

或先有水果、花朵、小兒頭囟、田疇之不成文之圖像，再加上木、儿、田等成文之形，以強調其物形。——皆係不成文之部分在先，後加不成文之部分爲之補充說明。——既可以成文加不成文部分，亦可以不成文部分加成文，皆應歸入增體象形。進而以成文加成文，如以人言爲信，以背厶爲公，則會意之字生焉。

就複重言之：

芔：艸之總名也；从艸屮。（一下四十七艸45）

廾：竦手也；从𠂇又。（三上三十五収104）

棘：羊棗也；从重朿。（七上三十三朿321）

北：乖也，从二人相背。（八上四十四北390）

既以卉積於中以會眾艸，収从𠂇又相對爲拱，棗从二朿相疊以象高而多刺之棗木，北从二人相背爲背，以同體之文並置、相對、疊置、相背，以明相關之意。則以異體之文相合，如莫會日入於艸，止戈合而爲武，會意之字亦生焉。

就兼聲言之：如：

> 内：獸足蹂地也；象形，九聲。《尒雅》曰：「狐、狸、貛、貉、醜：其足蹞，其迹厹。」…蹂：篆文厹。（十四下十七内746）

既以不成文之獸足，加之以九聲爲内，以象獸足之蹂，兼誌其聲。則以工誌江水，兼表其聲；以可誌河水，兼表其聲，形聲之字亦生焉。以半字爲會意、形聲之原，六書之先後層次，亦得以明。章黃之說至今仍爲初治《說文》學者之重要啓蒙材料，將另爲專章說明之

至於「轉注」與「假借」，無論主其爲用字或主其爲文字衍生之法則者，皆不能從一字之本形、本音、本義中求之。細究之，「轉注」與「假借」實寓於象、指、意、聲四書之中；「轉注」論兩字或兩字以上相互相生之關係，「假借」則以音同音近而相假。由於「轉注」與「假借」牽涉頗廣，就《說文》術語言之，於部分文字之說解下，「假借」尙有「故㠯爲」、「古文㠯爲」等以分辨假借義與本義，段注亦藉而衍爲其「叚借三變」之說；然而在單一之說解中，「轉注」卻無跡可尋[15]。無怪乎於今難有定論。

惟如主張「四體二用」說者，既以「轉注」、「假借」爲用字之法，則必將斯二者列於六書之末，而無與文字之孳乳。而主張六書乃文字孳乳衍生之原則者，則往往將「形聲」列於文字之末，而以「假借」爲文字孳乳分化之原因之一。主張「三書說」者，如唐蘭係就體用之觀念立說，故「轉注」、「假借」

---

[15] 主以「互訓」為「轉注」者，皆需合兩字或兩字以上之說解以明其間為「互訓」、「遞訓」等。

不與三書之中，實際仍有五書之分；陳夢家則係就文字之孳乳之衍生立說，故以「象形」、「假借」、「形聲」三者統論之。故以上數家雖皆云「轉注」、「假借」，然其內容已大異其趣，宜加以適當區隔。

參、三書說平議

有關六書之界說與分類眾說紛紜，自宋以降已然。鄭樵曾在其《六書略・六書序》中說：

> 經術之不明，由小學之不振；小學之不振，由六書之無傳，聖人之道，惟藉文言；文言之本，在於六書；六書不分，何以見義？……後之學者，六書不明，篆籀罔措，而欲通經，難矣！

一再說明六書之重要，然其《六書略》卻因類例過於繁雜而尟有從之者，可見一斑。

民國以來，自沈兼士〈文字形義學〉分文字爲四級[16]，唐蘭《中國文字學》創「三書說」之後，晚近學者，往往於六書之學迭有異議。甚至以爲：「從來沒有一個人、沒有一部字典能嚴格按照六書的標準把所有的漢字分成六類。」[17]於是認爲「漢字應分爲表形字、假借字、形聲字這三種文字。」[18]今按其書，於三書中之假借、形聲儘管有其一家之言，可說仍上承六書說之劃分，表形字則包括「六

---

[16] 見《沈兼士學術論文集》頁 387-384　北京中華 1986。

[17] 見劉又辛《漢字發展史綱要》第五章　六書和三書　頁 72。

[18] 見《中國語文》1957 年第五期《文字訓詁論集》頁 22。

書」中的指事、象形、會意三類，劉氏以為：

> 把這三類字合稱為表形字，可以避免「象形兼指事」、「指事兼會意」這類繁瑣解說；可以對這三類字加以概括。……至於用什麼方式表形，用寫實法或用象徵法，表單個的物體之形或表合體事物之形，那是表形文字的內部再分類。[19]

但如何在「表形文字的內部再分類」，劉著卻未作進一步的分析。即如本書前節知所敘，亦於六書說提出不少意見，然是否可此將六書之說束之高閣，置之不顧呢？文字之分類，固可以主觀認知之不同，在分類的方法以及類名上各取所需。「象形兼指事」、「指事兼會意」之分誠然繁瑣，然並非六書學上共同認同之劃分方法；繁瑣不繁瑣，是劃分者的觀念是否清晰，而非六書本身之問題。合指、象、意為「表形字」貌似簡易，然將表形文字的內部再分類，不亦或淪如繁瑣之譏？裘錫圭《文字學概要》也主張分漢字為表意字、假借字、形聲字（或意符字、音符字、意符音符字）三書。以為：

> 一、六書說，用意符造成的字，即我們所說的表意字，分成象形、指事、會意三類但是這三類之間的界線實際上並不明確。[20]
>
> 二、今天研究漢字，根本不用去管轉注這個術語。不講轉注，完全能夠把漢字的構造講清楚。至於舊有的轉注

---

19 見劉又辛《漢字發展史綱要》第五章　六書和三書　頁77。

20 裘錫圭《文字學概要》6漢字基本類型的劃分（一）六書說　頁121。

說中有價值的內容，有的可以放在文字學裏適當的部分去講，有的可以放到語言學裏去講。[21]

三、清代學者心目中的假借，就是用某個字來表示它的本義（造字時準備讓她表示的意義）之外的某種意義。至於這種現象究竟是由字義引申引起的，還是由借字表音引起的，他們並不想去分辨。也有可能他們並不承認在「本無其字」的假借裏，有跟字義引申無關的借字表音現象。從《說文》喜歡把借字表音現象硬說成字義引申現象的情況來看，後一種推測大概是正確的。但是，跟字義引申無關的「本無其字」的借字表音的現象，是客觀存在的。無論從普通文字學的角度，還是從漢字的事實來看，都必須承認這一點。字義引申是一種語言象象，借字表音則是用文字紀錄語言的一種方法，二者有本質的不同。[22]

四、文字的構造上看，通假字和本無其字的假借字的性質是完全相同的。所以我們認為三書中的假借不應該限制在本無其字的假借的範圍裏，應該把通假也包括進去。[23]

---

[21] 見前書（一）六書說　頁 125。
[22] 同上。
[23] 見前書（二）三書說　頁 130。

總的來說，裘氏之「三書說」除了把轉注排除以外，其形聲與假借亦可以放在六書之框架中來討論。與「六書說」最大的差異仍在「表意字」上，其說云：

> 表意字的構造方法多種多樣，情況很複雜。給表意字分類是一件很麻煩的事。我們曾經批評六書說紛表意字為象形、指事、會意三類不夠合理。並不意味我們自己能夠給表意字分出很合理的類來。下面暫且把表意字分為抽象字、象物字、指示字、象物字式的象意字、會意字和變體字六類。[24]

自其所舉（去除大陸通行之簡化字以後）類例觀之，「象物字」於六書屬象形；「抽象字」於六書屬純體指事中之「以虛擬的符號表識抽象的概念」的方法[25]，「象物字式的象意字」屬於純體指事中「借描繪實物的形象來表示人或物的動作、狀態」的方法，（王筠《說文釋例》稱之爲「借象形以指事」）「指示字」則屬於增體指事中之「符號指表法」，「變體字」則屬於指事變例中之「變體指事」；「會意字」即六書之會意。仍可以之與六書相比附，於六書類例中求之。吾人究竟是破舊立新，在並不圓滿的情況下來討論文字之結構呢？還是立足於舊說之基礎上—尤其此一舊說自漢代至今向爲解析文字之基礎—釐清其條理，明晰其義例，熟知其得失，訂定出嚴密客觀之六書界說以爲標準，是否也可以拿來作爲我們努力的方

---

[24] 見前書　7表意字　（一）表意字分類舉例　頁133。

[25] 有關六書之名稱，參見筆者《中國文字結構析論》中相關章節及本書六書釋例部分。

向呢？

此外，裘氏主「三書說」，然亦說明有五種不能納入三書的文字[26]，那末，在六書之框架內，是否可對這些文字作合理的處理呢？且讓我們一一來討論：

（1）記號字：其實即指事字中之作爲記誌符號之純體指事字。

（2）半記號字：裘氏所舉之例，皆爲大陸簡化字，雖說以「乂」作「義」起於宋、元，可謂爲求簡化所衍生的─既有其字矣，乂爲之假借─的有本字的「譌字自冒於假借」。後世以「义」爲「義」，則是爲別異而產生的俗字，實不必以六書之律拘之。

（3）變體表音字：六書僅爲漢儒由解析古文經文字所體察出來的文字結構之規律，是以試圖以六書解析文字有其限制，後世之變體表音字，如「乒乓」、「刁」、「甪」等，已非六書所能涵蓋。

（4）合音字：如「甭」、「叵」諸字，竊意以爲類似古文字中之合文，「叵」字見於〈說文敘〉「雖叵復見遠流」，段注云：「而此有叵字者，不廢今字也。」其字既爲合兩字之音義，自非以六書之體系所能處理。

（5）兩聲字：如「𪉖」、「牾」諸字，《說文》皆釋爲形聲，實爲魯實先所指之「省形益聲」之字[27]，亦出於文字之衍化，已逸出六書之界線。

（6）裘氏還提出「歹」字係漢語從蒙古語借來的詞，似乎可以放到語言學裏去討論而非六書之範疇可涵蓋。

---

[26] 見《文字學概要》頁130-132。

[27] 參《叚借溯原》。

最後，我們來看被裘氏排除的轉注，轉注之意義模糊，後人異說最多，誠如其言。遠自徐鍇《繫傳》，已察覺轉注、假借與前四書有異，提出「假借則一字數用」，「轉注則一義數文」的看法，鄭樵《六書略》所列六書之序爲象形、指事、會意、轉注、諧聲、假借，[28]置轉注於諧聲之前。陳夢家《殷墟卜辭綜述》修正唐蘭三書說，置假借於形聲之前；其後承遞三書說者，也都同意這樣的次序。陳氏根據甲骨文之資料，形聲有由假借之後再加形符以成者。裘錫圭在假借條下雖然對假借的現象作詳盡的討論[29]，但側重在假借「本字」的問題上；其所舉的假借例字，僅爲現象而非文字結構之分析。惟其形聲字例中，「在已有的文字上加注意符」條下：「爲明確假借義而加意符」、「爲明確本義而加義符」等，皆源於假借。

如果我們只是從個別的文字平面現象上來看文字的結構，那末假借也可以排除在文字的構造之外，「在已有的文字上加注意符」的字都是形聲字，假借並不與於期間；但是由「師」而「獅」，由「它」而「蛇」，討論到兩字相生之關鍵時，不言假借則無以明之。

而轉注也者，指兩字或兩字以上間彼此在形通、音近、義同之情況下轉相爲注，互相爲訓。轉注肇因於當既有之字或以形似之易混淆、或因時空轉易而語言之聲有改變、或由引申及假借導致字義之不明，有所困擾以後，如何以既有之字爲基礎，爲之另造一新字，以解決此一困擾的方法。從轉注之成因來說，假借與引申皆屬於字義之困擾；而由「師」而「獅」，由「它」而「蛇」，引起字形不得

---

28 參見《六書略·六書序》民國二十四年北京大學影印元至治本。

29 見 9 假借　頁 203-231。

不改變之原因雖在於字義之假借；「師」之假借義與「獅」、「它」之本義與「蛇」，轉相爲注，互相爲訓。由是觀之，假借是引致文字衍化的因素之一，轉注是文字衍化的方法，而衍化出來的新字，從其個別的形構來解析，屬於形聲。

新的三書說確立了假借的位置，其象意（或表形字）、形聲不出象形、指事、會意、形聲之外。從漢字的數量上說，以形聲之結構爲大宗；而形聲字可以在字形裏涵蓋字形、字音、字義三個層面，有許多本來不是形聲結構的字，後來也衍化爲形聲字。所以當我們一方面分析文字之結構，另一方面也注意到文字衍化的現象時，轉注亦不可廢。三書說實可與六書之概念相輔相成，但並不能取代六書之位置，其理甚明。

肆、結語

文字既爲語言之紀錄，只要語言擴充、發展、改變，文字往往隨之變化，故文字之字數，據王力《古漢語通論》之統計，至《康熙字典》已收四萬七千零三十五字。然而就常用字而言，教育部公佈之字數不過四千八百零八字，教育部《國語小字典》計收四千零三十六字；大陸通用之常用字二千五百字，次常用字一千字，共計三千五百字；而網路四版之《異體字字典》[30]所收正字二萬九千八百六十六字，異體字七萬六千二百八十六字，共計十萬六千一百五十二字；由《說文》至今，文字之發展如此，今日之常用字，字形

---

[30] 教育部《異體字字典》之網址為：http://140.111.1.40，於此一網址上亦可檢索《國語辭典》。

多有爲《說文》所未有者，如「花」、「皈」、「凹」、「凸」等。自《說文》賦予「六書」之界說與例字以降，「六書」之學漸興，然《說文》於「六書」之界說並不明確，許氏亦未企圖以六書之概念來規範９３５３字；各家論「六書」，皆引〈許敘〉，而其所見已爲由許書界說所衍出之一家之言。細究之，「六書」僅爲漢代古文學者爲解析古文經文字所體悟出文字結構之原則而已，雖可用之以理解大部分文字之形構，但試圖以之規範所有之文字，尚有不足。而文字本身之衍化，又非出於一途，後世之字，亦往往非「六書」所能涵蓋。

如：文字之發展有聲化之現象，無聲字爲紀錄語言，往往爲之加聲符，如尢之爲尪，玨之爲瑴也；文字有以義之延伸、擴充而引伸者，古時字少，亦有以音同、音近而假借者，如《說文》於干支字皆以陰陽五行之說解之，並以十二支配十二月；干支字之本義已多已不可知，其爲干支之用，皆假借也；栔文中已以干支紀日。干支字中少數形義可考者，如「子」字：

> 子：十一月昜气動，萬物滋，人㠯為偁，象形。…，古文子；从巛，象髮也；，籒文子，囟有髮，臂、脛在几上也。（十四下二十四子７４９）

李孝定《讀說文記・卷十四》云：「栔文作藏、二五六、一。、前、三、二、四。藏、三、二、一。以爲地支子丑之子，所見以極簡形之居多，繁體之則與籒文同；亦作、，以爲地支辰巳之巳、及父子之子，其形蓋象幼兒在襁褓中，但見兩臂上舉，下僅一直畫或稍曲，不見兩脛，、實一字之異體，許君以篆籒別之，稍有未安。卜辭地支子、巳之名，同用一子字，以子巳音近而二體形殊，不慮淆亂，金文亦然。至小篆巳字作巳，許君訓子未成形，仍與子字密切相關，該後世子字既行，𢀈字用者漸少，遂取子字省變之體巳，爲辰巳之巳，以示區別耳。金文子字作𢀈傳卣。𢀈召伯簋。其銘皆地支之首字，至辰巳之巳、子孫之子、天子之子，則字皆作子，與卜辭全同。」[31]此同一字之異體，皆因假借而分用不淆也。降及後世，除以「子」字誌字之本義外，兼表地支子丑之子，而另以變形之「巳」象子未成形（見包字說解），兼表地支辰巳之巳，涇渭乃分。

同形異字往往也會造成類似專取一字之異體誌假借義的現象，如：

> 斻：方舟也，从方亢聲；禮：天子造舟，諸侯維舟，大夫方舟，士特舟。（八下八方４０９）

> 抗：扞也；从手亢聲；杭，抗或从木。（十二上五十二木６１５）

段注於斻下云：「〈衛風〉：一葦杭之。毛曰：杭，渡也。舟所以渡，故謂度爲斻。始皇臨浙江，水波惡，乃西百二十里，從狹中渡其地，因有餘杭縣。杜篤〈論都賦〉：造舟於渭，北杭涇流。章懷《後漢書》作北斻，注云：《說文》斻字在方部，今流俗不解，遂與杭字相亂者，誤也。是說誠然。然斻之作杭久矣，章懷偶一正之而不能

[31] 《讀說文記·卷十四》頁314。

盡正也。斻：亦作航，《方言》曰：舟或謂之航。杭者，《說文》抗字。」又於杭下云：「若〈既夕禮〉：抗木橫三縮二。其字固可从木矣。今人用此字讀胡朗切，乃斻之譌變；地名餘杭者，乃秦渡舟處也。」依段說，則：

1、「斻」爲方舟，字本从方（方舟以渡河，故引伸爲渡之義）。而「杭」乃「抗」之異體字，扞禦之以手，字本从手；《儀禮・既夕》：「抗木橫三縮二。」鄭注：「抗，禦也；所以禦止土者。其橫與縮，各足掩壙。」既以木抗禦土之落入壙內，其字亦可从木。

2、然〈衛風・河廣〉已以「杭」爲渡舟，「餘杭縣」之名，始爲秦之渡舟處；於是流俗乃以「杭」爲「斻」，二字相混，因而後世「杭」字已無扞禦之義。

3、「斻」之異體字應作「航」。

然而，「抗」或作「杭」，在阮刻本〈十三經校勘記〉中，不乏其例。而「斻」既爲方舟，故可从舟，於是乃有「航」字；舟楫皆以木爲之，更易其形符，則「杭」亦可爲「斻」之異體字，是故《詩經》已以「杭」爲渡也。由是觀之，抗禦之「杭」與方舟之「杭」，實爲同形異字，或以木禦之，或以木爲之，雖皆爲从木亢聲，二者音義有別。如《說文》以「鮮」爲鮮魚之名，从魚羴省聲；「鱻」爲新魚精；二者義別。然後世以「鮮」爲新魚精之義，固可謂之有本字之假借，然以之爲聲化之過程，由「鱻」變爲从魚羴省聲之「鮮」，與鮮魚之「鮮」同形異字，不亦可乎！何必拘於一隅而自限耶？

研究文字，必以《說文》爲津梁，固毋庸議；「六書」爲認識文字結構之重要原則，亦爲學界共識。然以《說文》明古、籀、篆之變之餘，勿忘文字自隸變之後，尚多餘緒，如何用《說文》而不爲《說文》所拘，當爲前題；又隸書大行之後，許慎已歎「古文由此而絕」，其形構往往已失卻原貌，此《說文》言字形捨隸而就篆之故，遑論後世之「古今字」、「正俗字」焉？如何駕馭「六書」之規律，兼明文字衍化之軌跡，而不迷失在「六書」之框架中，亦爲好文字者之當務之急。

引用書目

平津館校本說文解字		世界書局漢學叢書第二集	民國七十七年四月四版
說文解字注	段玉裁 注	洪葉書局	嘉慶二十年刊成 民國八十七年
說文釋例	王　筠	商務國學基本叢書	序署道光丁酉(道光十七年)
說文解字詁林	丁福保	藝文印書館	民國十九年出版 民國五十九年一月臺三版
說文解字六書疏證	馬敘倫	鼎文書局	序署民國三十二年六月 民國六十四年十月初版
文字學概說	林　尹	正中書局	民國六十年臺初版 民國六十一年四月臺二版
中國文字構造論	戴君仁	世界書局	跋署民國二十年 民國六十年十二月臺初版
古文字學導論	唐　蘭	樂天出版社	序署民國二十四年

			民國五十九年九
			月
中國文字學	唐　蘭	樂天出版社	民國三十八年上
			海開明書局初刊
			民國五十九年四
			月
中國文字學	容　庚	廣文書局	民國五十八年四
			月再版
中國文字結構析	王初慶	文史哲出版社	民國七十五年十
論	裘錫圭	萬卷樓	月三版
文字學概要			民國八十三年三
			月初版
漢字發展史綱要	劉又辛、	中國大百科全書	２０００年1月
	方有國	出版社	第一版
六書辨正	弓英德	商務人人文庫	
六書原理	江舉謙	東海大學	民國六十三年
			七月初版
黃侃論學雜著	黃　侃	中華書局	民國五十九年
沈兼士學術論文	沈兼士	北京中華書局	十月臺二版
集			１９８６
殷契駢枝三編	于省吾	藝文印書館	序署民國三十
			二年
甲骨文字集釋	李孝定	史語所專刊之五	民國六十三年
讀說文記	李孝定	十	十月三版
甲骨文編	孫海波	史語所專刊之九	民國八十一年
金文編	容庚	十二	一月出版
		中文出版社	１９７２年７
		樂天出版社	月出版
			１９８５年７
			月1版

論佛經中的「都盧皆」和「悉都盧」

竺家寧

一、漢代「都盧」的意義

漢代就已經用到「都盧」一詞，但是意義與後世不同。當時是一個專有名詞。例如：

1、《文選·西京賦》（范曄《後漢書》曰：張衡，字平子，南陽西鄂人也）善曰：非都盧之輕趫，孰能超而究升？善曰：《漢書》曰：自合浦南有「都盧國」。《太康地志》曰：都盧國，其人善緣高。

由此可知，「都盧」是國名，其人體輕善緣高。

2、《文選·兩都賦》（光武至和帝都洛陽，西京父老有怨。班固恐帝去洛陽，故上此詞以 諫。和帝大悅也。范曄《後漢書》曰：班固，字孟堅，北地人也。）：「烏獲扛鼎，都盧尋橦。」善曰：漢書曰：武帝享四夷之客，作巴俞、都盧。音義曰：體輕善緣。橦，直江切。

漢劉熙《釋名・釋宮室第十七》　盧在柱端，都盧負屋之重也。

由此可知，「都盧」是房屋結構的一部份，可以承受重量。

二、唐代慧琳的《一切經音義》的解釋

唐代慧琳的《一切經音義》提到這個詞語，卻解讀爲屋子結構的專名：

1、　櫨錄：力都反，《說文》：杜上枅曰櫨，謂柱端方木也。櫨斗，《釋名》櫨言都盧，負屋也。經文從金作鑪，非體也。（頁數: 六五一）

2、　櫨棟：祿都反，《說文》櫨，杜上枅也。《三蒼》：杜上方木曰枅。山東江南皆曰枅。《釋名》云：櫨在屋端，都盧負屋之重也。下都弄反。《說文》：棟，屋極也。（頁數: 七〇一）

三、佛經的用法

丁福保《佛學大辭典》沒有收錄這個詞。《佛光辭典》不認爲這是一個音譯詞。「都盧」一詞在佛經中見於 224 道行般若經 (10 卷，後漢 支婁迦讖譯，大正藏第八冊 425 頁)，可知這個詞產生的時代很早。用在一般的文學作品，則至唐代才出現。《漢語大辭典》都盧：統統。唐代〈遊仙窟〉用到這個詞語：「一箭射兩垛，覓兩都盧失」白居易〈贈鄰里往還詩〉：骨肉都盧無十口。都是「統統」的意思。

佛經中「都盧」一詞的意義到底如何呢？《佛光大辭典》都

盧：全部之意。《道行般若經·卷十囑累品》：「我般泥洹後，都盧三千大千國界，其中人民，汝悉教入經法中，悉令成就得阿羅漢道。」

四、三音節詞的「都盧皆」

在《道行般若經》裡頭的「都盧」往往以三音節的「都盧皆」構句，例如：

1、 復次拘翼，閻浮利人都盧皆使行佛道，已信入佛道，學佛道心已生，若善男子善女人持般若波羅蜜經卷，與他人使書，若令學若爲說，及至阿惟越致菩薩，書經卷授與之，其人當從是學。（二二四 道行般若經十卷）

2、 復次拘翼，閻浮利人都盧皆行阿耨多羅三耶三菩，阿耨多羅三耶三菩者，皆發意求佛。（二二四 道行般若經十卷）

3、 復次拘翼，閻浮利人都盧皆令行阿惟越致菩薩阿耨多羅三耶三菩，若有善男子善女人，教入般若波羅蜜中，云何拘翼，其福寧多不。（二二四 道行般若經十卷）

4、 置閻浮利三千大國土乃至恒邊沙佛國中人，都盧皆令行阿惟越致菩薩阿耨多羅三耶三菩，若有善男子善女人，教入般若波羅蜜中，云何拘翼。（二二四 道行般若經十卷）

5、 云何拘翼，閻浮利人民，是都盧皆持十戒悉具足，其功德寧多不。（二二四 道行般若經十卷）

顯然，東漢的《道行般若經》都是「統統、全部」的意思。所以能和「皆」字搭配，構成同義並列詞。這個三音節詞並非佛經文體的需要而產生，由上面各句可以看出東漢的《道行般若經》還沒有四字格的節奏形式，因此，與某些三音節詞是爲了湊成四字而臨時出現「三音節加上一個單音節」的造句情況不同。上面各句中的「都盧皆」，如果換成「都盧」節奏上仍然可通。因此，我們認爲三音節的「都盧皆」不是一個臨時的構詞，而是固定的社會常用詞。也就是說，當時詞彙逐漸從單音節發展到複音節，並非都向雙音發展，雙音化反而是後來詞彙形式選擇淘汰的結果，慢慢才固定爲雙音節，成爲漢語構詞的主流。

五、三音節詞的「悉都盧」

在《道行般若經》裡，還有「悉都盧」的三音節構詞形式。也是同義並列詞。例如：

阿難，若干種所見相，種種所行，若干種根，若干種黠，若干種癡，若干種慧，人民輩所求盡，所求慧，怛薩阿竭，悉都盧，阿難，悉從般若波羅蜜中出，悉知曉如是。（二二四道行般若經十卷）

「皆、悉、都盧」都是「統統、全部」的意思，所以能組合爲同義並列結構。

六、佛經中單用「都盧」

佛經中單用「都盧」的例子有：

1、須菩提言。世尊。我都盧不見有菩薩。

2、想行識爲非菩薩。云何言都盧不見有菩薩。

3、都盧合之聚之計之稱之。是所作功德。

4、真陀羅摩勒所作功德。都盧合聚此諸功。

5、其歡喜餘無量佛法都盧計校合聚。

6、都盧計之合之。

7、世尊。魔爲都盧嬈亂諸菩薩耶。

以上見 221 放光般若經(20 卷)西晉 無羅叉譯。

8、須菩提語釋提桓因。都盧不可議

9、得阿惟三佛者。今得觀視其法都盧皆空。

以上見 226 摩訶般若鈔經(5 卷)前秦 曇摩蜱共竺佛念譯。

10、如江河沙　　黎庶清淨　　都盧志于

聲聞之行　　導師聖眾　　計數若茲

以上見 263 正法華經(10 卷)西晉 竺法護譯。

11、悉復破盡如一佛刹塵。都盧悉取。

以上見 418 般舟三昧經(3 卷)後漢 支婁迦讖譯。

12、墮法都盧不過是四事也。

以上見 602 佛說大安般守意經(2 卷)後漢 安世高譯。

13、一遮加越王者。其官屬都盧皆如爾所遮加越王。展轉如是。

如是目連。都盧爾所遮加越王官屬。爲一遮加越王官屬。

以上見 816 佛說道神足無極變化經(4 卷)西晉 安法欽譯。

14、都盧大小一切人民。有得疾病者苦厄者。

以上見 1336 陀羅尼雜集(10 卷)

七、佛經中「皆悉」的連用

佛經中也可以把「皆悉」兩個字複合使用，意義和「都盧」完全一樣。例如：

15、 敷座已請雞園中比丘僧毘舍離比丘僧皆悉聚之，雞園中諸比丘僧毘舍離諸比丘僧皆悉聚已，以淨妙飲食手自授與。（九二佛說十支居士八城人經一卷）

16、 汝等，今可自歸命佛歸命法歸命比丘僧，亦莫殺生，莫不與取，莫他妻婬，莫妄語，莫飲酒，皆悉莫犯，彼子作是語。（一四0阿那邠邸化七子經一卷）

17、 阿那邠邸長者言，我當賜汝千兩金，汝等，可歸命佛歸命法歸命比丘僧，改莫殺生不與取他婬妄語飲酒，皆悉改之，爾時七子已得千兩金，便歸命佛歸命法歸命比丘僧，改不殺生不盜不他婬不妄語不飲酒。（一四0阿那邠邸化七子經一卷）

18、 世尊告曰：善哉善哉，長者，多饒益眾生，欲安隱眾生天人得安，長者，彼七子緣是功德，諸善功德皆悉具足，諦聽彼七子所因功德諸善所獲果報。（一四0阿那邠邸化七子經一卷）

19、 彼揵陀賴國人，七歲中七月七日，或以祴盛抱戴，隨其所欲皆悉費用，然彼伊羅多羅藏無所減少，若復長者，彼七子及此伊羅多羅大寶藏彼七千兩金百倍千倍百千倍無數倍，皆悉不及汝七子所獲功德。（一四0阿那邠邸化七子經一卷）

20、 吾今欲去，王白道人，我生布施未曾有悔，從道人耳，逝心曰，汝當隨我皆悉徒跣，不得著履，當如奴法，莫得不掩。（一五二六度集經八卷）

21、 王及夫人，自然還在本國中宮正殿上坐，如前不異，及諸群臣後宮婇女，皆悉如故，所生太子亦自然活，王及夫人心內自疑，何緣致此？（一五二 六度集經八卷）

22、 此夫人口爲妄語，謂呼鬼病，下問譴祟，無所不至無能知者，長者甚愁，不知夫人那得此病，家中內外皆悉憂惶。（一五二 六度集經八卷）

23、 爾時大王及給使者，皆悉歡喜敬意供辦飲食所須。（一五三菩薩本緣經三卷）

24、 復作是念，一切世間皆悉愚癡無有智慧，而爲是王之所誑惑，我今當往求索一物，審知是王能捨離不？（一五三菩薩本緣經三卷）

25、 是法能除一切諸惡，譬如良藥療治眾病，以是因緣常應憶念不令忘失，若忘失者此生空過，一切世間皆悉虛誑，唯有布施忍辱慚愧智慧之法乃是真實。（一五三菩薩本緣經三卷）

26、 聞如是，一時佛遊於越祇音聲叢樹，與尊比丘俱，一切聖賢，諸通已達，皆悉耆年，其名曰賢者舍利弗。（一五四生經五卷）

27、 佛告諸學者，其首達者則吾身是，惟先者今現阿彌陀佛是，其坐中一切皆悉言，其失小耳，得罪甚大（一五四生經五卷）

28、 善男子，彼界菩薩若已生若當生，皆悉成就三十二相，常身光明照一由旬，乃至成阿耨多羅三藐三菩提，終不墮於三惡道中，彼諸菩薩皆悉成就大慈心，大悲心，柔軟心。（一五七悲華經十卷）

由於「皆、悉」和「都盧」意義相同，因此可以各自和「都盧」結合成爲三音節詞「悉都盧」和「都盧皆」。25-27 句都和「一切」連用，表示其意義同類。

八、「都盧」的構詞

總結「都盧」一詞的義項有三：一是國名，二是屋子的結構名稱，三是「統統」之義。佛經中做「統統」講的「都盧」一詞既然不是外來語的音譯詞，它應該就是漢語的本土詞，必然是依照漢語的構詞規律造出來的。我們認爲「盧」爲古漢語中表示具體名詞的後綴。古漢語的詞彙有很多這樣的例證。例如：「蒲盧」（爾雅釋蟲注：細腰蜂也）、「頭顱」、「葫蘆」、「轆轤」等詞原本皆寫作「盧」：

《漢書・武五子傳贊》：「頭盧相屬於道。」

《漢書・司馬相如傳》：「蓮藕觚盧」

《禮記・喪大記注》：「以紼繞碑閒之鹿盧，挽棺而下之。」

又「舳艫」、「欂櫨」、「藜蘆」語義重心都在前一字，後一個字只是一個沒有意義的表音成分，添加後形成複音節詞，這是漢語雙音化發展的方式之一。字形都有類化爲同一偏旁的跡象，後一字是一個表名詞的後綴。

又古代的姓氏也常常帶一個「盧」字爲後綴：《廣韻・模

韻》『盧』字下有長盧子、屋盧子、尊盧氏、蒲盧胥（以善射聞名）、漢諫大夫索盧放、又有湛盧氏、《周書》有豆盧寧、《魏書》有吐盧、沓盧、呼盧、東盧等姓氏。甚至還有三字姓：叱伏盧、奚計盧、莫胡盧等。顯然古代漢語中，「盧」字也是表姓氏的後綴。

九、結論

我們可以把上面佛經中所討論的歸納爲下面三點：

1、「都」字在佛經中已有「通通」的意思，例如《大正藏》第一冊，經號一：

一切都永盡　智者之所說（「都」和「一切」搭配）

都使諸弟子　縛解得涅槃（「都」和「諸」搭配）

都不見其神去來處。又發釜看。亦不見神。（「都」和「又…亦…」搭配）

生剝其皮。求其識神。而都不見。

都無所見。唯有一小兒始年一歲。（「都」和「唯有」對比）

汝可作聲。貝都不鳴。

從這些例子可知「都」字已有「通通」的意思。

2、「都盧」爲帶後綴「盧」的派生詞。詞義中心在「都」字，「盧」是一個添加的音節，目的使之雙音化。添加的音節爲來母字，這是漢語常見的現象。例如擬聲詞的第二音節就往往是個來母字。山西方言中也有大量的「嵌 -l- 詞」。

此外，「都、盧」二字疊韻，符合「元音和諧律」，「盧」

字的添加很可能是語音取向的結果。

3、 都盧+皆→都盧皆（組成三音節詞，屬於2+1的同義並列結構）

4、 悉+都盧→悉都盧（組成三音節詞，屬於1+2的同義並列結構）

佛經中未見「都盧悉」、「皆都盧」的構詞，可見「悉都盧」、「都盧皆」不是一個自由鬆散的組合，而是一個約定俗成的固定結構。

王寂《拙軒集》初探

包根弟

壹、前言

王寂字元老，薊州玉田（今河北玉田縣）人。生於金太宗天會五年（1127 年），卒於金章宗明昌四年（1194 年）。登海陵王天德二年（1150 年）進士，歷任太原祁縣令，通州刺史，中都副留守等職。金世宗大定二十六年（1186 年）冬由戶部郎出守蔡州。[1]二十九年（1189 年）被命提點遼東路刑獄。金章宗明昌初（1190 年）召還，終於中都轉運使之職。年六十七。謚「文肅」。著有《拙軒集》、《北遷錄》。《北遷錄》已失傳，《拙軒集》乃《四庫全書》由《永樂大典》中輯出，釐爲六卷行世。生平事蹟見《中州乙集》第二、《金史》卷二七〈河渠志〉（〈志〉第八）、《四庫提要》卷一六

---

[1] 《金史·河渠志》卷二十七云：「二十六年八月，河決衛州堤，壞其城。上命戶部侍郎王寂，都水少監王汝嘉馳傳措畫備禦。而寂視被災之民不為拯救，乃專集眾以網魚取官物為事，民甚怨嫉。上聞而惡之。既而，河勢泛濫及大名。上於是遣戶部尚書劉瑋往行工部事，從宜規畫，黜寂為蔡州防禦使。」（台北：洪氏出版社，民 64 年 1 月初版）頁 672。

六。

元老詩、文、詞皆可稱道，《四庫總目・拙軒集提要》曰：「寂詩境清刻鑱露，有戛戛獨造之風，古文亦博大疏暢，在大定、明昌間，卓然不愧為作者。」「文章體格亦足與滹南（王若虛）、滏水（趙秉文）相為抗行。」（卷一六六）

《拙軒集》有詞三十五首，有《彊村叢書》本，乃朱祖謀校集自《聚珍叢書》本《拙軒集》。以下分《拙軒集》之形式特色，及內涵、風格等三項敘述之：

貳、《拙軒集》之形式特色：

《拙軒集》之 形式特色可分：一、詞調以小令、中調為主。二、用韻有合於《詞林正韻》十九部者，亦有超出十九部之範圍者。三、修辭技巧豐富多樣化等三類：

一、詞調以小令、中調為主：

塡詞必須選調，乃因每一曲調「其句度之參差長短，與語調之疾徐輕重，協韻之疏密清濁。」（龍沐勛語）[2]皆與詞所表達之聲情密切相關。王易《詞曲史》云：「詞調與文情，亦有密切關係。……蓋詞有剛柔二派，調亦如之；毗剛者，亢爽而雋快；毗柔者，芳悱而纏綿。賦情寓聲，自當求其表裡一致，不得乖反。」（〈構律第六〉）否則「哀聲而歌樂詞，樂聲而歌怨詞，故語雖切而不能感動人情，由聲與意不相諧故也。」（《夢溪筆談》）

---

[2] 見龍沐勛：〈研究詞學之商榷〉，《詞學季刊》（台北：台灣學生書局，民56年6月）第一卷第四號，頁3。

王寂詞作三十五首，共用二十一個詞調，。如依毛先舒所言：「五十八字以內爲小令，五十九字至九十字爲中調，九十一字以外爲長調。」[3]爲據，則《拙軒集》共有小令十調，中調七調，長調四調。

小令十調，共十八首：〈昭君怨〉（四十字）雙疊，一首。〈點絳脣〉（四十一字）雙疊，二首。〈菩薩蠻〉（四十四字）雙疊，三首。〈採桑子〉（四十四字）雙疊，二首。〈減字木蘭花〉（四十四字）雙疊，三首。〈酒泉子〉（四十五字）雙疊，一首。〈人月圓〉（四十八字）雙疊，一首。〈鷓鴣天〉（五十五字）雙疊，二首。〈南鄉子〉（五十六字）雙疊，一首。〈醉落魄〉（五十七字）雙疊，一首。

中調七調，共十首：〈一剪梅〉（六十字）雙疊，一首。〈漁家傲〉（六十二字）雙疊，二首。〈轉調踏莎行〉（六十六字）雙疊，一首。〈感皇恩〉（六十七字）雙疊，二首。〈望月婆羅門〉（七十六字）雙疊，二首。〈驀山溪〉（八十二字）雙疊，一首。

---

[3] 小令、中調、長調之名，始見於《草堂詩餘》，萬樹：《詞律·發凡》云：「自《草堂詩餘》有小令、中調、長調之目，後人因之，但亦約略云爾；《詞綜》所云以臆見分之，後遂相沿，殊屬牽率者也。錢塘毛氏云：『五十八字以內為小令，五十九字至九十字為中調，九十一字以外為長調，古人定例也。』愚謂此亦就《草堂》所分拘執之，所謂定例，有何所據？若以少一字為短，多一字為長，必無是理。如〈七娘子〉有五十八字者，有六十字者，將名之曰小令乎？抑中調乎？如〈雪獅兒〉有八十九字者，有九十二字者，得名之曰中調乎？抑長調乎？」雖然萬氏詆毛氏之論為拘泥，實則毛氏之論亦不失為後世區別詞體之一準則。故今仍以毛氏之見為據，區分《金代詞人敘錄》中小令、中調、長調之作。

〈洞仙歌〉（八十五字）雙疊，一首。

長調四調，共七首：〈水調歌頭〉（九十五字）雙疊，二首。〈紅袖扶〉（九十五字）雙疊，一首。〈大江東去〉（一〇〇字）雙疊，三首。〈瑞鶴仙〉（一〇二字）雙疊，一首。

以上二十一個詞調皆爲雙疊之作，其中，中調之〈望月婆羅門〉即爲〈婆羅門引〉。

由上可知，元老《拙軒詞》以小令爲最多，中調次之，長調最少。其中又以聲情婉約之詞調爲多，如〈菩薩蠻〉、〈採桑子〉、〈減字木蘭花〉等十九詞調，皆聲情婉轉，宜寫纏綿悠揚之詞。惟〈水調歌頭〉、〈大江東去〉、〈瑞鶴仙〉三調，屬豪雄之聲調，宜寫縱橫揮灑之豪邁之作。

二、用韻有合於《詞林正韻》十九部者，亦有超出十九部範圍者：

《拙軒詞》三十五首，在用韻方面，用平聲韻者十四首，上聲韻者一首，去聲韻者三首，上去通押者五首，入聲韻者四首，平仄更韻者八首。以所用之韻部而言，以用《詞林正韻》第三部、第七部者最多，各九次；第四部、第六部、第十七部次之，各五次；餘皆在五次以下，惟第十四、十五兩部未用。其用韻有合於《詞林正韻》十九部者，亦有超出十九部範圍者，今分述如下：

（一）、合於十九部押韻者（通部押韻）共有：

1、一韻到底者（一首押一部韻）

甲、平聲韻：

第一部：東、鍾通押，如〈採桑子〉：「逢」（鍾），「同、通、空、風、紅」（東）。

第二部：陽、唐通押，如〈望月婆羅門〉：「芳、狂、鄉、傷、香、腸」（陽），「光、潢、藏」（唐）。〈水調歌頭〉亦屬之。

江獨用，如〈水調歌頭〉：「邦、降、釭、缸、江、窗、雙、幢」（江）。

第三部：微獨用，如〈鷓鴣天〉：「稀、歸、肥、機、飛、磯」（微）。脂、支、微通押，如〈南鄉子〉：「知、宜、期、奇」（支），「肌、眉、遲」（脂），「衣」（微）。

第六部：文、魂、痕通押，如〈採桑子〉：「雲、分」（文），「論、魂、尊」（魂），「痕」（痕）。

真、諄通押，如〈人月圓〉：「春」（諄），「塵、身、巾」（真）。〈望月婆羅門〉亦屬之。

第九部：歌、戈通押，如〈酒泉子〉：「荷、歌、峨、何」（歌），「梭」（戈）。

第十二部：尤、侯通押，如〈一剪梅〉：「樓、謳」（侯），「洲、州、秋、悠、愁、流」（尤）。

乙、上聲韻：

第九部：過、果、哿、箇通押，如〈醉落魄〉：「磨、涴、破、過」（過），「鎖、火」（果），「我」（哿），「箇」（箇）。

丙、上去通押：

第三部：寘、日、止、質、志通押，如〈感皇恩〉：

「寄、睡」（寘），「益、日」（日），「已、裏」（止），「失」（質），「意」（志）。

第四部：暮、噳、語、姥、御、遇，如〈大江東去〉：「故、度、路」（暮），「舞」（噳），「旅」（語），「古」（姥），「處」（御），「雨」（遇）。

第八部：篠、小、晧、號通押，如〈點絳脣〉：「曉」（篠），「表」（小），「好、葆、道、老」（晧），「誥」（號）。

第十一部：梗、靜、徑、勁通押，如〈驀山溪〉：「影」（梗），「靜、省」（靜），「徑、定」（徑）。

第十二部：有、厚、宥通押，如〈轉調踏莎行〉：「右、壽、手、酒」（有），「後」（厚），「祐、舊」（宥）。

丁、去聲韻：

第三部：祭、寘、霽、未、志、至通押，如〈洞仙歌〉：「世」（祭），「戲」（寘），「計」（霽），「氣」（未），「意」（志），「醉」（至）。

第七部：換、線、霰通押，如〈漁家傲〉：「件、換、觀、斷」（換），「轉、扇、面、戀、獻」（線），「薦」（霰）。

戊、入聲韻：

第十六部：鐸、藥通押，如〈紅袖扶〉：「箔、落、閣、樂」（鐸），「卻、杓、縛、著」（藥）。

第十七部：陌、昔、緝、德、錫通押，如〈大江東去〉：「白、魄、格、客」（陌），「釋」（昔），「溼」（緝），「得」（德），「覓」（錫）。

陌、昔、麥通押，如〈瑞鶴仙〉：「戟、貊、伯、碧、百、客、白」（陌），「尺、赤」（昔），「翮、策、畫」（麥）。

2、平仄更韻（一首用數部平仄韻者）

甲、第十七（入）、七（平）、十三（上）、七（平）部更韻，如〈昭君怨〉：「碧、荻」（陌、錫，十七部），「山、閒」（山，七部），「飲、枕」（寢，十三部），「閒、端」（山、桓，七部）。

乙、第四（去）、十一（平）、八（去、上）、五（平）部更韻，如〈減字木蘭花〉：「去」（御，四部），「住」（遇，四部），「鶯」（耕，十一部），「聲」（清，十一部），「到」（號，八部），「草」（皓，八部），「來，開」（咍，五部）。

丙、第七（上）、三（平）、七（去）、四（平）部更韻，如〈減字木蘭花〉：「綰」（潸，七部），「翦」（獮，七部），「眉」（脂，三部），「知」（之，三部），「轉」（轉，七部），「斷」（換，七部），「珠、無」（虞，四部）。

丁、第十二（去）、三（平）、三（上）、四（平）部更韻，如〈減字木蘭花〉：「秀」（宥，十二部），「透」（候，十二部），「兒、知」（支，三部），「齒、史」（止，三部），「珠、無」（虞，四部）。

（二）、超出十九部範圍者（異部通押）：

1、第三部與第五部通押（韻尾皆為-i）

如〈鷓鴣天〉：「堆、徊」（灰，三部），「開」（咍，五部），「杯」（灰，三部），「臺、來」（哈，五部）。

2、第五部與第十部通押

如〈漁家傲〉：「罷」（蟹，五部），「架、罣、把、夏、下、話」（馬，十部），「畫、掛」（卦，十部），「駕」（瑪，十部）。

3、第十八部與第十九部通押

如〈大江東去〉：「抹」（末，十八部），「徹、折」（薛，十八部），「雪」（薛，十八部），「月、襪」（月，十八部），「結」（屑，十八部），「怯」（業，十九部）

按：以上第三部與第五部之通押情況，乃因此兩部之韻尾皆爲-i，在切韻系統中乃屬同類，故爲「變而不離其宗」之情況。第十八部與第十九部通押情況，因十八部「末、薛、月、屑」之韻尾爲-t，十九部「業」之韻尾爲-p，此二種塞音韻尾，遠在-n，-m，-ng陽聲韻尾泯滅之前，早已不分。因此，王寂口中也已將之混合而通押了。至於第五部與第十部相押，在王寂〈漁家傲〉中，第五部「罷」與第十部「架、罣、把、夏、下、話、畫、掛、駕」相押。考「罷」字，在《集韻》、《韻會》中，屬「蟹」韻，「部買」切，然《韻會》中「罷」字，又有「禡」韻、「皮駕」切一音，可知，宋金元之際，「罷」字已有讀第十部者，《詞林正韻》第十部失收「罷」字，故有第五、第十兩部通押現象出現。可知，如以實際語音變化現象視之，此情況不當入異部通押之例。

三、修辭技巧豐富多樣化：

在修辭技巧方面，《拙軒詞》主要應用了設問、摹寫、夸飾、譬喻、借代、對偶、回文、用典等技巧，此外又有轉品、呼告、類疊等項，可謂豐富多樣化。今舉其主要技巧，舉例說明如下：

（一）設問：

在文學作品中，以詢問之語氣敘述，常較易引起讀者之注意力，如〈減字木蘭花〉：

百斛明珠，買得尊前一醉無？

又如〈紅袖扶〉：

笑半紙功名，何物被人拘縛？

以上二例把平敘語氣轉爲詢問口氣，上例將王孫公子買醉歌樓之情態，表露無遺，下例將人對功名縛人的無奈，敘之真切。

（二）摹寫：

摹寫是對於事物的各種感受加以形容描述，包括了對聽覺、視覺、味覺、觸覺等等的描述[4]，在王寂詞作中以描述視覺、聽覺的感受爲多，如〈感皇恩〉：

寶髻綰雙螺，蹙金羅抹。（視覺）

又如〈水調歌頭〉：

岸柳飄疏翠（視覺），籬菊減幽香（嗅覺）。

---

[4] 參見黃慶萱：《修辭學·摹寫》（台北：三民書局，民74年9月五版）第三章，頁51。本文其他各類寫作技巧，皆參黃著，不另加注。

霽月炯疏影（視覺），晨露浥紅妝（觸覺）。

〈大江東去〉則是對聽覺的形容：

婭奼吳音嬌滴滴，風裏啼鶯聲怯。

以上各例，皆透過作者主觀感受，加以摹寫，由此正可深入探查作者的內心世界。

（三）夸飾：

文學中誇張鋪飾超過了客觀事實，就稱爲夸飾，作者往往爲求語出驚人而使用此類技巧，也可滿足讀者好奇心理。如：

四座皆豪逸，一飲百空缸。〈水調歌頭〉（人情夸飾）

要洗我，窮愁九曲腸。〈望月婆羅門〉（人情夸飾）

虹飛千尺，青雲試長翮。〈瑞鶴仙〉（物象夸飾）

以上三例，皆可謂極盡誇張之能事。

（四）譬喻：

譬喻是一種「借彼喻此」的修辭法，可分爲明喻、暗喻、略喻、借喻等項。在王寂詞作中，使用明喻最多，如：

馬蹄如水朝天去。〈採桑子〉（明喻）

天地一浮萍，人生如寄。〈感皇恩〉（明喻）

前例以水流喻馬蹄之飛馳而去，後例形容人生之虛幻。

（五）借代：

在行文中，放棄通常使用的本名及語句不用，而另找其它名稱代替，爲借代。如：

「紅袖扶着」〈紅袖扶〉此以女子衣裳代替女子。

「有荊釵舉案，綵服兒嬉。」〈洞仙歌〉「荊釵」乃妻子之代稱。

（六）對偶：

此技巧在王寂詞作中，使用十分普遍。如：

「落絮飛花縈不住。」〈減字木蘭花〉「落絮飛花」為句中對。

「曉雲散去山腰瘦，宿雨來時水面肥。」〈鷓鴣天〉為單句對。

以上對句皆可謂平整自然。

（七）用典：

用典乃以古事古義綰合今事今義，因而產生文學作品之新意境。王寂詞用典之例如下：

有酒須當痛飲，百歲黃梁一枕。〈昭君怨〉

爭左角，夢南柯，萬事從今省。〈驀山溪〉

以上二典分別出自《太平廣記》卷八十〈異人類〉「主人蒸黃粱為饌。」及唐・李公佐〈南柯太守傳〉。皆喻窮達、榮辱、得喪、死生之情不過一夢耳。

（八）回文：

《拙軒集》用「回文」技巧之詞，僅一首，為〈菩薩蠻・回文題扇圖〉，其詞曰：

碧空寒露松枝滴，滴枝松露寒空碧。山遠抱溪灣，灣溪抱遠山。　竹疏橫岸曲，曲岸橫疏竹。寒鷺宿平灘，灘平宿鷺寒。

此詞上下兩句，詞彙完全相同，然詞序卻正好相反。全詞呈現一片天然幽趣。

參、《拙軒集》之內涵：

《拙軒集》之主要內涵可分下列各項：

一、聽曲賞樂之雅興

王寂生當世宗、章宗金代承平鼎盛之時，世宗號稱「小堯舜」，

《金史・世宗本紀》贊曰：世宗「躬節儉，崇孝弟，信賞罰，重農桑，慎守令之選，嚴廉察之責。…滋滋爲治，夜以繼日，可謂得爲道之君矣！…當此之時，群臣守職，上下相安，家給人足，倉廩有餘。刑部歲斷死罪，或十七人，或二十人，號稱『小堯舜』，此其效驗也。」[5]章宗「在位二十年，承世宗治平日久，宇內小康，乃正禮樂，修刑法，定官制，典章文物粲然成一代治規。」[6]可知，由於世宗、章宗之勵精圖治，遂使金代社會趨於繁榮承平。又金代設科取士，皆因襲遼、宋之制，進士試詞賦、經義、策論等科。因此，於世宗、章宗時代，文風繁盛，而詞苑在此社會安定，經濟繁榮之時，亦得以彬彬稱盛。鍾振振云：「海陵王時已嶄露頭角的 耶律履、蔡珪、王寂、劉仲尹諸人含英咀華於前，黨懷英、景覃、王庭筠、劉迎、趙秉文、王特起、完顏璹、折元禮、高憲等一批批新秀相繼脫穎以出於後，近六十年間群星璀璨，煒煒交輝。」（〈論金元明清詞〉）適逢其會之王寂，其詞作內容，正表現出社會歌舞昇平之一面，如〈減字木蘭花〉、〈南鄉子〉、〈感皇恩〉（有贈）、〈望月婆羅門〉（懷古）、〈大江東去〉（美人）等詞皆描繪當時歌伎之容貌、體態、及歌藝，顯現其聽樂賞曲之雅興。如：〈感皇恩〉（有贈）云：

寶髻綰雙螺，蹙金羅抹。紅袖珍珠臂備匝。十三絃上，小小剝蔥銀甲。陽關三疊遍、花十八。　　鴈行歷歷，鶯聲恰恰。

---

[5] 元、脫脫等撰：《金史・世宗本紀》（台北：洪氏出版社，民64年1月初版）卷8，頁203-204。

[6] 同註五，〈章宗本紀〉卷12，頁285。

洗盡歌腔舊嘔啞。坐中狂客，不覺琉璃杯滑。纏頭莫惜與、金釵插。

詞中吟詠十八佳人之美麗妝扮，及其撥絃唱曲之姿態，並形容其歌喉之婉轉動聽，使得聽者凝神而滑落琉璃杯之情狀。又如〈南鄉子〉一詞，其自序言：「（世宗）大定甲辰，馳驛過通州，賢守開東閣，出樂府，縹緲人作累累駐雲新聲，明眸皓齒，非妖歌嫚舞欺兒童者可比。」詞中形容通州太守之樂伎曰：「綽約玉爲肌，宮額嬌黃淺更宜。…翠羽翦春衣。林下風神固亦奇。」將樂伎之嬌容、妝扮及神態描繪得十分真切。按王寂此等詞皆透露出金代社會聽歌唱曲風氣之普遍，《金史・高楨列傳》稱頌：「楨性方嚴，家居無聲伎之奉。」（卷 84）由此可証，金代仕宦之家普遍皆蓄聲伎。自然詞樂、詞作亦因此而興盛。也因有此雅興，常與歌伎接觸，故王寂詞中尙有不少吟詠女子相思情懷之作，如〈點絳脣〉（閨思）、〈菩薩蠻〉（春閨）、〈采桑子〉、〈減字木蘭花〉、〈鷓鴣天〉等皆是，王寂詠情之作，除具花間手神外，亦有南唐詞之風貌，如〈採桑子〉：

十年塵土湖州夢，依舊相逢。眼約心同。空有靈犀一點通。尋春自恨來何暮，春事成空。懊惱東風。綠盡疏陰落盡紅。

此詞言情深婉工麗，深得馮延巳詞之神韻。

二、人生如夢、功名虛幻之體悟

《拙軒集》中大部分作品，乃爲王寂感懷之作，此類詞作充份顯露出王寂人生如夢、功名虛幻之思想，如〈昭君怨〉（江行）云：「有酒須當痛飲，百歲黃粱一枕。」言人生猶如黃粱夢。〈感皇恩〉（漫興）云：「天地一浮萍，人生如寄。畫餅功名竟何益。百年渾醉，三萬六千而已。過了一日也、無一日。」言以醉排遣「人生如寄、畫餅功名」之念。又王寂曾被貶蔡州，《金史·河渠志》云：「（大定）二十六年八月，河決衛州堤，壞其城。上命戶部侍郎王寂，都水少監王汝嘉馳傳措畫備禦。而寂視被災之民不爲拯救，乃專集眾以網魚取官物爲事，民甚怨嫉。上聞而惡之。既而，河勢氾濫及大名。上於是遣戶部尙書劉瑋往行工部事，從宜規畫，黜寂爲蔡州防禦使。」（卷27）世宗命王寂拯救衛州黃河水患之災民，而王寂卻專務私利，不恤災民，故爲朝廷貶爲蔡州防禦使。王寂被貶之初，乃深嘆「功名畫餅、冷暖人情」，〈醉落魄〉（欺世）云：

> 百年旋磨。等閒事莫教眉鎖。功名畫餅相謾我。冷暖人情，都在這些箇。　　璠瑜不怕經三火。蓮花未信淤泥涴。而今笑看浮生破。禪榻茶煙，隨分與他過。

詞中深嘆功名之虛幻，人情之冷暖，亦自信己如美玉、蓮花，不怕火鍊、泥渥。末以看破浮生、遁入禪理之豁達態度面對一切。但如果相較《金史·河渠志》所記載，王寂乃因不恤災民而被貶，則〈醉落魄〉一詞可謂王寂諉過於人，不能自思己過之作。也因有此「人生如夢、功名虛幻」之念，故退隱田園山林之嚮往遂時時存於王寂心中，如〈人月圓〉（再過真定贈蔡特夫）云：「憑君問舍彫丘側，準擬乞閒身。北潭漲雨，西樓橫月，藜杖綸巾。」言欲辭官退隱彫丘側，過著藜杖綸巾之悠遊生活。又如〈鷓鴣天〉云：「吾老矣，久忘機。沙鷗相對不驚飛。柳溪父老應憐我，荒卻溪南舊釣磯。」言已早忘卻爭名奪利之機心。〈洞仙歌〉（自爲壽）則更爲明示賦歸之心，其詞云：

先生老矣，飽閱人間世。磨衲簪纓等遊戲。趁餘生強健，好賦歸歟，收拾箇、經卷藥鑪活計。　　辟寒金翦碎，瀌蠬浮香，恰近重陽好天氣。有荊釵舉案，綵服兒嬉，隨分地，且貴人生適意。也不願、堆金數中書，願歲歲今朝，對花沉醉。

言老來已看遍功名利祿遊戲，趁餘年強健之際，應早賦歸歟。與妻兒安享天倫之樂，過著適意人生。此等欲遠離仕宦，歸隱田園山林之思想，正出自於王寂「人生如夢、功名虛幻」之深悟。

三、宦遊異鄉、思念家園之悲悽

雖然王寂已看破浮生，但終不能真正豁達，故被貶蔡州後，感情即十分悲悽，如〈一剪梅〉（蔡州作）云：

懸瓠城高百尺樓。荒煙村落，疏雨汀洲。天涯南去更無州。坐看兒童，蠻語吳謳。　　過盡賓鴻過盡秋。歸期杳杳，歸計悠悠。闌干憑遍不勝愁。汝水多情，卻解東流。

按蔡州故治在今河南省汝南縣，詞中形容此地十分荒涼，認爲「天涯南去更無州」。下片敘歸思，言「闌干憑遍不勝愁」，可見其情感之哀悽。又如〈驀山溪〉（退食感懷）云：

山城塊坐，空弔朋儕影。檛鼓放衙休，悄無人、日長門靜。

折腰五斗，所得不償勞，松暗老，菊都荒，誰為開三徑。　及瓜不代，歸計渾無定。羈客奈愁何，儘消除、詩魔酒聖。兒童蠻語，生怕聞黃楊，爭左角，夢南柯，萬事從今省。

上詞敘述王寂於蔡州衙門休朝後之心情，在靜悄悄之衙門內，不禁使其想念昔日老友，益增思歸之情，深嘆一己在此終日辛勞爲五斗米折腰，徒令家園荒蕪，任期已滿卻無法歸去，此無奈之愁，惟藉詩酒消除。人生只怕遭受困頓境遇，從今乃深切省悟求功名、爭富貴皆屬虛幻無常。句句透露其思歸之心，情懷悽愴。又〈望月婆羅門〉（元夕）云：「宦游異鄉。對節物、只堪傷。冷落譙樓淡月，燕寢餘香。快呼伯雅，要洗我、窮愁九曲腸。休更問、勳業行藏。」元夕在異鄉面對節物，更令人哀傷。「伯雅」，大酒器也，此三句言欲痛飲消愁也。〈水調歌頭〉則因賞芙蓉，而興起哀情。其小序云：「戊申季秋月十有九日，賞芙蓉於汝南佑德觀，酒酣，爲賦明月幾時有，蓋暮年游宦之情不能已也。」「戊申」爲大定二八年（1188 年），此時，王寂已被貶二年。詞中深嘆芙蓉花遭遇無情風雨之侵襲，末因花而傷己云：「我亦傷流落，老淚不成行。」可謂哀傷已極。

除以上三項主要內涵外，《拙軒集》尚有四首壽詞，〈點絳脣〉祝太夫人之壽，〈酒泉子〉、〈漁家傲〉二首祝其夫人之壽，〈瑞鶴仙〉乃上高節度之壽。諸詞皆多頌揚祝福之語，價值不高。惟〈瑞鶴仙〉一首，稱頌高松歷事三朝之功勳，雄奇豪邁。案高氏年十九歲從軍，累建戰功，「以功遷咸平少尹，四遷崇義軍節度使」（《金史・高松列傳》卷 82）故詞云：「轅門初射戟。看氣壓群雄，虹飛千尺。青雲試長翮。擁牙旗金甲，掀髯橫策。威行蠻貊。令萬卒、縱橫坐畫，蕩淮夷獻凱，歌來斗印，命之方伯。」正稱揚高氏氣勢之豪邁，軍功之卓著。全詞風格雄放，爲《拙軒集》中特異之作。

肆、《拙軒集》之風格：

《拙軒集》之風格可分爲婉約清麗、質樸疏放、及雄放豪邁三類，今分述如下：

一、婉約清麗：

王寂敘相思情懷，女子閨思之詞多屬婉約清麗之風格。如〈點絳脣〉：

> 疏雨池塘，一番雨過香成陣。海榴紅褪，燕語低相問。　冰簟紗幮，玉骨涼生潤。沈煙噴，日長人困，枕破斜紅暈。

委婉含蓄，可追蹤《花間詞》。

二、質樸疏放：

王寂詞中感懷之作，皆呈現質樸疏放之風格，如〈紅袖扶〉（酌酒）下片云：

> 先生老矣，飽閱人間世。磨衲簪纓等游戲。趁餘生強健，好賦歸歟，收拾箇，經卷藥鑪活計。

此詞爲其自祝己壽之作，敘述經歷，盼望回鄉，質撲真率。

三、雄放豪邁：

此類風格《拙軒詞》中僅一首，即上引〈瑞鶴仙〉一詞，如「轅門初射戟，看氣壓群雄。虹飛千尺，青雲試長翮。」「行蠻貊。令萬卒，縱橫坐畫，蕩淮夷獻凱，歌來斗印，命之方伯。」等句，皆以雄放筆調將高節度之英勇豪氣表露無遺。

由上可知，王寂詞之風格以婉約清麗、質樸疏放爲主，但此外亦具雄放豪邁之風格，於金代詞家中爲一風格多樣化之作家。

伍、結語

王寂爲金代中期之詞家，其所作之《拙軒集》在形式上有以下三項特色：（一）詞調以小令、中調爲主。又以聲情婉約之詞牌爲多。（二）用韻有合於《詞林正韻》十九部者，亦有超出十九部之範圍者，皆充分顯示金代語音之現象。（三）修辭技巧豐富多樣化，共用設問、摹寫、誇飾、譬喻、借代、對偶、回文、用典等多項技巧。

在主要內涵上，可分以下三項：（一）聽曲賞樂之雅興：王寂生當金世宗、章宗承平鼎盛之時，社會歌舞昇平，王寂詞正表現此一社會現象。（二）人生如夢、功名虛幻之體悟，更由此體悟，進而有退隱田園山林之嚮往，但終其一生王寂並未辭官退隱，最後終於中都轉運使之職，年六七歲。（三）宦遊異鄉，思念家園之悲悽。王寂被貶蔡州期間，情懷悽愴，時時思歸故里，其〈水調歌頭〉因賞芙蓉而興感云：「我亦傷流落，老淚不成行。」可謂哀傷至極。

在風格方面，王寂詞風以婉約清麗、質樸疏放爲主，然亦具雄放豪邁之一面，於金代中期之作家中，爲一風格多樣化之詞人。

綜上可知王寂詞之成就，雖不如黨懷英般卓著，亦自有其個人特色存在。又在大定、明昌繁盛之詞苑中，王寂亦可稱爲承先啓後之一作手。

結構與歷程
——論王弼的《周易略例》

王金凌

前言

《周易》本是卜筮之書，藉以預測吉凶。吉凶指事態對人所造成的得失[1]。如果不藉重卜筮，人們將如何知道吉凶？將運用其理性，根據事態的相關訊息，逐步推論、判斷。但是人們可以獲知的訊息往往不夠完整，即使完整，可據以採取的行動方案也有多種，有待選擇。每一種選擇所造成的結果可能不一樣，得失之情又交激於胸中，於是理性的運用仍然無法讓人完全正確的預知吉凶。事態隨著時間像潮水一波又一波的湧到面前，人們不能不採取行動，往往免不了求之於占筮。占筮在沒有書面文字作爲解說吉凶之前，只能依賴占者的直覺。有了書面文字作爲解說吉凶的依據之後，就仰賴解釋書面文字的意義以說吉凶。《周易》經文中的卦畫、卦名、

---

1 〈繫辭〉上傳第二章：「是故吉凶者，失得之象也。」

卦辭、爻辭的意義就是賴以獲知吉凶的依據。

今本《周易》解釋經文的是〈彖辭〉、〈小象〉、〈大象〉、〈文言〉、〈繫辭〉、〈說卦〉、〈序卦〉、〈雜卦〉，傳統稱之為「傳」[2]。傳以解經，〈彖辭〉解說卦辭，〈小象〉解說爻辭，〈文言〉解說乾、坤兩卦，〈大象〉從德性解說一卦之義。〈繫辭〉綜合的解說《周易》一書的作者、解《易》規則、進而陳述其道論，〈說卦〉解說卦象，〈序卦〉解說六十四卦次第的理由，〈雜卦〉則解說六十四卦卦名之義。各傳的解釋對象在傳統上沒有異說，它們的解釋方法在傳統上稱為「例」。王弼的《周易略例》就是這種性質的著述。這些「例」可以用三個問題來區分：如何解釋《周易》經文的意義？如何知道當前處於事態發展的那一個階段？如何知道吉凶？

《周易》經文以卦畫為核心，然而卦畫是純粹形式的符號，其意義必須透過賦予經驗內容而顯。卦辭、爻辭、卦名是具有經驗內容的語文，因此，嚴格說來，卦辭、爻辭和卦名都是對卦畫的解說[3]。由於運用《周易》的目的在於知吉凶，而吉凶是事態對人所造成的得失，因此，卦畫的意義就被限定在事態。事態是人以其心力運用物力而互動的過程。心力指人欲望、意志、智力、情感、情緒、個性、道德感、美感等。物力包括自然物和人造物。人造物指經由

---

[2] 解釋《周易》經文之傳有多家，本與經文別行。如〈漢志〉著錄「易，經十二篇。」其下又著錄「易，傳周氏二篇。」彖、象、繫、文言、序卦、說卦、雜卦等為戰國儒者所作，其性質為傳，而無「傳」之名，至漢代《史記・孔子世家》、《漢書・藝文志》稱引皆然。《易緯・乾鑿度》始分彖、象、繫為上、下而成十篇，稱為「十翼」。

[3] 卦名是歸結爻辭大義而成。此說見高亨〈周易卦名來歷表〉，文於所著《周易古經通說》，(臺北：樂天出版社，民國七十一年)，頁37。

技術而製造的各種物品、組織、和符號。符號有以聲音、線條與顏色、動作、數字爲媒介而發展出來的語文、音樂、美術與雕刻、舞蹈、和數學等知識。人們是在組織結構之內或之間、歷經時間、面對環境而互動，於是必須把這些經驗內容賦予卦畫，而使卦畫可以表述三套意義系統，也因此容易混淆這三套意義系統。

透過卦畫所含的三套意義系統而知道每一卦所表的事態之後，就必須有個方法來確定自己當前處於事態發展的那一個階段。事態發展是透過六爻來顯示，那麼，這個問題也只能透過六爻來決定。

在知道自己當前處於事態的那一個階段之後，就必須有個方法來瞭解事態在未來的吉凶。純粹形式的卦畫無法顯示這項結果，只有透過《周易》經文來顯示。

春秋時代用取象的方法將事態賦予卦畫，〈彖辭〉和〈小象〉除了繼承取象的方法之外，又發展出爻位的解釋方法，將組織結構和時間歷程賦予卦畫。此外，〈彖辭〉和〈小象〉也將德性對吉凶的影響賦予相當的份量，進而從對德性和吉凶的反思，將思想提升到天人合德的境地。這些思想都被〈繫辭〉繼承、開拓。不過在吉凶判斷上還是以組織結構和人類德性爲解釋《周易》經文的分析模式。王弼的《周易略例》也承續這個解《易》規則，只是結合了儒家和道家思想。

由於卦畫這純粹形式符號可以代入不同的意義系統，解《易》之時，不免疏忽而混淆了不同的意義系統，王弼的《周易略例》也有此瑕病。本文的目的就是重新整理王弼《周易略例》的解《易》規則，使其條理清晰，並指陳其瑕病。爲了條理清晰，所列規則有些是王弼《周易略例》所無而理應涵於其中的[4]。

一、卦畫表事件的歷程與變化

《周易略例·明卦適變通爻》說：

> 夫卦者，時也。爻者，適時之變者也。……初上者，終始之象也。

在歸結王弼的解易規則之前，必須先說明爻位、爻性、和經驗內容三個概念。這將有助於清晰的分辨王弼之言的瑕疵。爻位指爻所居之位，共有六位，合成一卦。爻性指爻的特質爲陰或陽，因此有陰爻和陽爻。經驗內容指代入卦爻的經驗事物，如以乾卦爲天，或以整個卦爻表時間歷程、表組織結構。爻位就好像算術中的個位、十位、百位、千位等等，爻性就好像在爻位上塡入的 x、－x 等，經驗內容則像塡入 x 、－x 中的事物。

從以上王弼所述諸語，可以歸結出二條規則。

規則1：六爻爻位表事件歷程。

《周易》以卦畫爲基礎而解釋占筮的結果。然而卦畫是純粹形式符號，占筮則欲知事件對人造成的吉凶，因此，就把事件這經驗內容賦予卦畫。事件是人以其心力運用物力而互動的過程。互動在時間歷程中進行，互動之中又有變化。因此，將事件這經驗內容賦予卦畫時，卦畫就具有表達事件歷程和變化的意義。如果暫時抽出

---

[4] 關於《周易略例》版本，拙文採用樓宇烈《老子·周易王弼注校釋》，(臺北：華正書局，民國七十九年)。

經驗內容，從初爻至上爻的爻位就是表時間歷程。每一個爻位都可填入陰爻或陽爻，因此，嚴格的說，〈明卦適變通爻〉所說「卦者，時也」應是「爻位者，時也」。如此方能包含六十四卦所示的六十四種時間歷程。

規則2：初爻爻位和上爻爻位表事件終始。

事件有其主體，即個人或組織，在時間歷程中互動而發生變化，個體（個人或組織都可以稱為個體）是有限的，個體互動所構成的事件也是有限的。既然有限，就有開始與結束，從開始到結束有一段過程。事件始於心力、物力發揮功能之時，而終於目標完成或心力、物力衰竭之時。這個歷程放在六爻來看，初爻爻位為始，上爻爻位為終。因此王弼所說的「初、上」應指初爻爻位和上爻爻位。如果不從個體，而從整體來看，則事件周流不息，因此，〈明卦適變通爻〉不說「初上者，始終之象也」，而說「初上者，終始之象也」。

二、卦畫表組織結構

（一）組織結構內的職位功能和職位之間的關係

A、職位功能

《周易略例·辯位》說：

> 夫位者，列貴賤之地，待才用之宅也。爻者，守位分之任，應貴賤之序者也。位有尊卑，爻有陰陽。尊者，陽之所處也；

> 卑者，陰之所履也。故以尊為陽位，卑為陰位。去初、上而論位分，則三、五各在一卦之上，亦何得不謂之陽位？二、四各在一卦之上，亦何得不謂之陰位？初、上者，體之終始也，故位無常分，事無常所，非可以陰陽定也。

從以上諸語可以歸結出下列規則。

規則3：爻位表組織結構內的職位。

規則4：職位的功能由陽位和陰位表示。陽位表高職位，為尊、為貴、為主。陰位表低職位，為卑、為賤、為從。

規則5：奇數爻位為陽位，偶數爻位為陰位。三、五爻位為陽位，二、四爻位為陰位。初、上爻不計入陽位或陰位。

王弼認爲「位」是「列貴賤之地，待才用之宅」，貴賤是指職位高低，則爻位首先表組織結構內的職位。

每一個職位都有其功能。不論其功能是什麼，由於分工的需要，必需有領導和輔弼的分別，陽位表領導，陰位表輔弼。從位階來看，陽位爲高職位，爲尊，爲貴。陰位爲低職位，爲卑，爲賤。然而如何規定陽位和陰位？王弼以三、五爻爻位爲陽位，以二、四爻爻位爲陰位，至於初、上爻爻位則無陰位或陽位的規定。

這個觀點混淆了時間歷程和組織結構兩套意義系統。爲了清晰的呈現其錯誤，先設一喻。

$$x+2x+3x+4x+5x+6x=21x$$

x 在此可以指桃子，也可以指李子。如果指桃子，從 x 到 6x 都指桃子，不能說從 2x 到 5x 指桃子，同時 x 和 6x 指李子。但是王弼卻這麼做，他認爲 2x 到 5x 指桃子，同時認爲 x 和 6x 指李子。這就是王弼混淆兩套意義系統的模式。從初爻爻位至上爻爻位猶如 x 至 6x，是純粹形式符號，可以代入不同的經驗內容，但是只能同時代入一種經驗內容，不能同時代入兩種經驗內容，否則將造成意義混淆。然而王弼卻將「位」（組織結構）代入二爻至五爻，同時將「時」（時間歷程）代入初爻與上爻。

王弼的混淆源於把「位」的概念限定在組織結構，其實，時間歷程也可以有「位」。在一卦六位尚未塡入陰、陽爻之前，只有空洞的六位，假設要表達「時」（時間歷程）的意義系統，這六位就表示包括終始在內的六段歷程。若要表達「位」（組織結構）的意義系統，這六位就表示包括六個成素的組織結構。

王弼會把「位」的概念限定在組織結構，是受了〈小象〉和〈繫辭〉的影響。他發現〈小象〉沒有提到初、上爻得位或失位，（〈辯位〉說：「象無初、上得位、失位之文」）又發現〈繫辭〉下傳第九章只說：「二、四同功而異位，……三、五同功而異位。」並不敘及初、上爻。所以他不把初、上爻計入表組織結構的「位」中。其實，〈小象〉中的「得位」、「失位」即「當位」或「不當位」。這個概念的形成如下：首先，有六位。其次，塡入陰爻或陽爻。復次，指定初、三、五位爲陽位，二、四、上位爲陰位。最後，根據陽爻居陽位、陰爻居陰位爲「得位」或「當位」；若陽爻居陰位、陰爻居陽位，則爲「失位」或「不當位」。至此，「得位」、「失位」並沒有經驗內容如組織結構或時間歷程。一旦賦予經驗內容，不論是組織結構或時間歷程，都有「得位」或「失位」之事。王弼對此無法明辨，於是一方面無法解釋乾卦〈彖辭〉的「六位時成」一語，另一方面，在談到中爻時，又把初、上爻納入表組織結構的「位」概念中，而陷於自相矛盾。

王弼無法解釋「六位時成」一語之事見於〈辯位〉。他在〈辯位〉中解釋說：

> 然事不可無終始，卦不可無六爻。初、上雖無陰陽本位，是終始之地也。，統而論之，爻之所處，則謂之位，卦以六爻為成，故不得不謂之「六位時成」也。

王弼也承認「爻之所處，則謂之位」。有六爻，則有六位。當以六位表時間歷程時，可以將陰陽賦予六位，也可以不賦予。若將陰陽賦予六位，則有「得時」或「失時」。若不賦予，則無「得時」或「失時」。如今〈彖辭〉和〈小象〉並沒有「得時」或「失時」之說，亦即以六位表時間歷程時，不將陰陽賦予六位，則王弼不須強爲之解，說「初、上雖無陰陽本位，是終始之地也」。王弼作此解說反而顯出他把表組織結構的陽位和陰位混入表時間歷程的六爻爻位中。

王弼既然不把初、上爻納入「位」（表組織結構）的概念，談到中爻，又隱然把初、上爻視爲「位」（表組織結構）的概念。這個矛盾見於〈明彖〉。〈明彖〉中說：

> 物無妄然，必由其理。統之有宗，會之有元。故繁而不亂，眾而不惑。故六爻相錯，可舉一而明也，剛柔相乘，可立主

以定也。是故雜物撰德，辯是與非，則非其中爻，莫之備矣！

這是承繼〈繫辭〉下傳第九章的說法[5]。既然辨是與非，有賴中爻，此爻不是指表「時」(時間歷程)之爻，因為無法從純粹的「時」判斷是非。此爻應是指表「位」(組織結構)之爻。既然如此，二、五爻所以能為中爻，有待初、上爻來相互界定，中爻既指「位」(組織結構)，初、上爻也必須指「位」。於是王弼隱然將初、上爻視為表「位」(組織結構)之爻。這和他在〈辯位〉中所謂「去初、上而論位分」一語以初、上爻表時間歷程而不表組織結構顯然相互矛盾。

B、職位之間的垂直關係

〈明卦適變通爻〉說：

承、乘者，順逆之象也。

---

[5] 《周易・繫辭》下傳第九章說：「若夫雜撰德，辨是與非，則非其中爻不備。」朱熹注：「此(中爻)謂卦中四爻。」焦循《易章句》說：「中爻，謂二、五。」凌案：朱熹以中爻為二、三、四、五爻。朱熹之說係涉〈繫辭〉此章下文「二與四同功而異位」、「三與五同功而異位」而生。由於二爻爻位謙而柔，因此多譽；四爻爻位近五爻爻位，易致功高震主，故多懼；三爻爻位剛而居內卦靜處之勢，故多凶；五爻爻位剛而處恢拓之勢，故多功。朱熹以為據此四者可辨明是非，亦持之有故，言之成理。然而王弼既稱「六爻相錯，可舉一而明也；剛柔相乘，可立主以定也」，則其所謂中爻係指一爻，指一主爻，而非指二、三、四、五爻。今論王弼，故取焦循。

規則6：乘位表高職位，承位表低職位。

規則7：相鄰兩爻爻位在上者為乘位，在下者為承位。

除了以陽位和陰位表職位功能之外，職位之間又有垂直的關係，此即「乘位」、「承位」。相鄰兩爻爻位之間，上位對下位爲「乘」，下位對上位爲「承」，表領導與輔弼的關係。在職位之間的領導與輔弼關係中，尙無順或逆之事，必須在塡入陰陽爻之後，才有順逆可言。但是王弼以順、逆界定承、乘，不免有混淆爻位與爻性之瑕。

C、職位之間的水平關係

〈明卦適變通爻〉說：

夫應者，同志之象也。

規則8：應位表組織結構內兩個職位之間的互動關係。

規則9：初、四爻爻位，二、五爻爻位，三、上爻爻位為應位。

初與四、二與五、三與上的爻位表組織成員之間的互動關係。這種關係爲同志或異志，必須在塡入陰陽爻之後才顯現出來。而王弼以同志之象界定應位，不免有混淆爻位和爻性的缺陷。

（二）爻性——組織成員的特質

〈辯位〉說：

夫位者，列貴賤之地，待才用之宅也。爻者，守位分之任，應貴賤之序者也。位有尊卑，爻有陰陽。尊者，陽之所處也；卑者，陰之所履也。故以尊為陽位，卑為陰位。

規則１０：爻之陰陽，稱為爻性，表組織成員的特質。

當爻位表組織結構時，每個爻位必須填入陰爻或陽爻，爻之陰陽就表示組織成員的特質。人們很自然的從社會經驗中認爲主領導的爻位爲尊位、爲貴位。反之，則爲卑位、爲賤位。當陰陽爻填入爻位時，陰爻未必會居於卑位，陽爻也未必會居於尊位。但是王弼卻認爲「尊者，陽之所處，卑者，陰之所履」，這顯然又混淆了爻位和爻性。

貴賤、尊卑、陰陽這三個概念共用一套卦爻符號，本就容易造成意義混淆。這三個詞在行文中，爲了文章變化，又可以互換，使得這種修辭方法在論理時更容易造成意義混淆。王弼以「位」爲「列貴賤之地，待才用之宅」，則貴賤指職位功能。又說「位有尊卑」，則尊卑也指職位功能。職位功能有領導與輔弼之分，領導爲貴爲尊，輔弼爲賤爲卑，而陽位主領導，陰位主輔弼，因此王弼說「尊爲陽位，卑爲陰位」。這些都正確。另一方面，他以「爻」爲「守位分之任，應貴賤之序」，又認爲「爻有陰陽」，則陰爻陽爻指個體特質，即爻性。這也是正確的。但是他認爲「尊者，陽之所處，卑者，陰之所履」則誤。陽位、中位、上位都是尊位，而陰位、下位是卑位。但是尊位未必是陽爻之所處，卑位也未必是陰爻之所履。當陽爻而居卑位或陰爻而居尊位時，即不當位。爻位尊卑（其實應是陰陽）是指稱組織結構內部的職位功能，爻性陰陽是指個體的特質，由此可見王弼因行文求其變化而混淆了爻性與爻位，即混淆了個體特質和職位功能。

（三）組織成員與職位之間的關係

〈辯位〉說：

象無初、上得位、失位之文。

規則11：陽爻居陽位或陰爻居陰位，謂之當位或得位。陽爻居陰位或陰爻居陽位，謂之不當位或失位。當不當位表示個體特質與職位功能是否相合。

王弼所說「得位」、「失位」即〈彖辭〉和〈小象〉所說的「當位」與「不當位」。王弼認爲〈小象〉對初爻和上爻的解釋中，沒有得位或失位的評論，其原因是初爻和上爻表時間歷的終始。其誤已見前文。拙意以爲當不當位是放在個體的發展歷程來看，初爻是個體發展初期，屬於潛伏期，乾卦初九稱之爲「潛龍，勿用」，當不當位，影響不大；上爻是個體發展末期，屬於隱退期，乾卦上九稱之爲「亢龍，有悔」，不宜有動，當不當位，影響也不大，因此〈小象〉不需評論初爻和上爻得位或失位。

（四）組織成員之間的關係

〈明卦適變通爻〉說：

夫應者，同志之象也。……承乘者，順逆之象也。

規則１２：乘與承指相鄰兩爻之間的關係。上爻對下爻為乘，下爻對上爻為承。陽爻乘陰爻或陰爻承陽爻為順，反之則為逆。乘與承表組織內個體之間的權力關係。

規則１３：應爻指初爻與四爻、二爻與五爻、三爻與上爻的陰陽爻性相反。無應則指其陰陽爻性相同。應或不應表個體在組織結構中的協調或衝突關係。

爻位和爻性必須分別，因此規則７、８述乘位與承位，規則９、１０述應位，此處述乘爻與承爻、應爻。只有在乘爻和承爻時，才有順逆可言，只有在應爻時，才有同志或異志可言。

三、卦畫表活動的環境

〈明卦適變通爻〉說：

> 夫卦者，時也。爻者，適時之變者也。…內外者，出處之象也。

規則１４：六爻表時勢。

以六爻爻位表時間歷程，這只具有形式意義。在爻位上塡入陰爻或陽爻之後，形成一卦，仍然只具有形式意義，而尙無經驗內容。王弼以爻爲「適時之變」是從已顯示經驗內容的爻辭而言，則六爻爻辭顯示事態變化的狀態，王弼對此義說得很淸楚：「夫爻者，何也？言乎變者也。」這是以「爻」爲爻辭。但是變化有其主體，即誰在變化？爲什麼變化？王弼所說「適時之變」隱然包含了誰和變化原因兩項，當以爻爲「適時之變」，就是以爻爲變化的主體，它隨著「時」而變化。「時」在此不是指純粹的時間，而是指時勢。時勢是主體活動所面對的環境，其具體內容就是傳統所謂的天、地、人等影響事態發展的因素。從活動的角度來看，人們必須觀察這些因素的利害，而決定出處動靜。這就顯示在內卦和外卦。

規則１５：內卦為初、二、三爻構成，表靜處的環境。外卦由四、五、上爻構成，表活動的環境

四、事態的決定

純粹形式的卦爻符號在賦予歷程、結構、和環境的經驗意義之後，只是樹立解易的規則，這些規則的作用是將卦畫、卦名、卦辭、爻辭的意義限定在「事態」的範圍，並以這些規則作爲理解「事態」的分析模式。至於每一卦和每一爻具體而確切的意義，則是將卦辭和爻辭放在由這些規則所立的分析模式中予以解說。王弼認爲這項解說工作由〈彖辭〉和〈小象〉來完成。因此，〈明彖〉說：

> 夫彖者，何也？統論一卦之體，明其所由之主也。

又〈略例〉下說：

> 凡彖者，統論一卦之體者也。

由此而有規則 16。

規則16：〈彖辭〉解釋一卦所示的整個事態

至於各爻之義，〈略例〉下說：

> 象者，各辯一爻之義者也。……象則各言六爻之義者，明其吉凶之行。

於是有規則17。

規則17：小象解說一爻在組織中結構和歷程的意義。

雖然如此，人們用易最重要的目的是想知道：當前處於什麼事態？處於事態發展的那一個階段？王弼回答了第二個問題。〈明彖〉說：

> 夫少者，多之所貴也；寡者，眾之所宗也。一卦五陽而一陰，則一陰為之主矣；五陰而一陽，則一陽為之主矣。……或有遺爻而舉二體者，卦體不由乎爻也。

又〈略例〉下說：

> 凡彖者，通論一卦之體者也。一卦之體必由乎一爻為主，則指明一爻之美，以統論一卦之義，大有之類是也。卦體不由乎一爻，則全以二體之義明之，豐卦之類是也。

由是而有規則18。

規則18：凡五陽而一陰之卦，以一陰為主爻。五陰而一陽之卦，以一陽為主爻。凡二陰四陽、二陽四陰、三陰三陽之卦，以內

卦與外卦結合之意義代主爻之意義。

〈彖辭〉統論一卦之體，則將一卦視爲完整事態。事態有發展的歷程與變化，因此，事態有整體的形態和各階段的狀態兩個層面。那麼一卦如何呈現這兩個層面？首先，卦名透露了事態的整體形態，因爲卦名是約六爻爻辭的內容而立的。然而卦名僅有一詞，意義沉晦，於是〈彖辭〉透過釋卦辭而使整個事態比較明確，因此，王弼在〈明彖〉說：「故舉卦之名，義有主矣。觀其〈彖辭〉，則思過半矣。」卦名和〈彖辭〉在解說一卦所示的事態上是互補的。

然而事態的發展有其階段，卦名和〈彖辭〉無法予以解說，而由六爻爻辭來解說。於是事態的兩個層面－－整體形態和階段歷－－有了解釋，這時爲什麼還要立「主爻」？若如王弼所說：「一卦之體必由乎一爻爲主。」則一卦之體所示的事態由主爻來解釋，於是主爻的解釋和卦辭、彖辭、六爻爻辭重複，而且必與六爻爻辭之一重複。因此王弼所謂的主爻不是爲了解釋卦體所示的事態，而是爲了顯示並解釋人們當前處於事態發展的那一個階段。在春秋時代，確立主爻是根據占筮而定的，王弼則根據一與多的哲學觀念，而認爲以一統多。即使王弼確立主爻的方法是正確的，他要如何顯示並解釋人們當前處於那一卦所示的事態？這仍然必須透過占筮，而無法透過一與多的哲學觀念來決定。因此，王弼想用一與多的哲學觀念取代占筮以立主爻的方法並不成功，除非他不討論主爻。換句話說，想知道當前處於什麼事態、事態發展的那一個階段、及其吉凶，這不完全是理性所能爲力，因此說「謀事在人，成事在天」。主爻是占筮中的概念，是鬼謀之事，王弼要從哲學、從人謀論易，就不應討論主爻。

再者，王弼也知道用以一統多的方法立主爻會遭遇例外，即這個方法不適用於二陰四陽、二陽四陰、和三陰三陽之卦，而不得不採用二體（內、外卦卦象結合）以代主爻。這就回到春秋時代的取象方法。從方法學的觀點來看，王弼立主爻的方法有不一致的缺陷。

姑不論王弼以哲學觀念立主爻有其內在的衝突，解易必須明吉凶，而吉凶有各種狀態，於是有規則19。

規則１９[6]:「無咎」指本來有咎，因預防得法，所以能夠無咎。

「吉，無咎」指本來有咎，因為逢吉，所以得免。

「無咎，吉」指先免於咎，而後吉隨之而至。或指處理得其時機，所以只要不犯咎，就能獲吉。

「無咎」也可以指自己招來罪過，無所怨咎。

五、超越吉凶

雖然人們透過筮蓍，占得一卦，索知主爻，藉此瞭解所處的事態及其發展，進而透過卦爻所示的組織結構和環境利害，以資判斷吉凶，似乎如是便可準確的掌握未來，趨吉避凶。但是這樣的方法交雜著理性和非理性的成分，交雜著人謀和鬼謀的成分。人們理性地知道自己理性的局限，而求之於非理性的筮蓍。求之於筮蓍的非

6 關於王弼對〈小象〉吉凶判斷語的解釋，見《周易略例》下。（樓宇烈《老子・周易王弼注校釋》，頁615）其詞簡明，故逕述不引。

理性活動中，蘊涵著對卦爻的理性解讀，也蘊涵著趨吉避凶的理性選擇。然而趨吉避凶不只是理性選擇，也是與生而俱的欲望。這股欲望挾著意志、個性、情緒、情感、知識、德性而涵蘊強大的力量，足以使循著組織結構和客觀環境而行的事態發展改變方向，遂致吉凶難卜。

卦爻是一套理性的數理符號，確知占得某卦某爻則是非理性的活動。把事態變化的經驗內容賦予卦爻，這是理性的活動，於是根據卦爻和《周易》經傳文詞，似乎可以理性的推知事態的發展、變化、和吉凶，但是王弼不認爲如此。他在〈明爻通變〉說：

> 夫爻者，何也？言乎變者也。變者，何也？情僞之所為也。夫情僞之動，非數之所求也。

人不是只被吉凶利害所牽引而束縛在組織結構和客觀環境去推動事態，倘若如此，人只是其欲望和環境的奴隸。但是人卻時常被吉凶利害所引而束縛在組織結構和客觀環境去推動事態。即使如此，透過卦爻而顯示的組織結構和客觀環境也無法完全決定事態的變化，因爲人的身心狀態對事態變化仍有促動的作用，而這不是卦爻數理所能顯示的。此即王弼所說「變者，何也？情僞之所爲也。夫情僞之動，非數之所求也」之意。所謂情僞，即身心狀態，王弼從個體特質與客觀環境、個體特質與願望、個體之間特質的同異等三方面關係來看。

王弼敘畢「情僞之動，非數之所求」之後說：

> 故合散屈伸，與體相乖。形躁好靜，質柔愛剛。體與情反，

> 質與願違。巧歷不能定其算術，聖明不能為之典要，法制所不能齊，度量所不能均也。…

> 近不必比，遠不必乖。同聲相應，高下不必均也。同氣相求，體質不必齊也。……故苟識其情，不憂乖遠，苟明其趣，不煩強武。能說諸心，能研諸慮，睽而知其類，異而知其通，其唯明爻乎！

所謂「合散屈伸」，係指個體的各種活動狀態，不論聚合、離散、失志、得志，若依卦爻數理和經驗事理，應與卦體所示的事態相合，但是有時卻不免相違，這就是個體特質所致，而非數理所能限定。

若個體特質偏於躁動，卻希望自己能處於沉靜的事態，或個體特質柔婉，卻希望在事態中有剛烈的活動，這些現象在卦爻中無法顯示出來。因爲卦爻符號不顯示個體的願望。但是個體的特質和願望卻會影響事態變化。

若依爻位的應、承、乘等規則，個體之間的乖、比關係是很明確的。王弼卻說「近不必比，遠不必乖」，原因在於卦爻不顯示個體性情，而個體性情卻會使明確的關係改變。

既然情僞是造成事態發展、變化的原因之一，而且不像卦爻所示的組織結構和客觀環境，可用數理、事理推求，那麼人們將如何瞭解情僞之變？王弼認爲：只要洞明卦爻，就能「睽而知其類，異而知其通」。可是卦爻是數理的，王弼已說「情僞之動，非數之所求」，卻又要從明爻以知情僞，從數理以求情僞，豈非矛盾？

如果情僞無法從具有數理特性的卦爻中求，將如之何？王弼對此沒有詳細的說明，只有敷衍〈繫辭〉的話。他在〈明爻通變〉說：

> 是故情偽相感，遠近相追，愛惡相攻，屈伸相推，見情者獲，直往者違。故擬議以成其變化，語成器而後有格，不知其所以為主，鼓舞而天下從，見乎其情者也。

「情僞相感」四句承自〈繫辭〉下傳第十二章：「變動以利言，吉凶以情遷。是故愛惡相攻而吉凶生，遠近相取而悔吝生，情僞相感而利害生。」意謂：一切吉凶利害生於情僞相感。王弼認爲「不知其所以爲主」則能見知情僞，頗有道家「無爲」之意。然而即使見知情僞，情僞仍在，吉凶利害仍生，將如何趨吉避凶？這是用易的最終目的，無法迴避。況且如何始能「不知其所以爲主」？王弼並沒有回答，只節錄〈繫辭〉數語，作爲其立論「卦以存時，爻以示變」的依據[7]。也許今本《周易略例》並不完整的緣故，無法察知其詳。

雖然如此，以「不知其所以爲主」作爲知悉情僞的方法，確實是個正確的方向。誠如前文所述，事態發展和變化的原因有理性可以推知的部分，也有理性無法推知的部分，理性無法推知的部分，

---

[7] 王弼敘畢以「不知其所以為主」而見知情偽之後，接著說：「是故範圍天地之化而不過，曲成萬物而不遺，通乎晝夜之道而無體，一陰一陽而無窮。非天下之至變，其孰能與於此哉！是故卦以存時，爻以示變。」王弼節錄了〈繫辭〉上傳第四章、第五章、和第十章之詞而稍易一、二字，旨在論述「卦以存時，爻以示變」。然而所引〈繫辭〉之文在描述「至變者」，與王弼所述卦爻存時示變的內涵全不相干。這可能是今本《周易略例》為輯本的緣故。

即使以非理性的方法預測，甚至後來發現偶中，多數事態仍因情僞之故，而變化多端。於是藉《周易》以預知吉凶的方法至此困窮。但是長期累積的文化傳統和用易經驗也由此困窮之中曲折的升上德性之路，而有乾卦〈彖辭〉所說「乾道變化，各正性命，保合太和，乃利貞」，有乾〈文言〉所說「夫大人者，與天地合其德，與日月合其明，與四時合其序，與鬼神合其吉凶。先天而天弗違，後天而奉天時」，有〈繫辭〉所說「知周乎萬物而道濟天下，故不過；旁行而不流，樂天知命，故不憂；安土敦乎仁，故能愛」等等天人合德之論。它超越了對一己吉凶的關切，而開啓對天下萬物生命各得其正的關懷。王弼所說「不知其所以爲主」是這條思路上道家所採的方法，其中曲折，因不在本文範圍，姑置不論。

六、結論

王弼《周易略例》中有〈明象〉一篇，不屬解易規則，而是對於傳統易說中取象方法流於拘執、遂致僞說滋漫的辨正。因此姑置不論。

要而言之，王弼《周易略例》是整理〈彖辭〉、〈小象〉、〈繫辭〉解易方法之作。雖然，他對爻位、爻性、和經驗內容三者之間的分別有所認識，對於一套卦爻符號涵蘊三套不同的意義系統也有瞭解，卻不免混淆其間的分別，而使他在說明解易的條例時偶陷矛盾。再者，王弼運用玄學中以一統多的觀念取代筮著的方法，以確立主爻，也不成功，一方面，以一統多的觀念無法確立主爻，另一方面，它違背方法論中的一貫性原則。

美食文化與治學之道

黃昆堯

孔仲溫在語言學上成就卓著，無論文字、聲韻、訓詁各科，皆著作豐盈，迭有建樹，自成一家，學界早有定評。至於他的《孔府美食》一書，[1] 表面上閒話家常，其實也能體驗嚴謹的治學途徑，是作者行有餘力，重新開闢的大片的性情天地。「民以食爲天」，古有明訓，我們在解決溫飽之後，自然又會考慮提高「食」的素質，講求精緻，進一步的享受「美食」了。這是人性最自然的表現，也是人類文明發展的基本動力。我和孔仲溫分屬同門，都是陳老師的學生。八十年代以後，我們在很多學術會議的場合見面，論文互有講評，但我們平時最談得來的，竟然不是語言學上的課題，而是中華文化中最博大精深的「食」的文化。我們彼此引爲知音，互相推介美食，無論是在大陸、在臺灣、在香港、在澳門，都留下了我們很多的食的經驗。《孔府美食》第一篇即赫然出現我的名字，談的

---

[1] 《孔府美食》原載於《中國時報·生活版》，由 1998 年 2 月 7 日起，至 1999 年 2 月 13 日止，每週一篇，共五十篇。其後輯為一書，臺北：城邦文化事業股份有限公司發行，2000 年 8 月。此書收錄文章四十九篇，連同〈卷頭語〉，適為五十篇。

是在澳門吃禾蟲的「恐怖」經驗。(p.13)一九九七年十月，孔仲溫來港開會，他先是在舍下吃大閘蟹，跟著又一起赴澳門尋訪美食。當天禾蟲分量頗多，我也沒有吃完，後來就拿回家奉母了。此外，書中又有一篇談東北名饌的，提到在敦化吃炸柞蠶。(p.148) 那是一九九八年八月由陳老師領隊，門生姚榮松、李添富、孔仲溫等再帶領他們的弟子，師生三代、二十多人、浩浩蕩蕩壯遊的日子。當時我也列席在座，適逢盛宴。其後我與孔仲溫還追隨陳老師，在北京包了一台小汽車往遊承德避暑山莊，三人結伴同行，應該也吃了一些異味，可是歲月如流，現在也無法一一省記了。當日孔仲溫的腰部已經開始喊痛，只是未能儘早了解病因，想不到竟是致命的頑疾，天妒英才，一病即沈痾不起，真令人唏噓不已！

美食文化的理論建設及指導思想

孔仲溫是高雄國立中山大學中文系的系主任，一向重視專業研究，凸顯書生本色。面對「美食」，情不自禁，眉飛色舞，雖說寫的是輕輕鬆鬆的小文章，明知難登大雅之堂，但孔仲溫還是一板一眼的，固本培源，竟然將「美食」當作專業的文化課題研究，首重理論建設及指導思想。這大概不一定是孔仲溫的個人專利，可能也是我們中文系出身的慣性思維吧！

首先，孔仲溫談「正名」。他在〈卷頭語〉中解釋「孔府」不是山東孔聖人代代相傳、源遠流長的孔府，而是個人的生活體驗。他也是孔子的後代，但卻屬於江西的一支，就像文字學上的有本字假借，當然也可以沾一點孔府的光了。

次談「定義」。何謂「美食」？這也是開宗明義跟著要解決的問題。孔仲溫說：「是指人所嗜欲具有五味的爽口食物，人之所好，應該是相去不遠。不過，個別的風土民情，其所謂的『美食』，極有可能是一般人不敢領教的。」(p.13)又云：「所謂『美食』，應該是指物料質佳，作料適配，烹藝高絕，火候完足，而菜餚形美，氣味鮮和，口感清爽，且人人食之而心滿意足。」(p.40)又藉顧仲《養小錄》指出美食的基本觀念說：「像飲食必須以養生爲本，講求清潔，注重調和、不崇尚奇誕、不奢侈浪費。」(p.80)這三組定義重點不同，互有矛盾，但又足以協調補充、層層推進的。例如開始時只是提出「爽口」的標準，同時又補充指出由於風土不同，口味也就沒有絕對的標準了。第二組的定義重視質料及製作技巧，強調色香味的包裝，甚至更提出「口感」的概念，超越了風土的局限，近乎完美的境界。可是美食要兼顧眾口的話，可能只會流於平庸，缺乏特色。第三組甚至更提出「養生」的理念，返樸歸真，用心良苦；可是這又跟美食的原意背道而馳了。我的看法比較簡單，「美食」只能由個人的好尚決定，有時甚至還受到個人情緒和環境氣氛的影響。例如飢不擇食的時候，甚麼都是美食。我時常會向朋友推介美食，但接受與否完全不能勉強，想吃的朋友很快就回來找你，真情假意，馬上分判清楚。此外，有閒情的時候，我也會向不同的朋友覓食，到不同的地方試食，往往都有意想不到的收獲。例如乾隆皇帝在揚州吃到鍋巴蝦仁，上桌吱吱作響，清脆可口，也就譽爲「天下第一菜」了。(p.116)得來全不費功夫，其他都只能認命了。可見美食有時還是十分簡單而又普通的，只要能在平凡中見出不平凡，也就是了。因此，美食要保持新鮮感，不宜長期享用，否則「英雄慣見亦常人」，當一切變得平淡的時候，也再沒有甚麼驚豔的感覺了。

在理論建設方面，孔仲溫一共提出了三大主張，即工具論、菜感論、庖廚論。工具論指砂鍋，而砂鍋則是「美味的秘寶」。他說：

> 每當我指導的女研究生要出閣，我就會送她們三件大小深淺不同的砂鍋一組，作為嫁裝。為甚麼呢？因為我認為嫁作人婦，難免就會下廚，而下廚烹煮，美味與否，就要推敲烹飪的工具。(p. 14)

工具論是我們治學的入門基礎，其重要性自不待言。跟著孔仲溫從遠古文化及出土文物說起，講解砂鍋的製作和特性。可能他的美食觀念比較傾向於個人的下廚製作，主張親力親爲，甚至更有表演的成分，所以特重工具。其次，他又提出了菜感論：

> 它可以是一種天賦，也可以是一種後天的經驗與知識。這種感覺甚至是結合天賦、經驗與知識的綜合性感覺，它對於美食有敏銳的直覺判斷。(p. 16)

「菜感」就像我們寫文章的「語感」一樣，我們要揣摩文章的神理氣味格律聲色，必須透過反覆的練習得來。「不斷地調整配料，控制爐火，一直做到滿意爲止」，(p.18)這看來跟我們平常教學所主張的「熟能生巧」沒有不同。至於庖廚論，在「君子何必遠庖廚」一文中，孔仲溫明顯地有意跟孟子唱反調。他舉出《韓詩外傳》「伊尹負鼎俎，調五味而爲和」及老子「治大國若烹小鮮」爲例，說明賢宰相治國安邦、用人唯才，其實就跟廚師掌握火候、調和百味一樣，都要懂得變通，順應自然。孔仲溫的庖廚論甚至更鼓勵丈夫下廚：

> 下廚燒飯的事，應無男女的性別差異，誰有空就誰下廚，更可以營造出幸福和諧的生活。所以，各位君子們，可以不必再執著於「遠庖廚」的觀念，倘有助於家庭的幸福美滿，入於庖廚「夫復何妨」？(p.21)

這裏「夫復何妨」更有意利用古書多音字的異讀，玩弄音義變化，「夫」讀如丈夫的夫，讓人有耳目一新之感。

在指導思想方面，孔仲溫往往借小故事來說明大道理。例如孔子「食不厭精，膾不厭細」之論，孔仲溫講解《論語》的微言大義，說得頭頭是道。

孔子雖然重視食物的新鮮美味，但也不是非達到極其精緻才行。他是『食不厭精，膾不厭細』的，說明所吃的米飯，假使是被舂擣得很精白，所吃的魚肉，被剁切得很細緻，他老人家是不會反對的。簡單地說，沒有精緻的食物，是無所謂的；有呢？也很好。從這裏，我們可以體會孔子講究美食，但是絕不過分的要求、挑剔。這種不過分的要求、挑剔是有道理的，否則，容易讓一個人執著沈迷，走向奢侈而失禮的道路上去，人也就會喪失原有崇高的理想與志向。(p.25)

在《華膳玉食－魏晉饕家傳千古》一文中，孔仲溫猛烈批評晉武帝、石崇、王武子君臣間的窮奢極侈，揮霍浪費，甚至更進而說明爲政之道。

魏晉的饕家著實不少，講究美味有以至於窮極奢侈，這皇帝老爺，恐怕多少得負點責任，所謂「上有好之者，下必有甚焉」，所以，凡爲政者，其言行舉措，總是得中節合宜，謹慎小心爲好。(p.33)

在《縱情美酒－唐代珍饈名千古》一文中，孔仲溫批評唐代和州刺史穆寧追求美食，不慈不愛，沒有是非，不近人情，根本就沒有做父親、做刺史的資格。

> 做為人父的，愛好美食，要子女四處搜求，以滿足自己口腹之慾，已是不慈；稍不稱意，即痛打一頓，更是不愛；子女已盡心費力地備好喜愛的美食，吃了也要痛打一頓，責其怠慢，毫無是非可言；像這樣不慈不愛，沒有是非的人，如何做子女的父親？如何做關愛百姓的刺史呢？(p.45)

> 又有一位廚娘，她採購羊頭十個，僅僅剔下羊臉頰邊的嫩肉；青蔥五斤，也只截取中間像韭黃一般的蔥心兒，其他都丟棄不要。暴殄天物，十分浪費。

> 精緻的美食，固然是人人所欲。但是惜物愛物，善用物料，才符合追求美食的理念，才是人與大自然和平相處的正道。廚娘的浪費習慣，顯然是早先她在京城裏，主人給她的教養，怪不得她。追根究柢，這原是主人「精益求精」，反致華靡奢侈的結果。(p.50)

在這四段引文中，主要在諄諄告誡讀者在享受美食之餘，也要懂得節制，有惜物之心，不要浪費。第一段與第四段都提及對「精」的追求，兩相比較，孔子從容中道，而廚娘就過於浪費了。又在第二、三、四段中，孔仲溫責備在上位者窮奢極侈，其身不正，下人就會變本加厲了，例如晉武帝、穆寧、廚娘的舊主人咎由自取，都應該受到嚴厲的譴責。此外，孔仲溫又極力反對殘忍的烹飪手法，虐殺動物，例如燒烤活鵝、活鴨、活驢，以及蜜唧幼鼠、吞活金魚等，殘酷不仁，令人憎惡。(p.40)有些地方風味，如果不想吃的，例如粵菜的蛇饌、北方人炸蠍子，以至臺灣苗栗的錦鯉人家，也不必標新立異，刻意搜奇，煮鶴焚琴，勉強自己。可見在講求美食之前，我們也得有思想準備，有所吃有所不吃。掌握分寸之間，提高心理素質，吃得理性，吃得愉快，吃得健康。

古文獻與美食研究－向古典取經

孔仲溫精於考據之學，擅長引經據典，升堂論食，《孔府美食》一書自然也帶有濃厚的訓詁色彩了。這主要分爲兩方面的工作：一是解釋古典的美食術語，二是推介歷代的美食專著。在解釋術語方面，例如：

蒸豚：就是蒸烹的豬肉。(p. 23)

煎熬：就是把物料連同湯汁與作料，熬煮到乾的做法。(p. 23)

燔炙：也就是燒烤，古人又稱為「炮炙」。(p. 24)

醢：也就是肉醬。它的做法是先把魚、肉曬乾，再加上鹽、薑這一類的調味料，並斟入米酒，然後密封在瓶罐裏，經過了一百天的時間，它就會釀化成美味可口的「醢」了。(p. 26)

膾：就是把魚、肉剁切得很精細。(p. 26)

溫韭：是指溫室裏所栽種的韭菜。(p. 28)

蟹胥：是加酒跟鹽調製成的蟹醬，它應該也可以稱作「蟹醢」。(p. 30)

蟹虀：則是剔取蟹肉搗料，再配作料食用。(p. 30)

臛：它有點類似我們今天的滷肉或紅燒肉。(p. 38)

浥魚：它是醃製的鹹魚，大部分的魚都可以當作物料。先把魚處理好，連內臟、腮都清理乾淨之後，再抹上鹽巴，但須要鹹一點。然後裝在甕罐裏，用泥巴封住甕口，直到魚肉都變成赤紅色，那就可以備用了。(p. 38)

這些古典的術語乍看不容易懂，但孔仲溫卻能夠用最淺易暢達的文字講解清楚。有時甚至連古書引文乾脆整句都用白話語譯，方便讀者。例如：

張翰思念故鄉的蓴羹、鱸膾而千里辭官，有人為他惋惜而對他說：「你辭官回鄉固然可以一時地任情適志，但何不想一想身後的名聲呢？」張翰回答說：「其實與其給我身後的名聲，倒不如現在就給我一杯酒。」想來，張翰真是看開了，這等世道就回鄉去享受他的家鄉美味與快活人生吧！

(p.36)

這一段對話生動活潑，尤其是對世道的批評，深中肯綮，很有現代風味。以今語釋古語，自然表現出孔仲溫深厚的訓詁學養，也是典型的學者本色。此外，在推介古籍方面，孔仲溫先後介紹了桓寬《鹽鐵論》、劉熙《釋名》、賈思勰《齊民要術》、張鷟《朝野僉載》、段成式《酉陽雜俎》、耐得翁《都城紀勝》、周密《武林舊事》、倪瓚《雲林堂飲食制度集》、《金瓶梅》、高濂《遵生八牋》、《紅樓夢》、顧仲《養小錄》、袁枚《隨園食單》等，古爲今用，有系統地介紹古典的飲食專著，自然也就豐富讀者的美食文化了。其中尤以對《遵生八牋》的評價最高。

總之《遵生八牋》一書所記載的烹調饌食，十分完整而有系統，讓人讀了之後，有一種想小試身手的感覺，它的口味特殊，迥不同於我們現今日常的口味，常想今日有些餐館的大師傅，不斷絞盡腦汁地想開發新口味、新菜色。是不是我們的先人遺留下的一些文獻材料，也可以提供他們參考、學習呢？像《遵生八牋》的「飲饌服食牋」，就是極爲精彩的食譜，值得研發。(p.76)

此外，《隨園食單》中的「戒單」共列舉了十四條戒律，包括戒外加油、戒同鍋熟、戒耳餐、戒目食、戒穿鑿、戒停頓、戒暴殄、戒縱酒、戒火鍋、戒強讓、戒走油、戒落套、戒混濁、戒苟且。孔仲溫很重視這份「戒單」，並借題發揮，指出當前飲食業的一些弊端。因此他諄諄告誡的說：「飲食就如同政治一般，與其興利，不如除弊，因此烹飪飲食要知道如何戒除各種不該發生的缺失，這就可以把菜餚調理得適口美味，進用時也就能自在而切實地品嚐到風華佳饌。」(p.86)語重心長，旁敲側擊，飲食之道跟政治的理念相通，瀰漫了一股學者散文的氣息。

古今名菜製作

孔仲溫在《孔府美食》一書中介紹了很多名菜及其製作原理，讀者如果有基本的烹飪常識，按圖索驥，應該也可以嘗試製作多款的名菜了。現在我將書中見到的菜式彙列於下，約得五十五款。這可能跟市面上的食譜差不多，詳列材料和製作方法；不過這些名菜與眾不同，可能是多了一些歷史質感和文化氣派，吃起來不大一樣。其中有些比較簡單的，有些則比較複雜。

芋子酸臛(p.38)　浥魚(p.38)　東坡肉(p.53)　東坡羹(p.55)

西湖醋魚(p.60)　雲林鵝(p.68)　螃蟹(p.70,90)　香脆蟹粉(p.73)

甘蔗粥(p.74)　千里脯(p.75)　蟹生(p.75)　爐焙雞(p.75)

茄　(p.78)　筍粉(p.81)　帶殼筍(p.81)　魚餅(p.81)

煮蛋(p.82)　海參(p.89)　爆炒豬肚(p.89)　剝殼蒸蟹(p.91)

麻婆豆腐(p.102)　麻辣火鍋(p.102)　乾煸四季豆(p.104)

魚香肉絲(p.105)　畏公豆腐(p.108)　煙燻臘肉(p.111)

東安雞(p. 111)　吉首酸肉(p. 112)

金陵鹽水鴨、南京板鴨(p. 113)　蟹粉獅子頭(p. 114)

鍋巴蝦仁(p. 116)　文思豆腐(p. 118)　霸王別姬(p. 119)

水晶肴肉(p. 120)　砂鍋魚頭(p. 123)　清湯越雞(p. 125)

乾菜燜肉、梅菜扣肉(p. 126)　三蛇羹(p. 129)

烤乳豬(p. 131)　脆皮雞(p. 132)　佛跳牆(p. 136)

中式生魚片(p. 137)　清涼炒蝦(p. 138)　滷豬腳(p. 139)

北京烤鴨(p. 142)　九轉大腸(p. 144)　炸蠣黃(p. 145)

飛龍湯(p. 147)　酸菜白肉火鍋(p. 147)

竟陵三蒸：粉蒸雞、粉蒸魚、粉蒸肉(p. 150)

湖北三丸：珍珠丸子、藕丸子、魚丸子(p. 151)

過橋米線(p. 154)　汽鍋雞(p. 154)　小炒魚(p. 157)

文山肉丁(p.158)

南北風味經驗談

孔仲溫談美食，除了向古典取經外，其實他更面對現實，重視當前的南北風味。他固然有很豐富的下廚經驗，可是還得不斷的上下求索，眼觀八方，汲取新的靈感；以至推陳出新，交流廚藝心得，呼喚新時代的美食。例如在《隨園食單》中看到炒爆豬肚，他馬上結合陳太師母的烹調經驗說：

> 袁子才所說的這道菜，筆者約於十年前，曾經品嚐過。這是由陳太師母(也就是我的老師陳新雄教授的母親)親自烹調。太師母在選料方面雖不及袁枚削皮取肉那般講究，但做法相同，香脆而有咬勁，實為佳饌，至今仍然想念不已。(p.90)

此外，陳老師亦深得母親的廚藝真傳，尤精於製作江西名菜小炒魚。

有關小炒魚的做法，有油炸和燜炒兩種，筆者恩師陳新雄教授，也是贛州人，極擅長烹理小炒魚，曾親自下廚傳授技藝，所採用的就是燜炒的方式。過程是先取新鮮草魚中段一斤左右，從背鰭縱分魚身爲兩半，剔去魚骨，將魚肉批切成三公分長、兩公分寬、大小均匀的薄魚片，先以醋、紹興酒、醬油、鹽、薑絲等佐料醃漬約三十分鐘，另外辣椒切絲(青嫩者爲佳)、蔥切段備用。將炒鍋的油以大火加熱(可多加些油)，把醃過的魚肉置入鍋中，不需要翻動，在魚肉上再放上辣椒絲與蔥段，蓋上鍋蓋，大約五分鐘左右，魚肉熟透，即可起鍋。這道美味的做法簡單，所需要的時間與價錢都很經濟，而魚肉鮮嫩，風味香辣爽口，可惜台灣的館子都沒有這道佳餚，不免可惜，讀者們不妨試做看看。(p.157)

陳老師這道小炒魚大抵只算是家常小菜，因爲草魚比較便宜，館子賺不了錢，也就不願意做了。由此可見孔仲溫除了善學陳老師的聲韻訓詁之外，連烹飪也深得老師的真傳。美食當以經濟爽味爲主，偶一品嘗，回味無窮，有時還得看有沒有這段緣分了。孔仲溫對小炒魚一節介紹詳盡，真情流露，回顧師門恩義，自然也流露出強烈的感情色彩了。此外，孔仲溫還不斷的遍訪名廚，交流心得。在高雄，孔仲溫最欣賞的是中信飯店粵菜名廚黃賴炫的廚藝，對脆皮雞更情有獨鍾，「不僅菜形美觀，色澤紅亮，且皮薄而香酥脆爽，肉嫩而滑口有味，尤其，在沾過檸檬鹽汁提味之後，真是集酸、鹹、香、脆、甘、嫩諸美味於一口，美不勝收」。(p.133)黃師傅又從日本的臺籍廚師身上學得中式生魚片的製法，並詳盡的公佈出來，「沒有芥末嗆鼻的辛辣，用傳統的配料，頗能凸顯新鮮魚肉的甘甜美味，風情絕妙。在秋、冬鯛魚盛產的季節裏，實在値得一嚐」。(p.138)在臺北的萬華夜市，孔仲溫又從賣擔仔麵的老闆學得清涼炒蝦的秘製法：「他每天一早到魚市場買活蝦，當場買當場煮，煮完立刻降溫，再用冰塊冰鎭回來，所以鮮度特高，味道也就特別鮮美了」。(p.139)可見聖人無常師，學問至大無外，孔仲溫的美食經驗，看來也是由不斷的累積而來；所以治學的態度，就是一切認真而已。此外，孔仲溫還時常提到臺北的「湖北一家春」，名菜很多，有肴豬腳(p.121)、炒鼻鮮(炒臭豆腐乾)、節節高(竹筍乾炒肉)、沙河蝦、韭菜炒田螺、炒豆絲、粉蒸肉、珍珠丸子、魚丸雞湯、梅菜餃子等(p.151)，不禁令人食指大動。在大陸，孔仲溫走遍大江南北，自然更要吃盡各地的名菜了，例如杭州的蓴菜、東坡肉。在香港則有烤乳豬、燒鵝、脆皮雞等，齒頰留香，原來都是令人懷念不已的。

美食與文采

孔仲溫談美食，往往眉飛色舞，顯得開心，精誠投入。所以形之於文字，自然神情飽滿，善用想像及形容，寫出文采。例如談天下第一菜鍋巴蝦仁時寫道：

> 鍋巴蝦仁還有「平地一聲雷」與「桃花泛」這兩個名稱。前者稱「平地一聲雷」，也十足貼切可愛，那鍋巴代表平地，加上淋蝦仁汁時所發出清脆的響聲，真如其名。後者稱「桃花泛」，則是指桃紅色的蕃茄蝦仁汁，淋在油熱的鍋巴上，在吱地聲響之際，同時泛起一片殷紅，紅色的蝦仁如朵朵盛開的桃花，美不勝收。(p. 117)

兩個名稱都有聲有色，就算沒有吃過這道菜，光看名字，就已經引人入勝了；加上孔仲溫出色傳神的描寫，七情上臉，帶點肉緊，真有處身現場的感覺。又在紹興名店咸亨酒家用餐的描寫，古意盎然，更令人神往。

這酒家已有將近百年的歷史，外觀若唐式建築，極為古雅。入門後，一眼望去是古客棧的擺設，大廳十多張漆黑的木桌，每桌各圍著四條長板凳，進門左邊有傳統式的櫃檯，檯上檯下都擺滿著各式的紹興酒缸，點了幾道當地的名菜，其中乾菜燜肉及遠近馳名的臭豆腐，最是留香，另外，還打了紹興酒。這裏的紹興酒價格便宜，半斤精釀不過一元多的人民幣，到櫃檯買酒時，店員拿出酒勺子，伸入酒缸，滿滿的一勺倒進大碗裏，恰巧半斤，當端起大碗喝酒時，真能讓人懷念起古代大俠仰首暢飲的慷慨模樣，豪情萬丈。飯後，懷著酒意來到會稽山陰探訪蘭亭，覺得意興遄飛，可與右軍同遊，豈不快哉！(p.127)

這裏由酒意想到書法，真有點《蘭亭集序》自由揮灑的意味。孔仲溫曾經對我說過以後的日子有空會加強練習書法，當然這也是陳老師對他的指點和期望，端正衣冠，所以後來他給我的信就多用毛筆了。坐言起行，如果假以時日，他的書法應該也是大有可觀的，不徒是酒後肆意的狂言。

《孔府美食》只是一本談美食的小書，但卻能牽扯出中華文化的大課題。孔仲溫以中文系系主任的身分升堂論食，大有桐城家法，義理、考據、詞章三者兼備，形神圓滿。就如本文在〈美食文化的理論建設及指導思想〉一節所談的，即爲義理；在〈古文獻與美食研究－向古典取經〉、〈古今名菜製作〉、〈南北風味經驗談〉三節所說的，全屬考據，亦爲本書的重點所在；至於〈美食與文采〉一節，則屬於詞章的範疇，神理氣味格律聲色，剛柔兼濟，恰到火候。《孔府美食》實在不徒是一本談美食的著作，其實更著重表現作者嚴謹的治學精神，端正的學習態度。考據堅實，論點清晰，義理詞章，也一樣的水到渠成，自然揮灑，淋漓盡致。如果說本書還有一些缺憾，就是在總結前人經驗之餘，未能創新食譜，表現創意，天不假年，至爲可惜。

《孔府美食》步步蓮花，注滿情趣，吃出風度，光耀文采，孔仲溫令人眼前一亮，琳琅滿目，就像一桌的美食燦然備席，高朋列坐，觥籌交錯，我們好像又回到敦化的盛筵上，要不然，就是臺北、高雄、香港，甚或是澳門，談笑風生，渾忘了歲月得失，原來美食就是這麼一個簡單的、超時空的境界。

論聲韻所呈現的文學美感

曾榮汾

一、前言

聲韻學在一般人心目中，也許多只是把它想像為「東，德紅切」及「幫滂並明」的化身，它像一場惡夢一樣，一會兒反切上字，一會兒反切下字；剛記熟了四十一聲類，又來了二百零六韻。這對充滿靈性美的文學創作或欣賞，不但沒有幫助，恐怕還是一種斲傷。事實上，這些都只是學習聲韻學的方法。聲韻學的目的最主要的是要告訴你聲韻的知識。有了這個知識，可以幫助你更細緻地去欣賞古典文學的美，也可以幫助你更純熟地發揮文字的特色，去創作更美的現代文學。只是跟瞭解其他學識一樣，它也有著相當嚴肅的一面。

文學跟其他藝術一樣，也是以追求「美」為目標的。達文西、梵谷的畫是美，蕭邦、莫札特的樂曲也是美；雲門舞集的舞蹈是美，杜甫、李白的詩，周邦彥、李清照的詞，韓愈、柳宗元的文章何嘗不是美？同時跟其他藝術相同，都是作者將內心意念透過某一種形式表達出來。繪畫的形式是色彩，舞蹈的形式是肢體，音樂的形式是各種樂器的音符，文學的形式則是文字。正是因爲文學所使用的形式是文字，而文字又是語言的記錄符號，語言的聲音即表現在一連串字音的組合中，於是創作也好，欣賞也好，假如要確實把握住這一連串字音所含帶的意念，聲韻知識的認識，實在是很重要的。而文學作品中所呈現的美感，也就跟「聲韻」有著相當密切的關係了。

唐鉞氏在〈音韻之隱微的文學功用〉一文中，嘗列舉聲韻在文學的功用有十種：顯態繪聲、隱態繪聲、散文中韻語、雙聲、疊韻、倒雙聲、半雙聲、應響、同調、和音。[1] 綜其所述，各種功能，價值爲唯一，就是能將作者內心抽象的意念適切地表達出來，使作品達到一種「美」的境界。

馬致遠的〈越調天淨沙〉，被譽之爲元人小令壓卷之作，除了通篇字面上所呈現的意境外，聲音組合的「美感」更是値得注意。以末二句爲例：「夕陽西下，斷腸人在天涯」，「夕」與「西」雙聲，「斷」與「腸」應響（主要元音相應），「人」與「天」、「在」與「涯」疊韻。唐鉞氏說：「十字之中，都有和音的原則在內；而十分之八都隔一字相應，尤爲和音的妙理。」有此妙理，所以《天淨沙》不僅因造境高絕，更因音律瀏亮而傳頌千古。所以假如從另一個角度來看，也可以將聲韻在文學中所能呈現出的美感加以分析，如：聲調之美、韻協之美、雙聲、疊韻之美、對偶之美、格律之美、音阻之美等。因爲有了這些「美」的感覺，使好的文學作品成爲藝術，也因爲有了這些「美」的經驗，可以讓後人吸取、

[1] 收唐氏《國故新探》一書中，民58年1月台灣商務印書館台二版。

溶化、參考，寫出一般美或更美的作品來。

在個別談及這些「美」之前，似乎應先談一下一個基本原理，那就是由抽象意念化諸具體文字的過程中，聲韻所扮演的角色如何。

二、聲韻在文學創作過程中的地位

文學作品的形成，基本上是由意念與辭句結合而成的。這一點，在劉彥和的《文心雕龍》中談得很清楚。「文心」者，談爲文之用心，指的是意念方面；「雕龍」者，則指的是文辭修飾方面。所以《文心雕龍》五十篇中，「文術論」的部分，若神思、體性、風骨、通變、定勢等指的是意念構思的問題；若情采、鎔裁、聲律、章句、麗辭、比興、夸飾、事類、鍊字、隱秀等是指文辭表現的問題。一篇好的作品是要意念與辭句作密切的配合，意因辭達，辭以達意，換句話說，也就是要「文質並備」的。〈宗經篇〉說：

> 於是易張十翼，書標七觀，詩列四始，禮正五經，春秋五例，義既極乎性情，解亦近於文理。故能開學養正，昭明有融。

經典文字是劉氏懸之最高的創作標準，因爲那中間涵括了劉氏終生的理想與抱負。在〈情采篇〉中，他說：

> 聖賢書辭，總稱文章，非采而何？夫水性虛而淪漪結，木體實而花萼振，文附質也。虎豹無文，則鞹同犬羊；犀兕有皮，而色質丹漆，質待文也。若乃綜述性靈，敷寫器象，鏤

心鳥跡之中，織辭魚網之上，其為彪炳，縟采名也。

這種「文質相待」的觀念，事實上也無異於昭明太子在〈文選序〉中所說的「事歸於沉思，義歸乎翰藻」，蕭統在〈答湘東王求文集及詩苑英華書〉中云：[2]

夫文典則累野，麗亦傷浮，能麗而不浮，典而不野，文質彬彬，有君子之致，吾嘗欲為之，但恨未逮耳。

不正是此意？六朝是文論空前發展的時代，一方面對傳統文體作蒐輯檢討，一方面希望能訂出一個合情合理的標準，以讓後人來遵循。「文質並備」的創作觀，該可算是一大成就。有的人也許會以爲像鍾嶸在〈詩品序〉所說的，不是很反對文學形式條件嗎？鍾氏說：

夫屬詞比事，乃為通談。若乃經國文符，應資博古，撰德駁奏，宜窮往烈。至乎吟詠情性，亦何貴于用事？「思君如流水」，既是即目；「高臺多悲風」，亦惟所見；「清晨登隴首」，羌無故實；「明月照積雪」，詎出經史？觀古今勝語，多非補假，皆由直尋。

這是他反對文章「用典」的說法；至於反對「聲律」的部分，他又說：

昔曹、劉殆文章之聖，陸、謝為體貳之才，銳精研思，千百

---

[2] 載嚴可均氏輯《全梁文》卷二十。

年中，而不聞宮商之辨、四聲之論。或謂前達偶然不見。豈其然乎？嘗試言之，古曰詩頌，皆被之金竹，故非調五音無以諧會。若「置酒高臺上」、「明月照高樓」為韻之首。故三祖之詞，文或不工，而韻入歌唱，此重音韻之義也，與世之言宮商異矣。今既不被管絃，亦何取于聲律耶？齊有王元長者，嘗謂余云：「宮商與二儀俱生，自古詞人不知之，唯顏憲子乃云律呂音調，而其實大謬；唯見范曄、謝莊頗識之耳。嘗欲進知音論，未就。」王元長創其首，謝朓、沈約揚其波，三賢或貴公子孫，幼有文辯，于是士流景慕，務為精密，襞積細微，專相陵架，故使文多拘忌，傷其真美。余謂文製，本須諷讀，不可蹇礙，但令清濁通流，口吻調利，斯為足矣。至平上去入，則余病未能；蜂腰鶴膝，閭里已具。

這是他反對聲律的說法。看起來，鍾嶸的看法，認爲文學創作，全由興趣之發，無需形式上的雕飾，但是事實上，細尋鍾氏的說法，他也並未全盤否認「聲律」的價值，他只是主張合乎自然音韻而非人爲宮商刻意的雕飾。對於「文質兼備」的文章，他仍然給予較高的評價。如他評建安時的詩風說：

降及建安，曹公父子，篤好斯文。平原兄弟，鬱為文棟。劉楨、王粲，為其羽翼。次有攀龍託鳳，自致于屬車者，蓋將百計，彬彬之盛，大備于時矣。

他將曹子建列於眾人之首，他說：

其源出于國風，其骨氣奇高，詞采華茂，情兼雅怨，體被文

> 質，槩溢今古，卓爾不群。

可知鍾氏最高的「文學標準」與劉氏並無二致。顏之推《顏氏家訓·卷四·文章》中有一段話，對這個「標準」的產生與本質有了相當的說明：

> 文章當以理致為心胸，氣調為筋骨，事義為皮膚，華麗為冠冕。今世相承，趨末棄本，率多浮豔。辭與理競，辭勝則理伏；事與才爭，事繁則才損。放逸者，流宕而忘歸；穿鑿者，補綴而不足。時俗如此，安能獨違？但務去泰去甚耳。必有盛才重譽改革體裁者，實吾所希。

顏氏這段話正是劉彥和《文心·夸飾篇》中所說的「然飾窮其要，則心聲鋒起；夸過其理，則名實兩乖。若能酌詩書之曠旨，翦揚馬之甚泰，使夸而有節，飾而不誣，亦可謂之懿也」最好詮釋。

從上面所談，可以知道，在六朝的一些文論家曾對當時偏於形式主義的文風作過檢討，提出了所謂「文質兼備」的創作原則，假如今日我們能客觀地加以分析，這個原則事實上是持平且難移的。

文學作品既然是由內在情感表抒出來，情感的流轉就化成了字音的流轉，聲韻在「文」與「質」的結合過程中，實在佔著相當重要的地位。關於這點，可以分兩方面來說明：

（一）聲音的感情是自意念產生出來的：

在語言學上有所謂「語根」的說法，指的是「語言的發音根

源」[3]，也就是語言感情得來之所由，朱桂耀氏在《中國古代文化的象徵》中說：[4]

> 中國文字學上，也有一種以某種聲音直接的表示某種意義，是一種純粹的音的象徵。例如 m 音是脣與脣的接觸，而接觸的部位很廣泛，程度也很寬，不像破裂音的逼促，這時我們就起了一種寬泛的感覺，而發鼻音時，又有一種沉悶的感覺，於是凡有 m 音的字，多含有寬泛沉悶的意義。例如：渺、茫、綿、邈、夢、寐、昧、眇、沒、微等是。又如 d、t 等音，是舌端和牙床接觸。牙床是凸出的部分，而舌端的部位也特別顯著，感覺又最靈敏。所以發這種音時，我們就起了一種特定的感覺。於是凡有 d、t 等音的字，多含有特定的意義。例如：特、定、獨、單、第、嫡、端、點、滴等是。又 ts、s 等齒縫摩擦音，聲音分碎了，從極細的齒縫間洩出，這時我們就起了一種尖細分碎的感覺。於是凡有 ts、s 等音的字，多含尖細分碎的意義。例如：細、小、尖、纖、碎、戔、散、撕、澌、沙等是。又如 l、r 等音最容易滾。凡物圓的容易滾，於是就用這麼容易滾的聲音去稱呼圓的東西。例如：輪、爐、廬、顱、櫓、蘆、螺、轆轤等是。

朱氏此說，已很明確地將聲音與意念關係作了連繫。而且，某種意念藉某種發音部位表現出來，這是一種自然而然的過程，不是有了

---

3 見林尹師《文字學概說》一三五頁，民60年2月正中書局台初版。

4 見《文字學概說》一三六頁引。

一份沉悶的感覺，刻意去雙脣鼻音來表達，假如是刻意做作，那必然缺少「一般性」，也就無法成爲溝通意念的聲音了。所以當我們看到驚訝之事，自然發「啊」之聲；遇到猶豫難決之事，隨口應一聲，就是「嗯」。這就是語言的感情。假如訴之於文字，寫成一篇文章、一首詩，怎說其中意念與聲音無關？《文心雕龍·聲律篇》說：

> 夫音律所始，本於人聲者也。聲含宮商，肇自血氣，先王因之，以制樂歌。故知器寫人聲，聲非學器者也。故言語者，文章神明樞機，吐納律呂，脣吻而已。

不正是此意？甚至可以說，是因爲意念本身有節奏，所以表現出來的文字也有節奏，這節奏，不就是聲音的旋律嗎？

（二）辭句的安排，含有聲韻的線索：

意念在混沌未發時，不管其爲喜怒哀樂諸情緒，就意念本身來說，當都是流暢而無礙的。只是表達爲具體文字時，爲了兩相契合，是要經過一番努力的。所以《文心·聲律篇》說：

> 今操琴不調，必知改張，（摘）文乖張，而不識所調。響在彼絃，乃得克諧，聲萌我心，更失和律，其故何哉？良由（外聽易為察，而）內聽難為聰也。故外聽之易，絃以手定；內聽之難，聲與心紛，可以數求，難以辭逐。

此「數」，也就是：

> 凡聲有飛沉，響有雙疊，雙聲隔字而每舛，疊韻雜句而必睽；沉則響發而斷，飛則聲颺不還，並轆轤交往，逆鱗相比，迂其際會，則往蹇來連，其為疾病，亦文家之吃也。夫吃文為患，生於好詭，逐新趣異，故喉脣糾紛；將欲解結，務在剛斷。

字音的旋律本是自然而發的，假如偏於形式條件的雕飾，則只會造成齟齬的現象。爲了避免這種毛病，務在「剛斷」。至於如何「剛斷」，他說：

> 左礙而尋右，末滯而討前，則聲轉於吻，玲玲如振玉；辭靡於耳，累累如貫珠矣。

在具體的主張中，劉氏有「和韻」的見解，他說：「異音相從謂之和，同聲相應謂之韻。」韻是押韻之韻，和的解釋比較紛紜，唐鉞氏在〈音韻之隱微的文學作用〉中所談的當較爲合理：

> 和乃指不同音之字相連綴而成之音調。其關係既非雙聲，又非疊韻，又非四聲（謂不同音之平上去入），又非同音異調（謂一音之平上去入），而實兼包這些及其他較微妙的關係，變化錯綜，不可繩以法式，故說「選和至難」。

「和韻」應當就是辭句安排中聲韻的線索了。好的文學作品，在意念與聲音的結合上，都是最貼切、最契合的，透過聲音錯綜的組合，意念本質所欲擬塑的「境界」於是呈現，這就是文學的美感了。假如要去欣賞這一份「美感」，又怎能沒有聲韻的知識呢？以下即就聲韻所能表現出的美感，略舉幾個方面說明之。

三、聲韻的美感舉例

1.聲調之美

什麼是聲調，董同龢氏在「語言學大綱」中說：[5]

> 音高是指音形成時由聲帶顫動頻率而得音的高低而言。顫動數越大的音越高，越小的音越低，跟音樂中的音階是一個道理；通常我們辨別音高，又只以元音以及少數鼻音、顫音、邊音或濁擦音之為音節主體者為對象。因此，辨音高也以音節為單位。中國的「字」，每一個代表一個音節。每個字的音高不同，我們習慣上稱為聲調的不同。

中國中古有四聲之分別，四聲聲情各有不同，李師殿魁《談詞》一書說：[6]

> 蓋平聲寬緩而長引，連用則語氣流暢平和；上聲舒徐和軟，或厲或舉，連用則佶拗不順；去聲激厲勁遠，連用則出而難收；入聲重濁而斷，連用則急促難抒。

平聲寬緩，上聲曲折，去聲激厲，入聲急促，四種聲調所含帶之感情，確有所不同。杜甫有一首七律〈登高〉：

---

[5] 五十七頁，民57年7月香港匯通書店印行。

[6] 三十頁，李師自印本。

風急天高猿嘯哀，渚清沙白鳥飛迴，

無邊落木蕭蕭下，不盡長江滾滾來。

萬長悲秋常作客，百年多病獨登臺。

艱難苦恨繁霜鬢，潦倒新停濁酒盃。

這首詩，明代胡應麟認爲不僅是杜甫七律最好的一首，甚至認爲古今七律無出其右。從詩中，可以看到「語不驚人死不休」的杜甫，那一身老病的煩憂及熱愛生命的執著。欣賞這首詩，對其中的幾個入聲字的認識非常重要：「風急」的「急」，「沙白」的「白」，「常作客」的「客」，「獨登臺」的「獨」。想像中，杜甫登臨江岸上，風勢狂烈地猛吹，一個急促短收的「急」就使人如同身臨其境；陽光照耀下，沙灘上的沙，從高處下望，一個「白」字，那片耀眼就如在讀者眼前；一身的漂泊與老病，透過「獨」、「客」，似乎將幾番按捺不住的惆悵、無奈、失望、痛苦，諸般感情都凝聚起來了。還有那無邊落木的「蕭蕭」（平聲），不盡長江的「滾滾」（上聲），一份生命消逝的離散，一份強抑不住的翻騰，完全在字音聲情上顯現出來了。

聲調能帶給文學的美感，就這個例子，也許能稍領略一二吧！

2.韻協之美

就語言發生的情感來說，同一「語根」孳乳出來的聲音，意當都接近；所以就韻部來說，同一韻部中的字，多有相通的情感，也就是這一個韻部的聲情所在。文學中爲何有押韻的現象，至少可尋出兩種作用：一是使前後文也有呼應感，一是使感情有所寄託。先

就第一點來說，試舉幾首現代兒歌為例：[7]

例一：夏天

夏天來了荷花開，
紅紅綠綠真可愛，
蟬兒樹上叫，
蟲兒地上跳，
夏天到了真熱鬧。

例二：空氣和風

大風小風吹西吹東，
吹得樹兒搖，
吹得花兒笑，
吹得草兒彎了腰。

例三：小樹苗快長大

拿起鋤，挖泥土。
我們一起來種樹，
一近邊種番薯，
那邊種花樹，
常澆水，多照顧，

---

[7] 例一、二見《兒歌讀本》，民 73 年 2 月華人基金出版社出版，例三見《小兒童讀本》，小兒童出版社出版。

綠樹花香滿園屋。

都是因爲其中押了韻，才使得整首兒歌精神凝聚起來，聲音瀏暢起來。

至於各個韻部所能呈現的意念情感爲何？在楊家駱氏所編的《中國文學百科全書》「詞」的部份說：[8]

> 韻與文情關係至切：平韻和暢，上去韻纏綿，入韻迫切，此四聲之別也。東董寬洪，江講爽朗，支紙縝密，魚語幽咽，佳蟹開展，真珍凝重，元阮清新，蕭篠飄洒，歌哿端莊，麻馬放縱，庚梗振厲，尤有盤旋，侵寑沉靜，覃感蕭瑟，屋沃突兀，覺藥活潑，質術急驟，勿月跳脫，合盍頓落，此韻部之別也。此雖未必切定，然韻近者情亦相近，其大較可審辨得之。

如江文通〈別賦〉文首說：「黯然銷魂者，唯別而已矣！秦吳兮絕國，復燕宋兮千里；或春苔兮始生，乍秋風兮蹔起。」用上聲紙韻，音調促而蹙。下接：「是以行子腸斷，百感悽惻。風蕭蕭而異響，雲漫漫而奇色。舟凝滯於水濱，車逶遲於山側；櫂容與而詎前，馬寒鳴而不息。掩金觴而誰御，横玉柱而霑軾。」用入聲職韻，悽惻至極。[9]再如白居易《琵琶行》，通篇用韻，四聲錯綜使用，忽疾忽徐，忽揚忽沉，就如親聞琵琶女彈奏一般，如果不瞭解用韻之聲情，這種「美感」從何領略？

---

[8] 文--0--1091頁，民60年7月中國學典館籌備處五版。

[9] 參《中國文學欣賞舉隅》207頁，民62年3月正生書局出版。

3.雙聲疊韻之美

字的發聲相同叫做「雙聲」，收韻相同叫做「疊韻」。《文心雕龍・聲律篇》說：「凡聲有飛沉，響有雙疊，雙聲隔字而每舛，疊韻雜句而必睽。」既然有「每舛」、「必睽」之弊，又何來美感？事實上，這是指不適當的搭配，如蘇東坡的〈口吃〉詩：「江干高居堅關扃」，或如趙元任的《漪姨》：「漪姨倚椅，悒悒」當是。假如像杜甫《詠懷古跡五首》第三首詠王昭君詩中的「一去紫臺連朔漠，獨留青塚向黃昏」，「朔漠」疊韻，「黃昏」雙聲；李商隱《春雨》詩：「遠路應悲春晼晚，殘宵猶得夢依稀」，「晼晚」、「依稀」各爲疊韻；林和靖詩：「疏影橫斜水清淺，臘香浮動月黃昏」，「清淺」、「黃昏」各爲雙聲。不但不減損，反而是增添詩句的美感[10]。

白居易〈自河南經亂，關內阻饑，兄弟離散，各在一處；因望月有感，聊書所懷寄浮梁大兄於潛七兄烏江十五兄兼示符離及下邽弟妹〉詩：

時難年荒世業空，

弟兄羈旅各西東，

田園寥落干戈後，

骨肉流離道路中，

弔影分為千里雁，

辭根散作九秋蓬，

---

[10] 見《中國文學欣賞舉隅》208頁。

共看明月應垂淚，

一夜鄉心五處同。

這是一首描述兄弟離散思懷無限的佳作，其中「難年」、「寥落」、「干戈」、「流離」、「一夜」雙聲，「弟、西」、「空、兄、東」、「骨肉」、「分、千、雁」、「九秋」、「垂淚」疊韻[11]，使這首詩的辭情達到密合兼切的地步。

4.對偶之美

也許會有人認爲對偶無涉聲韻，事實上，因爲中國文字是單音節文字，每一個字形單位就代表了一個音節，所以在形式上較容易趨於對仗的整齊，而所謂「對」講究的也是「平仄」的字音與詞性相對。這樣看起來，還是與聲韻有關的。假如推究對偶之產生，原本也是自然之事，陳柱氏《中國散文史》說：[12]

> 天地生物不能有奇而無偶，亦不能有偶而無奇。人之一身奇也，而二手二足則偶矣。手足之指各五，奇也，而二手二足各合而為十，則偶矣。首奇也，而兩耳兩目，則偶矣，一鼻一口又奇矣。且鼻有二孔，則偶矣。且一奇與一偶相對，則有為偶矣。推之植物之花葉，最為吾人之美觀者，何莫非奇偶之相雜。易曰：「地之可觀者莫如木。」以其花葉之奇偶相雜最顯著也。

---

[11] 參唐鉞氏《音韻之隱微的文學功用》，《國故新探》27至28頁。

[12] 第三頁，民58年1月台灣商務印書館台二版。

駢文與律詩是最講究對偶的。一般人對駢文總以爲必是「空洞徒美」的文字，事實上，劉彥和的《文心雕龍》全書皆爲駢文，豈是徒麗文字？好的對偶文字，妙不可言，又豈然是「天」對「地」、「紅」對「白」之簡易而已？

韓愈〈答李翊書〉文意最高潮處：

> 雖如是，其敢自謂幾於成乎？雖幾於成，其用於人也奚取焉？雖然，待用於人者，其肖於器邪？用與舍屬諸人。君子則不然，處心有道，行已有方，用則施諸人，舍則傳諸徒，垂諸文而為後世法。

「處心有道、行己有方」正是一絕妙之對。范仲淹的〈岳陽樓記〉，通篇絕對，觸目皆是，如「北通巫峽，南極瀟湘」、「陰風怒號，濁浪排空」、「日星隱耀，山岳潛形」、「沙鷗翔集，錦鱗游泳」、「長煙一空，皓月千里」、「浮光耀金， 靜影沉璧」等，平仄、詞意皆臻極致。若以律詩中對仗爲例，其佳作不知凡幾：杜甫的「星垂平野闊，月湧大江流」、白居易的：「野火燒不盡，春風吹又生」、王維的「行到水窮處，坐看雲起時」、孟浩然的「綠樹村邊合，青山郭外斜」、韋應物的「世事茫茫難自料，春愁黯黯獨成眠」等，不都是膾炙人口的美句嗎？

後來的許多對聯，有的巧妙地令人讀來，真有「感極而泣」之覺了。試舉一二例以觀之：四川成都望江樓映月井有一聯曰：

> 望江樓，望江流，望江樓上望江流。江樓千古，江流千古。
> 映月井，映月影，映月井裏映月影。月井萬年，月影萬年。

有一「九老會」由九位老者組成，會中七老先後去世，後來又走了一人，最末一人所撰輓聯曰：

會中只賸二人，痛君又去；

地下若逢諸老，說我就來。

哀悼中見真情，把老者對生命的曠達，一筆鉤出。功力至此，不是「妙」，何謂？對偶既是自然需求的，在許多的歌曲中，也可以找到同樣的線索，如義大利民謠《歸來吧》（Torna a Suriento），起首幾個音節就具有對仗性質：

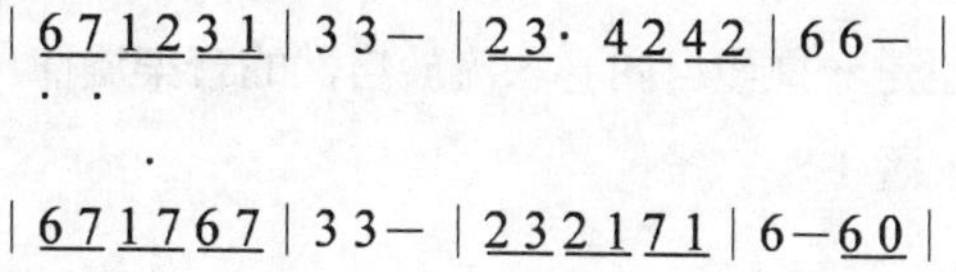

| 6 7 1 2 3 1 | 3 3 – | 2 3· 4 2 4 2 | 6 6 – |

| 6 7 1 7 6 7 | 3 3 – | 2 3 2 1 7 1 | 6 – 6 0 |

可見對稱本是一種美，聲韻知識可助賞此美。

5.格律之美

近體詩及詞曲皆講究格律。就以五言律詩仄起式爲例，其格律爲：[13]

起聯　仄仄（起）平平仄

　　　平平（對）仄仄平（韻）

次聯　平平（粘）平仄仄

　　　仄仄（對）仄平平（韻）

---

[13] 見王力氏《古典詩歌入門》11頁，民58年10月北一出版社出版。

三聯　仄仄（粘）平平仄

　　　平平（對）仄仄平（韻）

結聯　平平（粘）平平仄

　　　仄仄（對）仄平平（韻）

把字音依平仄排列成這樣格式，在今日看來似乎是文學創作自由的一大限制，也是許多人詬病的對象。但是不妨從另一角度來觀察，近體詩的格律即是從古詩長期蛻變的成果，是從累積的經驗中，所尋獲的一種美的「旋律組合」，它不但不會阻礙創作靈感的表抒，更能使創作的情感因此格律而適當地發揮。要知格律不是讓人「硬套」上去的，卻也是一種發自內心、流於自然的音樂旋律，楊蔭瀏氏《中國音樂史》說：[14]

> 音韻所給與絕律詩的對比性，第一，是一句中前後小逗間平仄的對比；第二，是奇數句與偶數句間全句平仄字音的處處對比；第三，是奇句不協韻，與偶句協韻的韻的對比。從全首絕詩說，四句爲一完整的單位，四句字數的相同，本身已有了一種節奏第四必須協韻的末一句，卻總必是平聲。從這裡，我們可以看出這種詩在格律方面的音樂性了，作詩和讀詩的人，至少會有同樣的一種感覺，就是：協韻的字，有休息意味，這種意味，是不協韻的字所沒有的；平聲的字，有休息意味，仄聲的字，少休息意味；平聲的韻，最多休息意味，仄聲的韻，雖有休息意味，但不如平聲的韻爲多。下面

[14] 一三五頁，民65年音樂節學藝出版社出版。

是一首平起七言絕句的格律：的統一性。在第一句末，韻可用可不用；第二句未必用韻；第三句未必不可用韻；第四句末及必用韻。四句中用字的平仄聲都有一定。雖平起與仄起不同，五言與七言有別，但第二

意義	四句字聲	韻	與樂調相比
起	平平仄仄仄仄平	自由	A
承	仄仄平平仄仄平	必用韻	A
轉	仄仄平平平仄仄	必不用韻	B
合	平平仄仄仄平平	必用韻	A

總合內容與格律兩方面講：第一句是起，相當於樂調的第一主題，第二句在意義上一承，結尾用一半聲，暗暗地定下了一個韻，雖韻還沒有被協，可是在節奏及字聲的安排方面，已給予我們以一個小小的歸宿；這相當於樂調中第一主題的重複，可是單單和順平衡的兩句，因爲缺乏對比性，總嫌平淡無奇；單單一個平聲字的歸宿，因爲未被協韻，總嫌音韻方面收束的力量不夠；所以我們還想有第三句。這第三句在意義上一開或一轉，末字非但完全不協韻，而且是一個仄聲字；所以緊張到絕頂，而不得不再有第四句。這相當於樂調的第二主題。第四句在意義上一合，在韻腳上一協；與第二句末尾的韻，成了一種呼應，韻的休息意味，因被重複而大爲增加，全詩的意義乃完全。這相當於樂調第一主題的第二次重複。所以整齊中有變化，正合於 AABA 一個四句短曲形式。律詩將上引四句的格律重複一遍，首二句起，相當於樂調的引句，第三、第四、第五、第六句，在文字上各成比

偶，在意義上爲承的段落，這相當於第一主題的第二次重複。律絕的形式變化雖少，卻也具有「一種」形式的完整性，並且又很直截簡單。

根據楊氏的說法，對於近體詩格律的看法，應該會有一個較爲「持平」的看法，到了詞曲，其音樂性更加明顯。於是我們重讀張繼〈楓橋夜泊〉：

月落烏啼霜滿天，
江楓漁火對愁眠，
姑蘇城外寒山寺，
夜半鐘聲到客船。

感覺當有更進一層的體認！

日本有一種短詩叫「和歌」，以五、七、五、七、七的句型，五句三十一音寫成，正是一種格律，卻也沒影響佳作的產生，如木下利玄的作品：

新　　　　切　花朝園

　　　　　音　聞

描述手拿一朵新鮮的玫瑰，耳朵似可以聽到晨間在花園中切剪此花聲音的感覺。可見今日對「格律」的態度，應是去想想這個格律當時被認同的理由，及在格律的約束下，依然有李白、杜甫、李清照、關漢卿等無數大作家的產生。也許能提供我們今日在吸收古典文學精神及創作上一點啓示吧！[15]

6.音阻之美

音阻是指發音的部位，可概略分爲喉、牙、舌、齒、脣五種，由這五個發音部位發出的聲音，謂之爲喉音、牙音、舌音、齒音及脣音。以發音的感覺來說，喉音、牙音（即舌根音）較濁重，而舌齒脣音較清利。以此爲線索去探尋一些文學作品，也可進一步領略其中的美感。如韋端己的〈荷葉杯〉詞：

> 絕代佳人難得，傾國，花下見無期。一雙愁黛遠山眉，不忍更思惟。
>
> 閑掩翠屏金鳳，殘夢，羅幕畫堂空。碧天無路信難通，惆悵舊房櫳。

根據《古今詞話》記載：韋莊以才名寓蜀，因王建割據，遂羈留之。莊有一寵姬，資質豔麗，善於詞翰，竟被建強奪向去。莊追念悒怏，作〈荷葉杯〉及〈小重山〉詞，情意悽怨。時人爭相傳播，姬亦聞之，絕食而死。故事感人，詞情悽怨，《中國文學欣賞舉隅》說：[16]

> 此詞「一雙愁黛遠山眉，不忍更思惟」句，情意寄於文字者十分，不難明白；寄於聲韻者亦十分，緣多用脣齒間字，單

[15] 散文中也有格律可尋，參啟功氏《詩文聲律論稿》之十四，民 72 年 10 月明文書局初版。

[16] 二〇九頁。

單藉聲音即可表示寵姬曼倩之姿，真才人嘔出心血之作也。

唐·劉采春〈望夫歌〉之一：

不惜秦准水，生憎江上船；載兒夫婿去，經歲又經年。

《中國文學欣賞舉隅》說：[17]

寥寥二十字，使人吟誦迴環，不能遽置。平易中有深致，柔情中有剛骨，所以感人。而字音復多舌齒間字，吟詠之際，另有輕盈嬌稚之韻味，使人憐煞也。

能從發聲部位去賞析，所以才能得其「曼倩」，得其「輕盈嬌稚」之韻味。但要把握發聲部位，對聲韻知識一點都不瞭解，可能嗎？

四、結語

《文心雕龍·聲律篇》希望爲文在聲韻的組合上能「聲轉於吻，玲玲如振玉；辭靡於耳，纍纍如貫珠」，也許有人會說，那是六朝人的看法，未必適合於我們今日，但是當我們去聆賞貝多芬、莫札特的樂曲時，卻沒人會不承認那是美好的。可見在文學作品中，作者創作意念透過聲韻的安排，表現在字音組合中，那一份當有的「共鳴感」該是貫穿時空的。只是語音是會因時間、空間、生理而產生變異，所以今日若要回頭去讀《詩經》、《楚辭》，非得要有古音學基礎不可，否則那該有的美感，是無法完全吸收到的；就如同要欣賞唐詩，也該有四聲、平仄的知識才行，也就如同，對

[17] 二一〇頁。

樂理如稍有旁涉，對貝多芬、莫札特的音樂也必能多瞭解一些。文學欣賞最高境界是作者的「知音」，《文心雕龍·知音篇》就指出，要成爲知音不易，首先要「博觀」，所謂「操千曲而後曉聲，觀千劍而後識器」，如此才能有「圓照之象」。而後要具有「六觀」，其中第六觀就是「觀宮商」。如果我們今天要成爲一位成功的文學欣賞者，這不也是值得參考的？

羅根澤氏在《周秦兩漢文學批評史》的第一章「緒言」中[18]，比較了中國文學批評與西洋文學批評本質上的差異，他認爲「西洋的文學批評偏於文學裁判及批評理論，中國的文學批評偏於文學理論」。就以《文心雕龍》一書來說，「其目的不在裁判他人的作品，而是『論文敘筆』，講明『文之樞紐』（序志篇）」，其他的文學批評著作，也是「大半側重指導未來文學，不側重裁判過去文學」，縱有新的文學理論發表也是「建設文學理論，不是用爲批評的工具，而是用爲創作的南針。」綜合羅氏的說法，中國文學批評最大的特色是：透過作者自己創作及綜結前人的經驗，希望樹立起可以讓後世創作者依循前進的標竿。這樣說來，《文心雕龍》的「六觀」不也是劉氏所欲提供的六個創作觀，「觀宮商」不也是文學創作者應當具備的觀念？

所以去欣賞古典文學，不是就要成爲李白專家、杜甫專家，就如同讀聲韻學，不是就等於要成爲「聲韻學專家」；這門課只是來告訴你：有一股文化的氣息，它從上古、中古，傳續到現在，仍貯存於我們每個人的血脈中、脣吻間，能認識它的存在，使我們與祖

[18] 十四至十七頁，民58年5月台灣商務印書館台三版。

先的心絃相應，可以使我們去更細緻欣賞古典文學的美，創出更美的現代文學。

後　記

仲溫兄是我的學弟，當年在華岡讀書時，常見到他與僑雲儷影雙雙，不知羨煞多少華岡眾親友。他大學畢業後，從伯元師研究文字與聲韻。我雖徒長幾歲，在小學方面的用功，遠不及他。他曾邀我至中山大學，我雖未能前去，卻一直感激他的知遇。他的英年早逝，我內心中有一份深藏的遺憾。此次承他的高徒來邀稿，我把這篇早年在華岡寫的教學心得稍作潤飾。舊稿念舊友，既勉力相稱仲溫兄的學術專長，又用來紀念這位我最要好的華岡學弟。

劉師培《理學字義通釋》述要

鮑國順

一、前言

劉師培（1884-1919）江蘇儀徵人，自其曾祖父劉文淇以來，即以研究《春秋左氏傳》，蜚聲當時，至劉師培已是第四代。他的一生雖然只有三十六年的歲月，卻能紹承家傳漢學，並且加以發揚光大，成爲清末民初研究國粹最具代表性的學者之一，他的成就與貢獻，是備受肯定的。由於劉師培的興趣廣泛，涉獵又博，因此在學術上，他也有多方面的成就，例如經學、史學、小學、文學以及義理學等都是。但是上述諸學中，前數類頗受近代學者的重視，研究者漸多，相形之下，他的義理學似乎就沒有受到那麼多的注意，殊爲遺憾，本文之作，即希望略盡棉薄，對此有所補足。余前曾撰有《劉師培的人性思想探究》一文，在內容與材料上，與本文有些重疊，但是因爲兩文撰述的形式與重點，並不相同，爲了保持本文的完整性，所以對於兩文少數重復的地方，便不特別加以避諱了。

劉師培的義理思想，主要見於《理學字義通釋》一書，此書發表於《國粹學報》第八、九、十號（1905 年 9 月 18 日至 12 月 16

日），當時劉師培二十二歲，可以說是他的早期作品，只是《國粹學報》上登了三期之後，卻在第十期文末留下了「未完」的字樣，以後各期也未見再有刊載，原因爲何，不得而知，疑是當時作者隨寫隨登，本無成稿，中斷之後，又未能續成，因此，《理學字義通釋》實際上應是一部未完之作。但是如就現有的部份觀之，除了有一篇完整的序言之外，尚有「理」、「性情志意欲」、「仁惠恕」、「命」、「心思德」、「義」、「恭敬」、「才」、「道」、「靜」諸條目，就傳統義理之學的重要概念而言，已涉及到十九項，可以說得上是大體完備。所以即使《理學字義通釋》是一部未完之作，從中也可以窺見劉師培義理思想的要點，有其研究價値。此外，劉師培尚有《倫理教科書》二冊，第一冊是談倫理學大綱，以及對於己身的倫理問題，第二冊則談家族與社會的倫理問題。而上述《理學字義通釋》所論及的十九項概念，全部復見於此兩冊《倫理教科書》內。比較而言，《理學字義通釋》的文字說理典雅精要，《倫理教科書》則較爲平實通暢，這大概是與二書的性質以及閱讀的對象不同有關，至於相關的內容，則大同之中，仍有微異。値得注意的是二書寫於同一時期[1]，因此《倫理教科書》，實爲研究《理學字義通釋》不可或缺的參考資料。

---

[1] 根據錢玄同〈左盦著述繫年〉，《倫理教科書》與《理學字義通釋》二書，同繫於民國前七年（1905）下，而〈劉師培先生遺書總目〉「《倫理教科書》二冊」下則注云：「前七年，前六年」（1905-1906），二書大抵應為同一時期的作品。（均見《劉申叔先生遺書》－以下簡稱《遺書》，台北・華世出版社，1975。）又可參考李妙根〈劉師培生平和著作繫年〉（見李妙根編《劉師培論學論政》「附錄」，上海，復旦大學出版社，1990。）

二、《理學字義通釋》的著述背景動機與寫作形式

要了解劉師培著述《理學字義通釋》的背景與動機，可以先從他對清代學術史中的一個主要問題－漢學與宋學－的態度說起。在這個論題上，劉師培雖然曾說「程朱許鄭皆賢者，漢宋紛爭本激成。」而且宣稱自己論學「但以合公理爲主，不分漢宋之界。」[2]但是究其實際，則是偏主漢學者爲多。例如他在發表《理學字義通釋》的那一年（1905），同時又另外發表了《漢宋學術異同論》，在該書的總序中，他對漢宋學術的得失，有如下的看法：

> 昔周末諸子辨論學術，咸有科條，故治一學，辨一事，必參互考驗，以決從違。……古人析理，必比較分析，辨章明晰，使有繩墨之可循，未嘗舍事而言理，亦未嘗舍理而言物也。……漢儒繼興，恪守家法，解釋群經。然治學之方，必求之事類以解其紛，立為條例以標其臬，或鉤玄提要而立其綱，或遠紹旁搜以覘其信，故同條共貫，切墨中繩，猶得周末子書遺意。及宋儒說經，侈言義理，求之高遠精微之地，又緣詞生訓，鮮正名辨物之功。故創一說或先後互歧，立一言或游移無主。由是言之，上古之時，學必有律，漢人循律而治經，宋人舍律而論學，此則漢宋學術得失之大綱也[3]。

---

[2] 兩處所引詩文，為劉師培《甲辰年自述詩》及自注。見李妙根編《劉師培論學論政》「附錄」，頁550。

[3] 《遺書》，頁647上。

《漢宋學術異同論》雖然名為論析漢宋儒學的異同，書中對漢宋儒學確實也都各有褒貶，但是如上文所引，幾乎是所得盡在漢，所失盡在宋，完全是一副清代漢學家的口吻，因此，劉師培偏主漢學的色彩，是極為明顯的。此中原因，劉氏家傳乾嘉漢學（特別是揚州學派）的學風，應當有其一定的影響。事實上，劉師培的《理學字義通釋》，就是沿襲戴震《孟子字義疏證》、焦循《論語通釋》，以及阮元《性命古訓》、《論語論仁論》、《孟子論仁論》諸作而來的一部新作品。形式上是以心性義理之學的重要概念為條目，內容主要是以引述兩漢以前的古籍，以及清代樸學家的著作為依據，用意則在證明漢儒義理出於訓詁之是，與宋儒義理不宗訓詁之非。在《理學字義通釋》的序言中[4]，劉師培對此有很明確的表示。

序言一開始，劉師培便引用戴震的兩段話說：

> 昔東原戴先生之言曰：「經之至者道也，所以明道者其詞也，所以成詞者字也，由字以通其詞，由詞以通其道，必以漸求。」又曰：「經之至者道也，所以明道者其詞也，所以成詞者，未有能外乎小學文字者也。由文字以通乎語言，由語言以通乎古聖作者之心志，譬之適堂壇之必循其階，而不可以躐等。」則欲通義理之學者，必先通訓詁之學矣。

本節所引戴震之說，前言見於〈與是仲明論學書〉，後語見於〈古經解鉤沈序〉，同為戴震的治學要語，學者固皆耳熟能詳，而末句「欲通義理之學者，必先通訓詁之學」，簡直就是戴震「訓詁

---

[4] 〈理學字義通釋序〉見《遺書》，頁551。

明而義理明」說的翻版，戴震對劉師培的影響，在開宗明義的這一段序文中，即已可知。接著劉師培又對宋儒言義理而不宗訓詁的態度，提出批評說：

> 昔宋儒之言義理者，以心字、理字為絕對之詞，凡性、命、道、德、仁、義、禮、智，皆為同物而異名，即北溪陳氏作《字義》，雖親受朱子之傳，然墨守師說，立說多訛。（原注：如論性、論才諸義是。）此則宋儒不明訓詁之故也。

於是劉師培提出自己的學術依據與標準說：

> 近世東原先生作《孟子字義疏證》，據《孟子》以難宋儒。而甘泉焦先生亦作《論語通釋》，以繼戴氏之書，儀徵阮先生病宋儒高談性命，作《性命古訓》，並作《論語論仁論》、《孟子論仁論》，皆折衷故訓，不雜兩宋之書。及定海黃先生作《經訓比義》，雖私淑阮氏之學，然立說多調停漢宋，與戴阮之排斥宋學者不同。夫字必有義，字義既明，則一切性理之名詞，皆可別其同異，以証前儒立說之是非。近世巨儒漸知漢儒亦言義理，然于漢儒義理之宗訓詁者，未能一一發明，于宋儒義理之不宗訓詁者，亦未能指其訛誤。不揣愚昧，作《理學字義通釋》，遠師許鄭之緒言，近擷阮焦之遺說，周《詩》有言：「古訓是式」，蓋心知古義，則一切緣詞生訓之說，自能辨析其非，此則古人正名之微意也。

由此可知，「古訓是式」是他著述的標準。許慎、鄭玄、戴震、焦循、阮元的相關著作，是他著述的依據。而發明漢儒義理出於訓詁之微意，指出宋儒義理不宗訓詁之訛誤，則是他著述的目的。通觀整篇序言，雖然不過只有五百餘字，但是劉師培著述《理學字義通釋》的背景與動機，已經是說得非常清楚了。

於此，尙須就上文所謂「古人正名之微意」，進一步略作說明。劉師培所謂「正名」，就是講求名言的原始而正確的意義，他之所以特別強調義理必須本於訓詁，主張「古訓是式」、「不雜兩宋之書」的原因，在於他認爲周末諸子論學，主於分析事理，有其客觀的方法與規矩，因此能夠切近人情事物。而秦漢以下，專制君主爲了鞏固一己的權勢，不希望看到民間有強大的力量，因此藉著改變名言內涵的方式，以痲痺人心，而一般儒者，爲了個人的私利，不僅不加辨正，反而曲學媚世，以邀榮寵，中國民氣長久積弱不振，便是儒者不知正名的結果。劉師培曾作「理學不知正名之弊」一文，於此感慨陳之。該文開門見山說：

> 中國民氣積弱之原，實由於僞學之鼓煽，而僞學之興，則由於不知正名，致謬說頻仍，相沿莫革。[5]

劉師培以爲此中影響最大者，莫過於對誠、敬、忠、柔四字的認識，因此特就此四字續加申論。

例如就誠字而言，誠字本義爲真實無妄，而誠又言成，意謂成己成物，也就是說誠即是各事徵實之意。而後世之所謂誠者，行事迂腐拘謹，明哲保身，卻假托爲老成持重，實際上只是鄉愿而已，何足爲誠？次就敬字而言，敬字本意爲警，謂作事當加警惕，原隱

[5] 見劉師培《讀書隨筆·理學不知正名之弊》，《遺書》頁2212下。

寓有振發有爲之意。而後世卻以主一無適爲敬，主敬又與主靜相混，內省而拘，外慎而泥，求其心而適以錮其心，何足爲敬？再就忠字而言，忠字合中心二字而成，意謂秉公行事，忠字的對象，原指一般的人事物。後世卻以片面對於國君輸誠爲忠，即使國君暴虐，人臣猶當盡心輔佐，這只是一個長君逢君的小人，何足爲忠？最後就柔字而言，劉師培以爲柔本爲陰謀家的權計運用，如老子、鬼谷子書中，即常言柔字，是柔字原含有陰巧之意。而後世卻以柔字爲美名，竟使天下之士悉出於奴顏婢膝之一途，人人無爭競之心，無勇銳之氣，又何足爲柔？說明了上述名實變化所造成的現象之後，劉師培很嚴肅地將其過錯指向儒者。他說：

> 秦漢以下專制君主，悉以耡抑民氣為宗，由是著書立說之儒，亦不惜曲學媚世以獻媚人君。宋儒既興，沿波汩源，而偽學之行，厄千年而未革，使才智之士悉陷溺其說而不自知，此則中國儒者之過也。[6]

綜觀劉師培上述所言，不禁會令人想起戴震作《孟子字義疏證》的深刻用心。戴震臨終的那一年，曾兩度致書段玉裁言及此事說：

> 僕自十七歲時，有志聞道，謂非求之六經孔孟不得，非從事於字義、制度、名物，無由以通其語言。宋儒譏訓詁之學，輕語言文字，是欲渡江而棄舟楫，欲登高而無階梯也。為之

---

[6] 同上注所引文，頁 2213 上。

> 卅餘年，灼然知古今治亂之源在是。[7]

又說：

> 僕生平論述最大者，為《孟子字義疏證》一書，此正人心之要，今人無論正邪，盡以意見誤名之曰理而禍斯民，故《疏證》不得不作。[8]

思想學說的錯誤，其所造成的傷害，絕不僅僅止於思想學說的層面而已，它必將會從影響人心，進而影響政治社會，終而形成一種風氣，所以孟子才說：「生於其心，害於其政，發於其政，害於其事。」[9]戴震作《孟子字義疏證》一書，是爲了「端正人心」，是著眼於「古今治亂之源」。而劉師培作《理學字義通釋》的用心，亦復如是。換言之，澄清漢宋學術的得失，固然是引發劉師培寫作《理學字義通釋》的動機之一，而對中國社會民氣長久積弱不振的現實關懷，無寧是更爲重要的因素。

《理學字義通釋》一書的寫作形式，基本上與戴震《孟子字義疏證》、焦循《論語通釋》一樣，是以條目爲主，凡有十條，就已完成的部份觀之，每條分別有一字、二字、三字、五字不等，每字均先舉許慎《說文解字》的說解，作爲討論的基礎，其次再廣引古籍中有關該字的訓解，加以歸納整理，論定是非，最後再斷以己意，

---

[7] 戴震〈與段若膺論理書〉，《孟子字義書證》（北京，中華書局，1990。）頁184。

[8] 戴震〈與段若膺書〉，同上注所引書，頁186。

[9] 見《孟子・公孫丑上》，又《孟子・滕文公下》作「作於其心，害於其事，作於其事，害於其政。」

作成結論。徵引的古籍，雖說是以兩漢以前及清代漢學家的著作為主，但是實際上的範圍卻極為廣泛，幾乎歷代皆有，是本書的一大特色，如兩漢以前的古籍，有《毛詩》、《尙書》、《周易》、《周禮》、《儀禮》、《大戴禮記》、《小戴禮記》、《左傳》、《公羊傳》、《穀梁傳》、《論語》、《孝經》、《爾雅》、《管子》、《晏子》、《鬼谷子》、《列子》、《墨子》、《老子》、《莊子》、《孟子》、《荀子》、《韓非子》、《文子》、《神農經》、《山海經》、《毛詩傳》、《韓詩外傳》、賈誼《新書》、董仲舒《春秋繁露》、劉安《淮南子》、揚雄《法言》、班固《漢書》、《白虎通》、劉熙《釋名》、王充《論衡》、王逸《離騷章句》、賈逵《左傳解詁》、許慎《五經異義》、鄭玄《毛詩箋》、《周禮注》、《儀禮注》、《禮記注》、趙岐《孟子章句》，以及《春秋鉤命決》等。魏晉迄五代的著述，有張揖《廣雅》、孫炎《爾雅注》、范曄《後漢書》、皇侃《論語義疏》、孔穎達《左傳疏》、《毛詩疏》、陸德明《經典釋文》、韓愈〈原道〉、〈原性〉、李翱〈復性書〉、徐楷《說文繫傳》等。宋元明清的學者，則包括有周敦頤、張載、程頤、呂大臨、李侗、朱熹、張栻、陳淳、黃公紹、薛瑄、王陽明、鄒元標、歐陽德、王塘南、張楊園、任啓運、戴震、程瑤田、陸耀、章學誠、段玉裁、阮元、焦循、凌廷堪、黃式三、黃以周、孫淵如等。此外也常常引用西人及日人的學說，作為補充說明。

三、《理學字義通釋》的重要見解

(一)在心之理與在物之理

理學中一個最重要的概念便是「理」，而《理學字義通釋》第一條即是「理」字。本條旨在辨明漢儒言理，如賈誼《新書·道德說》云：「理，離狀。」班固《白虎通》云：「理義者有分理。」鄭玄《禮記·樂記注》云：「理，分也。」許慎《說文解字·序》云：「知分理之可以相別異也。」皆訓理爲分，或訓爲別，此爲理字相傳之古訓，而周代古籍之言理字，或曰文理，或曰條理，也都是指事物可以客觀比較分析之意，如《中庸》云：「文理密察，足以有別。」是說文之可以分別者曰文理。《孟子》云：「始條理者，智之事也；終條理者，聖之事也。」所謂條理，即是指條分縷析無所紊亂之意。因此劉師培認爲戴震《孟子字義疏證》說：「理者，察之而幾微區而別之之名。」可謂最合古義。至於宋儒言理，以天理爲混全之物、絕對之詞，其結果必然陷於主觀自是，也就是戴震所說以理爲如有物焉，得於天而具於心，因以意見當之的地步，此與理字古訓完全不符。

至於劉師培的理說，最值得注意的地方，應是他從認識論的觀點，擴大了理字的性質與義涵。他說：

> 事物之理，必由窮究而後明，條理、文理，屬於外物者也；窮究事物之理，屬於吾心者也。……心理由物理而後起，物理亦由心理而後明，非物則心無所感，非心則物不可知。吾心之所辨別，外物之理也，吾心之所以能辨別外物者，即吾

> 心之理也，在物在心，總名曰理。蓋物之可區別者謂之理，而具區別之能者亦謂之理，故暫種分心理、物理為二科。孟子曰：「心之所同然者，謂義也、理也。」又曰：「是非之心，智之端也。」此就在心之理言之也。若孔子曰：「故有物必有則。」則就在物之理言之，而要之皆分析之義耳。[10]

又說：

> 物由心別者理也，心能別物者亦理也。宋儒以理為渾全之物，昧於訓理為分之旨。戴氏詮理，又以理專屬事物，然物由心知，知物即在心之理。嗣凌、阮諸氏，以禮該理，蓋較戴氏為尤偏矣。[11]

劉師培從訓理爲分的古訓入手，再將理字分爲在心之理，與在物之理，前者爲能知的主體，後者爲所知的客體，使理字的性質與義涵，不僅不同於宋明儒的「性即理」或「心即理」，即與清儒的「理在事中」或「以禮該理」，也不盡相同，可說具有相當的新意。

（二）、性無善無惡與情有善有惡

劉師培對於性字本質的認識，基本上仍是與戴震、阮元同路，認爲古人性生同字互訓，性字從生，指血氣而言；性字從心，指心知而言。故人性秉於生初，血氣心知即爲性之實體。但是有關體用與善惡的問題，劉師培另有自己的見解，與戴震、阮元又不相同。

---

[10] 《理學字義通釋》「理」字條，《遺書》，頁 553 下。

[11] 《左盦集》卷三〈釋理〉，《遺書》，頁 1456 下。

首先就體用而言，劉師培是從動靜論體用，以靜屬體，以動屬用。《禮記・樂記》說：「人生而靜，天之性也。」他即據此而謂性屬靜爲體。至於情字古訓兼有動靜二說，如《禮記・樂記》說：「感於物而動，性之欲也。」（國順按：劉師培以爲《禮記・樂記》此處說的是情而非性，因此主張將原文改作「感於物而動，情之欲也。」）是以動釋情。此外，如《白虎通》、《廣雅》又有「情者靜也」的說法，是以靜解情。劉師培認爲既然情有動靜二義，因此理當兼具體用。也就是說，人生之初，即具有喜怒哀樂愛惡之情，有感物而動之能，當其未與外物相接觸，則靜而不動，此屬於情之體，也就是《中庸》所謂「喜怒哀樂之未發」的階段。及感物而動，因而產生心念的諸般活動，此則屬於情之用，也就是《中庸》所謂喜怒哀樂「已發」的階段。情之體，不可得見，所可見者，爲情之用。此實爲一種兩重體用觀。

其次，就善惡而言。劉師培說：

> 人性本無善惡，善惡之分，由於感物而動，習從外染，情自內發，而心念乃生，心念既生，即分善惡，是則有善有惡者，情之用，與性固無涉也。[12]

劉師培認爲善惡的分判，始於感物而動，而感物而動，本屬於情的發用，所以情有善有惡。至於人性雖然具有知善知惡的辨別能力，但是性畢竟屬靜爲體，性體寂然不動，未與外物相接觸，自然無以呈現善惡，所以性是無善無惡。

---

[12] 《理學字義通釋》「性情志意欲」字條，《遺書》，頁555下。

綜而言之，劉師培以動靜解釋體用，又以動與用作爲分判善惡的標準。依據「古訓是式」的原則，性訓爲靜，有體無用，故無善無惡，情則兼具動靜二義，有體有用，情之體固然無善無惡，但是情之用則有善有惡，故善惡在情不在性。這一套解釋系統，可以說是與前此任何一家的人性論述，都不盡相同，在劉師培看來，性體是無善無惡，因此所有有關性有善惡的主張，都不免是誤以情爲性。只有告子「生之謂性」、「性無善無惡」的意見，才能獲得他的認同。

（三）心分體用與德兼內外

劉師培論心，有兩個重點，第一：人心具有悟性，是人之所以異於禽獸的主要特徵。第二：人心兼有體用，體因用而顯其意義。就第一點而言，劉師培說：

> 戴氏《孟子字義疏證》曰：「血氣心知性之實體也」。蓋血氣為人物所同，而心知則有智愚之別。草木有生性而無覺性，禽獸有覺性而無悟性，惟人具有悟性。有覺性者，具有血氣者也；有悟性者，具有心知者也。故〈樂記〉言：「民有血氣心知之性」。[13]

所謂「悟性」即是一種屬於心知的思辨能力，包括比較、分析、推理、想像等。人類因爲具有此種能力，故能知善知惡，開創出價值生命，作自己的主宰。其他物類則不具有此種能力，因此不能知

[13] 同上注所引書，頁554下。

善知惡，終其一生，只是順其自然而已，這便是人類之所以爲萬物之靈的原因。

就第二點而言。劉師培認爲古人言心也有動靜體用之分，如《中庸》「已發」、「未發」，與《易·繫辭傳上》「寂而不動」與「感而遂通天下之故」，皆是分指心之體用而言。人心本體不具善惡，卻具有辨別善惡的能力，只是心體屬靜，此種能力不可顯見，只有在身體與外來事物相接觸以後，心才開始產生思辨的作用，透過思辨的活動，而能認識事物的高下、美醜、善惡等分別，知此分別，而後產生好惡的情感，有了好惡的情感，於是又產生爲與不爲的意念，本此意念，接著便有想要達成的欲望，有此欲望，最後再由身體付諸實踐，便形成一個人的行爲。以上由感生知、由知生情、再由情生意與欲的過程，都是屬於心的活動，也都是心的作用。就一個人的道德而言，心知本體固然是根源是基礎，但是若不與外物接觸，唯以默坐靜觀爲務，其用不顯，絕非古人言德的本意。《說文》訓「　」（即今德字）爲「外得於人，內得於己也。」劉師培引申解釋說：

> 以善念存於中心，使身心互得其益，此內得於己之說也。以善德施之他人，使眾人各得其益，此外得於人之說也。……德也者，一切善念之總名，亦即一切善行之總名也。故心分體用，證以德兼內外之說，而其詁益明。自莊子以心為靈臺，而宋代諸儒又飾佛書之說，以為心體本虛，不著一物，故默坐以澄觀，重內略外，復飾《易傳》何思何慮之說，以不假思索為自然。不知心兼體用言，德亦兼體用而言，使有體而無用，即德存心中，又何由明顯其德而使之表著於外哉？且

> 孟子明言：「心之官則思，思則得之，不思則不得。」心而不思，即孔子所謂「無所用心矣」，豈非宋學之失哉。[14]

由此可見，劉師培所以特別要強調心分體用、德兼內外的原因，主要的目的，還是爲了反對理學家重內輕外，重本體輕工夫的道德觀。

（四）才即氣質之性

中國思想史上，「才」字是清儒與宋儒爭議的焦點之一。大抵而言，無論程頤、朱子，或是顏元、戴震，都認爲才即是材質，指人生而具有的行爲能力而言。所不同的，是程、朱以爲才有善有不善，顏、戴則以爲才無不善。至於劉師培同樣也以「材幹」、「才能」釋才，並且指出才即是一個人心知的智愚，與性情的剛柔。他說：

> 才本於性，而性之實體即血氣心知是也，血氣心知具於生初，則才亦具於生初，故孟子以才為天降，然降才所以各殊者，其故有二，一由血氣，以血氣運行之遲速判性情之剛柔，一由心知，以腦髓之大小完缺判人心之智愚。[15]

劉師培並且直指宋儒所謂氣質之性便是才字，又進一步認爲所謂變化氣質，應是指此才能上的由愚變智、由弱變強，而非德性上的由惡變善，此變化氣質之說，與宋儒用名雖同，其實則異。

其次，劉師培又說：

---

[14] 《理學字義通釋》「心思德」字條，《遺書》，頁 561 上-561 下。

[15] 《理學字義通釋》「才」字條，《遺書》，頁 564 上。

才本於性，性無善無惡，則才亦無善無惡，特為血氣心知所限，而有剛柔智愚之殊耳。剛柔智愚皆限於一偏，不得謂之善，亦不得謂之惡。[16]

天之降才，雖然各有殊別，但是才既本於性，而在劉師培的定義裡，性是屬於無善無惡，因此不同之才，自然也只有優劣之分，而無善惡之別了。所以他又說：「人所具之才各殊，然祇可被以優劣之名，不得謂之善惡。」[17]這種說法又與顏元、戴震有所不同。

（五）命由己造

人生是否有命？如果有命，又是誰在主導？對於這些問題，前人大都相信有天命鬼神的存在，其稍有承擔者，又認爲只有特定的人物才能造命。劉師培則主張命非天定，全由己造，而且造命的權力，不僅是在握有政權的君相，或是以天下爲己任的知識分子，即便是平凡的平民百姓，人人皆有造命的權力，態度十分堅定明確。他說：

天下無不可能之事，亂者咸可使之治，弱者咸可使之強，亡者咸可使之存，要在立志於先，而繼以實行之力耳。宋儒有言：為生民立命。漢人亦言：君相有造命之權。夫造命之權，豈獨君相有之？凡在生民，無不具有此權。欲為賢聖，則己身即為賢聖之人；欲圖富強，則己國即為富強之國，命由己

---

[16] 同上注。

[17] 同上注。

> 造，夫豈術數所能限，又豈鬼神所能令哉！[18]

人生的吉凶禍福，生死壽夭，全都操之在己，與術數鬼神無涉，也與個人的身分地位無關。

劉師培又說：

> 荀子有言：「天者非關係于人，人之所以可行者，非天之道，非地之道，乃所以為人之道也。」又曰：「天道有常，不為堯存，不為桀亡。治亂于世，非天、非地，又非時。」觀于前說，可以知命由人為，觀于後說，可以知命非前定，嗚呼！若荀子者，殆《大易》所謂窮理盡性以至于命者歟！[19]

荀子主張天人有分，肯定人爲的意義，完全不相信有任何超越或神密力量的存在，是傳統思想界中一位極爲務實的思想家。劉師培繼承了荀子的天人觀點，同樣也繼承了他那種務實的精神。

（六）道非前定

《說文》云：「道，所行道也。」道即事物的準則，人所共行。前人論道有天道、人道之分，天道原於自然，人無異詞，至於人道的形成，則或謂出於天命，或謂本於人心，總之，皆由前定，非關人力。理學家固然如此主張，漢學家或清學家也多半相同。劉師培則一反舊說，認爲人類社會的道德規範，有出於風俗習慣的，也有出於專制國君的，皆由後天產生，並非由於前定。而因爲風俗習慣

---

[18] 《理學字義通釋》「命」字條，《遺書》，頁560上。

[19] 同上注。

各有不同，政治的考量也不一致，因此所謂人道，也沒有絕對的律則，善惡也就沒有一定的標準了。他說：

> 人之初生，本無一定之準則。風俗習慣，各自不同，則所奉善惡亦不同，一群之中以為善，則相率而行之，目之為道，習之既久，以為公是公非之所在，復懸為準則，以立善惡之衡。一群人民以為是，則稱為善德，一群人民以為非，則稱為惡德。然溯其善惡之起源，則以人民境遇各殊，以事之宜於此群者為善，以事之背於此群者為惡。其始也，以利害為善惡，然一國多數人民之意向，既奉此善惡為依歸，及相習稱成風之後，即不能越其範圍，此道之起於風俗習慣者也。[20]

又說：

> 又上古之初，一國之權，操於強者之手，而人民遵其命令，罔敢或違。非惟握制定法律之權也，並握制定道德之權，見其有利於己，則稱之為善，見其有害於己，則稱之為惡，善德者，民之當為者也，惡德者，民之不當為者也。愚民不識不知，奉君命如帝天，而強者所定之道德，遂為一國人民所共遵，及人民漸摩濡染，遂本之以定是非，此道之原於政體法律者也，則天下豈有一定之道哉？[21]

---

[20] 《理學字義通釋》「道」字條，《遺書》，頁 565 上。

[21] 同前注所引書，頁 565 上-565 下。

無論認爲道德是起源於風俗習慣，或是政體法律，都主張道德是出於後天的人爲或環境的影響，而不承認是先天已有或有一定的標準。劉師培這種見解，可謂與傳統思響想大異其趣，雖然令人覺得缺少一種追求崇高理想的動人情懷，特別是以爲強者握有制定法律或道德的權力，不免更讓人懷疑會削弱社會大眾對不公平不人道的現象的批判力量。但是這種純粹立基於現實經驗的思想形態的出現，應有其相當重要的時代意義，值得我們特別注意。

（七）仁義與社會倫理

仁義二字是儒家道德思想的中心觀念，深受歷代儒者的重視，劉師培對此二字的討論，主要是偏向於社會倫理方面。首先，就仁字而言。許慎《說文》「仁」字下說：「仁，親也。從人二。」《中庸》說：「仁者，人也。」鄭玄注：「人也，讀如相人偶之人。」阮元作〈論語論仁論〉、〈孟子論仁論〉，發明許、鄭之說，謂：「孔門所謂仁也者，以此一人與彼一人相人偶而盡其敬禮忠恕等事之謂也。相人偶者，謂人之偶之也，凡仁，必於身所行者驗之而始見，亦必有二人而仁乃見。」又謂：「古所謂人偶，猶言爾我親愛之辭。」[22]認爲孔門論仁，不務高遠玄虛，皆就其近處、實處而言。劉師培《理學字義通釋》中有「仁惠恕」一條，完全接受了阮元這位鄉先賢上述的意見，同樣認爲「人與人接，仁道乃生」、「與人

---

[22] 兩處引文並見《揅經室集·一集》卷八「論語論仁論」，（北京·中華書局，1993。）頁176。

相偶，即與人相親」、「仁道之大，必以施之人民者爲憑。」[23]理學家談論道德，著重內在本體的探討，劉師培雖然也承認仁德有內外體用之分，但是他認爲古人言仁，重在仁德外在的實行，與人民是否確實得到仁德的利益，此對仁德的認識，可謂已從個人修身的倫理，跨越到社會倫理的範圍。

而且他在討論仁德時，同時也注意到國人輕忽社會道德的問題。他說：

> 中國之民則踐行仁德者實居少數，其原因略有二端，一曰中國人民視他人之疾苦，如秦人之視越人，則感情不富之故也。一曰中國人民不明人己相關之義，凡己身以外之事，均置若罔聞，則公德未明之故也。……不知人生於世，非與人相親相倚，則己身不能獨存，故同居一群，即有相扶相助之責任，否則欲人之扶己助己，不亦難哉？故至公之心不可不擴充，即慈善之事業，亦不可不竭力勉為，蓋此乃對於社會應盡之義務也。[24]

可見劉師培探討仁德的意義，不僅只是在作學術上的論辯而已，還有他對現實社會的關懷，尤其是對國人普遍缺乏社會公德心與社會義務的觀念，可謂觀察深刻。

其次，就義字而言。《中庸》云：「義者，宜也。」事得其宜即謂之義，至於如何得宜？主要在於約束自己的行爲，不使放縱而

---

[23] 兩處引文分見《理學字義通釋》「仁惠愛」字條，《遺書》，頁 556 下、557 上。

[24] 《倫理教科書》第二冊，《遺書》，頁 2339 下。

侵害到他人的權利自由。劉師培說：「行為之自由，固為己身之權利，然自由不能無所限，……義之為德，所以限抑一己之自由，而使之不復侵犯他人自由也。」[25]這種強調人身自由與權利的說法，顯然是受到西方學說的影響，同時與他對仁字的認識一樣，也是從社會倫理的角度出發，只是仁是積極地為所當為，而義則是消極地勿為所不當為而已。所以劉師培說：「有益於人之謂仁，無損於人之謂義。」[26]

（八）敬以應事與靜以制動

理學家的修養工夫，約而言之，不外程朱主敬與陸王主靜兩派之分，但是無論程朱或陸王，都強調靜坐的工夫，意在屏絕外來事務的干擾，以求本心的澄定，劉師培認為這種偏向內省的工夫，往往會造成喜靜惡動的結果，而中國自宋以後，民情普遍缺乏活潑進取的精神，與此種風氣有極大的關係。《理學字義通釋》有「恭敬」與「靜」兩條，對此曾慨乎言之。

先就恭敬而言，《說文》對恭敬二字皆訓為：「肅也。」《釋名·釋言語》則云：「恭，拱也，自拱持也。」又云：「敬，警也，恆自警肅也。」鄭玄《禮記·少儀注》云：「恭在貌，敬在心。」劉師培據之而稱：「恭指容言，乃威儀發現於外之謂也。敬指事言，乃人心恆自警肅之謂也。」[27]因為常人的行為，若不加警飭約束，一則容易放縱，再則容易懈怠，古人為了防止這些弊端產生，於是

---

25 《理學字義通釋》「義」字條，《遺書》，頁 562 下。

26 同前注所引書，頁 562 上。

27 《理學字義通釋》「恭敬」字條，《遺書》，頁 562 下-563 上。

而有禮儀的制定，強調容止必須謙恭有禮，行事必須心存敬謹，目的在使人不至於自肆自廢。不意宋儒矯之過偏，如朱子所定小學與家禮，以嚴格的要求爲恭，常使人不堪忍受。又如程頤以主一無適爲敬，以致心與事離。相沿成習以後，不僅使中國民情趨於保守退縮，更有因反彈而走上愈加放蕩的情形。劉師培說：

> 乃宋儒之言恭者，以禮儀為桎梏束縛身體之自由；宋儒之言敬者，存心虛漠致與事物相忘，是恭訓為拘，敬訓為靜，雖足收斂身心，使之不能自肆，然活潑之風，進取有為之志，咸為恭敬二字所拘，非趨天下之人於自廢乎？且人人咸失自由，則人人無樂生之趣，使防維稍弛，必致蕩檢踰閑，以遂其所欲，是恭敬者，又實以激天下之人而使之自肆也。此豈古人言恭言敬之旨哉！[28]

古人主張恭敬，原是希望讓人能過正常合理的生活，但是經過宋儒的解釋以後，恭敬反而成爲殘害身心的教條，劉師培以上所言，可謂有感而發。

次言靜字。如前所言，人心有體有用，既然有用，即不可能只是空寂虛無，不與外物相感。而人心原本具有自由的特性，當其感物而動之時，如果直情徑行，不知詳審，或眾念紛紜，不加整齊，便會產生不當的行爲，因此必須講求主靜的工夫。但是古人所謂主靜，並非理學家與物隔絕的靜坐冥思，而是在人心感物而動之後，靜思省察，希望使所有的行爲都能適宜的一種工夫，實即爲處事應

---

[28] 同上所引書，頁 563 下。

物而設，並非廢動而專言靜。《說文》訓靜爲審，與《釋名》訓靜爲整，劉師培即依之而申釋說：

> 蓋古人所以言主靜者，其故有二：一以制人心之粗率，一以息心念之紛擾。……《說文》訓靜為審，審者詳加審查之謂也，故能審則不率。《釋名》訓靜為整，整者用志不紛之謂也。……靜字與動字為對待，主靜者，即動心之基也，所以裁抑心念之自由，使動心之時，必循一定之規矩。……使人於感物以後，動念之初，克盡主靜之功，則動心之時，自能中節，無復粗率及紛擾之失矣。[29]

他又說：

> ……後儒言靜寂動虛，豈古人言靜之旨乎？然欲矯其弊，致以靜功為無用，則又啟人民自肆之端，亦非古人動靜交相養之旨也（原注：「近儒多蹈不知主靜之失。」）殆所謂兩失者與！[30]

可見劉師培並不反對主靜，他所排斥的，只是以不動心爲靜的主靜說。因此對於某些清代學者，因爲厭惡理學家不務實際的主靜說，而一併反對主靜的工夫，他更認爲是動靜兩失，也不可取。

---

[29] 《理學字義通釋》「靜」字條，《遺書》，頁565下-566上。

[30] 同前注所引書，頁568上。

四、結論

《理學字義通釋》一書，基本上是一部代表清代漢學家自戴震《孟子字義疏証》以來，同類著述的殿軍之作。旨在本於「故訓明而後義理明」的信念，發明漢儒義理出於訓詁之是，與指出宋儒義理不宗訓詁之非，因此，諸所徵引，當然是以傳統漢學家的著作為主要的依據，並本此依據，加以推衍。但是重要的是，如果劉師培認為漢學家的說法不夠精確，或有錯誤的話，即使該說是出於許慎、戴震之口，也並不屈從迴護[31]。反之，如果他認為宋明儒的見解正確無誤，也會加以稱述，或為之辯解。[32]而且劉師培畢竟是生

---

[31] 例如劉師培以為人欲本無不善，只因過用其欲，始流於惡，因此《說文》釋欲為「貪欲」，並不正確。又以為「心之所欲為者為志，心之初起者為意。」意志二字，義雖相近卻仍有分別，而《說文》「二字互訓，尚屬未精。」（並見《理學字義通釋》「性情志意欲」條。）又如劉師培與戴震同樣以血氣心知為性的實體，也同樣以為人天生即有知善知惡的能力，但是因為他主張性體屬靜，無善無惡，而心知的知善知惡，只是一種中性的才能，也與善惡無涉，因此對戴震性善才善的說法，即認為是誤以「心知即理義」。（同上）

[32] 例如劉師培認為程子論心分體用為說，「實屬精言。」（見《理學字義通釋》「心思德」條。）又如其論敬字，雖不以程子「主一為適」為是，卻認為「朱子曰：『敬非萬慮休置之謂，特要隨事專一，不放佚耳。非專是閉目靜坐，耳無聞，目無見，不接事物然後為敬也。』其說最精。」（見《理學字義通釋》「恭敬」字條。）再如劉師培訓理為分為別，為客觀的存在，可謂全與戴震同調，但是同時他又認為訓理為分，朱子也有此種說法，不宜一概非之。他說：「朱子《答何叔京書》言：『理字之義，當於渾然中仍具秩然之理。』秩然者，即條理也。又《易經注》云：『理謂隨時得其條理也。』條理者，亦即秩然有序之義也。又程朱言：『事事物物皆有理可格。』有理可格，則理非渾全之物矣，此皆宋儒解理之得也。」（見《理學字義通釋》「理」字條。）

長在一個新時代的人物，也能勇於接受外來新思想的刺激，加上個人的聰明穎悟，因此時有不同於舊說的見解出現。可見劉師培撰作《理學字義通釋》，雖然意在「遠師許鄭之緒言，近擷阮焦之遺說」，卻並不一味抨擊宋儒，唯漢學是從，而是一部有繼承，有修正，也有發展的著作，這正是我們研究《理學字義通釋》所應該注意的地方。

後記（懷念仲溫）

今生此世，與仲溫的相識相知，是一件令我十分懷念的事情。

1982 年的秋天，我應中山大學中文系之聘，離開任教已有四年的靜宜，隻身南下高雄，因為難捨宜園中的那份感情，所以仍在靜宜兼課，同年仲溫也來到靜宜，這是我與仲溫正式交往的開始。當時因為我們都家居臺北，又同在靜宜兼課，因此彼此相約同行，每週都由仲溫開著那輛綠色的雷諾車，由北而南，順著高速公路，奔馳而下，在將近三個小時的車程中，除了偶爾會欣賞一下窗外的風景之外，就是聊天。數載以還，彼此的感情隨著油表上公里數的上升而日漸增長，同時我們對彼此之間的瞭解，也遠超過對高速公路各重要景點的熟悉。其後雖然人事屢有變遷，但是我們的交往卻一直未曾間斷。1990 年我開始接任中山系所的行政職務，當時仲溫已轉往台北東吳大學任教，在我力邀之下，他慨允前來協助，而僑雲也適時要到高雄師範大學國文學系任教，於是他們舉家南遷，與我們一家為鄰。

仲溫少年老成，望之儼然，待人真誠，即之也溫。他尊師如父，愛徒如弟，對待朋友，又親如兄長，頗有古風。為人如此，處事亦然，他年紀雖輕，卻極爲幹練，不僅長於籌畫，而且勇於任事，又真能辦事，幾次大型的學術會議，以及兩岸或國際的學術交流活動，都辦得有聲有色，能文能武，實在是一位非常具有個人風格的學者。也是因爲這種風格，所以初識者常不免以爲他過於矯情，又好大喜功，但是相處日久之後，便能感受到他這一切都是出於真誠，反而對他更爲欣賞。我常想，仲溫之所以能夠受到眾多師友弟子的肯定與歡迎，也許就是因爲他這種與眾不同的人格特色吧。

中山十年的共事相處，從學校到家庭，從公事到私事，我們一向無所不談，也無所隱瞞，彼此相知之深，已經到了只要一個眼神，就可以瞭解對方心意的地步，那不只是親如兄弟，而是情逾手足了。還記得 1994 年寒冬，經過醫師診斷，確定我罹患巴金森氏症，當時除了我妻人華之外，仲溫無論在精神上或實質上都給了我最大的鼓勵與協助。1998 年的夏天，他的身體已有不適，卻仍然抱病帶領系上師生遠赴山東大學從事學術交流活動，臨行之前，還特別說服我同行。到了山東，我們同登泰山，在泰山頂上，彼此還相約要共度退休後的晚年生活。仲溫小我八歲，我當然相信他的話是出自肺腑，只是如今言猶在耳，斯人卻已仙去，這是他第一次對我失信，我卻不忍對他責怪，只想問問所謂天道真是如此的無情，人生真是如此的無常嗎？

清代詩學折中趨尚的文化透視

廖宏昌

清代是我國文學理論批評的總結階段，此一時期「延用了過去歷史上幾乎所有的文學批評概念、術語、範疇、命題，並沒有出現文學觀念根本的質變」[1]，然而在藝術形式方面，卻也走過了摹擬盛唐，到廣師唐宋，再到獨創清詩，自立面目的一條漫長道路。[2]就清代詩學思想的主流言，可概括爲「祧唐禰宋」，亦即「遠唐近宋」[3]但在審美趣味的理論思維方式，卻又帶著明顯的折中趨尚，無論在詩學流變、詩論表現及理論內容，都頗有可觀。文學創作是一種創

---

[1] 見王鎮遠、鄔國平《清代文學批評史》（上海：上海古籍出版社，1995 年 11 月版），頁 1。

[2] 參見朱則杰《清詩史》（南京：江蘇古籍出版社，2000 年 5 月版），頁 8。

[3] 清 邵長蘅〈研堂詩稿序〉云：「楊子（地臣）之言曰：今天下稱詩慮亡而不祧唐而禰宋者。予曰：然。詩之不得不趨於宋，勢也。蓋宋人實學唐而能變逸唐軌，大放厥詞。唐人尚蘊藉，宋人喜徑露。唐人情與景涵，方為法斂；宋人無不可狀之景，無不可暢之情。故負奇之士不趨宋，不足以洩其縱橫馳驟之氣，而逞其瞻博雄悍之才，故曰勢也。」（光緒丁酉《常州先哲叢書》本《青門集·青門簏稿》卷 7。）蕭榮華以為：「祧為遠祖之廟，《經籍纂詁》卷 17：祧，遠意，親盡為祧。禰，父廟。《經籍纂詁》卷 38：禰，近也，於諸廟父為最近也。故通俗地說，祧唐禰宋即遠唐近宋。」（蕭著《中國詩學思想史》，上海：華東師範大學出版社，1996 年 4 月版，頁 298。

造性的活動，具有特殊的文化屬性，包含了極其複雜的人文和文化現象，即以詩學而論，詩人或詩論家，作爲特殊的文化創造者，其人格型態必然藏孕了特殊的文化傾向和特殊的審美傾向，於是形成了觀照宇宙萬有的特殊方式，而這種詩人或詩論的普遍傾向，其實都有賴於文化環境的形成。也因此詩人及詩論家的創作個性、藝術風格、審美趣味和審美理想都帶有共同的文化趨尙，無不與某時代的文化特質和精神，息息相關。後人在詩歌及詩論中也就能從多樣的文化現象中，體認到一個時代的文化整體狀貌和發展動向。[4]清代在詩學流變、詩論表現和理論內容的折中趨尙，也流露出特殊的文化傾向和審美傾向。從文化的角度看其趨尙，正可展現此一時代的文化意義和文化特質。

一、折中理論的文化意義

中華民族的文化思想，極講究中庸之道，其反映在文藝美學上，即是文藝作品的中和之美，其運用在文學批評的方法上，即是折中理論。即如音樂，春秋時代推崇「五聲」，五聲「爲中和之聲」，中和之聲乃「和平之聲」，「君子聽之，可以平其心」，心平則「德和」。[5]對於詩歌，孔子評《詩》曰：「《詩》三百，一言以蔽之，

---

[4] 參考暢廣元主編《文學文化學》（沈陽：遼寧人民出版社，2000 年 6 月版），第二部〈文學活動是特殊的文化創造行為〉。

[5] 見《春秋左氏傳》（楊伯峻編著，高雄：復文圖書出版社，1991 年 9 月版），昭公元年、昭公 20 年。

曰思無邪。」[6]評《關雎》曰：「樂而不淫，哀而不傷。」[7]亦是言其情感之表達適中合度。清代姚鼐（1732-1815）更將此理論運用在作詩爲文的藝術要求之上，曰：

> 吾嘗以謂文章之原，本乎天地。天地之道，陰陽剛柔而已。苟有得乎陰陽剛柔之精，皆可以為文章之美。陰陽剛柔並行而不容偏廢，有其一端而絕亡其一，剛者至於僨強而拂戾，柔者至於頹廢而闇幽，則必無與於文者矣。然古君子稱為文章之至，雖兼具二者之用，亦不能無所偏優於其間，其故何哉？天地之道，協合以為體，而時發奇出以為用者，理固然也。其在天地之用也，尚陽而下陰，伸剛而絀柔，故人得之亦然。文之雄偉而勁直者，必貴於溫深而徐婉。溫深徐婉之才，不易得也；然其尤難得者，必在乎天下之雄才也。夫古今為詩人者多矣，為詩而善者亦多矣，而單然足稱為雄才者，千餘年中數人焉耳。甚矣其得之難也。[8]

其將藝術之美劃分爲陽剛之美與陰柔之美，主張「兼具二者之用」，因爲二者就像陰陽二氣，相互對立，互有聯繫，又互相滲透，缺一不可，因此，二美存在著相反相成，相濟相生的關係，既強調兼容又主張偏勝的觀點，正是中和之美及折中理論絕佳的表現。

---

[6] 見《論語》（朱熹撰《四書章句集注》本，高雄：復文圖書出版社，1985年9月版），〈為政第二〉。

[7] 見《論語》〈八佾第三〉。

[8] 姚鼐〈海愚詩鈔序〉，《惜抱軒全集》（四部備要，台北：中華書局，1966年3月版），文集卷4。

中庸思想不限於儒家，也不限於倫理道德領域，但由於孔子的思想中，中庸是一普遍原則，也都具有一般方法論上的意義，所以中庸也就成爲普遍遵循的原則，從而成爲傳統的思維方式。傳統的中庸思維，其重點在保持事物的平衡與穩定，所以在應用上，就有多方面的側重，大略言之：

一是「執兩用中」

《中庸》載子曰：「執其兩端，用其中於民，其斯以爲舜乎！」[9]朱熹云：「兩端，謂眾論不同之極致。蓋凡物皆有兩端，如大小厚薄之類，於善之中又執其兩端，而量度以取中，然後用之，則其擇之審而行之至矣。……此知之所以無過不及，而道之所以行也。」[10]於此，所謂「執兩用中」，就是要在事物偏執的兩方，調整其內部結構，然後取用其最適度的一點，因此，「中」者，在於強調把握穩定平衡之立場。至於朱熹所言，除此之外，尙涉及到「過猶不及」，如下文。

二是「過猶不及」

《論語》載：「子貢問：師與商也孰賢？子曰：師也過，商也不及。曰：然則師愈與？子曰：過猶不及。」[11]於此涉及到事物的質或量，質與量處於極端，皆謂其中，「中」者，就是朱熹所謂「擇之審而行」，「無過不及」即是適度。

---

[9] 見《中庸》（朱熹撰《四書章句集注》本），第六章。

[10] 同前註。

[11] 見《論語》〈先進第十一〉。

三是「時中」

《中庸》載仲尼曰：「君子之中庸也，君子而時中。」[12]朱熹謂：「君子之所以爲中庸者，以其有君子之德，而又能隨時以處中也。……蓋中無定體，隨時而往。」[13]其謂「時」者，偏重事物的運動變化，故應順應時宜，採取應變的措施。

諸此三者，皆謂「中之用」[14]既包含有其客觀的內容，也反映了主觀的能動性，値得注意的是，中庸的思維強調對立雙方的滲透與協調，而非對立兩極的排斥與衝突，更與哲學上折衷主義毫無原則地把事物對立面折衷調和，大異其趣。

明末清初，由於時代的劇變，文人以名節相尙，大皆強調人品修養，反映在詩論之中，也即講究兼顧詩品與人品，要求表現真實性情，而一度被晚明新思潮衝擊的儒家正統觀念，又漸漸受到重視，於是鼓吹返經歸本，宣傳教化，重視文學的時代意義、社會作用，以抑制晚明文人縱放情懷和俗化的傾向。清代詩壇大多受到儒學思潮的主宰，在面對前代詩壇嚴明對立的歷史反思之中，表現出綜博旁貫、兼取眾長的審美趨尙，也使中庸思維直接反映在詩學批評之中。

---

[12] 《中庸》第二章。

[13] 同前註。

[14] 王夫之嘗依《說文》：庸，用也」之解釋，提出「中庸，中之用也」之觀點。見《張子正蒙注》（台北：河洛圖書出版社，1975年初版），卷4。

二、清代詩學折中理論的主流

就詩歌的藝術風貌而言，清代詩學思想的主流，可概括爲「祧唐禰宋」，但在審美趣味的理論思維方式，卻是融合唐、宋，帶著明顯的「折中」趨尙，也因此，蔡鎭楚先生在討論邵長蘅之立論時，即將「祧唐禰宋」解釋爲「彌合唐宋」，並認爲：「清代詩話已經跨越了明代原先不可逾越的唐宋鴻溝，將曠日已久的『唐宋詩之爭』引向對詩歌藝術之美的多元化追求。」[15]其實就唐、宋詩歌藝術之美的表現，清人對宋詩是持肯定態度的，即如葉燮就從「變」的觀點，認爲宋詩變唐詩，是一「因變而得盛」的典型，[16]但在理論上也並不否定唐詩的價値，而且認爲宋詩確是唐詩的後繼者，不宜有鄙薄之理，[17]因此，清代詩學是兼取唐、宋的，極具時代文化風尙，黃宗羲（1610-1695）即嘗云：

> 詩不當以時代而論，宋、元各有優長，豈宜溝而出諸於外，若異域然。即唐之時，亦非無蹈常襲故，充其膚廓而神理蔑如者，故當辯其真與偽耳，徒以聲調之似而優之而劣之，揚子雲所言伏其几襲其裳而稱仲尼者也。此固先民之論，非余臆說。聽者不察，因余之言，遂言宋優於唐。夫宋詩之佳，亦謂其能唐耳，非謂舍唐之外能自為宋也。於是縉紳先生間

---

[15] 蔡鎭楚《中國古代文學批評史》（長沙：岳麓書社，1999 年 4 月），頁 421。

[16] 葉燮《原詩》（《清詩話》本，台北：西南書局，1979 年 11 月版），卷 1 內篇上。

[17] 田雯《古歡堂雜著》（《清詩話續編》本，台北：藝文印書館，1985 年 9 月版）。

> 謂余主張宋詩。噫！亦冤矣！且唐詩之論亦不能歸一，宋之長鋪廣引，盤摺生語，有若天設，號為豫章宗派者，皆原於少陵，……豫章宗派之為唐，浸淫於少陵，以極盛唐之變，雖有工力深淺之不同，而概以宋詩抹摋之，可乎？……以文字為詩，以才學為詩，以議論為詩，莫非唐音。[18]

由於明人的各立門戶，黨同伐異，在文學的繼承與取法對象方面，清初的批評家大皆不主一格，兼取眾長，此乃時代文化使然；黃宗羲此論，雖不在等同唐、宋詩的價值，然爲矯復古派尊唐抑宋之枉，倒亦顯見，而欲扭轉宋詩長期遭受貶抑的世見，推重唐詩在詩史上不可撼移的典範地位，再強調宋詩「長舖廣引，盤摺生語」之特點，乃「極盛唐之變」，則又是「彌合唐宋」的重要迂迴手段，黃宗羲之本意如此，但莫非也是學術文化風氣席捲的影響？前註引邵長蘅（1637-1704）之文，謂「宋人實學唐而能要逸唐軌，大放厥詞」[19]與黃宗羲「極盛唐之變」，並無二致，而其透過唐、宋詩歌藝術風貌對比的論述，肯定了清詩逞才洩氣的大勢趨尙，因此，其所謂「勢」，其實就是文化變遷的時代趨尙。

職是之故，蔡鎮楚先生將「祧唐禰宋」釋爲「彌合唐宋」，自是更著文化邊際的側面詮釋。

在吾國詩學歷史長河的流變中，清代是如何從明代對立嚴明的詩壇中，邁向「折中」之路？大略而言，明代詩壇：復古派強調形

---

[18] 黃宗羲〈張心友詩序〉，《南雷集》（四部叢刊本，台北：台灣商務印書館，1979 年 11 月版），《南雷續文案・撰杖集》。

[19] 同註 3。

式之古雅，公安派強調情感之真實；復古派雅而不真，公安派真而不雅。至明清之際，雲間派承繼復古詩學，立足於雅，反對公安詩學之俗化，但也認同公安重真的理論；虞山派承繼公安理論，立足於真，批評復古詩學之僞，但也認同復古重雅的詩學。[20]此當時詩壇相互融合、折中之現象，其後各家各派之詩學，大皆沿順此脈絡，而有所折中融合。

三、清代詩學折中趨尙的理論表現

清代詩學兼綜融合的主流脈絡，既有可言，批評理論又是如何表現，自是構成文化傾向的重點，雖然在社會網路中的個體，未必都有一致的價值取向，但舉其犖犖者，仍然是有其意義存在的，玆以葉燮、翁方綱、紀昀之理論表現，透視「折中」理論的時代趨尙。

葉燮（1627-1703）在面對明代嚴明的詩派立場，亦洞若觀火，除指出復古派的謬誤陳腐外，在肯定公安、竟陵派批評前、後七子的同時，也認爲其矯枉過正，「溺於偏畸之私說」，[21]同樣陷入偏頗。而對時人激烈的反映，採取「分唐界宋」的偏激作法，他也反復申說：

> 學詩者，且置漢、魏、初盛唐詩，勿即寓目，恐從是入手，未免熟調陳言，相因而至，我之心思終於不出也，不若即於

[20] 參見張健《清代詩學研究》（北京：北京大學出版社，1999年11月版），頁43。

[21] 語見葉燮《原詩》（《清詩話》本，台北：西南書局，1979年11月版），卷1內篇上。

唐以後之詩而從事焉，可以發其心思，啟其神明，庶不墮蹈襲相似之故轍，可乎？[22]

又謂：

余之論詩，謂近代之習，大概斥近而宗遠，排變而崇正，為失其中而過其實，故言非在前者之必盛，在後者之必衰。若子之言，將謂後者之居於盛，而前者反居於衰乎？……竊以為相似而偽，無寧相異而真，故不必泥前盛後衰為論也。……執其源而遺其流者，固已非矣！得其流而遺其源者，又非之非者乎！然則，學詩者，使竟從事於宋、元近代，而置漢、魏、唐人之詩而不問，不亦大乖於詩之旨哉？[23]

對斥近而宗遠的前盛後衰論，及斥遠而宗近的前衰後盛論，提出嚴厲的批評，認爲執源遺流和得流而棄源，皆「失其中而過其實」，於是他採取「折中」的理論，提出了「相似而僞，無寧相異而真」的原理，建構其以「變」爲中心的詩學理論，所謂「相異」，就是在「變」之中推陳出新，能推陳出新，就是藝術之真。

除此，葉燮在討論「溫柔敦厚」詩教時，更是採用彈性的折中理論，他一面吸收公安重真的性靈思想，同時也擷取復古重雅的傳統，用開明的「溫柔敦厚」說予一調和統一，因此，其「溫柔敦厚」說也就格外的靈活，其謂：

---

[22] 葉燮，前引書，卷2內篇下。

[23] 葉燮，前引書，卷2內篇下。

> 溫柔敦厚，其意也，所以為體也，措之於用，則不同；辭者，其文也，所以為用也，返之於體，則不異。漢、魏之辭，有漢、魏之溫柔敦厚，唐、宋、元之辭，有唐、宋、元之溫柔敦厚。……溫柔敦厚之旨，亦在作者神而明之，如必執而泥之，則〈巷佰〉投畀之章，亦難合於斯言矣。[24]

即立足於「變」的立場，強調「溫柔敦厚」應該隨時代而有不同的面貌，而不能執泥於古，故在創作之中，詩歌「溫柔敦厚」的立意不可改變，但如何表現立意的文辭，則可任其千變萬化；在鑑賞過程中，每一時代、詩人之風格，雖不盡相同，但無不符合「溫柔敦厚」的原則，由此觀之，其對「溫柔敦厚」說的詮釋也是較爲融通的，[25]自然也是折中理論的表現。

翁方綱（1733-1818）的「肌理」詩學更可視爲清代重變詩觀具體實踐的代表，其「折中」思維極其清晰。翁氏之主論是乾嘉樸學的特產，對當時支配詩壇之「神韻說」及「格調說」，有其針對性，嘗云：

> 昔李、何之徒空言格調，至漁洋乃言神韻。格調、神韻皆無可著手者也，予故不得不近而指之曰「肌理」。少陵曰：「肌理細膩骨肉勻」，此蓋繫於骨與肉之間，而審乎人與天之合。

---

24 葉燮，前引書，卷 1 內篇上。

25 參閱拙著〈「溫柔敦厚」說在清代詩論中的重整與發展〉（《第二屆國際清代學術研討會論文集》，高雄：國立中山大學中文系主編，1999 年）。

微乎艱哉！智勇俱無所施，則惟玩味古人之為要矣。[26]

即此，翁氏論著〈格調說〉與〈神韻說〉各三篇，[27]以揭格調、神韻之弊，及「以實救虛」的兼綜之道。質言之，翁氏以為格調專於「一家」、「一時一地」，神韻「涉空言」，「專舉空音鏡象」，二者宗尚之貌雖有不同，模取形式之弊則一也，神韻其唯變格調而成者也，故謂「格調即神韻」，其實都墮入「空寂」和「理字不必深求」之空靈境界，各執一隅，皆有所偏，翁氏以為二者「皆無可著手」，故欲以「肌理」實之，其謂「肌理即神韻」如此。自表面觀之，三者同一，然而承繼關係存在其中，肌理已兼綜「遞變遞承之格調」和「徹上徹下，無所不該」之神韻。「肌理」即是折中「格調」和「神韻」而成的詩學理論。

此外，肌理說的論詩與當代的學術思想有極大的關聯性。乾嘉是清代考據學最盛的時期，吳派惠棟與皖派戴震皆是考據大師，漢學備受推崇，而「疇昔以宋學鳴者，頗無顏色」，[28]尊宋學者其唯桐城方苞諸人，翁氏「為學必以考據為準」，[29]其實也是一種潮流，但他卻抱持折中的趨尚，即欲兼綜漢、宋的學術思想，更確而論之，翁氏重視宋學多於漢學，故謂「凡所為考訂者欲以資義理之求是

---

[26] 翁方綱〈仿同學一首為樂生別〉，《復初齋文集》（台北：文海出版社影國立中央圖書館手稿本，不著出版年月）。

[27] 見翁方綱，前引書。

[28] 見梁啟超《清代學術概論》（《梁啟超論清學史二種》，上海：復旦大學出版社，1985年），頁55。

[29] 翁方綱〈志言集序〉，前引書。

也」，[30]義理方是其爲學之道，故王鎮遠謂翁氏「表現出揉合漢、宋二家，而以宋學爲本的特點」，[31]李豐楙也云其「折衷漢、宋，獨尊程朱」，「實已開啓清末漢宋折衷論者之先河」。[32]

紀昀（1724-1805）則將明代復古派和公安、竟陵派區分爲對立的兩極，認爲「王、李之派，有擬議而無變化，故塵飯土羹；三袁、鍾、譚之派，有變化而無擬議，故偭規破矩。」[33]而兩途不是不具面目，即是怪怪奇奇，[34]蓋亦各具其弊，因此，對明代詩學的反思，就採行「折中」理論，並嘗於會試策問立題曰：

> 北地、信陽，以摹擬漢、唐，流為膚濫，然因此禁學漢、唐，是盡偭古人之規矩也；公安、竟陵，以莩甲新意，流為纖佻，然因此惡生新意，是錮天下之性靈也。又何以酌其中歟？[35]

---

[30] 同前註。

[31] 王鎮遠〈論翁方綱的肌理說〉，《文學遺產》（北京：中華書局，1991年），增刊第17輯。

[32] 李豐楙《翁方綱及其詩論》（台北：嘉新水泥文化基金會出版，1978年），頁15。

[33] 紀昀〈四百三十二峰草堂詩鈔序〉，《紀曉嵐文集》（石家莊： 河北教育出版社，1995年初版），冊一。

[34] 紀昀〈鶴街詩稿序〉云：「自漢魏以至今日，其源流正變、勝負得失，雖相競者非一日，而撮其大概，不過擬議、變化之兩途。從擬議之說，最著者無過青丘，仿漢魏似漢魏，仿六朝似六朝，仿唐似唐，仿宋似宋，而問青丘之體裁如何，則莫能舉也。從變化之說，最著者無過鐵崖，怪怪奇奇，不能方物，而卒不能解文妖之目，其亦勞而鮮功乎？」（紀昀，前引書，冊1）即指出兩途的代表人物，一是高啟，一是楊維楨，皆各有弊病存焉。

[35] 紀昀〈嘉慶丙辰會試策問五道〉，《紀文達公遺集》（清 嘉慶刻本，藏國立中央研究院史語所圖書館），卷12。

謂「酌其中」，正足以說明其詩學理論的「折中」趨尚。

至於紀昀取詩大序「發乎情，止乎禮義」作爲論詩的基準，更是採行折中情、理的立論，嘗云：

> 《書》稱「詩言志」，《論語》稱「思無邪」，子夏〈詩序〉兼括其旨曰「發乎情，止乎禮義」，詩之本旨盡是矣。[36]

意謂「發乎情，止乎禮義」兼括「詩言志」及「思無邪」的詩學精蘊，是儒家詩學思想的精神所在。詩歌該如何發乎情，止乎理？簡而言之，即詩人之情必須受忠孝節義的倫理所約束，不能違背「溫柔敦厚」的詩教，[37]此乃紀昀評詩重要的依據，於是他曾援此基準檢視歷代詩歌，指出兩種偏差的走向，云：

> 余謂西河卜子傳《詩》於危山者也。〈大序〉一篇，確有授受，不比諸篇小序，為經師遞有加增。其中「發乎情，止乎禮義」二語，實探風、雅之大原。後人各明一義，漸失其宗。一則知「止乎禮義」而不必其「發乎情」，流而為金仁山《濂洛風雅》一派，使嚴滄浪輩激而為「不涉理路，不落言詮」之論；一則知「發乎情」而不必其「止乎禮義」，自陸平原「緣情」一語引入歧途，其究乃至於繪畫橫陳，不誠已甚與！夫陶淵明詩時有莊論，然不至如明人道學詩之迂拙也。李、杜、韓、蘇諸集，豈無豔體，然不至如晚唐人詩之纖且褻也。

---

[36] 紀昀〈挹綠軒詩集序〉，同註32。

[37] 紀昀〈儉重堂詩序〉有云：「以不可一世之才，困頓偃蹇，感激豪宕而不乖於溫柔敦厚之正，可謂『發乎情，止乎禮義』者矣！」（同註32）。

酌乎其中，知必有道焉。[38]

紀昀認爲陸機之「緣情說」，僅說明了「發乎情」，而欠缺「止乎禮義」，因此，其情感的抒發也就缺乏理性的道德規範，甚而流於「繪畫橫陳」的豔冶之作。而道家詩學，僅強調「止乎禮義」而忽略了「發乎情」，也因此讓詩歌缺少了真實情感，甚至流爲道學詩。綜而言之，一偏於情而乏理，一偏於理而乏情，二者都執儒家詩論之一端，造成兩種偏向，故力倡「酌乎其中」，方能臻於儒家詩教。[39]既重儒家詩教，又符合孔門側重的「折中」理論思維，自亦相得益彰。

四、結語

固然，歷史是人類所創造的，但其創造並非任人擺佈、隨心所欲。其實，在同一時代，個人意志都受制於其所處的大文化空間之中，在相同的文化接受下，其產生的合力，方能形成一股文化趨尙，在情感與理智上主導社會的潮流，而潮流的核心即是價值的判斷。因此，價值的判斷是構成文化獨特風格的要素，不但影響創作，也影響讀者，更影響著文學批評，由此形成張力，文壇的興衰，流派的起伏，都於焉開展。

清代詩學思潮，誠然遠唐近宋的傾向，至爲明顯，但近唐遠宋者，亦不在少數，但不論近唐或崇宋，在建立其理論的方法上，大致皆有折中調和的趨尙，「折中」的理論，無疑就是其價值判斷的

---

[38] 紀昀〈雲林詩鈔序〉，同註32。

[39] 以上紀昀詩學的立論，參考張健，前引書。

依據。且不論當時人是否有在探討「中國究竟應該往什麼方向發展」？但在思想文化領域中總結歷史經驗教訓，[40]總是必然的。而儒家詩學在經歷明代的踐踏之後，重整之呼聲，方興未艾，文學批評也援引前儒相關立論以成其說，中庸思維的實踐，也就成爲一般文化的接受力量，蕭榮華先生即認爲清代之詩學思想帶有綜合的傾向，並加以概括，謂「在思想旨趣上折中於漢、宋而偏向於漢，在藝術風貌上折中於唐、宋而偏向於宋，它折中於情、理而偏向於理，折中於詩、文而偏向於文，折中於正、變而偏向於變。」[41]然而就清代學術的格局而言，無論考據樸學，亦或漢、宋之爭，其主要對象，仍是儒家經典、理論觀點與思想方法。

---

[40] 參閱張少康、劉三富著《中國文學理論批評發展史》（北京：北京大學出版社，1995 年 12 月版），頁 277。

[41] 蕭榮華《中國詩學思想史》（上海：華東師範大學出版社，1996 年 4 月版），頁 311。

蘇軾〈陳公弼傳〉發微

劉昭明

一、　前言

陳希亮，字公弼，北宋四川眉山人。在蘇軾的交遊中，陳希亮是很重要、很特別的人物。陳希亮與蘇軾同鄉，是蘇軾的父執輩，更是蘇軾任鳳翔簽判時的直屬長官。照理來說，蘇軾與陳希亮的關係應該很融洽、很和諧才對，事實不然。陳希亮生性冷峻嚴厲，對蘇軾不假辭色，常以各種手段來欺壓、羞辱他，如嚴禁屬吏尊稱蘇軾為「蘇賢良」、故意讓求見的蘇軾枯坐久候、一再退回修改蘇軾的青詞祝文；尤有甚者，陳希亮更以微文末節奏劾蘇軾，導致蘇軾遭朝廷懲罰，兩人的關係一度極緊張。同樣地，蘇軾初仕鳳翔，少年得志，年輕氣盛，面對陳希亮地羞辱，著實嚥不下這一口氣，常寫作詩文加以譏刺。不過，蘇軾與陳希亮的關係，由剛開始之齟齬不合，漸漸有所改善；等到蘇軾任滿離去時，兩人已盡釋前嫌，把酒言歡。烏臺詩案後，蘇軾謫居黃州，陳希亮的兒子陳慥對他極照顧，為了答謝陳慥的恩情，為了彌補昔日對陳希亮的不禮敬，蘇軾作〈陳公弼傳〉，詳載陳希亮的性行與事功，對其推崇備至：

公諱希亮，字公弼，姓陳氏，眉之青神人。其先京兆人也，唐廣明中始遷于眉。曾祖延祿，祖瓊，父顯忠，皆不仕。公幼孤，好學。年十六，將從師。其兄難之，使治息錢三十餘萬。公悉召取錢者，焚其券而去。學成，乃招其兄之子庸、諭使學，遂與俱中天聖八年進士第。里人表其閭曰「三儁坊」。始為長沙縣。浮屠有海印國師者，交通權貴人，肆為姦利，人莫敢正視。公捕寘諸法，一縣大聳。去為雩都。老吏曾腆侮法粥獄，以公少年易之。公視事之日，首得其重罪，腆扣頭出血，願自新。公戒而捨之。會公築縣學，腆以家財助官，悉遣子弟入學，卒為善吏，而子弟有登進士第者。巫覡歲斂民財祭鬼，謂之春齋，否則有火災。民訛言有緋衣三老人行火，公禁之，民不敢犯，火亦不作。毀淫祠數百區，勒巫為農者七十餘家。及罷去，父老送之出境，遣去不可，皆泣曰：「公捨我去，緋衣老人復出矣。」以母老，乞歸蜀。得劍州臨津。以母憂去官。服除，為開封府司錄。福勝塔火，官欲更造，度用錢三萬萬。公言陝西方用兵，願以此餽軍，詔罷之。先趙元昊未反，青州民趙禹上書論事，且言元昊必反。宰相以禹為狂言，徙建州，而元昊果反。禹自建州逃還京師，上書自理。宰相怒，下禹開封府獄。公言禹可賞，不可罪。與宰相爭不已，上卒用公言。以禹為徐州推官。且欲以公為御史。會外戚沈氏子以姦盜殺人事下獄，未服。公一問得其情，驚仆立死，沈氏訴之。詔御史劾公及諸掾史。公曰：「殺此賊者，獨我耳。」遂自引罪坐廢。期年，盜起京西，殺守令，富丞相薦公可用。起知房州。州素無兵備，民凜凜欲亡去。公以牢城卒雜山河戶得數百人，日夜部勒，聲振山南。民恃以安，盜不敢入境。而殿侍雷甲以兵百餘人，逐盜至竹山，甲不能戢士，所至為暴。或告有大盜入境且及門，公自勒兵阻水拒之。身居前行，命士持滿無得發。士皆植立如偶人，甲射之不動，乃下馬拜，請死，曰：「初不知公官軍也。」吏士請斬甲以徇。公不可，獨治爲暴者十餘人，勞其餘而遣之。使甲以捕盜自贖。時劇賊党軍子方張，轉運使使供奉官崔德贇捕之。德贇既失党軍子，則以兵圍竹山民賊所嘗舍者曰向氏，殺其父子三人，梟首南陽市，曰：「此党軍子也。」公察其冤，下德贇獄。未服，而党軍子獲於商州。詔賜向氏帛，復其家，流德贇通州。或言華陰人張元走夏州，爲元昊謀臣，詔徙其族百餘口於房，譏察出入，饑寒且死。公曰：「元事虛實不可知。使誠有之，爲國者終不顧家，徒堅其爲賊耳。此又皆其疏屬，無罪。」乃密以聞，詔釋之。老幼哭庭下，曰：「今當還故鄉，然柰何去父母乎？」至今，張氏畫像祠焉。代還，執政欲以爲大理少卿。公曰：「法吏守文非所願，願得一郡以自效。」乃以爲宿州。州跨汴爲橋，水與橋爭，率常壞舟。公始作飛橋，無柱，至今沿汴皆飛橋。移滑州。奏事殿上，仁宗皇帝勞之曰：「知卿疾惡，無懲沈氏子事。」未行，詔提舉河北便糴。都轉運使魏瓘劾奏公擅增損物價。已而瓘除龍圖閣學士、知開封府，公乞廷辯。既對，上直公，奪瓘職知越州。且欲用公。公言臣與轉運使不和，不得爲無罪。力請還滑。會河溢魚池埽，且決。公發兵捍之，廬於所當決。吏民涕泣更諫，公堅臥不動，水亦漸去。人比之王尊。是歲盜起宛句，執濮州通判井淵。上以爲憂，問執政誰可用者？未及對。上曰：「吾得之矣。」乃以公爲曹州。不逾月，悉擒其黨。淮南饑，安撫、轉運使皆言壽春守王正民不任職，正民坐免。詔公乘傳往代之。轉運使調里胥米而蠲其役，凡十三萬石，謂之折役米。米翔貴，民益饑。公至則除之，且表其事。旁郡皆得除。又言正民無罪，職事辦治。詔復以正民爲鄂州，徙知廬州。虎翼軍士屯壽春者以謀反誅，而遷其餘不反者數百人於廬。士方自疑不安。一日，有竊入府舍將爲不利者。公笑曰：「此必醉耳。」貸而流之，盡以其餘給左右使令，且以守倉庫。人爲公懼，公益親信之。士皆指心，誓爲公死。提點刑獄江東，又移河北，入爲開封府判官，改判三司戶部勾院，又兼開拆司。榮州煮鹽凡十八井，歲久澹竭，而有司責課如初。民破產籍沒者三百一十五家。公爲言，還其所籍，歲蠲三十餘萬斤。三司簿書不治，其滯留者，自天禧以來，朱帳六百有四，明道以來，生事二百一十二萬。公日夜課吏，凡九月而去其三之二。會接伴契丹使還，自請補外。乃以爲京西轉運使。石塘河役兵叛，其首周元，自稱周大王，震動汝洛間。公聞之，即日輕騎出按。吏請以兵從，公不許。賊見公輕出，意色閑和，不能測，則相與列訴道周。公徐問其所苦，命一老兵押之，曰：「以是付葉縣，聽吾命。」既至，令曰：「汝已自首，皆無罪。然必有首謀者。」眾不敢隱，乃斬元以徇，而流軍校一人，其餘悉遣赴役如初。遷京東轉運使。濰州參軍王康赴官，道博平。博平大滑有號「截道虎」者，毆康及其女幾死，吏不敢問。博平隸河北。公移捕甚急，卒流之海島，而劾吏故縱，坐免者數人。山東群盜，爲之屛息。徐州守陳昭素以酷聞，民不堪命，他使者不敢按。公發其事，徐人至今德之。移知鳳翔。倉粟支十二年，主者以腐敗爲憂。歲饑，公發十二萬石以貸。有司憂恐，公以身任之。是歲大熟，以新易陳，官民皆便之。于闐使者入朝，過秦州，經略使以客禮享之。使者驕甚，留月餘，壞傳舍什物無數，其徒入市掠飲食，人戶晝閉。公聞之，謂其僚曰：「吾嘗主契丹使，得其情。虜人初不敢暴橫，皆譯者教之。吾痛繩以法，譯者懼，則虜不敢動矣，況此小國乎！」乃使教練使持符告譯者曰：「入吾境，有秋毫不如法，吾且斬若。取軍令狀以還。」使者亦素聞公威名，至則羅拜庭下，公命坐兩廊飲食之，護出諸境，無一人譁者。始，州郡以酒相餉，例皆私有之，而法不可。公以遺游士之貧者，既而曰：「此亦私也。」以家財償之。且上書自劾，求去不已。坐是分司西京。未幾，致仕卒，享年六十四。仕至太常少卿，贈工部侍郎。娶程氏，子四人：忱，今爲度支郎中；恪，卒於滑州推官；恂，今爲大理寺丞；慥，未仕。公善著書，尤長於《易》，有集十卷，〈制器尚象論〉十二篇，〈辨鉤隱圖〉五十四篇。爲人清勁寡欲，長不逾中人，面瘦黑，目光如冰，平生不假人以色，自王公貴人，皆嚴憚之。見義勇發，不計禍福，必極其志而而後已。所至姦民猾吏，易心改行，不改者必誅，然實出於仁恕，故嚴而不殘。以教學養士爲急，輕財好施，篤於恩義。少與蜀人宋輔游，輔卒於京師，母老子少，公養其母終身，而以女妻其孤端平，使與諸子游學，卒與忱同登進士第。當蔭補子弟，輒先其族人，卒不及其子慥。公於軾之先君子，爲丈人行。而軾官於鳳翔，實從公二年。方是時，年少氣盛，愚不更事，屢與公爭議，至形於言色，已而悔之。竊嘗以爲古之遺直，而恨其不甚用，無大功名，獨當時士大夫能言其所爲。公沒十有四年，故人長老日以衰少，恐遂就湮沒，欲私記其行事，而恨不能詳，得范景仁所爲公墓誌，又以所見補之，爲公傳。軾平生不爲行狀墓碑，而獨爲此文，後有君子得以考覽焉。贊曰：聞之諸公長者，陳公弼面目嚴冷，語言確訒，好面折人。士大夫相與燕游，聞公弼至，則語笑寡味，飲酒不樂，坐人稍稍引去。其天資如此。然所立有絕人者。諫大夫鄭昌有言：「山有猛獸，藜藿爲之不採。」淮南王謀反，論公孫丞相若發蒙耳，所憚獨汲黯。使公弼端委立於朝，其威折衝於千里之外矣。[1]

蘇軾〈陳公弼傳〉長達 2369 字，是蘇軾傳記文學中罕見的長篇。蘇軾一生不輕易爲人立傳，可是在〈陳公弼傳〉中，卻以很長的篇幅詳細載述陳希亮的性行與事功，充分顯露蘇軾對陳希亮的敬意，希望陳希亮能經由此文留名後世，清・王文誥譽之爲「堂堂正正之文」。[2]蘇軾〈陳公弼傳〉不以文采取勝，卻蘊涵著豐富的內容，陳希亮一生的行誼盡在其中，若不詳加考釋，不易窺知相關事件、人物的詳細底蘊。底下以蘇軾〈陳公弼傳〉爲本，以相關詩文、史料增補佐證，小題大作，不避瑣碎，不嫌詞費，細細考釋陳希亮一生的性行與事功，期使蘇軾爲陳希亮作傳的心意彰明於世。

二、　陳希亮年少好學又富俠義精神

陳希亮父親早逝，年少時就知道要讀書上進，能排除兄長的阻撓，追求自我的理想。宋・范鎮〈陳少卿希亮墓誌銘〉亦載：

> 治平二年四月丁丑，朝奉郎、守太常少卿致仕、上柱國、賜紫金魚袋陳君卒於河南府思順坊之第。明年十二月壬

---

[1] 〈陳公弼傳〉，見宋・蘇軾撰，孔凡禮點校，《蘇軾文集》（北京：中華書局，1990 年 4 月，1 版 2 刷），冊 2 ，頁 415 ～419。本文所引用的典籍，於各章各節首次出現時，詳細註明朝代、作者、書名、冊數、頁數、出版地、出版社、出版年月與版次，以便覆覈；再引用時，僅註明書名、冊數、頁數，以省篇幅。為統一體例，出版年月一律以西元紀年標記。

[2] 見清・王文誥輯訂，《蘇文忠公詩編註集成・總案》（台北：台灣學生書局，1979 年 8 月，再版），冊 1，頁 554 。

> 辰，葬於河南縣南宮里之西原。君諱希亮，字公弼。其先京兆人，唐廣明中避難於蜀，遂家眉州青神之東山。曾祖瓊、祖廷祿、父顯忠皆不仕，而皆以為善聞於其鄉。君幼而孤，及其顯也，乃贈其父尚書兵部侍郎，母楊氏繁昌縣太君。天聖五年，君始舉進士甲科，一命為大理評事、知潭州長沙縣。[3]

陳希亮的先祖是京兆人，於僖宗廣明元年遷居四川眉州青神縣。剛開始時，陳氏家族爲了躲避盜匪的侵害，一直避世隱居在青神縣東山；直到宋朝滅掉後蜀之後，陳氏家族才在祖夫人史氏的率領之下，西渡導江，遷進青神縣邑。范鎮〈陳少卿希亮墓誌銘〉又載：

> 初，自唐之亂，歷王、孟世，蜀之邑里多盜，故君家依山以自固。宋興，蜀既平，祖夫人議徙邑中。乃西過江，擲金釵中流，曰：「今聖人在上，天下一統，吾不復過此！」以與賊為仇。[4]

陳氏家族西渡導江時，史夫人拔下頭上金釵丟進江中，誓言此次帶領族人出山，將永遠定居青神縣邑，與盜賊相周旋，決不再回頭。從文中的載述，可以看出史夫人巾幗不讓鬚眉的個性，陳希亮

[3] 宋・范鎮〈陳少卿希亮墓誌銘〉，見四川大學古籍整理研究所編，曾棗莊、劉琳主編，《全宋文》冊20（成都：巴蜀書社，1991年5月，1版1刷），冊20，頁602。

[4] 宋・范鎮〈陳少卿希亮墓誌銘〉，見《全宋文》，冊20，頁604。

一生以剛毅著稱，其來有自。陳希亮的故鄉青神縣，與蘇軾的故鄉眉山縣，同屬於成都府路之眉州，縣境同被導江流貫，[5]因此陳希亮以蘇軾的鄉長自居，對蘇軾不假辭色。陳希亮的曾祖父陳延祿、祖父陳瓊、父親陳顯忠都未出仕。關於陳希亮先祖的名字，蘇軾〈陳公弼傳〉與范鎮〈陳少卿希亮墓誌銘〉所載不同，當以蘇軾爲是；因蘇軾在黃州撰寫〈陳公弼傳〉時，與陳慥交往極密切，完稿後又經陳慥過目，陳慥總不會弄錯自己先祖的名字吧！陳希亮很小的時候就失去父親，由兄長撫養長大。在此之前，賢吏張逸出知青神縣時，興學校，教生徒，故當地學風極盛。陳希亮從小就很好學，到了十六歲，想要到外面拜師讀書，可是卻遭到兄長的反對，故意叫他管理借貸事務，要他催收鄉人所欠利息三十餘萬錢。沒想到，陳希亮把那些借貸者找來，當著他們的面把所有的借據燒掉，頭也不回地離去。由此看來，陳希亮年少時就頗具俠義精神與仁愛襟懷。日後，陳希亮學成歸來，親自教導侄子陳庸、陳喻讀書。宋仁宗天聖五年，陳希亮與侄子陳庸、陳喻同登進士第，而陳希亮本人更是名列前茅，高中進士甲科。此處要注意的是，蘇軾說陳希亮於天聖八年中進士，然范鎮卻說是天聖五年，如依張逸任益州路提點刑獄勸農使的時日及陳希亮往後仕宦時程來推算，當以范鎮之說爲是。由於陳希亮等人相繼登科，時任益州路提點刑獄勸農使的張逸特地將其所居里坊更名爲「桂枝里」、「三俊坊」，范鎮〈陳少卿希亮墓誌銘〉載：

---

[5] 參見宋・王存撰，王文楚、魏嵩山點校，《元豐九域志・成都府路・眉州》（北京：中華書局，1984年12月，1版1刷），冊上，頁308～309。

自君與其從子庸、諭二人同年登科以歸，縣大夫張逸更其所居坊曰「三俊坊」云。[6]

宋‧李燾《續資治通鑑長編》亦載：

（宋仁宗天聖二年秋七月己亥）監察御史張逸為益州路提點刑獄勸農使。上謂輔臣曰：「益部民物繁富，提按之任，尤須得人，逸堪其任否？」王欽若曰：「逸為御史，以清謹著，今此選委，必能稱職也。」逸，滎陽人，先以試校書郎知襄州鄧城縣，有能名。知州謝泌將薦逸，先設几案，置章其上，望闕再拜曰：「老臣為朝廷得一良吏。」迺奏之。他日引對，真宗問所欲何官？逸對曰：「母老家貧，願得近鄉一幕職官，歸奉甘旨足矣。」授澶州觀察推官，數日，母喪去。服除，引對，帝又固問之，對曰：「願得京官。」改授大理寺丞。真宗雅賢泌，再召問逸者，用泌薦也。知長水縣，時王嗣宗留守西京，厚遇之，及徙青神縣，貧不自給，嗣宗假俸半年使辦裝。至縣，興學校、教生徒。後邑人陳希亮、楊異相繼登科，益改其居曰『桂枝里』。縣東南有松柏灘，夏秋暴漲，多覆舟，逸禱江神，

6 宋‧范鎮〈陳少卿希亮墓誌銘〉，見《全宋文》，冊 20，頁 604。

不踰月，灘為徙五里，時人異之。[7]

張逸是個重視教育的賢吏，陳希亮、陳庸、陳諭叔侄三人之所以能聯袂及第，張逸在青神縣「興學校、教生徒」實有功焉。對於陳希亮叔侄三人的傑出表現，張逸更引以爲榮，特地將其所居里坊更名爲「桂枝里」、「三俊坊」，宣示此地文風鼎盛，人才輩出，多人及第登科。由以上的載述，可以看出陳希亮年少時就知所上進，排除外力的阻撓，奮力向學。陳希亮不但自己體會讀書的重要性，在自己有能力的時候，也不忘記培植兄長的小孩，這種己立人立、栽培晚輩、不忘根本的精神是很可貴地。此外，陳希亮也具有仁愛胸懷與俠義精神，對於鄉里中的窮人能義伸援手，免除他們的負債。於此，蘇軾雖未有臧否之詞，但娓娓道來，敬意自然流露。

三、陳希亮在長沙嚴懲惡僧海印、洗刷販竹商戶的冤屈

陳希亮高中進士甲科後，被命爲大理評事、知長沙縣。關於陳希亮在長沙的政績與作爲，蘇軾〈陳公弼傳〉所載稍嫌簡略，我們可用范鎮〈陳少卿希亮墓誌銘〉增補其不足：

---

[7] 見宋·李燾撰，上海師範學院古籍整理研究室、華東師範大學古籍整理研究室點校，《續資治通鑑長編》（北京：中華書局，1985年11月，1版1刷），冊8，頁2362。點校本《續資治通鑑長編》共35冊，冊2～20，由上海師範學院古籍整理研究室、上海師範大學古籍整理研究室點校。冊1、冊21～34，由上海師範大學古籍整理研究所、華東師範大學古籍整理研究所點校，出版時間由1979年8月至1995年4月，長達16年，每本時間出版不同，謹此說明，下不贅述。

> 部僧海印者多識權貴人，數撓政，為不法，奪民園池，更數令莫敢治。君至，捕治，笞之，以園池還民。郴州竹場有偽為券給輸戶送官者，事覺，輸戶當死，君察其非辜，挺出之，已而果得真造偽者。[8]

宋·王稱《東都事略·陳希亮》亦載：

> 舉進士，知長沙縣。浮圖有海印國師者，出入章獻明肅皇后家，與諸貴人交通，恃勢據民地，希亮捕治，寘諸法，一縣大聳。[9]

長沙縣，乃潭州州治所在，屬荊湖南路，下轄一鎮十二鄉，離開封二千七百里。[10]當地有一僧人名叫海印，交結權貴，與宋真宗章獻明肅劉皇后的親人頗有來往。此時，宋仁宗雖已即位，但仍由劉太后「垂簾決事」，[11]實際掌握權柄，宋·李燾《續資治通鑑長編》載：「太后臨朝，威震天下。中人與貴戚稍能軒輊爲禍福。」[12]海印攀龍附鳳，與劉皇后親族交往，自稱國師，任意侵佔百姓的財產，阻撓地方官府的施政，惡形惡狀，肆無忌憚。惡僧海印肆虐地方多年，不但當地百姓畏若蛇蠍，連以往的長沙縣令也不敢攖其

---

[8] 宋·范鎮〈陳少卿希亮墓誌銘〉，見《全宋文》，冊20，頁602。

[9] 見宋·王稱撰，《東都事略·陳希亮》（台北：國立中央圖書館，1991年2月，未著版次），冊3，頁1151。

[10] 參見《元豐九域志·荊湖路·南路·潭州》，冊上，頁258～259。

[11] 見元·脫脫等撰，《宋史·后妃傳上·章獻明肅劉皇后傳》（台北：鼎文書局，1983年11月，3版），冊11，頁8613。

[12] 見《續資治通鑑長編》，冊8，頁2491。

鋒，只能任其胡作非為。沒想到陳希亮到任後，不畏懼海印的惡勢力，將其拘捕，當眾鞭打，要他歸還所侵佔的百姓財產，一時人心大快。潭州盛產竹子，設有郴州竹場，販竹商戶必須向官府繳稅購買證券才能砍竹外賣。當時有不肖份子，為了圖謀暴利，竟然僞造官方證券賣給不知情的販竹商戶。當那些商戶將僞造證券繳交給官府時，東窗事發，依法將處死。陳希亮就任斷獄，發現那些商戶事前不知道所買證券是假的，並非有意矇騙官府，因此從輕發落，並進一步找出那些僞造證券的不法份子，加以嚴懲，不讓他們逍遙法外。陳希亮初次為官，初試啼聲，即不同凡響，展現出過人的魄力，先嚴懲惡僧海印，為民去除禍患，保全財產；又明鏡高懸，緝捕僞造證券的禍首，洗刷販竹商戶的冤曲，救回他們寶貴性命。於此，陳希亮不畏強權的個性與精明幹練的才能，獲得了蘇軾的肯定與敬重。

四、　陳希亮在雩都的事功

（一）、感化老吏、興建縣學

陳希亮長沙縣知縣任滿之後，經過磨勘，升為殿中丞，改任雩都知縣。雩都，乃虔州的屬縣，屬江南西路，下轄六鄉，離開封約三千五百里。[13]當時，有一位老縣吏曾腆，知法犯法，趁著新舊任縣官交替的空檔，充當司法黃牛，利用訴訟案件向當事人收受賄賂。曾腆原本輕視陳希亮，認為他初入仕壇，年輕易欺，又是初來乍到，強龍不壓地頭蛇，對自己將無可奈何。沒想到陳希亮在到任

---

[13] 參見《元豐九域志・江南路・西路・虔州》，冊上，頁 250 ～251。

視事的首日，就立刻發現曾腆違法亂紀的證據，要嚴加治罪。曾腆眼見鐵證如山，無可狡賴，竟然跪地磕頭，血流滿面，乞求陳希亮給自己一個改過自新的機會。陳希亮見他一時糊塗，既已知錯，年紀又老邁，心生憐憫，只加以訓戒一番，不再追究其刑責。陳希亮自幼即好學上進，深知讀書的重要姓，因此在雩都興建縣學，造福學子。此時，曾腆已洗面革心，重新做人，遂捐出許多錢財幫助陳希亮興建縣學，曾家子弟也在此求學，藉此機會，脫胎換骨，成爲書香門第。當時，陳希亮若非一念之仁，哀矜懲創，曾腆早已身敗名裂，身陷囹圄，子孫蒙羞；可是，這樣一來，將無人捐資興學，本縣的清寒學子將無學校可唸書，曾家也不能培育出高中進士的好子孫。陳希亮的過人才幹及與人爲善的胸懷，獲得了蘇軾的肯定與敬重。

（二）、破除迷信、變易民俗

蘇軾在雩都除了感化老吏曾腆、興建縣學之外，又大力破除迷信，變易民俗，影響深遠。宋・范鎮〈陳少卿希亮墓誌銘〉亦載：

> 再遷殿中丞、徙知虔州雩都。雩都之俗，疾病不醫，一諉於鬼。君毀淫祠數百區，勒巫覡為良民七十餘家，而民得近醫藥。[14]

雩都地處偏僻，民智未開，非常迷信，認爲生病是惡鬼纏身，不肯尋求醫藥救治，卻透過巫覡作法驅鬼，常因此耽擱病情，喪失

---

[14] 宋・范鎮〈陳少卿希亮墓誌銘〉，見《全宋文》，冊20，頁603。

寶貴的性命。當地巫覡爲了訛詐居民的錢財，每年春天都要舉辦盛大的祭典儀式驅除惡鬼，誑稱若不如此，將會招致大火。當地百姓也盛傳，有三位穿著紅衣的老人會施放火苗，散佈火燄，若不加以祭拜，將燒毀財物，危害性命。陳希亮到任後，爲了徹底解決這個勞民傷財的問題，他把遍布縣內的幾百處巫覡祭壇全數燒毀，強迫所有的巫覡去從事農耕，嚴禁百姓再迷信巫覡、祭祀惡鬼。雖然，當地對巫覡的迷信深入民心，可是陳希亮卻以雷厲風行的手段去破除迷信，決不寬容。剛開始時，百姓並不認同陳希亮的作法，可是他們不久就發現，不祭拜惡鬼，並沒有因此就引發火災；生病不找巫覡作法驅鬼，改求醫藥救治，反而恢復得更快更好。從此，雩都的百姓不再迷信巫覡，不再祭祀惡鬼，不但省下了龐大的錢財，也救治了許多寶貴的生命。日後，陳希亮任滿離去，百姓歡送出境，依依不捨；在他們的心中，陳希亮已成爲雩都的守護神，他們害怕陳希亮一走，巫風復熾，惡鬼再來，火災再起。陳希亮在雩都，以一己的力量破除迷信，變異民俗，保護百姓的生命和財產，既有智慧，又有能力，的確是一位善盡職責的父母官，也獲得了蘇軾的肯定與敬重。

五、　陳希亮自願減降資歷請調回蜀孝養母親

陳希亮虔州雩都知縣任滿之後，升爲太常寺博士，不過爲了孝養母親，他卻自願減降資歷，請調回四川，以便就近孝養年已老邁的母親。關於此事，蘇軾〈陳公弼傳〉所載稍嫌簡略，無法彰顯陳希亮的孝心，我們可以宋・范鎮〈陳少卿希亮墓誌銘〉補其不足：

遷太常博士，嘗活人罪死者，賜五品服。初，蜀人官於蜀，不得通判事。君母老，願折資為縣，以歸侍親，於是知劍州臨津。未幾以母喪去官，服除，知開封府司錄司事。[15]

陳希亮任太常寺博士，主要的工作是考察文武官員一生的行跡，爲其諡號擬定諡文。[16]宋・宋庠〈殿中丞陳希亮可太常博士制〉載：

敕：具官陳希亮，曩繇辭等，服我仕途。官率攸箴，文能毋害。比成縣譜之治，入齒朝紳之華。自上歲勤，參符考目。俾善儀於漢蕝，且光績於虞篇。往踐榮階，益固清守。可。[17]

可惜，本文純是制式文章，從中看不出陳希亮的特立性行與具體政績。值得一提的是，陳希亮於太常博士任上，得到一個特別的褒獎，宋・李燾《續資治通鑑長編》載：

（宋仁宗景祐二年十二月）戊戌，賜太常博士陳希亮五品服，以嘗辨冤獄也。[18]

原來，陳希亮任太常博士時，有人向朝廷奏呈陳希亮昔日任潭州長沙縣知縣，審斷郴州竹場僞造官方證券案，目光如炬，洞燭幽

---

[15] 宋・范鎮〈陳少卿希亮墓誌銘〉，見《全宋文》，冊 20，頁 605。

[16] 參見龔延明編著，《宋代官制辭典・太常寺博士》（北京：中華書局，1997 年 4 月，1 版 1 刷），頁 274 。

[17] 宋・宋庠〈殿中丞陳希亮可太常博士制〉，見《全宋文》，冊 10，頁 592 。

[18] 見《續資治通鑑長編》，冊 9 ，頁 2768。

微，揪出僞造證券的首惡原兇，將原本判決死罪的無辜販竹商戶從鬼門關救了出來，堪稱功德無量。宋初因襲唐代的制度，太常寺博士的官階爲七品上；此次，宋仁宗爲了嘉獎陳希亮，特別恩賜他五品官服，對當時的人來說，這可是一大榮寵。陳希亮初入仕宦，已有政聲，加上太常寺博士在汴京中央朝廷供職，屬京官，比較容易建立人脈，有助於將來的仕宦發展。可是，陳希亮生性孝順，父親早逝，母親楊氏年已老邁，他決定辭去太常寺博士的官職，請調回四川任地方官，以便就近孝養父母。依陳希亮的資歷，本可以充當州府通判，可是宋初規定，四川人在四川當官，不可以任通判，以免結黨營私。爲達到就近孝養母親的心願，陳希亮自願減降資歷，放棄擔任州府通判的權利，高資低就，出任劍州臨津縣知縣。沒想到陳希亮請調回鄉不久，母親楊氏就謝世，陳希亮的一番孝心也就落空了。雖然天不從人願，可是陳希亮的孝思卻獲得了蘇軾的肯定與敬重。

六、　陳希亮任開封府司錄的事功

（一）、反對耗費鉅資重建福勝塔

陳希亮守完母喪，返朝註官，改任「開封府司錄」。所謂「開封府司錄」，是開封府司錄參軍事的簡稱，官階是正七品，職掌開封府有關戶籍、婚姻的訴訟，通簽功、倉、戶、兵、法、士等六曹及府司、左右軍巡院刑獄公事，工作極繁重。[19]舊制，開封府司錄參軍事皆由具知州資歷者擔任，頗受朝廷重視，如資望輕淺，品性不佳，必遭非議。[20]陳希亮仕宦至今，尚未任職知州，可見他受執政當局的賞識，才能膺此要職。當時，開封有一座福勝塔，是當地名勝，不幸被火焚毀；當時朝廷想要出資重建，總計要耗費三萬萬錢。陳希亮對這個作法很不以爲然，他認爲與其把這筆巨款浪費在無益國計民生的建塔工程，不如把它用在對西夏的戰事，用它來慰勞辛苦守邊、浴血奮戰的將士。宋仁宗認爲陳希亮的建言很有道理，決定不再耗費鉅資重建福勝塔。於此，陳希亮務實的見解與及時的建言，獲得了蘇軾的肯定與敬重。

（二）、對抗權相、力救趙禹

陳希亮任開封府司錄參軍事時，發生了一件大事，導致陳希亮與權相王隨針鋒相對，僵持不下。宋・范鎮〈陳少卿希亮墓誌銘〉亦載：

> 青州男子趙宇嘗上書，言元昊必反，除散參軍，羈置福州。已而元昊反，宇詣闕自陳，執政怒，欲以逃亡法抵之。君

---

[19] 參見《宋代官制辭典・開封府司錄參軍事》，頁 517 ～518 。鄭壽彭撰，《宋代開封府研究・組織・司錄參軍》（台北：國立編譯館，1980 年 5 月，未著版次），頁 129 。

[20] 《續資治通鑑長編》載：「（元祐五年秋七月己丑）御史中丞蘇轍言：『……開封府司錄，舊用歷知州人，頃自郭晙之後，未及三年，而迭用陳該、張淳、陳元直三人，率皆資望輕淺，政績未聞，已見新故相代，輕用堂除，於此可見。』」冊 30 ，頁 10723。

言：「宇先事建白，義當賞，不可加罪。」故宇得徐州。[21]

由於此事驚動朝野，哄傳一時，宋朝史書也頗有載述，如宋・王稱《東都事略・陳希亮》載：

後為開封府司錄。青州男子趙宇上書，言元昊必反。宰相以宇為狂徒，徙建州。而元昊果反，宇自訟所部，弗受；即亡至京師，自訟。宰相怒，下宇開封獄。希亮奏乞以宇所上封事付所司，其言驗，不當加責，與宰相力爭不已。宇由此得釋。會考殺外戚沈元吉，沈氏訴之，希亮坐免官。[22]

宋・李燾《續資治通鑑長編》亦載：

（慶曆元年九月戊午）寶元初，青州人趙宇上書，言元昊必反，宰相以為狂，責文學參軍，福州安置。及元昊反，宇自訟所部，勿受，遂逃至京師，復上書，且言劉平勇而無謀，必敗，宰相益怒，下開封府，令府司以在官無故亡法劾宇。司錄陳希亮奏乞取宇所上書，付所司治，即其言驗，不當加責。宇由此得釋。劉平既敗，乃授宇青州司馬。宇復上〈大衍陣圖〉及〈繫說〉七篇。己未，以宇為環州軍事推官。[23]

---

[21] 宋・范鎮〈陳少卿希亮墓誌銘〉，見《全宋文》，冊 20，頁 605。

[22] 見《東都事略・陳希亮》，冊 3 ，頁 1152。

[23] 見《續資治通鑑長編》，冊 10，頁 3175。

蘇軾〈陳公弼傳〉說趙宇是青州平民，其後被流放建州，平反後授徐州推官，所言未確！宋·王稱《東都事略·陳希亮傳》從誤，宋·李燾《續資治通鑑長編》駁說：

> 《英宗實錄》希亮附傳云青州男子趙宇，蘇軾作〈希亮傳〉亦云青州民，然附傳云責授文學參軍，福州安置，蘇乃云流建州。且既云責授，則疑宇上書時必已有官，但史記不詳耳。《編年》以為萊州布衣，與二傳異。今從二傳作青州人，從附傳作流福州。蘇傳又云授宇徐州推官，蓋誤也。[24]

今綜合以上諸家的載述，將此一事件始末考釋於下。在西夏趙元昊還未稱帝謀反、侵擾大宋之前，宋朝君臣多主張對西夏輸贈財物，以換取趙元昊的歸順與臣服；可是，青州進士趙禹，又名趙宇，字庶明，卻於宋仁宗寶元元年上書朝廷反對這種懷柔政策，且預言趙元昊狼子野心，終將叛變謀反，不可姑息養奸，讓西夏坐大勢力，予取予求，要積極加強邊境戰備。當時的宰相王隨認爲趙禹妄議朝政，狂言惑眾，與朝廷唱反調，無益於軍國大計，就把他貶爲文學參軍，謫置福州。此處之「文學參軍」，從九品，乃最低之官職，是一種責降官，只是一種虛職，沒有朝廷特許簽署，不能實際執掌職務。[25]而所謂「安置」，更是宋朝對官員的一種黜免處罰，當事人不但不能離開安置之地，日常活動還須受官府的監視與限制，完

---

[24] 見《續資治通鑑長編》，冊10，頁3175。

[25] 參見《宋代官制辭典·文學參軍》，頁549 。

全沒有行動的自由。[26]所以，當時的趙禹實際上已是一位被流放南方海隅的罪人。北宋君臣這種掩耳盜鈴、自欺欺人的心態，近人李華瑞《宋夏關係史·宋仁宗、英宗時期的對夏政策》曾有所評論：

> 然而具有諷刺意味的是，當元昊積極準備立國稱帝之時，北宋君臣對元昊的「反意」依舊遵奉姑息的政策，竟熟視無睹，即便是有的邊將大臣已覺察出端倪。如曹瑋在天聖年間直言相告王黱說，元昊他日必為邊患。景祐中蔡州進士趙禹向宰相上言，「元昊必反，請為邊備。」曾通判鎮戎軍的張亢也上言元昊「勢必難制，宜亟防邊。」但宋廷也沒有給以重視或採取相應的措施，甚至把忠告當作狂言。[27]

所謂「把忠告當作狂言」，正是當朝宰相王隨對趙禹的態度。王隨於宋仁宗景祐四年拜相，[28]昏庸愚昧，老病無能，人望極差，《宋史·王隨傳》評說：「爲相一年，無所建樹。」[29]宋仁宗寶元元年二月，右司諫韓琦上疏彈劾王隨不適任宰相要職，請求將其罷

---

[26] 參見《宋代官制辭典·安置》，頁 654 。

[27] 見李華瑞撰，《宋夏關係史·宋仁宗、英宗時期的對夏政策》（石家莊：河北人民出版社，1998 年 9 月，1 版 1 刷），頁 43～44。

[28] 《宋史·表二·宰輔二》載：「（景祐四年丁丑）四月甲子，王隨自知樞密院事加門下侍郎、同中書門下平章事、昭文館大學士、監修國史。」冊 7 ，頁 5460～5461。參見宋·徐自明撰，王瑞來校補，《宋宰輔編年錄校補》（北京：中華書局，1986 年 12 月，1 版 1 刷），冊 1 ，頁 215 。

[29] 見《宋史·王隨傳》，冊 13，頁 10204 。

任。[30]王隨身爲宰揆，迷信巫鬼，言語不當，舉止失態，徇私舞弊，眷戀權位，懈怠政事，不思奮發圖強，抵抗西夏，只會打壓有識之士，真令人痛心。趙元昊少有大志，胸懷遠略，初期對宋朝的臣服，只是一種權謀，只是一種坐大自己的緩兵之計。事實上，趙元昊自繼承父親趙德明基業的第一天，即已決定改變先父稱臣大宋的政策，陰謀稱帝謀反，只不過宋朝君臣多掩耳盜鈴、諱言其事罷了。宋·沈括《夢溪筆談·雜誌二》載：

> 景祐中，党項首領趙德明卒，其子元昊嗣立，朝廷遣郎官楊告入蕃弔祭。告至國中，元昊遷延遙立，屢促之，然後至前受詔。及拜起，顧其左右曰：「先皇大錯！有國如此，而乃臣屬於人。」既而饗告於廳，其東屋後若千百人鍛聲，告陰知其有異志，還朝秘不敢言。未幾，元昊果叛。[31]

宋·李燾《續資治通鑑長編》亦載：

> 趙元昊自襲封，即為反計，多招納亡命，峻誅殺，以兵部法勒諸羌。[32]

宋仁宗寶元元年十月十一日，趙元昊一切準備就緒，立即築臺受冊，即皇帝位，稱「大夏始文本武興法建禮仁孝皇帝」。趙元昊

---

[30] 參見《續資治通鑑長編》，冊 9 ，頁 2861～2862。對於韓琦的諫言，宋仁宗「嘉納之」，不久，王隨被罷去相位。

[31] 見宋·沈括撰，胡道靜校注，《新校正夢溪筆談·雜誌二》（香港：中華書局，1987 年 4 月，香港重印版），頁 247 。

[32] 見《續資治通鑑長編》，冊 9 ，頁 2704。

稱帝後，大舉寇邊。流放建州的趙禹眼見自己判斷正確，預言成真，遂向當地地官府請求改判無罪，希望能還給自己一個清白。然而，此時王隨猶在相位，[33]當地官府懾於宰相的威勢，不肯受理此案。趙禹自訴無門，不甘心自己受到不公平的待遇，就私自從福州逃回汴京，上書朝廷，要爲自己洗刷罪名，討回公道，並預言劉平有勇無謀，必敗無疑。當時，朝廷正重用劉平，賦予對抗西夏、防守邊境的重責大任。此時的劉平，意氣風發，厲兵秣馬，摩拳擦掌，信心滿滿地向朝廷進獻自己全方位的攻防策略，準備痛擊趙元昊，將他變成「鼠竄窮寇」！[34]而執政當局亦對劉平寄以厚望，希望他能振衰起蔽，扭轉對西夏的不利局勢。沒想到，潛回開封的趙禹卻上書宋仁宗，除了要爲自己平反冤屈之外，又批評執政當局用人不當，劉平有勇無謀，能力不足，無法成事，必敗無疑。宰相王隨爲此老羞成怒，氣急敗壞，將趙禹關入開封府大牢，要加以嚴懲，要追究他私自逃離謫地的罪責。沒想到，趙禹對劉平的評論，一語成讖，不幸應驗。宋仁宗康定元年正月，劉平率領步兵與騎軍萬餘人與西夏決戰於三川口，宋軍自亂陣腳，先勝後敗，潰不成軍。劉平兵敗被俘，絕食罵敵，不屈而死。[35]事情發展至此，無論是趙元昊之謀反，或是劉平之戰敗，這些不幸事件都在趙禹的預料之中。可笑的是，趙禹對軍國大計雖神機妙算，料事如神，卻無法擺脫權相王隨的魔掌，無法讓自己從囹圄中脫身解困。當時，陳希亮任開封府司錄參軍事，負責審問此案，他認爲時至今日，驗證趙禹當初的

---

[33] 參見《宋史·表二·宰輔二》，冊 7，頁 5461～5462。

[34] 參見《宋史·劉平傳》，冊 13，頁 10500～10502。

[35] 參見《宋史·劉平傳》，冊 13，頁 10502～10504。

建言，一一皆成事實。所謂「千人之諾諾，不如一之諤諤。武王諤諤以昌，殷紂墨墨以王。」[36]趙禹識見過人，關心社稷的安危，預見趙元昊將反、劉平必敗，盼朝廷改弦更張，見人之所未見，言人所不敢言，實值得嘉許。只因王隨苟且偷安，不謀遠慮，識人不明，用人不當，不採納趙禹的建言，才會讓國家喪失制敵先機，造成嚴重的損失。陳希亮據此論斷，趙禹是有見識的愛國志士，不是宰相王隨所指稱的「狂徒」；趙禹的建言是有益軍國大計的忠規讜論，而非輕議狂言，若王隨能善加採用，對軍國大計將有很大的助益。只可惜，王隨眼光如豆，短見近視，不聽信趙禹的建言，才導致國家受到嚴重的傷害。因此，趙禹有功無罪，只能厚賞，不能懲罰。王隨個性暴躁易怒，動輒罵人，《宋史・王隨傳》稱：「晚性卞急，輒嫚罵人。」[37]然陳希亮依據職權，獨立斷獄，不畏權勢，堅持己見，極力與王隨爭辯，絲毫不假辭色，最後竟然鬧到宋仁宗那裡。宋仁宗支持陳希亮的論斷，不但赦免趙禹的罪責，而且不次提拔，任命爲青州司馬。其後趙禹又向朝廷呈獻自己所著的兵書、陣圖，證明自己確實有行軍佈陣、指揮作戰的軍事能力，於是被升爲環州軍事推官。在北宋前期，環州屬陝西路，[38]位在西北邊陲，是緊臨西夏的軍事要區，從此趙禹得償夙願，可以馳騁疆場，守邊衛國，對抗西夏，在邊塞要地施展其軍事上的謀略與長才。

趙禹既被平反，獲重用，聲譽鵲起，如宋・石介作〈寄趙庶明

---

[36] 見漢・司馬遷撰，王利器主編，《史記・商君傳》，（西安：三秦出版社，1997年1月，1版3刷），冊3，頁1692～1693。

[37] 見《宋史・王隨傳》，冊13，頁10204。

[38] 參見《元豐九域志・陝西路・永興軍路・環州》，冊上，頁119～120。

推官〉譽稱：

> 四十年來贊太平，君王耳畔管簫聲。定襄地域俄連震，萊牧男兒忽議兵。明日邊烽高百尺，同時御府出三旌。將軍請用多多算，能向當初見未萌。[39]

王介以爲，四十年來，宋朝君臣畏葸偷安，粉飾太平，厭言兵戰，沉浸在一片歌舞昇平的氛圍裡，只有趙禹識見過人，獨具隻眼，令人激賞。石介祝福趙禹日後仕宦能更上層樓，擔任御史，爲朝廷出巡西北邊境，督促那些守邊將士能多費一點心思，讓識見更敏銳，以便消弭災禍於未萌發之時。石介不認識趙禹，可是他欣賞其膽識，故主動寄詩稱美。平心而論，趙禹的表現固然值得嘉賞；可是，若非陳希亮主持正義，與權相力爭，不阿附，不屈服，趙禹恐怕早已冤死獄中。故宋·王闢之《澠水燕談錄·讜論》載：

> 景祐中，趙元昊尚修職貢，蔡州進士趙禹庶明言元昊必反，請為邊備。宰相以為狂言，流禹建州。明年，元昊果反，禹逃歸京，上書自理。宰相益怒，下禹開封府獄。是時，陳希亮為司錄，言禹可賞不可罪，宰相不從，希亮爭不已，卒從希亮言，以禹為徐州推官。徂徠先生石守道有詩曰：

---

[39] 宋·石介〈寄趙庶明推官〉，見北京大學古文獻研究所編，《全宋詩》冊5（北京：北京大學出版社，1991年8月，1版1刷），頁3429。

「蔡牧男兒忽議兵」，謂禹也。[40]

王闢之作《澠水燕談錄》，將陳希亮對抗權相、力救趙禹的事跡編入〈讜論〉卷，所肯定的，正是陳希亮正直不阿的言論與作爲。爲了彰顯陳希亮不畏權勢對抗權相力救趙禹的勇氣，宋‧謝維新《古今合璧事類備要‧後集‧知錄‧歷代沿革》特地爲陳希亮立「與宰相爭事」條目，載述其始末。[41]

此時，陳希亮的才能逐漸爲世人所知曉，大臣爲國舉才，紛加舉薦。如丁度推薦他到陝西邊境擔任要職，以對抗西夏的侵擾；賈昌朝則認爲陳希亮生性剛毅，不畏權貴，最適合當御史。正當陳希亮政治行情水高船漲，宦途一片看好之際，卻發生了一件命案，導致陳希亮被革去官職，黯然去職。宋‧范鎮〈陳少卿希亮墓誌銘〉亦載：

> 陝西用兵，丁文簡公舉君陝西任使，賈魏公亦以才中御史薦君。命未下，會沈氏子坐姦盜未決，死獄中，沈氏連戚里，數上訴，君亦自劾，請不逮他掾史，由是坐廢。[42]

---

[40] 見《澠水燕談錄》，頁 6 。宋‧江少虞《事實類苑‧趙禹》引《澠水燕談錄‧讜論》，文字大致相同，然「蔡州」作「萊州」，參見《景印文淵閣四庫全書》冊 874 （台北：台灣商務印書館，1985 年 2 月，初版），頁 135 。

[41] 宋‧謝維新《古今合璧事類備要‧後集‧知錄‧歷代沿革》，見《景印文淵閣四庫全書》冊 940 （台北：台灣商務印書館，1985 年 6 月，初版），頁 362 。

[42] 宋‧范鎮〈陳少卿希亮墓誌銘〉，見《全宋文》，冊 20，頁 603。

當時，外戚沈文吉因姦淫婦女，搶奪財物，被拘捕、關入開封府獄。由於，沈文吉生性狡滑，不肯招認，所以此命案一直無法終結。後來，陳希亮親自審問，終於讓沈文吉俯首認罪；不幸的是，沈元吉也死於獄中。沈家認爲陳希亮陳嚴刑逼供，屈打成招，害死了沈元吉，動員許多親友向宋仁宗哭訴，宋仁宗令御史臺調查、糾舉此案。宋朝律法嚴禁官吏拷打逼供，如因此導致犯人死亡，官吏將遭重罰，甚至會被流放。[43]當時，陳希亮爲了避免連累同僚與下屬，上書自承拷殺沈元吉乃自己所爲，一人做事一人當，與他人無關。於是，陳希亮被罷去開封府司錄參軍事的職務。當日，陳希亮審問沈元吉，不可能只有他一個人，一定會有相關獄吏同在現場；難得的是，陳希亮一肩扛起罪責，爲同僚和屬下脫罪，這種義氣實屬難得，也獲得蘇軾的肯定。關於此案，沈元吉雖罪有應得，然陳希亮問案的手段與過程確實有瑕疵，因此蘇軾在〈陳公弼傳〉中爲其開脫、掩飾，不說沈元吉是被逼供致死，改稱是他自己嚇死的，爲長者諱，爲賢者諱，這是蘇軾對陳希亮的心意與敬意。

七、　陳希亮在房州的事功

（一）、威懾盜寇王倫

宋仁宗慶曆三年七月，富弼任樞密副使，主持軍政，留意邊事。

---

[43] 參見宋・竇儀等撰，薛梅卿點校，《宋刑統・斷獄律・監臨官捶迫人致死》（北京：法律出版社，1999年9月，1版1刷），頁548。

[44]此時，京西南路盜寇四起，急需一位有才幹的人去當地主持政務，弭平盜寇。由於富弼一直對西夏有戒心，對陳希亮昔日獨立斷獄、對抗權相、力救趙禹的表現極欣賞，於是向朝廷推薦已遭罷廢一年的陳希亮，讓他起復知房州。宋·范鎮〈陳少卿希亮墓誌銘〉亦載：

> 明年，盜起京西，富丞相方為樞密副使，薦君知房州。州素無備，守兵才數十。君發倉廩，募民完城，籍虞者得數百人，日教閱，為討捕勢。盜聞之，不敢過君境。[45]

房州，離汴京一千五百里，下轄房陵、竹山二縣，居民約兩萬戶，治所在房陵。[46]由於房州地處偏遠山區，只有幾十個兵卒駐防，如今盜賊猖獗，民心惶惶，想要棄家逃難。陳希亮到任後，聚集守城的兵卒，又徵召開採、獵取山林湖泊物產的民戶，組織成一隻幾百人的克難軍隊，日夜操練排兵布陣、行軍作戰、搏擊殺敵的戰鬥技巧，吆喝之聲響遍房山，一時士氣大振，民心逐漸安定，而盜寇懾於威勢守備遂不敢入犯州境。當時，陳希亮除了加緊操練民兵之外，又以州府所貯藏的米穀召募百姓來修築城牆，建構成一座固若金湯的高城深池與深塹高壘。宋·張舜民《畫墁集·房州修城碑陰記》亦載：

> 崇寧癸未歲，予以罪謫居房陵，州隘陋無遊適之地。或乘

---

[44] 參見《宋史·富弼傳》，冊13，頁10252 ～10253 。《續資治通鑑長編》，冊9 ，頁2925～2927。

[45] 宋·范鎮〈陳少卿希亮墓誌銘〉，見《全宋文》，冊20，頁603。

[46] 參見《元豐九域志·京西路·南路·房州》，冊上，頁26～27。

> 興登城以縱目，獨怪是城，矗矗言言，而門觀隍塹，一如邊壘，皆有法度。因念房居深山中，土疏匠苦，又安得至此哉？久之，至南門，得石表曰〈修城記〉，乃是皇祐中草竊王倫者，嘯聚均、倫間，朝廷自謫籍起陳公守房陵所為者。迨今六七十年矣。且諸邊城始非不工，至六七十年，有不見圮者乎？而茲城獨能如此！夫城，猶法也。法者，政事之所守，人亡而守不廢者鮮矣。故曰：作事可法，皆謂去久之言也。[47]

宋徽宗崇寧元年，張舜民因被列為元祐黨，謫楚州團練副使，商州安置。崇寧二年，張舜民由商州安置，改為房州安置。張舜民謫居房陵，長達四年多，一直到宋徽宗大觀元年才遇赦離去。[48]房陵風光景物無特出之處，張舜民謫居房州無處可去，最常做的消遣就是登城遠瞰。令張舜民訝異的是，房陵的城牆巍峨聳立，又高又厚，城門、樓觀、壕塹的規格、建制也都比照邊境關塞，毫不馬虎，非常堅固。其後，張舜民找到〈房州修城記〉的碑刻，才知道這些建築都是陳希亮的傑作。當時，陳希亮所修築的房州城歷經六、七十年，卻依然高聳堅固，完好如初，令張舜民佩服得五體投地，這也是王倫等盜寇不敢侵犯房州的原因之一。

---

[47] 宋・張舜民《畫墁集・房州修城碑陰記》，見《全宋文》，冊 41，頁 734 。

[48] 參見《宋史・張舜民傳》，冊 14，頁 11005 ～11006 。宋・張舜民撰，李之亮校箋，《張舜民詩集校箋・張舜民行蹤簡編》（哈爾濱：黑龍江人民出版社，1989 年 1 月，1 版 1 刷），頁 196 ～197 。

（二）、收服殿侍劉甲

陳希亮在房州雖成功遏阻了王倫等盜寇的侵擾，卻不幸發生官兵暴亂、騷擾百姓的事件。在宋朝，殿侍屬無品武階，官職極低，屬基層軍官。[49]當時，殿侍雷甲奉令率領一百多位兵卒到房陵縣西邊一百零五里的竹山縣追捕盜賊，[50]雷甲不能好好管束手下的兵卒，所到之處，騷擾百姓，掠奪財物。有一次，百姓謠傳，有一群盜匪已進入房陵縣境，即將進攻府城。陳希亮聽了立即統率兵卒，隔著馬攔河與這群匪寇對陣。[51]當時，陳希亮身先士卒，站在最前線，命士兵把弓拉滿，但未得命令前，不可以將箭射出。沒想到，雷甲先發動攻勢，將利箭射向對岸陳希亮的陣營；陳希亮的士兵面對箭如雨下的兇險情勢，卻面不改色，屹立如山，一個個士兵好像木頭人般地挺立在對岸。陳希亮號令如山，軍紀嚴明，士兵訓練有素，此時已表露無遺。雷甲被眼前這種情景嚇壞了，他知道自己的部屬只不過是烏合之眾，一盤散沙，而今天所面對的，卻是飽經訓練的鋼鐵軍隊，如兩軍渡河開打，自己絕對討不到任何便宜。於是，雷甲下馬跪拜，請求投降，謊稱不知道對岸是陳希亮所統率的官軍，才敢冒失來犯。陳希亮接受了雷甲的請降，懲罰了十幾個行跡特別惡劣的士兵，饒恕其餘的人。房州的官吏與士兵都認為陳希亮

---

[49] 參見《宋代官制辭典·殿侍》，頁 592 。

[50] 《元豐九域志·京西路·南路·房州》載：「竹山，州西一百五里。二鄉。寶豐一鎮。有望楚山、龍祇山、庸城山、堵水、浸水。」冊上，頁 26～27。

[51] 竹山縣位於房州府治房陵縣西邊一百零五里，馬攔河由竹山縣東邊蜿蜒流入房陵縣，參見譚其驤主編，《中國歷史地圖集·京西南路·房州》（上海：中國地圖出版社，1989 年 6 月，1 版 2 刷）冊 6 ，頁 12～13。

這種處置過於寬厚，最少要將雷甲斬首示眾，才能饜足人心。雷甲只是一位基層軍官，加上率領士兵騷擾地方，有錯在先，陳希亮若要殺雷甲，可說名正言順，易如反掌。可是，陳希亮認爲雷甲本性不壞，又能及時悔誤幡改，罪不及死；於是，法外開恩，從輕發落，然要求雷甲戴罪立功，率領房州兵卒追捕盜寇以贖前罪。從此，房州對抗盜寇的陣營，多了一隻奮勇向前的生力軍，盜寇更加不敢來犯，百姓的生命財產也多了一層保障。陳希亮在房州，憑著過人的軍事才華與仁恕襟懷，收服殿侍劉甲，兵不血仞地化解了一場兵禍，保全了房陵縣民的生命財產，也挽救了幾百條兵卒的寶貴性命，他的作爲獲得蘇軾的肯定與敬重。

（三）、為向氏父子平反冤獄

陳希亮在房州，明鏡高懸，洞燭幽微，曾平反一件誣民爲盜的冤獄。宋·范鎮〈陳少卿希亮墓誌銘〉亦載：

> 初，轉運使舉供奉官崔得贇使專捕盜，而以郡之平民向氏父子為盜，梟首南陽市。君列其冤，德贇坐流通州，而向氏賜帛，復其家焉。[52]

崔得贇所任「供奉官」，是「入內內侍省內東頭供奉官」或「入內內侍省內西頭供奉官」的簡稱，官階是從八品，屬於宦官系統，平常服侍禁中，有事也可徵調外任。[53]當時，京西南路轉運使爲勸

---

[52] 宋·范鎮〈陳少卿希亮墓誌銘〉，見《全宋文》，冊 20，頁 603。

[53] 參見《宋代官制辭典·入內內侍省內東頭供奉官、入內內侍省內西頭供奉官》，頁 50～51。

滅盜寇党軍子，特別向朝廷舉薦宦官崔德贇來任職。沒想到崔德贇追捕不到党軍子，為了貪功邀賞，交差了事，竟誣指房州竹山縣民向氏父子三人就是盜首党軍子，將他們押至鄧州南陽市梟首示眾。向氏家人向太守陳希亮喊冤，要求平反。經過仔細調查，陳希亮發現向氏父子根本不是党軍子的黨羽，只因盜寇過境時曾強住向家，就被誣以為盜，甚至誣指他們就是党軍子。陳希亮既得實情，乃將崔德贇逮捕入獄。不過，崔德貫仍不肯承認自己的惡行。幸好不久之後，党軍子於永興軍路商州被逮捕，事實勝於雄辯，崔德贇只好俯首認罪，被流放通州，向家的冤屈終於獲得平反與補償。於此，陳希亮不畏閹寺，為民申冤，獲得了蘇軾的肯定與敬重。

（四）、請朝廷開釋張元親族

陳希亮在房州，曾密奏朝廷，建議將列管於本地的張元親族無罪開釋，讓他們自由返鄉，重作良民。宋·范鎮〈陳少卿希亮墓誌銘〉亦載：

> 幕職官張元者叛附元昊，而錮其疏屬百餘房。君奏釋之，使得復齒為民，後有舉進士登科者，至今其家畫君像而祠焉。[54]

西夏趙元昊為壯大自己，完成霸業，曾不斷禮聘、重用漢人，招納亡命之徒，甚至連被宋仁宗遣散出宮的侍女也不放過，盡量以重金收為己用！[55]陳希亮知房州時，盛傳永興軍路華州華陰縣人張

---

[54] 宋·范鎮〈陳少卿希亮墓誌銘〉，見《全宋文》，冊20，頁604～605。

[55] 參見《續資治通鑑長編》，冊9，頁2704、2926。

元背叛大宋，潛往西夏，成爲趙元昊的重要謀士。爲了懲罰張元之叛國，朝廷將其親族百餘人由華州遷居到房州，希望能查問出他們和張元交通往來的情形。由於張家的基業遠在華州，張家親族百餘人在房州饑寒交逼，無法過活，幾乎喪命；陳希亮看在眼裡，很不忍心。陳希亮認爲張元叛國一事，只是傳說，並無確切證據。張元果真叛國，他也不會因朝廷列管張家親族就改變初衷；相反地，此舉只會加深張元的恨意，更加盡心盡力輔佐趙元昊。此外，張元最親近的家人早已隨其投奔西夏，這些被列管的人只不過是張元的遠親疏族，與張元叛國無直接關聯，不該牽連無辜。朝廷接受了陳希亮的密奏，讓張元的親族除去罪籍，重爲良民，自由歸返華陰鄉里。從此，他們視陳希亮爲再生父母，感念恩德，爲立生祠，畫像供奉，直到宋神宗元豐五年蘇軾作〈陳希亮傳〉時依然香火不墜。日後，張氏親族還有人高中進士，這可說是全拜陳希亮所賜。於此，陳希亮的仁心仁行，不僅讓張元親族感念終生，也獲得了蘇軾的肯定與敬重。

八、　陳希亮在宿州創建飛橋

陳希亮房州知州任滿後，返京述職，改知宿州。關於陳希亮在宿州創建飛橋的事功，蘇軾〈陳公弼傳〉所載稍嫌簡略，我們可用范鎮〈陳少卿希亮墓誌銘〉增補其不足：

> 代還，執政欲以大理卿處之，君曰：「法吏守文，非所願，願復得一郡以自效。」乃知宿州。州跨汴，而水常湍悍，漕船至，觸橋柱以沒者，歲不可勝計。君為飛橋，以便往

> 來。事聞，降詔賜縑以褒寵之，仍下其法，自畿邑至於泗州皆為「飛橋」。[56]

由於陳希亮在房州的政績極佳，因此他返京述職時，宰執想任命他爲大理寺少卿。大理寺少卿負責審斷全國所上疑獄或冤案，送審刑院覆議，位階爲從四品上，可說是一個很重要的職務。[57]可是，陳希亮志不在此，他不願在京城當一位墨守成法的法律官員，寧願外放爲知州，雖是地方官，卻比較有揮灑的空間。於是，宰執從其請，任命陳希亮爲宿州知州。由此事可看出，陳希亮是一位只求做事、不求做官的人，不然他不會放棄大理寺少卿這個京官要職，選擇出知宿州。宿州屬淮南東路，離汴京六百三十里，下轄四縣：符離、蘄、臨煥、虹，州治在符離縣，民戶約十二萬戶，可說是一個相當富庶的州。[58]宿州橫跨汴河，汴河是一條供漕運的重要河道，東南地區的米糧都由此輸送到汴京。由於汴河在此段的水流極湍急，漕運的船隻來來往往，一不小心就撞上橋墩，常導致船毀人亡，損失了不少寶貴的生命與財物。陳希亮到任後，爲了解決這個嚴重的問題，他建造了一種橫跨河面、卻無橋墩的「飛橋」。從此，漕運的船隻也可快速安全地飛駛而過，再也不用擔心會撞到橋墩了。由此可知，陳希亮具有科學創新的精神，能研究問題，設法加以解決，殊屬難得。陳希亮創建飛橋的巧思，獲得宋仁宗的嘉獎與賞賜，下令從汴京到泗州長達一千一百里的漕運河段一律建造「飛橋」，

---

[56] 宋・范鎮〈陳少卿希亮墓誌銘〉，見《全宋文》，冊 20，頁 603。
[57] 參見《宋代官制辭典・太常寺少卿》，頁 389 。
[58] 參見《元豐九域志・淮南路・東路・宿州》，冊上，頁 193 ～194 。

[59]以便利船隻往來。陳希亮在宿州的傑出表現，獲得了朝廷的嘉勉，也獲得了蘇軾的稱賞與敬重。

九、　陳希亮知滑州兼河北便糴的事功

（一）、視物價高低買賣軍需糧草

陳希亮宿州知州任滿，繼薛紳之後，知滑州，[60]兼提舉河北糴便糧草司。陳希亮就任後，更改舊法，興利除弊，視物價的高低，調整倉儲，決定該搜購或該賣出軍需糧草。范鎮〈陳少卿希亮墓誌銘〉亦載：

> 皇祐元年，擢知滑州。因奏事，仁皇帝顧謂曰：「卿嘗法治沈氏獄得過邪？蓋疾惡爾，毋以小沮而變初節也。」未行，復詔提舉河北便糴。[61]

前述，陳希亮任開封府司錄參軍事時，曾因審問外戚沈文吉姦淫婦女搶奪財物案，遭革職，閒居一年，後因富弼的推薦才得起復知房州。陳希亮得到滑州知州的告命後，陛辭奏事，宋仁宗特別安慰陳希亮說，千萬不要因爲這件事的打擊，就改變伸張正義、打擊不法的初衷。由於滑州是外戚沈氏的鄉里，宋仁宗特別叮嚀陳希亮到任後，不要翻舊帳，不要追究陳年往事，不要懷恨報復沈家，讓

---

[59] 從泗州到汴京，約一千一百里，參見《元豐九域志・淮南路・東路》，冊上，頁 196 。

[60] 參見李之亮撰，《北宋京師及東西路大郡守臣考・滑州》（成都：巴蜀書社，2001 年 3 月，1 版 1 刷），頁 115 。

[61] 宋・范鎮〈陳少卿希亮墓誌銘〉，見《全宋文》，冊 20，頁 603。

一切成過往雲煙。由於陳希亮應答得體，甚得帝心，宋仁宗又命陳希亮以滑州知州兼「提舉河北便糴」。「提舉河北便糴」，是「提舉河北糴便糧草司」的簡稱，負責購買河北路延邊軍需糧食草料，其經費來源，除了朝廷提供二百萬貫之外，另由河北路十七州的稅賦支應，每年搜購的糧食多達三百八十萬石，草料多達六百萬束。[62]由於提舉河北糴便糧草司責任重大，歷來大都由河北路轉運使或副使兼任提舉，此次宋仁宗命陳希亮以滑州知州的身份兼此重任，不但是一種恩寵，也是對其能力、品性的一種肯定。或許，當日宋仁宗也知道外戚沈元吉的確有犯案，只不過為顧及沈氏戚族的顏面，加上陳希亮用刑過重，致人於死，確實也觸犯法條，有所疏失，不得不令御史追究此事。如今，事過境遷，陳希亮先知房州，再知宿州，政績亮麗，事功過人，深得宋仁宗的肯定，故此次特別畀予重責大任。在陳希亮就任之前，提舉河北糴便糧草司的官員因循守舊，墨守成規，不知變通，只會一板一眼地搜購糧草，只求交差了事，從沒想到該如何把這份差事做得更好。陳希亮就任後，在物價便宜時大量買入軍需糧草，加以囤積起來，如此可節省一大筆公帑；等到物價飛漲時，陳希亮就適度地將所囤積的軍需糧草釋放出去，如此既能抑制物價，防止通貨膨帳，有利於民生，也能為公家賺取差額，可購買更多的軍需糧草來充實邊防。可是沒想到，陳希亮這種利民利國的苦心作為竟引來河北路都轉運使魏瓘的敵視與不滿。本來依慣例，提舉河北糴便糧草司這個要職應由河北路都轉運使魏瓘兼任，只因宋仁宗賞識陳希亮，竟將此要職移轉給他；為

---

[62] 參見《宋代官制辭典·提舉河北糴便糧草司》，頁512。

此，魏瓘很不滿，覺得陳希亮搶走了自己的地盤。魏瓘本來就不喜歡陳希亮，對其更改陳規成例、視物價高低買賣軍需糧草的新措施也就越看越不順眼，最後更一狀告上朝廷，奏劾陳希亮擅自操縱物價的波動。當時，魏瓘都轉運使的權位高於陳希亮，是其直屬長官；可是陳希亮認為自己的作為有利無害，毫無過錯，完全無法接受魏瓘的指控，要求和他在宋仁宗面前辯明是非曲折。經過一番激辯，宋仁宗肯定陳希亮視物價高低買賣軍需糧草的積極作為，將已高升為開封府尹的魏瓘貶為越州知州。於此，可知陳希亮懂得市場供需法則，賤買貴賣，靈活運用，一舉數得，極有經濟概念，因此獲得宋仁宗的支持，也獲得蘇軾的肯定與敬重。

此次，陳希亮之所以會與陳瓘起衝突，除了陳瓘嫉恨陳希亮奪其兼職之外，與陳瓘本身的個性也有關係。魏瓘雖有才能，然器度狹窄，心機深沉，好與人鬥，談不上是一位好官吏，《宋史・魏瓘傳》評說：「瓘所至整辦，與人置對未嘗屈。史沆、王逵以善訟名天下，瓘既廢沆，又嘗奏抵逵罪，專任機數，不稱循吏。」[63]魏瓘喜歡整治、奏劾下屬，此次面對據理力爭、剛毅不屈的陳希亮，總算踢到了鐵板。要注意的是，宋・李燾《續資治通鑑長編》載：

> （宋仁宗皇祐三年六月）乙未，給事中、權知開封府魏瓘知越州。初，內東門索命婦車，得賂遺掖廷物，付開封驗治，獄未上，內降釋之。知諫院吳奎言：「陛下前因祀明堂下詔，凡求恩澤若免罪內降指揮者，所承官司毋得施行。

---

[63] 見《宋史・魏瓘傳》，冊 12，頁 10036。

瓘敢廢格詔書，請論如法。」瓘坐是出。[64]

《宋史·魏瓘傳》亦載：

以給事中知開封府，政事嚴明，吏民憚之。內東門索命婦車，得賂遺掖廷物，付府驗治，獄未上，內降釋罪。諫官言法當執奏，而瓘不即奏行，請以廢法論，降知越州。[65]

魏瓘知開封府時，負責宮禁文書、物件的內東門司[66]搜索某位有封號命婦的座車，發現裡面裝滿外人賄賂內宮嬪妃的財物，由於人贓俱獲，內東門司依職責將此案移送開封府究辦。在審判的過程中，魏瓘接獲「內降」，[67]由內宮直接發出命令，要他釋放相關的犯人，不要再查辦此案。魏瓘不願得罪內宮后妃，依旨照辦，沒想到卻被知諫院吳奎彈劾。吳奎認爲，在此之前，宋仁宗爲防止內宮濫權，防止外人攀龍附鳳、關說請謁，曾下詔明言，凡是不按常規，未經中書省議定，直接由內宮發出要求輸送利益或赦免罪責的命令，相關單位不可以遵行。據此，魏瓘爲討好內宮后妃，聽從其命令，擅自釋放罪犯，乃知法犯法，違反聖旨。於是，魏瓘被革去開封府知府的要職，降級爲越州知州。乍看之下，關於魏瓘被謫降的

---

[64] 見《續資治通鑑長編》，冊 12，頁 4093。

[65] 見《宋史·魏瓘傳》，冊 12，頁 10035 。

[66] 參見《宋代官制辭典·內東門司》，頁 483 。

[67] 內降，又稱中旨、內中批旨。「凡自宮內皇帝。皇后、皇太后批旨或處分，未經中書或三省，直接付有司施行者。中旨、內降往往成為攀緣皇親、女謁而干求僥幸的指揮，近於『唐之斜封』，所謂『今之內降，蠹壞綱紀，為害至深。』」參見《宋代官制辭典·中旨、內降》，頁 621。

原因，《續資治通鑑長編》、《宋史・魏瓘傳》與蘇軾〈陳公弼傳〉所載明顯不同，然而實際上，兩者不但沒衝突，甚至還有互補的作用。當時，魏瓘與陳希亮廷辯，宋仁宗肯定陳希亮的作爲，還其清白，駁斥魏瓘的誣告。不久，又發生諫官糾舉魏瓘私縱賄賂掖廷一案。於是，二罪併罰，魏瓘落職知越州。由於蘇軾寫作的目的是爲陳希亮立傳，所以落筆時不免有所取捨，有所強調凸顯，這也是一種寫作技巧。今日，我們透過蘇軾〈陳公弼傳〉的記載，正可以補足《續資治通鑑長編》與《宋史・魏瓘傳》的缺漏。當時，宋仁宗既肯定陳希亮提舉河北糴便糧草司的權宜措施與積極作爲，想加以重用，另予要職。可是，陳希亮覺得自己身爲下屬，與直屬上司都轉運使魏瓘意見相左，最後竟然鬧到廷辯的地步，實在也不是好榜樣。因此，陳希亮懇辭宋仁宗的恩賜，堅持回任滑州知州。透過此事件，可知陳希亮不但勇於任事，通權達變，又能自我省思，不貪官祿，其過人的才幹與人品風範，獲得蘇軾的肯定與敬重。

（二）、搶救滑州魚池埽黃河潰堤

陳希亮與魏瓘廷辯獲勝之後，回到滑州任所，馬上面臨搶救黃河潰堤的艱辛挑戰。范鎮〈陳少卿希亮墓誌銘〉亦載：

> 明年秋，始赴州。會河漲，魚池埽危甚，君悉召河上使者，盡發禁兵付之，晝夜下楗，數日而水折去。[68]

滑州屬京西北路，離汴京僅二百一十里，下轄三縣，府治在白

[68] 宋・范鎮〈陳少卿希亮墓誌銘〉，見《全宋文》，冊20，頁603。

馬縣，居民約三萬多戶，黃河流經縣北。[69]爲了遏阻黃河的大水，宋朝在滑州建構了七個大型的埽岸：韓村埽、房村埽、憑管埽、石堰埽、州西埽、魚池埽、迎陽埽。[70]陳希亮到任後，剛好碰到黃河發大水，洪水溢過府治白馬縣的魚池埽，魚池埽禁不起滾滾洪流的衝擊即將潰決，情勢極危急。宋朝開國以來，黃河在滑州已多次決堤漫溢，少則漫延五、六州，多則禍延數十州，災情極慘重！[71]此次黃河決堤，大水由滑州往東南直衝至徐州，水漫數州，長達六月，曠日愒時，眾人束手無策，令宋太宗憂心不已。[72]此次黃河在滑州決堤，水漫三十二州，長達十月，災情真是恐怖極了。由於殷鑑在前，陳希亮深知魚池埽若潰決，不但滑州將成爲汪洋澤國，甚至會禍延數十州，無數生靈將淪爲波臣，生命、財物的損失將難以估計。於是，陳希亮當機立斷，找來所有的巡河主埽使臣，命令他們立刻率領所有的禁軍與河工「晝夜下楗」。所謂「晝夜下楗」，指的就是日夜不停地構築「埽岸」。在北宋，構築「埽岸」，是沿河各州遏阻黃河氾濫的標準工程與抗洪方法，[73]陳希亮在滑州「晝夜下楗」正是採用這種工程與抗洪方法。當時，陳希亮與巡河主埽使臣率領滑州禁軍日夜調集埽料——搜集梢芟、柴薪、楗橛、竹石、茭索、竹索等物料，日夜趕工制埽——用巨竹索卷束鋪梢、泥土、碎石成高數丈的圓柱形物體，不停地下楗構築埽岸——指揮數百人或上千

---

[69] 參見《元豐九域志・京西路・北路・滑州》，冊上，頁 32。

[70] 參見《宋史・河渠志一・黃河上》，冊 3 ，頁 2266。

[71] 參見《宋史・河渠志一・黃河上》，冊 3 ，頁 2259。

[72] 參見《宋史・河渠志一・黃河上》，冊 3 ，頁 2263。

[73] 參見《宋史・河渠志一・黃河上》，冊 3 ，頁 2265～2266。

人一齊扛抬巨埽放到河邊築成堤岸。為了安定民心，激勵士氣，方便指揮調度，陳希亮連續幾個晚上都睡在最危急的埽岸上，不管部屬如何勸說，都不為所動。滑州的官吏軍民看到陳希亮與河堤共存亡的勇氣與決心，每個人都不敢偷懶，日夜不停地趕工搶救埽岸。幾天以後，黃河的大水終於漸漸退去，陳希亮帶領他的官吏軍民打贏了一場勝仗，不僅保全了滑州百姓的生命與財產，也使南邊各州免除一場大災難。西漢王尊任東郡太守時，河水暴漲，滿溢過「瓠子金隄」，老弱民眾驚慌奔逃，王尊向水神河伯禱告，希望用自己的肉身塡堤止水，只求不要傷害百姓，於是住在堤上不肯離去。東郡百姓深被感動，都回來搶救堤岸，守護王尊，最後終於解除了危機。[74]王尊的勇氣與責任感，獲得東郡百姓的頌揚與漢成帝的褒獎，滑州吏民認為陳希亮搶救黃河潰堤的傑出表現，可與王尊媲美。於此，陳希亮以他過人的膽識與才幹，獲得滑州百姓的崇敬，也得到了蘇軾的肯定與敬重。

不讓陳希亮專美於前，蘇軾知徐州時，也曾有類似的危急情境與傑出表現。宋神宗熙寧十年七月十七日，黃河在壇州曹村埽決堤。八月二十一日，大水沖到徐州城下。九月二十一日，大水漲到二丈八尺九寸，高過徐州城內的平地達一丈九寸，徐州外的小城大都被淹沒了。此時如果徐州城牆被洪水沖毀，徐州百姓都將葬身魚腹，所有生命財產都將毀滅。為了捍衛徐州城內所有百姓的生命財產，蘇軾徵調了五千名民夫，又親自去商請禁軍幫忙築堤護城，同

---

[74] 參見漢・班固撰，《漢書・王尊傳》(台北：鼎文書局，1981年2月，4版)，冊4，頁3237～3238。

時嚴禁富有人家逃出城外，以免動搖民心士氣。蘇軾爲了便於督導抗洪工程的進行，爲了增強民眾抗洪的信心，他連續一個多月，吃住都在城牆上，過家門而不入。一直到十月五日，洪水退去，蘇軾終於保全了徐州城內的生靈與財產。關於當時洪水衝擊徐州城的危急情景，宋・蘇轍〈亡兄子瞻端明墓誌銘〉有較詳細的記載。[75]蘇軾因抗洪護城有功，獲得了宋神宗的獎諭，並賜予許多財物與人夫，讓蘇軾重新建構徐州城的防洪工程。蘇軾本人對此極自豪，作〈獎諭敕記〉將宋神宗的獎諭文一字不漏全數寫入，並詳載自己抗洪護民及重新建造護城堤岸的過程。[76]可見蘇軾本人極重視此事，認爲是自己在徐州的一大政績，故爲文作記，刻石傳世，大肆張揚，得意之情，溢於言表。由於蘇軾本人在徐州有過抗洪護堤的經驗，深知其中的艱苦與危難，所以他在黃州作〈陳公弼傳〉，對陳希亮在滑州抗洪護提的艱辛也特別有體會。我們如果比較蘇軾、陳希亮兩人築堤抗洪的方法與決心，如調發禁軍、廬於堤岸等情事都完全相同。蘇軾曾說自己過人的行政效率與辦事方法，是向陳希亮學習的，於今看來，此話確實不假。

十、　陳希亮勦滅曹州宛句縣盜賊

陳希亮滑州知州尚未任滿，就被宋仁宗賦予要務，欽定爲曹州知州，由燕度接替其職位。[77]宋・范鎮〈陳少卿希亮墓誌銘〉亦載：

---

[75] 參見宋・蘇轍撰，曾棗莊、馬德富校點，《欒城集・亡兄子瞻端明墓誌銘》（上海：上海古籍出版社，1987年3月，1版1刷），冊下，頁1413。

[76] 〈獎諭敕記〉，參見《蘇軾文集》，冊2，頁380。

[77] 參見《北宋京師及東西路大郡守臣考・滑州》，頁115。

是冬，宛句盜晝劫張郭鎮，執濮州通判井淵。仁宗顧執政擇才吏任之，未及對，帝曰：「陳某可。」遂命知曹州。不踰月，盡擒其黨。[78]

曹州屬京東西路，下轄五縣：濟陰、宛句、乘氏、南華、定陶，府治在濟陰縣，居民有六萬多戶，離汴京僅二百四十里。[79]在陳希亮到任前，有一股盜賊盤據曹州宛句縣。這群盜賊一路往北流竄，竟然在濮州鄄城縣張郭鎮劫持了本州通判井淵。[80]後來井淵雖乘隙逃出，然光天化日之下，本州通判竟在本地遭盜寇劫持，確實讓朝廷震驚不已。朝廷認為，井淵身為一州通判，不能為國除盜，保境安民，自己反而被盜匪劫持，把朝廷的顏面都丟光了，於是把他貶到全州去監鹽酒稅。至於曹州知州聶世卿不能綏境地方，任由盜匪在自己轄境出沒坐大，還遠出鄰郡劫持朝廷命官，被謫調萊州知州；後因諫官張擇行奏言懲罰太輕，再被降知信陽軍。宋・李燾《續資治通鑑長編》載：

（皇祐三年七月庚午）先是，虞部員外郎、通判濮州井淵部夫張郭為群盜所執，已而得脫，責監全州稅。淵，清豐人也。殿中侍御史張擇行言：「井淵身任按察、為通判，

[78] 宋・范鎮〈陳少卿希亮墓誌銘〉，見《全宋文》，冊20，頁603。

[79] 參見《元豐九域志・京東路・西路》，冊上，頁18～19。「宛句」又名「冤句」、「宛亭」。

[80] 濮州屬京東西路，下轄四縣：鄄城、雷澤、臨濮、范，府治在鄄城縣。鄄城縣領轄二鎮十一鄉，濮州通判井淵遭盜匪劫持的所在地張郭鎮，即鄄城縣所轄二鎮之一。參見《元豐九域志・京東路・西路・濮州》，冊上，頁22。

> 不能為國除盜，而反為盜所縛，其辱命甚矣。降充監當，斯協公議。知州聶世卿，盜發所臨，罪固有在，今聞止移萊州，亦乞降充監當。」癸酉，職方員外郎、知萊州聶世卿降知信陽軍。世卿，冠卿弟也。[81]

諫官吳奎甚至以井淵被盜匪劫持一事大作文章，抨擊這是奸小密佈朝廷、陰煞之氣太重所造成的，再繼續如此，後果不堪設想。宋・李燾《續資治通鑑長編》又載：

> （皇祐三年八月己卯朔）知諫院吳奎言：「近歲以來，水不潤下，盜賊橫起，皆陰盛所致。……如河北、河東盜賊，行路之人皆已傳布，大臣不以為事，至執通判，傷巡檢，然後蒼黃，於數路之間移易官守，仍重賞功以購募之，不亦晚乎？事將有大於此者，將如之何，幸陛下留意。」[82]

文末，李燾自註說：「河北、河東盜賊『執通判』，即井淵也，『傷巡檢』當考。」曹州知州聶世卿既被貶官調職，朝廷急需一位幹吏來勦滅盜匪，直搗寇巢。由於滑州與曹州相鄰，[83]而宋仁宗又對陳希亮的能力有很好的印象，認爲他是一位「才吏」，於是主動向宰執推薦陳希亮，讓他就近調任，收拾爛攤子。陳希亮果然不負所託，到任不到一個月，就把宛句縣的盜匪全部擒捕歸案，打了一

---

[81] 見《續資治通鑑長編》，冊 12，頁 4097。文末，李燾自註：「《會要》：皇祐三年七月二十五日，書世卿責信陽軍，今從之。按《實錄》于五年七月，乃書井淵責全州監稅，蓋誤也。今附世卿未責前。」

[82] 見《續資治通鑑長編》，冊 12，頁 4103～4104。

[83] 參見《中國歷史地圖集・京東東路、京東西路・滑州、曹州》，頁 14～15。

場漂亮的勝仗，辦事極有效率。陳希亮的才幹，未讓宋仁宗失望，也獲得蘇軾的肯定與敬重。滑州宛句縣的盜寇既被陳希亮勦滅，另一股已流竄至濮州的匪寇則由新任濮州刺史郭申錫討平，宋·李燾《續資治通鑑長編》載：

> （皇祐四年十一月）癸丑，都官員外郎郭申錫為侍御史。申錫嘗知博州，戍兵出巡，有欲脅眾為亂者，申錫戮一人，黥二人，乃定。奏至，上謂執政曰：「申錫小官，臨事如此，豈易得也！」京東盜執濮州通判井淵，詔移申錫知濮州。至未閱月，兇黨悉獲。申錫，大名人也。[84]

宋仁宗先推薦陳希亮知曹州，又讓郭申錫知濮州，知人善用，用人惟才，終於解決了兩州的盜亂。

十一、 陳希亮在壽州救助饑民、為前太守王正民平反冤屈

陳希亮曹州知州尚未任滿，又被緊急調任壽州知州，擔任救助饑民的要務，由李復圭接替其職務。[85]范鎮〈陳少卿希亮墓誌銘〉亦載：

> 會淮南飢，壽春守不職，復命君乘傳往代之。先是，轉運使調里胥米而蠲其役，凡十三萬石，謂之折役米。米翔貴，民益艱食，君則除之，因表其事，故旁郡皆得除，如君請

[84] 見《續資治通鑑長編》，冊 12，頁 4180。

[85] 參見《北宋京師及東西路大郡守臣考·曹州》，頁 384 。

焉。久之徙廬州。[86]

壽州，屬淮南西路，下轄五縣：下蔡、安豐、霍丘、壽春、六安，府治在下蔡縣，居民約十二萬戶。[87]壽州，漢朝屬壽春郡，故蘇軾在〈陳公弼傳〉中以「壽春守」稱壽州太守。當時，壽州發生大饑饉，民不聊生，本路安撫使、轉運使都奏劾知州王正民不稱職，於是朝廷將其撤職，命令陳希亮乘驛馬、坐驛車，兼程趕往解決這個問題。陳希亮到任後，發現本路轉運使在各州大肆徵收里胥米，只要百姓繳交定額的稻米，就不必再爲公家服勞役。在這種誘因下，人民總共上繳了十三萬石的稻米。轉運使此舉固然能達到爲朝廷徵收米糧、增加稅賦的目的，可是卻使原本就已昂貴的米價更加飛漲，從此米貴如珠，百姓更加吃不起，災情也就更加慘重。所謂，錯誤的政策比貪污更可怕，真是一點也不假。陳希亮到州視事後，當機立斷，立刻下令停止這種火上加油的錯誤政策，讓饑民重現生機。雖然轉運使的位階高於知州，陳希亮卻一點也不畏懼。不僅如此，陳希亮還上章朝廷，詳細分析此事的得失利弊，希望鄰郡諸州都能比照辦理，不要再徵收里胥米。朝廷從其請，淮南西路的饑荒終於得到疏緩，陳希亮此舉，可謂解民倒懸，活民無數，連鄰近各州也受到恩庇。此外，陳希亮發現此次饑饉，純屬天災，非關人禍，原知州王正民依法行事，克盡職責，本路安撫使、轉運使的奏劾不僅非事實；相反地，本路轉運使還得爲徵收里胥米，加深饑荒災情，被譴責懲處。陳希亮仗義直言，將實情上奏朝廷，爲前知州王正民

---

[86] 宋・范鎮〈陳少卿希亮墓誌銘〉，見《全宋文》，冊20，頁603～604 。

[87] 參見《元豐九域志・淮南路・西路・壽州》，冊上，頁199 ～200。

洗清冤屈。於是，朝廷從其請，起復王正民爲鄂州知州。陳希亮在壽州的作爲，不負朝廷緊急徵召的重託，獲得壽州饑民的愛戴，獲得王正民的感恩，也贏得蘇軾的肯定與敬重。

十二、 陳希亮收伏廬州虎翼軍

陳希亮壽州任滿後，改調廬州知州，接替林維的遺缺。[88]文中的「虎翼軍」，乃「殿前司虎翼軍」的簡稱，乃宋朝禁軍步兵編制之一，隸屬殿前司，爲殿前司步軍諸軍之一。虎翼軍源自於宋太宗太平興國年間的上鐵林禁軍，雍熙四年改名爲虎翼軍。虎翼軍的編制，有步軍，也有水師，是宋朝的精銳軍隊，其成員大都是善射的弓弩手，其主要職責是守衛京師，必要時亦得外出征戍，江南路、兩浙路、淮南路諸州尤多虎翼軍戍守。昔日，陳希亮知壽州時，有一群虎翼軍戍守在壽春縣，其中有些人因謀反未成，遭陳希亮誅殺。亂事平定後，爲避免再生禍端，有幾百位士兵被移防到廬州合肥縣。廬州與壽州相鄰，同屬淮南西路，下轄三縣：合肥、慎、舒城，治所在合肥縣，居民約九萬戶。陳希亮壽州任滿，改知廬州，恰巧又與這群被調防的虎翼軍處在同一州。這些虎翼軍擔心陳希亮翻舊帳，整肅他們，忐忑不安，軍心浮動。有一天某個士兵突然潛入太守府想要刺殺陳希亮，事敗被捕。沒想到陳希亮以德報怨，不但不加以誅殺，反而爲他開脫，說他只是喝醉酒，才會闖此大禍，只將其逐出軍隊，放逐遠方。爲了安撫其他的虎翼軍，陳希亮讓他

---

[88] 參見吳廷燮撰，張忱石點校，《北宋經撫年表・南宋經輔年表》（北京：中華書局，參見《元豐九域志・淮南路・西路・廬州》，冊上，頁 200 ～ 201 。1984 年 4 月，1 版 1 刷），頁 324 。

們擔任自己的護衛，隨侍左右，又故意派一部份的虎翼軍去看守貯藏財物米糧的倉庫，以表示對他們的完全信任。當時，大家都認爲陳希亮是引狼入室，爲其安危擔心不已；可是，陳希亮卻不爲所動，對這些虎翼軍更加親近、信賴，更重用他們。陳希亮一連串推心置腹的動作，深深感動了這些虎翼軍，每個人都指日誓心，願意爲陳希亮捨身賣命。於此，陳希亮深知帶軍帶心的道理，他的誠摯化解了虎翼軍的疑慮不安，收伏了一隻桀驁不馴的軍隊，換來他們的感恩與報效，爲廬州增加幾百位保境安民、忠誠不二的鐵衛雄師，也贏得了蘇軾的肯定與敬重。

十三、　陳希亮判三司戶部勾院兼開拆司的事功

（一）、為榮州鹽戶平反冤屈爭取權益

陳希亮廬州任滿後，先後出任江東提點刑獄與河北提點刑獄，後來被調回汴京，任職三司，判三司戶部勾院公事，兼判三司開差司公事。宋・范鎮〈陳少卿希亮墓誌銘〉亦載：

> 榮州煮鹽凡十八井，歲久淡竭，而有司責課如初，民破產者三百十五家，而所籍蓋九百餘券。君上言：「陛下欲躋民富壽，而有司視民如路人，使聖澤不得下究。」由是鹽以斤計者歲減三十餘萬，又以所籍券悉還於民。[89]

文中，陳希亮「判三司戶部勾院」的正式官銜是「判三司戶部

[89] 宋・范鎮〈陳少卿希亮墓誌銘〉，見《全宋文》，冊20，頁604。

勾院公事」。北宋於三司鹽鐵、度支、戶部置勾院，判三司戶部勾院公事是戶部勾院的主判官，掌管本部錢糧帳冊的稽核、勾銷與報帳。[90]陳希亮於判三司戶部勾院公事任上，曾爲榮州鹽戶平反冤屈，爲他們爭取權益，挽救了三百多家鹽戶的生計財產。宋朝生產的鹽，主要有四種：「末鹽」、「顆鹽」、「井鹽」與「崖鹽」，大略就是今日所稱的海鹽、池鹽、井鹽、岩鹽。[91]北宋井鹽的主要產地在四川，分佈於益州、梓州、夔州、利州等四路州郡；其中，梓州路二監三百八十五井更是北宋井鹽的最大產區，年產鹽十四萬一千七百八十石。[92]榮州，屬梓州路，居民曾開有十八井，曾大量生產井鹽；不過，時日一久，榮州十八井鹽礦枯竭，產量越來越少，可是官府卻仍依往日全盛期的產量來課稅。當地三百一十五家鹽戶因繳不出高額的稅金，官府竟然沒收他們的財產，導致他們破產，無以維生。陳希亮知道了這一件事，爲他們仗義直言，向宋仁宗請命，痛責相關單位不知愛民恤民。於是，宋仁宗從其請，命官府將沒收的財產還給鹽戶，還允許他們依現今實際鹽產量來課稅，每年可以少扣三十多萬斤的鹽稅。至此，鹽戶終於平反冤屈，也擁有一個比較公平的課稅空間，讓他們可以勤奮生產，合理繳稅。陳希亮

---

90 參見《宋代官制辭典·勾院、三司戶部勾院、判三司戶部勾院公事》，頁124 ～125。

91 宋代熙寧、元豐時期，鹽的種類、產地、銷區、稅收與運輸的情行，可參見《新校正夢溪筆談》，頁128。

92 參見《宋史·食貨志下五·鹽下》，冊5 ，頁4471。關於宋代之鹽制與稅收，可參考郭正道撰，《宋代鹽業經濟史》（秦皇島市：人民出版社，1990年7 月，1 版1 刷），頁1 ～969 。戴裔暄撰，《宋代鹽鈔制度研究》（台北：華世出版社，1982年9 月，台1 版），頁1 ～382 。

爲滎州鹽戶的付出，不但挽救了三百多戶人家的生計，贏得了他們的感念，也獲得了蘇軾的肯定與敬重。

（二）、積極清除三司開差司的龐大積案

此時，陳希亮更積極展開清除三司開差司的龐大積案，這是一項吃力不討好的艱巨工作。關於此事，蘇軾〈陳公弼傳〉紀事太簡略，吾人可以范鎮〈陳少卿希亮墓誌銘〉所載補其不足：

> 俄提點江南東路刑獄公事，再遷度支郎中，徙河北。嘉祐二年，入為開封府判官，改判三司戶部勾院。初，朝廷以三司事冗，而簿書尤所留滯，乃命君判開拆事，兼提點催驅公事。君視其所留事，自天禧以來，末帳六百有四界，明道以來，生事二百十有二萬。乃日夜課吏，凡九月，而勾百六十有九萬。度支吏不時以勾，君杖之，副使以君擅決罰，由是復留滯。[93]

在北宋，凡是由中書省、樞密院發下來的文書，以及全國各州呈報鹽鐵、度支、戶部三司的文書，都經由三司開差司承接、轉發；此外，三司開差司還要負責稽核、催行各單位交來的文書，銷核各單位送來的帳冊。[94]由於所管轄的事務極冗雜，相關文書、帳冊堆積成山，都來不及處理。陳希亮到任後，立即清查所有的帳目與文書，赫然發現，從宋真宗天禧年間以來，未銷核的帳款多達「六百有四界」。所謂「界」，指的是紙幣「交子」三年一換的期限與額

---

[93] 宋・范鎮〈陳少卿希亮墓誌銘〉，見《全宋文》，冊 20，頁 604。

[94] 參見《宋代官制辭典・三司開拆司》，頁 125 ～126 。

度。宋仁宗天聖元年，益州設置交子務，天聖二年二月開始發行交子，故每界的交子以二月為起點。當時，朝廷發行交子以一百二十五萬六千三百四十萬緡為額度，以鐵錢為現金準備，年限一到就換發新交子，稱為一界。[95]一界的額度是一百二十五萬六千三百四十萬緡，六百零四界，就是七億五千八百八十二萬九千三百六十緡，可說是一筆天文數字，也是一筆巨大的糊塗帳。此外，陳希亮又發現，自宋仁宗明道年間以來，有二百一十二萬件的文書公事未銷案，當時行政效率之低落由此可見。陳希亮為徹底解決這個沉痾積弊，日夜督促屬吏趕工作業，歷經九個月，總共清理了一百六十九萬件的文書公事與陳年舊帳，效率極驚人。只要再多幾個月，陳希亮就能把剩餘不到三分之一的陳年舊案全部清理乾淨，從此可以為三司開差司建立制度，樹立典範，不會再積壓文書與帳冊。由於清理相關文書與帳目，牽涉的人事單位相當多，稍不小心，就會得罪許多人；因此，陳希亮的態度很謹慎，除了依法上奏之外，副本另送御史臺備查，希望能獲得御史的支持。宋・李燾《續資治通鑑長編》載：

> （嘉祐六年秋七月）丁亥，權御史中丞王疇言：「……比年中外士大夫，偶見陛下任用臺諫官，其所開陳，多蒙信納。殊不知言事之人所論列者，亦自有體，朝廷所以聽納

---

[95] 參見《宋史・食貨志下三・會子》，冊5，頁4403。關於宋朝「交子」、「交子界分」、「發行數額」的詳情，可參考劉森撰，《宋金紙幣史》第一章〈世界最早的紙幣——交子〉、第二章〈陝西交子〉（北京：中國金融出版社，1993年6月，1版1刷），頁1～34。

而施用者，亦自固有次第，便謂凡百事狀，不計行與未行，乃有白事於朝，而更以狀干臺司者。如往歲陳希亮判開拆司，與三司辦理勾銷帳，按事止當上聞，朝廷聽法所在，希亮每奏一狀，必并申臺。推原其情，蓋欲當任者為言而助之爾。臣以謂事有曲直，法有輕重，朝廷以至公待天下，其有罪者必罰無赦，固不俟言者助之，而適足為朝廷之害，甚無謂也。請自今臣僚如以公事奏朝廷，不俟施行，而輒申御史臺者，許彈奏聞。」上嘉納之。[96]

時過境遷，御史中丞王疇檢討官員的行政措施，並不認同當年陳希亮動輒將章疏副本送御史臺備查的作法，但我們從中可以體會出陳希亮戒慎恐懼、力求完善的心情。雖然，陳希亮已盡心盡力，可惜天不從人願，最後依然功虧一簣，未竟全功。因當時有一位度支勾院的屬吏辦事不力，摸魚偷懶，不依照既定的日程勾銷帳目，被陳希量杖罰，沒想到三司副使卻奏劾陳希亮濫權又濫刑。三司副使是三司的副長官，以員外郎以上、曾任三路轉運使以上的官吏充任，[97]位高權重，在三司的地位僅次於號稱「計相」的三司使。陳希亮一心革新三司開差司的行政效率，沒想到未獲長官的支持，反而遭到嫉毀，真是情何以堪！此事，讓一鼓作氣拼命向前的陳希亮氣餒不已，整個作業進度也就慢了下來。於此，陳希亮雖然未能徹底清除三司開差司的龐大積案，但他革新行政、破除積弊的精神，已獲得蘇軾的肯定與敬重。

---

[96] 見《續資治通鑑長編》，冊 14，頁 4688～4690。

[97] 參見《宋代官制辭典・三司副使》，頁 117 。

十四、 陳希亮智弭石塘河周大王兵亂

陳希亮在三司既受到掣肘，不能全力施展抱負，遂萌生倦勤之感。剛好，契丹特使南下，朝廷派陳希亮負責接待；等到接待任務順利結束後，陳希亮就向宋仁宗請求外放，不願再待在三司。宋・范鎮〈陳少卿希亮墓誌銘〉亦載：

> 尋為接伴契丹使，還對，固請補外，為京西轉運使，賜三品服。石塘河役兵二十四人逃去，道遇君，君用好言撫之，繫葉縣獄，止坐首惡一人，餘置不問。[98]

由於陳希亮克盡職責，表現優秀，宋仁宗從其請，將他外放爲京西路轉運使。此時，陳希亮只是五品官，可是宋仁宗卻寵賜他三品官服。汝州屬京西北路，距汴京僅四百五十里，下轄五縣：梁、襄城、葉、郟城、魯山，府治在梁縣。其中，石塘河流貫葉縣，[99]朝廷派有護河兵在此防衛駐守。其中，有一士兵周元，自稱「周大王」，煽惑一群同袍叛變，四處劫掠，侵擾州郡，從汝州到洛陽都爲之騷動不安。由於汝州離汴京不遠，朝廷對此事極關心。本來，周元在葉縣作亂，只要由汝州知州派兵平變即可，陳希亮身爲一路轉運使，統轄數州，不必事必躬親。可是，陳希亮做事的風格，向來是即知即行，積極果敢，身先士卒，所以他一聽到這個消息，立刻輕騎簡從，直趨葉縣。周元等人見陳希亮神態輕鬆，又未帶領大軍前來，警戒之心也就鬆弛下來，彼此不敵對，氣氛也輕鬆了不少。周

---

[98] 宋・范鎮〈陳少卿希亮墓誌銘〉，見《全宋文》，冊20，頁604。

[99] 參見《元豐九域志・京西路・北路・汝州》，冊上，頁36～37。

元等人向陳希亮訴說自己所受的冤曲與悲苦，陳希亮也好言相勸，不斷安撫他們，保證會給他們一個公平的待遇。於是，周元等人放下刀械，隨陳希亮到葉縣投案，一場可大可小的叛變就此輕鬆落幕。陳希亮問明案情後，下令將帶頭叛亂的周元斬首，又將一名翼助周元爲惡的軍官流放遠方，其餘的人一律無罪開釋，讓他們回石敬河擔任原職。於此，陳希亮所展現出來的勇氣、機智與仁恕襟懷，不僅讓那些叛軍感佩不已，也獲得蘇軾的肯定與稱揚。不讓陳希亮專美於前的是，蘇軾知密州時，也曾有類似的危急情境與機智表現。宋・蘇轍〈亡兄子瞻端明墓誌銘〉載：

> 郡嘗有盜竊發而未獲，安撫轉運司憂之，遣一三班使臣，領悍卒數十人，入境捕之。卒凶暴恣行，以禁物誣民，入其家爭鬥至殺人，畏罪驚散，欲為亂。民訴之，公投其書不視，曰：「必不至此。」潰卒聞之少安。徐使人招出，戮之。[100]

同樣是面臨官兵作亂的危機，同樣是以安撫手段鬆弛亂兵的戒心，最後終能以最少的代價化解危機，弭平兵亂。蘇軾說自己過人的行政效率與辦事方法，是向陳希亮學習的，於今看來，此話確實不假。

[100] 宋・蘇轍〈亡兄子瞻端明墓誌銘〉，見《欒城集》，冊下，頁1413。

十五、 陳希亮任京東路轉運使的事功

（一）、越界緝捕「截道虎」

陳希亮京西路轉運使任滿後，曾被調回兵部短暫任職，但不久就外放爲京東路轉運使。宋・范鎮〈陳少卿希亮墓誌銘〉亦載：

> 還兵部，徙京東。維州錄事參軍王康初赴官，道博平，民有號「截道虎」者毆康及其女幾死。博平隸河北，軍廉知之，捕致以法，而博平吏坐故縱得罪。[101]

蘇軾文中的「博平大滑」，指的是河北東路博州博平縣大滑鄉。[102]陳希亮任京東路轉運使時，其屬吏濰州錄事參軍事王康於赴任時，在河北東路博州博平縣大滑鄉遭外號「截道虎」的盜寇搶劫，除了財物被奪之外，王康和他的女兒更慘遭痛毆，差一點就被活活打死。事發後，博州官吏因畏懼「截道虎」的惡勢力，不敢追究此事。北宋的錄事參軍事，簡稱參軍，爲州郡屬官，職掌眾庶務，負責糾察諸曹官，大州參軍品位是從七品上，中、小州的參軍品位是正八品上，[103]雖然官階不大，卻也是朝廷正式命官。陳希亮察知這件事後，非常地生氣。一般人若碰到這情形，頂多奏請朝廷，令河北東路轉運使緝捕「截道虎」，並懲處相關失職官員；可是陳希亮不然，他竟然親自帶領官兵由京東路跑到河北東路博州博平縣去緝捕「截道虎」，將其逮捕歸案，流放海島。博平縣那些尸位素餐、

---

[101] 宋・范鎮〈陳少卿希亮墓誌銘〉，見《全宋文》，冊20，頁604。

[102] 參見《元豐九域志・河北路・博州》，冊上，頁67～68。

[103] 參見《宋代官制辭典・錄事參軍事》，頁546 。

怠忽職責的官吏，終於被罷官免職。陳希亮此舉，乍看之下，似乎太性急，有點撈過界的嫌疑，恐怕會得罪河北路轉運使；可是，從另一個角度來看，陳希亮愛護屬下、嫉惡如仇的個性亦表露無遺，因此獲得蘇軾的肯定與稱揚。

（二）、奏罷徐州酷守陳昭素

自己的屬吏受到傷害與委屈，陳希亮會盡力幫他們討回公道；然而，如果自己的屬吏不稱職，陳希亮也不護短，必加以嚴懲。宋·范鎮〈陳少卿希亮墓誌銘〉亦載：

> 徐州守暴苛，以細過籍民產數十家；獲小盜，必使自誣抵死。君言其狀，卒以廢去。[104]

徐州知州陳昭素生性嚴酷，不愛惜百姓的生命財產，動不動就將民眾的財產沒收充公，人民苦不堪言。此外，陳昭素生性好大喜功，爲了誇大自己的治績，居然冒功邀賞，草菅人命。徐州只要捕獲小盜賊，陳昭素就嚴刑逼供，強逼他們誇大惡行，招認一些不是他們所犯的重大案件，因爲只要被判死刑的盜賊越多，陳昭素的功勞就越大，越能獲得朝廷的獎賞。在陳希亮到任之前，京東路轉運使雖知道陳昭素的惡行，可是官官相護，睜一眼，閉一眼，並不敢加以彈劾、糾舉。等到陳希亮到任之後，探知民瘼，毫不姑息，立即將詳情奏呈朝廷，終於使陳昭素被黜罷，使徐州百姓能安居樂業，不再生活於水深火熱。事隔多年，直至宋神宗熙寧十年蘇軾任

---

[104] 宋·范鎮〈陳少卿希亮墓誌銘〉，見《全宋文》，冊 20，頁 604。

徐州知州時，當地民眾對陳昭素的惡行與陳希亮的遺愛依然津津樂道，令蘇軾印象深刻。於此，陳希亮爲保護徐州百姓，不顧利害，不袒護屬下，毅然奏劾、懲治陳昭素的擔當與勇氣，獲得蘇軾的肯定與敬重。

十六、　陳希亮在鳳翔的事跡

（一）、將倉廩穀實全數借助災民

陳希亮京東路轉運使任滿後，向朝廷申請致仕，未准，改知鳳翔府，於嘉祐八年夏末到達任所。鳳翔府，屬陝西路之秦鳳路，下轄十一縣，府治在天興縣，居民約十七萬戶，[105]可說是一個富庶的州郡。蘇軾曾說鳳翔是陝西的重要糧倉，〈上韓魏公論場務書〉云：「鳳翔、京兆，此兩郡者，陝西之囊橐也。」[106]陳希亮知鳳翔時，鳳翔的倉廩中積存了十二年的穀實，負責管理倉廩的官吏一直擔心穀實積存太多太久會壞掉。不幸地，陳希亮到任後，從嘉祐八年秋冬，到宋英宗治平元年春天，鳳翔久旱不雨，全無秋收，百姓遂遭饑饉。爲了拯救饑民，他命令屬吏將倉廩中的十二萬石穀實全拿出來借給民眾，幫大家度過難關。本來，屬吏面有難色，怕朝廷怪罪，然陳希亮說自己願擔負起全部責任；於是開倉濟民，連一粒米粟也不保留。陳希亮這一明快的決定，不但救活了無數的饑民；更巧的是，那一年秋收豐盛，百姓將新採收的穀實還給官府，以新米還舊米，順便解決了鳳翔倉廩積存太久的嚴重問題。於此，陳希亮面對

---

[105] 參見《元豐九域志·陝西路·秦鳳路》，冊上，頁121 ～122。

[106] 〈上韓魏公論場務書〉，見《蘇軾文集》，冊4 ，頁1394。

積糧與災民，通權達變，勇於任事，作出了智慧的判斷與明快的措施，此事是蘇軾簽判鳳翔時親眼所見，自然獲得他的肯定與敬重。其後，蘇軾知杭州，亦碰上大饑荒，他記取陳希亮救助鳳翔災民的經驗，立即發放米糧救濟災民，事後又減價賣米給百姓，終於幫助饑民度過難關，活人無數，宋·蘇轍〈亡兄子瞻端明墓誌銘〉對此事有精要的記載。[107]蘇軾說自己過人的行政效率與辦事方法，是向陳希亮學習的，於今看來，此話確實不假。事實上，從蘇軾所採行的一系列救災行動來看，其思慮之周詳，措施之完備，已遠遠勝過陳希亮，或許這就是青出於藍而勝於藍！

（二）、壓制于闐特使羅撒溫

陳希亮知鳳翔時，曾以自己的經驗與威勢壓制于闐特使羅撒溫一行人，讓他們收斂惡行，不敢騷擾地方。于闐，西域國名，在今新疆省和闐縣，從漢朝到唐朝都向中國進貢，直至安、史之亂才停止。五代後晉高祖天福年間，于闐王李聖天自稱是唐的宗屬，再度遣使來朝貢，被冊封爲「大寶于闐國王」。宋朝立國後，宋太祖建隆二年，于闐王李聖天又遣使來朝貢，此後即陸續前來。到了「嘉祐八年八月，遣使羅撒溫獻方物。」[108]羅撒溫，正是蘇軾文中那位囂張跋扈的「于闐使者」。此次羅撒溫前來朝貢，路經秦州，時任秦州知州兼秦鳳路經略安撫使的錢明逸[109]對其非常禮遇，可是羅撒溫姿態極高傲，氣燄極囂張、行跡極惡劣，一行人在秦州逗留一個

---

107 參見《欒城集·亡兄子瞻端明墓誌銘》，冊下，頁1416。

108 參見《宋史·外國傳六·于闐》，冊18，頁14106 ～14108 。

109 參見《北宋經撫年表·南宋經輔年表》，頁242 。

多月，任意破壞當地驛站招待所的物品，在市街隨意吃喝玩樂卻不給錢，弄得民眾看到他們就趕緊關閉門戶，以免遭殃受害，可說如同鬼見愁。鳳翔府與秦州相鄰，羅撒溫一行人蹂躪完秦州之後，繼續東行，原本要到鳳翔作威作福，沒想到卻碰了一鼻子灰，被陳希亮修理了一頓。昔日，陳希亮任職三司時，朝廷曾派他負責接待契丹特使；陳希亮從當中得到一個經驗：外國特使之所以敢胡作非爲，全因通譯從中唆使。由於羅撒溫一行人惡名遠播，陳希亮一等到他們進入州境，立即派人去告訴通譯，如果他敢唆使羅撒溫一行人在鳳翔橫行霸道，爲非作歹，定斬不饒。爲了確保傳譯不作怪，陳希亮還要他立下軍令狀，如有違誤，依軍法治罪。陳希亮這一招把傳譯嚇壞了，急忙約束羅撒溫，一行人在鳳翔都遵守禮法，安份守己，靜靜離去，再也不敢喧嘩鬧事。於此，陳希亮展現公權力，對症下藥，以自己的經驗與威勢壓制于闐特使羅撒溫一行人的惡行劣狀，維護國威，伸張法律，安境保民，讓人擊掌稱快！這些都是蘇軾簽判鳳翔時親眼所見，自然深獲他的肯定與敬重。其後，蘇軾通判杭州，亦以同樣的手段對付姿態高傲、氣燄囂張、行跡惡劣的高麗使者。北宋立國後，高麗依違於宋、遼之間，在夾縫中求生存、謀利益；[110]蘇軾一生對狡滑、現實的高麗棒子一直無好感，[111]他記取陳希亮在鳳翔警告通譯、壓制于闐使者羅撒溫的經驗，如法炮製，先警告押伴使臣，再訓戒高麗使者，終於讓他們放低姿態，澆

110　參見楊渭生撰，《宋麗關係史研究・宋與高麗：複雜而微妙的「三角」政治關係》（杭州：杭州大學出版社，1997 年 12 月，1 版 1 刷），頁 148 ～ 235 。

111　詳參〈黃寔言高麗通北虜〉，見《蘇軾文集》，冊 6 ，頁 2286～2287。

息氣燄，收斂惡行，宋·蘇轍〈亡兄子瞻端明墓誌銘〉對此事有精要的記載。[112]一個是從于闐來入貢的使者，一個是從高麗入貢的使者；一個是通譯，一個是押伴。雖時間、地點不同，然身份相似，惡行相同，幾乎如出一轍。蘇軾對症下藥，果然效果立刻顯現出來，讓高麗使者收斂驕態，恪守大宋禮法。蘇軾說自己過人的行政效率與辦事方法，是向陳希亮學習的，於今看來，此話確實不假。

（三）、私用公使酒遭罷職

雖然陳希亮在鳳翔有傑出的表現，可是他作夢也沒想到，自己一生的清譽卻斷送於此地，宦途也從此宣告終結。宋·范鎮〈陳少卿希亮墓誌銘〉亦載：

> 治平二年四月丁丑，朝奉郎、守太常少卿致仕、上柱國、賜紫金魚袋陳君卒於河南府思順坊之第。明年十二月壬辰，葬於河南縣南宮里之西原。[113]

范鎮〈陳少卿希亮墓誌銘〉說陳希亮卒於宋英宗治平二年四月，蘇軾說陳希亮「享年六十四」，據此推算，可知陳希亮生於宋真宗咸平五年。要注意的是，范鎮〈陳少卿希亮墓誌銘〉曾說陳希亮「享年六十六」，與蘇軾「享年六十四」之說不同，當以蘇軾爲是。因爲，蘇軾的〈陳公弼傳〉後出，寫作時曾參考范鎮的〈陳少卿希亮墓誌銘〉，完稿後又經陳慥過目，前修未密，後出轉精，故正確性較高，可信度較強，陳慥總不會弄錯自己父親的陽壽吧。宋

---

112 參見《欒城集·亡兄子瞻端明墓誌銘》，冊下，頁1412。

113 宋·范鎮〈陳少卿希亮墓誌銘〉，見《全宋文》，冊20，頁602 。

朝以河南府爲西京，治所在河南縣，[114]治平三年十二月，陳希亮死於此，葬於此。陳希亮致仕時，官階是正四品的太常寺少卿，勛級爲第十二轉之上柱國，官服佩飾爲紫金魚袋，[115]其仕宦並不特別顯達，屬於中級官吏。在北宋前期，太常寺少卿是文臣寄祿官，無職事，實際上陳希亮當時並未赴任。陳希亮在鳳翔因被屬下舉發私用鄰郡守帥饋贈公使酒，遭陝西路都轉運使兼涇原路經略使陳述古免職，詳情已見前述。前引蘇轍〈燒金方術不可授人〉云：「未幾，坐受鄰郡公使酒，以贓敗去。」宋·邵博《邵氏聞見後錄》亦以「從贓坐」、「廢死」稱陳希亮之去職，可見陳希亮之所以離開鳳翔，確實是因私用公使酒被免職。至於蘇軾所稱「分司西京」四字，只是一種善意的掩飾之詞。事實上，當時陳希亮根本就沒有去「分司西京」，根本就無法去報到任職。真實的情形是，陳希亮被罷職後，退居洛陽，生活窘困，鬱悶以終，這也就是陳慥所說的：「吾父既失官至洛陽，無以買宅。」陳希亮一生仕宦，頗有政聲，最後的下場卻如此悽涼，令人不勝欷歔。蘇軾〈陳公弼傳〉說陳希亮私用公使酒，雖然這是違法的事情，不過在當時，這是一種很普遍的現象，大家都這樣做，沒有什麼大不了。何況，陳希亮並未把這些酒私自享用，而是分贈給那些沒有產業、流離失所的士民，不失爲愛民的行爲。而且，陳希亮事後亡羊補牢，交付等值金錢給邊郡守帥，已有知錯改過之心。可見，陳希亮的行爲雖違法，但這只是小過錯；加上他知過能改，上書朝廷，坦承其事，自我彈劾，所以仍有可取

---

[114] 參見《元豐九域志·四京·西京》，冊上，頁 4 。

[115] 參見《宋代官制辭典·太常寺少卿、朝奉郎、上柱國》，頁 273 ～274 、561 、605 。

之處。於此，蘇軾不忍心直說陳希亮被罷職，退居洛陽，改用「坐是分司西京」爲陳希亮掩飾。當時陳希亮因私用公使酒被罷職，既遭懲處，怎麼還會再連升數級去司守西京呢？從蘇軾這一段文字，可以很明顯地看出，蘇軾有心爲陳希亮遮掩這一段不光彩的事件。關於陳希亮是否被罷職，清・王文誥辨說：

> 據〈陳公弼傳〉，問沈氏子事坐廢，在為開封司錄時，與知鳳翔相去三十餘年，邵博附會以為鳳翔廢死。若謂〈傳〉有不實，則《東都事略》、《宋史》、《王註》載公弼仕至太常少卿，卒贈工部侍郎皆同，何均無異詞也？[116]

王文誥所言未確！陳希亮一生被罷廢兩次。第一次是任開封府司錄參軍事之時，當時陳希亮審問外戚沈文吉姦淫婦女、搶奪財物一案，用刑逼供，沈氏不幸死於獄中，爲了避免連累其他僚屬，陳希亮一肩扛起責任，遭罷職。一年後，因樞密副使富弼的推薦，起復知房州。第二次是任鳳翔知府之時，因被舉發私用鄰郡邊帥饋贈公使酒，被罷職。陳希亮致仕時的官階品位是「太常少卿」，至於「工部侍郎」不是陳希亮死時所封贈的，而是日後長子陳忱官拜度支郎中時，被朝廷推恩追贈的。正因爲如此，范鎮於陳希亮死後一年作〈陳少卿希亮墓誌銘〉時，只說陳希亮的官階是「朝奉郎、守太常少卿致仕、上柱國、賜紫金魚袋」，並未提到「工部侍郎」這一官職。王文誥雖極力想要維持陳希亮的清譽，然與事實不合，連帶地，把蘇軾爲陳希亮掩飾的苦心也抹煞了，實在無此必要。

---

[116] 見《蘇文忠公詩編註集成・總案》，冊1，頁554。

十七、 蘇軾對陳希亮的評論

(一)、蘇軾稱美陳希亮通《易》理善著書

陳希亮被罷去鳳翔知州之後，退居洛陽，不久即病逝。宋·范鎮〈陳少卿希亮墓誌銘〉亦載：

> 前後奏議凡數十，皆當世所宜，非空言也。有集十卷，〈制器尚象〉論十二篇，〈辨鉤隱圖〉五十七篇，〈家人〉、〈噬嗑〉卦圖二。娶里人程氏，閨門有禮法，後君五十九日而終。生四子：忱，尚書都官員外郎；恪，忠州南賓尉；恂，遂州司戶參軍；慥，舉進士未第。三女：長適太常博士宋端平，即故人輔之子也；次適楚州司法參軍曉堯；次適秘書省著作佐郎趙禴。孫五人，女孫二人。[117]

由上面的載述，可以看出陳希亮對《易》理特別有興趣，曾費心思去鑽研，這與一段奇夢有關，范鎮〈陳少卿希亮墓誌銘〉又載：始，君夢異人授圖而告之年，則君之享年為無憾矣；然其所以設施於世如此其多，而知君者以為未盡君之蘊，此其所以為憾乎！[118]范鎮認為，由於陳希亮的陽壽早已註定，死亦無所憾；令人遺憾的是，陳希亮懷珠抱玉，胸懷大略，卻未受君王重用，無法將自己的長才完全施展於人世。陳希亮的夫人姓程，於陳希亮去世後五十九日，也跟著逝世，鶼鰈情深，死生不離。要注意的是，陳希亮的夫人姓

---

[117] 宋·范鎮〈陳少卿希亮墓誌銘〉，見《全宋文》，冊20，頁605。

[118] 宋·范鎮〈陳少卿希亮墓誌銘〉，見《全宋文》，冊20，頁605。

程，蘇洵的夫人也姓程，程氏是眉山望族，陳夫人程氏與蘇夫人程氏當屬同一家族。前引蘇軾〈陳公弼傳〉云：「公於軾之先君子，爲丈人行。」宋・邵博《邵氏聞見後錄》云：「公弼覽之，笑曰：『吾視蘇明允猶子也，某猶孫子也。』」蘇軾說陳希亮是自己父親蘇洵的親族長輩，陳希亮也老氣橫秋地說，蘇洵好像是自己的兒子輩，蘇軾好像是自己的孫子輩。陳希亮對蘇洵、蘇軾之所以會以親族長輩自居，除了同鄉之外，恐怕還有這一層姻親關係，否則不該如此自矜自重。陳希亮有四個兒子：陳忱、陳恪、陳恂、陳慥。長男陳忱，字伯通，[119]又字伯誠，然蘇軾皆稱之爲「伯誠」。宋英宗治平三年十二月，范鎭作〈陳少卿希亮墓誌銘〉時，陳忱任尚書都官員外郎。宋神宗熙寧六年，陳忱任開封府推官，[120]八月任梓州路轉運使，[121]熙寧十年十月六日任江南東路轉運使。[122]元豐五年三月，蘇軾作〈陳公弼傳〉時，陳忱任度支郎中。元豐六年十二月，陳忱病亡。蘇軾知道陳慥與長兄陳忱的情感特別深厚，特地寫信加以寬慰，〈與陳季常四首〉之三云：

> 軾啟。人來，得書。不意伯誠遽至於此，哀愕不已。宏才令德，百未一報，而止於是耶？季常篤於兄弟，而於伯誠尤相

---

[119] 陳忱書信自署「伯通」，參見《續資治通鑑長編》，冊 19，頁 6715～6716。

[120] 關於陳忱任開封府推官的事跡，可參見《續資治通鑑長編》，冊 16，頁 5545；冊 17，頁 5898；冊 18，頁 5978。

[121] 關於陳忱任梓州路轉運使的事跡，可參見《續資治通鑑長編》，冊 18，頁 5996、6073、6239；冊 19，頁 6715～6716。

[122] 關於陳忱任江南東路轉運使的事跡，可參見《續資治通鑑長編》，冊 20，頁 6976。

> 知照想，聞之無復生意。若不上念門戶付囑之重，下思三子皆未成立，任情所至，不知自返，則朋友之憂，蓋未可量。伏惟深照死生聚散之常理，悟憂哀之無益，釋然自勉，以就遠業。軾蒙交照之厚，故吐不諱之言，必深察也。本欲便往面慰，又恐悲哀中反更撓亂。進退不皇，惟萬萬寬懷，毋忽鄙言也。不一一。軾再拜。[123]

東坡雖不能親往麻城縣岐亭鎮祭奠陳忱，仍請人送去一擔酒表達自己的哀祭之情，〈與陳季常四首〉之四云：

> 知廿九日舉挂，不能一哭其靈，愧負千萬千萬。酒一擔，告為一酹之。苦痛！苦痛！[124]

在陳希亮的四個兒子中，長子陳忱官位最大，陳希亮也因陳忱的關係，被推恩追贈爲工部侍郎。陳希亮仲男陳恪，早卒，曾任忠州南賓尉，其後官至滑州推官。三男陳恂，曾任遂州司戶參軍，蘇軾作〈陳公弼傳〉時，任大理寺丞。四男陳慥，未仕，先遊俠，後隱逸，蘇軾爲陳希亮作傳時，正隱居於黃州麻城縣岐亭鎮，對蘇軾極照顧。蘇軾之所以作〈陳公弼傳〉，即出自於陳慥的請託。蘇軾說陳希亮擅於著作，尤精通《易》理。前述蘇軾簽判鳳翔時，陳希亮常再三修改蘇軾所寫的青詞、祝文，此舉當然讓蘇軾不愉快，但卻也可以看出陳希亮對自己文字的自信。此外，陳希亮知鳳翔，所有的公文都親自過目批閱。如果有較重要的文書，爲求慎重起見，

---

[123] 〈與陳季常四首〉之三，見《蘇軾文集·蘇軾佚文彙編》，冊 6，頁 2460。

[124] 〈與陳季常四首〉之四，見《蘇軾文集·蘇軾佚文彙編》，冊 6，頁 2460。

陳希亮常親自撰寫，文如泉湧，理法兼備，令僚屬歎服。由此看來，蘇軾說陳希亮「善著書」，並非虛詞，可惜其所著諸書皆已亡佚。時至今日，陳希亮遺留在人世間的作品，只有一首詩作。昔日，范仲淹出知饒州，曾於慶朔堂前栽花種樹，可惜美麗的花朵尚未綻放，范仲淹即去職，日後令其懷思不已，作〈懷慶朔堂〉云：

慶朔堂前花自栽，便移官去未曾開。年年憶著成離恨，只託春風管句來。[125]

由於范仲淹名高一時，其後，宋人至饒州任官常有和詩，[126]陳希亮亦不例外。陳希亮提點江南東路刑獄公事時，按巡至饒州，亦作〈和范公希文懷慶朔堂〉云：

弱柳奇花遞間栽，紅芳翠綠對時開。主人當日孤真賞，魂夢還應屢到來。[127]

此詩詩意平平，毫無特出之處，實在看不出陳希亮有何高超的

---

[125] 宋·范仲淹〈懷慶朔堂〉，見北京大學古文獻研究所編，《全宋詩》冊 3（北京：北京大學出版社，1991 年 8 月，1 版 1 刷），頁 1901。

[126] 如宋·魏兼〈和范公希文懷慶朔堂〉云：「使君去後堪思處，慶朔堂前獨到來。桃李無言爭不怨，滿園紅白為誰開。」宋·畢京〈和范公希文懷慶朔堂〉云：「花木還依舊逕栽，春園不惜為誰開。幾多民俗熙熙樂，似到老聃臺上來。」宋·曹經〈和范公希文懷慶朔堂〉云：「池館名公舊日栽，幾番零落又春開。誰人解識紅芳意，猶有多情五馬來。」見清·厲鶚撰，《宋詩紀事》（台北：台灣中華書局，1971 年 4 月，台 1 版），冊 2，卷 12，頁 25～26。

[127] 見《宋詩紀事》，冊 2 ，卷 12，頁 24～25。

才情。或許，陳希亮只是通《易》理，善著書，卻不善寫詩吧！

（二）、蘇軾稱美陳希亮的性行

綜觀陳希亮一生的仕宦歷程，任京官的時日較少，任地方官的機會較多，這常是陳希亮自己的選擇，也是他的興趣所在。然不論在京爲官，或外放守郡，出任經撫，陳希亮都善盡職責，全力以赴，所以無論何時何地都能交出一張亮麗的成績單。蘇軾〈陳公弼傳〉雖以大部份的篇幅載述陳希亮一生的性行與事功，但並不直接加以評論，只是娓娓道來，讓讀者自己去體會陳希亮的過人之處。可是，到了文末，寫法一變，蓋棺論定，蘇軾開始直接評論陳希亮的性行。從蘇軾的描繪可知，陳希亮的個子不高，身型瘦削，皮膚黝黑，目光炯炯有神，從這些外貌特徵來看，可見陳希亮是一個短小精悍、精明外露的漢子。陳希亮生性嚴厲，雖王公貴人亦不假辭色，因此大家都怕他，這也是蘇軾在鳳翔會和他吵架的主要原因。一個是不假辭色的嚴厲長官，一個是名動天下的高傲部屬，兩人不起衝突才怪！雖然，陳希亮生性冷峻嚴厲，不易親近，可是他見義勇爲，只要認定是該做的事，必然全力以赴，百折不回，不計較禍福得失，不達目的決不終止。如在雩都破除迷信，變易民俗；在開封對抗權相，力救趙禹；在房州爲向氏父子平反冤獄，請朝廷開釋張元親族；在壽州救助饑民，爲前太守王正民平反冤屈；在三司爲榮州鹽戶平反冤屈，爭取權益……，這些都是最具體的實例，可見蘇軾並無溢美。由於陳希亮嫉惡如仇，所到之處，貪官惡吏、奸商刁民都聞風喪膽，收斂惡行，否則必遭嚴懲，如在長沙嚴懲惡僧海印，在房州威懾盜寇王倫，在曹州剿滅宛句縣盜賊，在汝州智弭周大王兵亂，越界緝捕「截道虎」，奏罷徐州酷守陳昭素，在鳳翔壓制于闐特使羅撒溫……，這些都是最具體的實例，可見蘇軾並無溢美。陳希亮雖然個性較嚴厲，但常心存仁恕，因此不苛刻，不殘暴，除非是怙惡不悛，罪無可赦，否則陳希亮不會斬盡殺絕，必然法外施恩，網開一面，爲犯人留下生機、活路，讓他們有改過自新、重新做人的機會，如在雩都感化老吏曾腆，在房州感化殿侍劉甲，在廬州感化虎翼軍，這些都是最具體的實例，可見蘇軾並無溢美。蘇軾說陳希亮施政，最重視教育，以培養讀書人爲首要任務，宋・范鎮〈陳少卿希亮墓誌銘〉亦云：「其歷三縣七州，雖以嚴辦治，而皆以學校風教爲先。」[128]陳希亮在雩都興建縣學就是最具體的實例，可見蘇軾並無溢美。陳希亮古道熱腸，樂善好施，喜歡幫助別人，對朋友更是有情有義。陳希亮年輕時與宋輔相友善，其後宋輔死於汴京，母親已老邁，兒子還無法自立，亟待救助。於是，陳希亮雪中送炭，義伸援手，奉養其老母，將自己的女兒嫁給其子宋端平，讓他和自己的兒子一起讀書，最後終於和長子陳忱同中進士第，宋・范鎮〈陳少卿希亮墓誌銘〉亦載：

> 故人宋輔卒京師，母老子幼，君養其母終身，而以女妻其子，且教之，使之有立。[129]

宋朝有所謂「奏補」的制度，又稱「蔭補」、「補蔭」、「蔭恩」、「門資」、「任子」、「任子弟」、「任子孫」，乃一般人

---

[128] 宋・范鎮〈陳少卿希亮墓誌銘〉，見《全宋文》，冊20，頁605 。

[129] 宋・范鎮〈陳少卿希亮墓誌銘〉，見《全宋文》，冊20，頁604 。

入仕的捷徑。凡文武官員在一定的資歷以後，可以向朝廷推薦同姓或異姓親族擔任官職，[130]陳希亮有四個兒子，前三位兒子都有功名，第四子陳慥曾去考進士，可惜名落孫山，因此未出仕。陳希亮爲官數十年，曾有過可以蔭補子弟的機會，可是他每次都推薦自己的親族，而不推薦自己的兒子。陳慥曾舉進士不第，一生未出仕，除了本身的質性之外，陳希亮未將蔭補的機會留給他，或許也是原因之一。陳希亮深情重義，特別照顧親族，對朋友的情誼更是生死不渝，這種性行深獲蘇軾的肯定與稱揚。

（三）、蘇軾自述作〈陳公弼傳〉的原因

蘇軾在稱美陳希亮的性行之後，坦言自己後悔對陳希亮有失禮敬，並說明爲陳希亮立傳的原因。陳希亮生於宋真宗咸平五年，蘇洵生於宋真宗大中祥符二年，兩人僅差七歲，然因陳夫人程氏之輩份大於蘇夫人程氏一輩，中國人向來有「論輩不論歲」的傳統觀念，所以蘇洵就成爲陳希亮的子侄輩，蘇軾更是陳希亮的孫子輩。蘇軾自稱：「官於鳳翔，實從公二年。」這只是一個籠統、約略之詞，今考陳希亮於嘉祐八年夏知鳳翔府，蘇軾於治平元年十二月十七日離開鳳翔，約與陳希亮共事一年六個月。陳希亮因生性嚴厲，又以長輩自居，蘇軾亦恃才傲物，兩人因而時有爭吵，都不給對方好臉色。如今，蘇軾謫居黃州，年歲已長，歷經坎坷，又與陳慥交好，回首少年往事，蘇軾承認當時因年輕氣盛，少不更事，常和陳希亮有所爭執，彼此不相讓，臉紅脖子粗，如今想來，真是愚不可及，

---

[130] 參見《宋代官制辭典・奏補》，頁 638 ～639 。

後悔不已。蘇軾這一段文字，說得很誠懇，確實對自己昔日的魯莽行爲感到後悔。蘇軾後悔的是，陳希亮兼具鄉里長輩與直屬長官兩種身份，自己卻未予尊重，實在有失禮數。此際，蘇軾回顧陳希亮一生的事跡，認爲他所行所爲，無不依循正直之道，頗有古人之風。可惜的是，陳希亮仕宦不算顯達，死時官階品位只是正四品上的太常寺少卿。雖然如此，陳希亮爲官數十年，所至興利除弊，去惡揚善，因此爲百姓所歌頌、士大夫所稱道。爲了讓陳希亮一生的事跡能長久流傳，蘇軾以范鎮〈陳少卿希亮墓誌銘〉爲基礎，以自己所見所聞加以增補，撰成〈陳公弼傳〉。蘇軾特別強調說，自己一生不輕易替人撰寫行狀、墓誌銘，以免諛墓之譏。此次，蘇軾特地爲陳希亮作傳，既能追思陳希亮，彰顯陳希亮的性行，也能彌補自己年輕時的魯莽不敬，可謂用心良苦，誠意感人。前人喜說〈陳公弼傳〉乃蘇軾補過、懺悔之作，對於這一點，我們並不否認。蘇軾在黃州作〈陳公弼傳〉，除了回報陳慥的照顧之外，確實是有那麼一點補過意味存在；不過，這裡要強調的是，蘇軾所補之過，是對陳希亮的不禮敬，也就是蘇軾所自稱的：「是時，年少氣盛，愚不更事，屢與公爭議，至形於言色，已而悔之。」蘇軾所補之過，決不是舉發陳希亮私用公使酒疑案，因爲蘇軾根本未做此事，未犯此過，如何去彌補？清・王文誥《蘇文忠公詩編註集成・總案》辨說：

> 邵博、張芸叟之說，即摘此數語以附會之也。公自論其通守錢塘云：「余方年壯氣甚，不安厥官。」見於〈海辯真贊〉。至於自悔之說尤多，其與章惇書云：「平時 惟子厚與子由極口見戒，反覆甚苦，而軾強狠自用，追悔無路。」

凡此種語，屢見於集，公不諱也。《查註》乃誣以為致死陳公弼，後在黃州悔之，始為作傳補過可乎？[131]

王文誥認爲，蘇軾一生常有自我省過、懺悔之言，沒有什麼好大驚小怪地，不必因蘇軾在〈陳公弼傳〉中流露懺悔之意，就小題大作，以爲蘇軾懺悔的是舉發陳希亮私用公使酒疑案，這完全是一種錯誤的聯想。王文誥又云：

公居黃五載，季常相待如骨肉，此傳乃義有不容辭者。時季常之兄忱、恂並官於朝，非不見此傳者，豈獨季常一人可紿耶？[132]

所言甚是！蘇軾之所以撰寫〈陳公弼傳〉，是爲了回報陳慥在黃州的照顧，而不是爲了隱瞞事實，欺騙陳慥。蘇軾果真害死了陳希亮，對陳慥來說，這種天大的仇恨豈是一篇文章就能彌補、抵消？陳慥怎麼可能允許害死自己父親的仇人在自己眼前假和氣、裝善人，在那裡自說自話？況且，當時陳希亮的長子陳忱、三子陳恂皆在朝爲官，蘇軾縱然騙得了陳慥，怎麼連陳忱、陳恂也那麼好騙？所以說，對於蘇軾寫〈陳公弼傳〉的動機，我們要正面看待，不可無的放矢，隨意臆測，求索過深，以免自陷迷霧，無法看出真相。

（四）、蘇軾評論陳希亮冷峻嚴厲的質性

在文章最後的論贊，蘇軾跟一般人的寫法不同，他沒有直接歌

---

131 見《蘇文忠公詩編註集成·總案》，冊1，頁553。

132 見《蘇文忠公詩編註集成·總案》，冊2，頁348。

功頌德，反而去批評陳希亮冷峻嚴厲的特殊質性。不過，這只是欲揚故抑的寫作手法，話鋒一轉，透過想像之詞，蘇軾居然將陳希亮冷峻嚴厲的質性憑空推崇到極至。蘇軾說陳希亮外貌冷峻，個性嚴厲，不苟言笑，不善言辭，說話很衝，喜歡當面指責別人的過錯，因此大家都不喜歡和他交往。每當大家歡聚在一起，只要陳希亮加進來，整個氣氛就變調了，歡樂笑語沒有了，酒也不好喝了，甚至有人待不下去，找個理由偷偷溜走了。他，陳希亮就是這樣一個討厭鬼，大家都不喜歡他。陳希亮這些個性，蘇軾都曾親自領教過，所以寫來特別傳神，特別有趣。不過，蘇軾身為晚輩，如此描繪陳希亮，總是有失禮數，所以蘇軾特別託言是從別的長輩那邊聽來的。東坡生性幽默風趣，平易近人，喜歡交朋友，尤其喜歡與市井小民接觸交往，自稱：「上可以陪玉皇大帝，下可以陪悲田院乞兒。」[133]此際謫居黃州，依然「幅巾芒屩，與田父野老相從溪谷之間。」[134]自稱：「吾師卜子夏，四海皆弟昆。」[135]蘇軾與陳希亮的個性可以說完全相反，從這一點來看，兩人的衝突也就不足為奇了。雖然，蘇軾年輕時，不喜歡陳希亮冷峻嚴厲的個性；可是，隨著年紀的增長，歷練的增加，飽受新黨構陷的蘇軾開始能欣賞陳希亮的質性，發現其優點。蘇軾認為在中國古代的歷史人物中，以漢朝汲黯的個性與陳希亮最近似。汲黯，濮陽人，字長孺，漢景帝時為太子洗馬，漢武帝時歷任謁者、滎陽令、中大夫、東海太守、主爵都尉、淮陽

---

[133] 宋・高文虎《蓼花洲閒錄》引《滄浪野錄》，見《叢書集成初編》冊 432（長沙：商務印書館，1936 年 2 月，初版），頁 11。

[134] 宋・蘇轍〈亡兄子瞻端明墓誌銘〉，見《欒城集》，冊下，頁 1414。

[135] 〈東坡八首〉其七，見《蘇軾詩集》，冊 4 ，頁 1079。

太守。汲黯若出守方郡，則爲政清廉，養民生息，治績可觀；汲黯入朝爲官，則正直敢言，常廷諍直諫，連漢武帝、淮南王劉安也對他畏敬有加。漢武帝雄才大略，視群臣如無物，對汲黯卻極禮敬。淮南王劉安謀反，最怕的人就是汲黯，至於丞相公孫弘等人，在他看來，就像那些剛入學的兒童，幼稚無知，備位而已，毫不足懼。[136]正因爲陳希亮的個性剛強不屈，直言無諱，與汲黯相似，所以蘇軾認爲只要朝廷肯重用陳希亮，讓他穿著合乎禮制的官服正色立於朝廷之上，光是那股氣勢就能讓奸小慴服，不敢萌生惡心。只可惜，陳希亮未獲大用，不能正色立朝，慴服奸小。蘇軾抓住陳希亮的特殊質性加以發揮，雖是推想之詞，卻推崇備至，全文戛然而止，蘇軾對陳希亮的肯定與敬重於此達到最高點。

十八、　宋人對蘇軾〈陳公弼傳〉的評論

蘇軾以汲黯類比陳希亮，以想像之詞，將陳希亮冷峻嚴厲的質性憑空推崇到最高點，這種特殊的比喻與寫作方法，在宋朝就獲得人們的注意與評論。其中，有正面的肯定，但也有大潑冷水地。如宋・王明清《揮塵後錄》云：

> 東坡先生平生為人碑誌絕少，蓋不妄許可故也。其作〈陳公弼希亮傳〉，敘其剛方明敏之業，殆數百言，至比之長孺，非出心服，未易得之。然其後無聞，心竊疑焉。比閱孫叔易《外制集》載其所行陳簡齋去非為參知政事封贈三代告詞，始知迺公弼之孫。取張巨山所作去非墓碑視之，

[136] 參見漢・班固撰，《漢書・汲黯傳》，冊 3 ，頁 2318～2319。

> 又知為公弼仲子忱之孫焉。簡齋出處氣節、翰墨文章，為中興大臣之冠。善惡之報，時有後先，其可謂無乎？[137]

宋人王明清讀了〈陳公弼傳〉之後，頗能領會蘇軾對陳希亮的推崇。不過，令他感到奇怪的是，像陳希亮這麼好的一個人，怎麼會沒有聲譽過人的好子孫？經過一番追查，才知道南宋著名詩人陳與義的祖父，就是陳希亮的長子陳忱。陳忱是陳希亮的長子，王明清誤以為是仲子。陳與義，字去非，號簡齋，宋室南遷後，曾任參知政事。王明清認為陳與義的人品氣節與詩文成就，宋高宗紹興群臣無人過之，《宋史・文苑傳・陳與義傳》亦稱：

> 陳與義字去非，其先居京兆，自曾祖希亮始遷洛，故為洛人。與義天資卓偉，為兒時已能作文，致名譽，流輩斂衽，莫敢與抗，登政和三年上舍甲科。……與義容貌儼恪，不妄笑言，平居雖謙以待物，然內剛不可犯。其薦士於朝，退未嘗以語人，士以是多之。尤長於詩，體物寓興，清邃紆餘，高舉橫厲，上下陶、謝、韋、柳之間。嘗賦〈墨梅〉，徽宗嘉賞之，以是受知於上云。[138]

可見，陳與義的人品與文藝確實有過人之處，堪稱是一時之選，王明清認為這是上天賜給陳希亮的福報。事實上，陳家後世會出好子孫，這一切早在范鎮的預料之中，〈陳少卿希亮墓誌銘〉結

---

[137] 宋・王明清《揮麈後錄》，見《景印文淵閣四庫全書》冊 1038（台北：台灣商務印書館，1985 年 6 月，初版），頁 454。

[138] 見《宋史・文苑傳・陳與義傳》，冊 16，頁 13130 。

云：

> 維君平生，明果剛毅。遇事必往，無有劇易。務去民害，而興其利。凡所臨治，風跡可記。天胡興才，而嗇其位。使其所蘊，不克大施。嵩少之西，伊洛之涘。既固以藏，昌其裔嗣。[139]

范鎮稱美陳希亮的性行與事功，感歎陳希亮未受朝廷重用，否則必然能有一番偉大的作為；最後，范鎮祝禱、預言陳希亮日後必子孫昌盛。果然，范鎮的話應驗了！陳與義的人品氣節與詩文成就正是陳希亮最好的福報。清・王文誥極推崇王明清《揮麈錄》的價值，譽說「《揮麈錄》載兩宋掌故，最為賅博，宋時已檄取其書纂修國史。」[140]不過，這裡要說明的是，蘇軾〈陳公弼傳〉全文共2346字，王明清卻說是「殆數百言」，所言未確！與正確的數字相差甚多，今訂正。王明清《揮麈後錄》全面接受蘇軾以汲黯類比陳希亮的看法，然宋・黃震讀蘇軾〈陳公弼〉傳，卻有完全不同的看法，《黃氏日鈔》評說：

> 公平生不肯為墓誌，而自輯公弼之遺事為之傳。公弼之剛勁敏決有大過人者，然學公弼不成，吾恐其為郅都之流，

[139] 宋・范鎮〈陳少卿希亮墓誌銘〉，見《全宋文》，冊20，頁605。

[140] 見《蘇文忠公詩編註集成・總案》，冊1 ，頁552 。

道德之味無遺也。讀是傳者，又不可不自省。[141]

黃震認爲蘇軾太過稱揚陳希亮冷峻嚴厲的質性，讀者受其影響，學其性行，等而下之，一不小心就會變成郅都一流的酷吏。郅都，漢代楊縣人，漢文帝時任郎官，漢景帝歷時任中郎將、濟南太守、中尉、雁門太守，是漢朝著名的酷吏。郅都在朝爲官，極言直諫，常當面指責大臣的過失；若外放守郡，則以高壓手段打擊叅小，肆行誅殺，毫不留情。如郅都仕濟南太守時，爲打擊地方不法勢力，一就任立刻誅殺當地首惡豪室全族；此舉雖立竿見影，收效宏大，令其餘惡勢力顫慄收斂，然手段實稍嫌狠辣。又如郅都任中尉時，審訊臨江王劉榮極嚴苛，連寫字的文具都不肯給，導致劉榮死獄中；郅都也因此得罪竇太后，遭斬殺。《史記・酷吏傳・郅都傳》載：

> 敢直諫，面折大臣於朝。……都為人勇，有氣力，公廉，不發私書，問遺無所受，請寄無所聽。常自稱曰：「已倍親而仕，身固當奉職死節官下，終不顧妻子矣。」[142]

由此看來，冷峻嚴厲，盡心職守，不畏權貴，這些都是陳希亮與郅都共同的性行，這也是黃震由陳希亮聯想到郅都的原因。不過，細細分析，陳希亮的性行與郅都還是有很大的不同。陳希亮爲

---

141 宋・黃震《黃氏日鈔・蘇文・傳》，見四川大學中文系唐宋文學研究室編，《蘇軾資料彙編》（北京：中華書局，1994 年 4 月，1 版 1 刷），上編 2 ，頁 771 。

142 見《史記・酷吏傳・郅都傳》，冊 4 ，頁 2566。

官做事，心存仁恕，嚴厲卻不殘酷，不會趕盡殺絕，常法外施恩，儘量給人留一條生路，期望罪犯改過自新，重新做人，再作出貢獻；郅都則不然，只要有犯人落到手裡，不論王公貴人或平民百姓皆施以最嚴厲的懲罰，決不寬貸，決不給人留活路。因此，當時的人幫郅都取了一個外號：「蒼鷹」，[143]意謂既強悍，又兇殘，凡是被盯上的獵物，不論任何物種，都必遭到撲殺，毫無生機可言。正因爲如此，《史記》把郅都歸入〈酷吏傳〉，而《宋史》卻稱陳希亮爲良吏，在〈陳希亮傳〉的論贊中譽稱：「希亮爲政嚴而不殘，其良吏與。」[144]兩人的歷史評價相差很多。或許，我們可以這麼說，蘇軾以汲黯類比陳希亮，透過想像，就把陳希亮冷峻嚴厲的質性推崇得無以復加，可能有誇張、溢美之嫌；可是，黃震以郅都類比陳希亮，硬把郅都的殘忍性行強加在陳希亮身上，對陳希亮來說亦有欠公平。不過，蘇軾之所以吹捧陳希亮，是爲了報答陳慥的恩情，並彌補自己的少年之過；而黃震之所以打壓陳希亮，是怕後世讀者受蘇軾〈陳公弼傳〉的影響，畫虎不成反類犬，反而有害於自己的心性與品德，可說是苦口婆心。蘇軾與黃震各從不同的立場，發出不同的言論，所見不同，觀點有異，卻都值得我們敬重與省思。

十九、 結語

宋仁宗嘉祐六年蘇軾參加制科考試，入最優之三等，除大理評

---

[143] 《史記・酷吏傳・郅都傳》載：「郅都遷為中尉。丞相條侯至貴倨也，而都揖丞相。是時民樸，畏罪自重，而都獨先嚴酷，致行法不避貴戚，列侯宗室見都側目而視，號曰『蒼鷹』。」冊 4 ，頁 2566。

[144] 參見《宋史・陳希亮傳》，冊 12，頁 9917～9923。

事、簽書鳳翔府判官，十二月十四日到任。當時，宋選知鳳翔，禮遇蘇軾，兩人相處極融洽。到了嘉祐八年夏末，宋選罷知鳳翔，陳希亮自京東轉運使來接任。陳希亮對蘇軾絲毫不假辭色，與前知府宋選判若雲泥，常以各種手段欺壓蘇軾。當時，蘇軾高中制科，少年得志，名動天下，有些鳳翔屬吏就尊稱蘇軾爲「蘇賢良」。本來，這只是一種無傷大雅的尊稱，是下屬對長官的禮敬，可是陳希亮卻小題大作，認爲蘇軾只不過是一位小小的府判，那裡配稱得上「賢良」二字，竟然把屬吏加以痛打一頓。陳希亮此舉，極粗暴，簡直欺人太甚！很明顯地，陳希亮是故意給蘇軾難堪，讓蘇軾下不了臺，讓蘇軾顏面無光。而蘇軾想到鳳翔小吏爲尊重自己而惹禍上身，慘遭毒打，內心也是很氣惱，很過意不去。不過，蘇軾身爲部屬，人在屋簷下，不得不低頭，也只能忍氣吞聲。宋人邵博說陳希亮生性剛強、嚴厲，然於今看來，陳希亮實在有點驕傲自大，盛氣凌人，讓人無法忍受，難怪蘇軾會跟他起衝突。有時候，蘇軾和同僚去謁見陳希亮，陳希亮卻故意拖延，不肯出來接見他們，令蘇軾等人久候枯坐，既不得進，又不能退，百無聊賴，直打瞌睡，真是氣死人。面對這種不近人情的長官，蘇軾也是無可奈何，只能寫寫詩發洩自己的不滿。事實上，陳希亮生性喜歡擺官架子，喜歡耍權威，不只是對蘇軾不假辭色，而是對每一個部屬都如此，無人能例外。嘉祐八年七月十五中元節，依規定，蘇軾必須到知府辦公廳向長官陳希亮賀節，可是蘇軾因不喜歡他，就拒絕行禮如儀。蘇軾中元節不到知府廳向陳希亮賀節，固然不合朝廷規定的禮法，但這畢竟只是芝麻小事，沒想到陳希亮竟小題大作，以此奏劾蘇軾，導致蘇軾被朝廷罰銅八斤，留下一個不好的紀錄。這是蘇軾出仕以來首次被朝廷懲處，帶給他很大地衝擊。陳希亮知鳳翔時，由於主持祭典的關係，常要蘇軾代寫一些青詞、祝文來祭禱鬼神；簽判是知府的幕職，蘇軾身為陳希亮的幕僚，於此責無旁貸，無可推託。青詞、祝文的內容不外是謝罪、禳災、保佑平安，以蘇軾的才情，寫這一類文章自是遊刃有餘，勝任愉快。在此之前，鳳翔乾旱不雨，蘇軾也曾為前知府宋選作青詞祝文，都能令其滿意，毫無異辭。可是，陳希亮不然，他自恃才情，喜歡雞蛋裡挑骨頭，一再退回、修改蘇軾的文稿。陳希亮似乎是故意找蘇軾的麻煩，故意讓他難堪，挫其銳氣。此際，蘇軾文名滿天下，沒想到卻遭到陳希亮無情地羞辱，文稿再三被退回修改，內心當然很難堪，很不滿。奇怪的是，陳希亮雖然不滿意蘇軾的文字，可是卻又要蘇軾為自己作〈凌虛臺記〉。原來，陳希亮到任後，為了觀賞終南山的美景，特地在鳳翔官府後院蓋了一座凌虛臺，登臺遠眺，視野極佳，終南山的美景歷歷如畫，競奔眼前。陳希亮對自己這個傑作很滿意，特別請蘇軾寫一篇文章作為紀念。蘇軾雖不喜歡陳希亮，但身為部屬，也不便推辭，更何況他也想利用這個機會來宣洩心中的不滿。本來，陳希亮請蘇軾作記的本意，是希望蘇軾能歌頌讚美凌虛臺，為自己的巧思誇耀一番。可是，沒想到蘇軾在凌虛臺剛建好的時候，就詛咒它不能長久存在，遲早將成斷垣殘壁，片瓦無存；對於陳希亮的權勢地位，蘇軾更視若糞土，嗤之以鼻，冷嘲熱諷。陳希亮不是木頭人，他讀了〈凌虛臺記〉也感受到蘇軾對自己的不滿。陳希亮說自己是蘇軾的鄉里長輩，輩份甚至還高於蘇洵，因為擔心蘇軾年少得志，容易驕傲自滿，才故意對他不假辭色。沒想到，蘇軾無法體會自己的苦心，心懷不滿。陳希亮這一番話雖是自我開解之辭，然說得冠冕堂皇，頭頭是道，深具長者的風範。更難得的是，陳希亮雖然讀出蘇軾〈凌虛臺記〉的嘲諷之意，仍一字不易地刻石傳世，確實做得很漂亮，很有風度；相形之下，蘇軾藉文諷刺，宣洩不滿，似乎有點小家子氣。蘇軾與陳希亮雖個性不合，有所齟齬，但兩人都是君子，不會以私害公。當時，爲了鳳翔百姓的權益，蘇軾曾懇請陳希亮，允許自己借用其名義，將「以官榷與民」的建言奏呈朝廷，而陳氏亦欣然應允，樂意幫忙。可惜的是，蘇軾與陳希亮此次聯手合作，公私並進，兩路上書，仍無法獲得朝廷與韓琦的認同，鳳翔百姓因此仍無法擺脫衙役的惡魇。雖然如此，蘇軾盡心職守、爲民謀福的精神也獲得陳希亮的尊敬。陳希亮本以爲蘇軾只不過是一位文人，只不過會寫寫文章罷了；沒想到蘇軾吏事如此精明，做事如此用心，從此對蘇軾另眼看待，敬重有加。由於陳希亮漸漸表現善意，對蘇軾的態度大幅改善，橫亙在兩人之間的冰山開始溶解，彼此心中的鴻溝、芥蒂漸漸消弭於無形。從此，兩人握手言歡，盡釋前嫌。如宋英宗治平元年歲末年終，陳希亮召集僚屬到凌虛臺觀賞美景，飲酒作樂，蘇軾也應邀參加，作〈凌虛臺〉詩。此詩一開始，蘇軾先稱美陳希亮慷慨激昂、敏銳多感的才性和直道而行、奮力向前的心志。不過，蘇軾最欣賞陳希亮的並不是這種質性，而是他此際青山對酒、平易近人、與眾同歡的和易氣象！當日，蘇軾與陳希亮把酒高歌，彎雕弓，射飛雁，一起觀賞終南山黃昏落日、彩霞飄飛的美景，氣氛非常歡樂。蘇軾和陳希亮暫時拋開世俗的繁文縟節，暫時拋開長官部屬之間的禮儀規矩，敞開胸懷，盡情高歌。陳希亮收起往日的威嚴面貌，放低自己的身段，不再趾高氣揚，不再高不可攀，對蘇軾很和氣，對僚屬很友善，所以賓主把酒同歡，其樂融融。同樣是摹寫淩虛臺，蘇軾〈淩虛臺記〉與〈淩虛臺〉詩完全呈現不同的情貌，個中的關鍵，正是蘇軾與陳希亮關係的改善。蘇軾與陳希亮的關係，雖以衝突開場，但是很慶幸地，最後卻有一個圓滿的結局，沒有留下太多的遺憾。蘇軾一生仕宦，入爲侍從，出典八州，官至端明殿大學士、禮部尚書，因法便民，勇於任事，事功過人，深獲宋人與史書的稱美，但這種過人的行政效率與辦事能力，蘇軾自言是向陳希亮學習的。可見，蘇軾簽判鳳翔，雖曾與陳希亮有過不愉快的經驗，但蘇軾也從陳希亮身上學到不少東西，對其日後推行政務有很大的幫助。由於蘇軾和陳希亮在鳳翔的磨擦相當引人注意，所以古人在詮釋蘇軾這一時期的詩篇時，常不由自主地往這方面去聯想，以致對相關詩篇產生錯誤的詮釋，如〈鳳翔八觀・東湖〉、〈壬寅重九，不預會，獨遊普門寺僧閣，有懷子由〉、〈題寶雞縣斯飛閣〉等詩，前人皆有所誤解。前人之所以誤解蘇軾這些詩篇，在於未能詳考詩篇的寫作時空背景，未能釐清蘇軾與宋選、陳希亮前後兩位知府的不同關係。或許，蘇軾和陳希亮在鳳翔確實曾方枘圓鑿，格格不入，前人對此印象深刻，因此在解讀詩意時，就先入爲主地往這一方向去聯想，刻意去強調、凸顯兩人之間的過節。可是，由於沒有明確的證據，穿鑿附會，求索過深，反而曲解了詩旨，誤解了蘇軾的原意。蘇軾在鳳翔，曾巧獲開元寺老和尚傳授〈燒金方〉。陳希亮知道此事後，就再三請求蘇軾將〈燒金方〉傳授自己，蘇軾無可奈何，勉強答應。蘇軾此舉不但違背了對老和尚的承諾，也爲陳希亮帶來嚴重的災禍。陳希亮知鳳翔時，因私用鄰郡守帥饋贈的公使酒，遭罷職。此事對陳希亮的打擊很大，他自覺清譽受損，深受屈辱，不久就鬱悶而死。蘇軾懷疑陳希亮之所以會遭此災厄，乃因使用〈燒金方〉，應驗了開元寺老和尚的預言，蘇軾為此自責不已。事實上，〈燒金方〉不是不能使用，但燒煉所得，必須用之於公益事業，不可中飽私囊，圖謀私利，這樣就會平安無事。相反地，若財迷心竅，自私自利，就會為自己招來禍患。陳希亮遭罷官後，不能安貧樂道，反而貪圖享受，以燒煉所得購買田宅院，咎由自取，怪不得蘇軾。由於陳希亮殷鑑不遠，蘇軾不再將〈燒金方〉傳授他人，將其密封，交由蘇轍秘藏。蘇轍雖擁有〈燒金方〉，但終其一生都未觀看，未燒煉，也未傳授他人。宋人邵博認為陳希亮之所以被罷職，鬱悶而終，是有人舉發他私用鄰郡守帥饋贈的公使酒，而那個打小報告的人就是蘇軾。當時歐陽脩官拜參知政事，心疼蘇軾被陳希亮打壓欺負，於是落井下石，幫忙扳倒陳希亮，將其免職。日後，蘇軾之所以貶黃州，邵博認為是當時的宰相王珪故意安排的，為的是要讓陳慥替父親陳希亮報仇雪恨。沒想到陳慥以德報怨，善待蘇軾，而蘇軾對往事也深感後悔，遂作〈陳公弼傳〉彌補少年之過。以上邵博之言，謬誤極多，不足採信，王珪將蘇軾貶謫黃州之說不可信，歐陽脩幫蘇軾構陷陳希亮之說亦不可信，蘇軾挾怨報復陳希亮之說更不可信！我們由范鎮〈陳少卿希亮墓誌銘〉，可以推論蘇軾並非那位告密者，因為范鎮極喜歡蘇軾，極提拔蘇軾，卻極鄙視、厭惡那位告密者。事實上，蘇軾不但不是那位告密者，他還刻意為陳希亮開脫，盡力掩飾其私用公使酒的罪名。依據今日所查索的史料來看，出面舉發陳希亮私用公使酒的是鳳翔「司法參軍事」，而小題大作，將陳希亮罷職的官員，不是遠在汴京朝廷擔任參知政事的歐陽脩，而是陳希亮的直屬長官——陝西路都轉運使陳述古。陳希亮有四個兒子，依序為陳忱、陳恪、陳恂、陳慥。其中，與蘇軾關係最密切的是第四子陳慥，字季常，號方山子、龍丘子、靜安居士，隱居於黃州麻城縣岐亭鎮，以豪俠著稱於世。宋人邵博說王珪將蘇軾貶謫黃州，是想利用陳慥殺害蘇軾；問題是，蘇軾根本不曾陷害過陳希亮，陳慥曾隨父親住在鳳翔，對此事比誰都清楚。蘇軾與陳慥本是舊識，所以陳慥在蘇軾行經岐亭時，雪中送炭，熱情接待。陳慥的友善、情誼，沖淡了蘇軾貶黃州的哀愁，慰藉了蘇軾孤獨落寞的心靈。從此，蘇軾與陳慥建立了深厚的友誼，彼此詩文酬唱，相互造訪，往來不絕。蘇軾謫赴黃州，陳慥親往迎迓；蘇軾離開黃州，陳慥遠送至九江；蘇軾謫居黃州，陳慥多次前往探視，解衣推食，噓寒問暖，無微不至。因爲陳慥的友情與照顧，使東坡在黃州的謫居生活減少了不少哀愁，增添了許多歡樂。蘇軾在黃州爲陳慥寫了許多的詩詞文章，其中如〈方山子傳〉、〈岐亭五首〉等篇章早已膾炙人口，傳誦千年，佳評如潮，歷代不絕。我們可以說，黃州時期是蘇軾詩文成就的高峰，可是要研究蘇軾在黃州的生活、思想與文藝成就，絕對不能忽略蘇軾與陳慥的交往與相關詩文。其中，最特別地是，蘇軾爲了報答陳慥的情義，紀念兩人的交誼，彌補往日對陳希亮的不禮敬，表達對陳希亮的敬意與追思，特地在黃州爲陳慥作〈陳公弼傳〉，期使陳希亮的性行、事功彰明於世。關於〈陳公弼傳〉的寫作時日，清人王文誥及近人饒學剛、孔凡禮皆認爲作於元豐四年，所言未確！〈陳公弼傳〉當作於元豐五年三月。蘇軾〈陳公弼傳〉除了引發前人對陳希亮的注意，確實達到了讓陳希亮留名青史的目的。因爲，《宋史・陳希亮傳》所載內容，與蘇軾〈陳公弼傳〉完全相同，幾乎一字不刪，全文入傳！陳希亮之所以能在史冊上佔有一席之地，全賴蘇軾

〈陳公弼傳〉之寫作與稱揚。今日，我們之所以會注意陳希亮的生平事跡，也是因爲蘇軾詩文的緣故。或許，當日蘇軾對陳希亮確實有失禮敬；不過，蘇軾知過能改，刻意寫作〈陳公弼傳〉以彌補年少之失，這種精神更是難能可貴。陳慥對蘇軾的付出沒有白費，而陳希亮地下有知，當亦感到欣慰！

江有誥的古聲調說

陳瑤玲

一、前言

古韻部的研究，自陳第、顧炎武到江有誥之前，已經有相當不錯的成績，而上古聲調的研究，若同樣以陳第爲起點，雖也歷經了一段長時間的探索，但卻仍然處於起步的階段，其成就固無法與古韻研究相比，但後人循著前人的腳步前進，上古聲調的情形也就越來越清楚。江有誥的「古有四聲」之說，對後世影響頗深，而其學說正根植於前人研究的土壤中。綜觀陳第、顧炎武、江永三家之說，雖都未明確指出古韻是否有四聲的不同，但也都不否定四聲的存在。從另一方面說，早期的學者對古今調類是否有不同的可能，似乎都未予以考慮，而以中古的平上去入四聲爲說，認爲古人用韻寬緩，四聲可以互叶，只注意到個別字古今調類的不同。至段玉裁、孔廣森二家則明白標舉古音有聲調之別，但今音有四聲，古音未必有四聲，而提出「古無去聲」或「古無入聲」的說法。五家之中，以陳第與段玉裁的說法對江有誥影響較大。江有誥誤解並承襲陳第、江永的「古無四聲」，最初認爲「古無四聲」，後期由陳第根據押韻情形改變韻字上古聲調的作法，使江有誥悟出四聲不諧的現象，部分是因古今字調不同的緣故，實則上古大體仍是平自韻平，上去入自韻上去入，有四聲的區別。而段玉裁「古四聲不同今韻」的觀念、十七部各部聲調分佈不一，以及韻段依聲調分段的作法，也都對江有誥的古有四聲說有一定的啓示作用。

江有誥的古聲調說，最初主張「古無四聲」，說法要見於《音學十書》的〈古韻凡例〉內，並實際呈現於《詩經韻讀》、《群經韻讀》、《楚辭韻讀》及《先秦韻讀》的韻字注音中，時間約在清嘉慶十七年(西元 1812 年)。十年後推翻前說，認爲「古有四聲」，著《唐韻四聲正》重新檢討上古入韻之字的聲調，時間在道光二年(西元 1822 年)。前、後說雖然背道而馳，完全相反，但比較《唐韻四聲正》與早期《韻讀》諸書中韻字的改讀，仍可發現，後說是在前說的基礎上發展出來的。

下文先說明「古無四聲」說與「古有四聲」說的關係，再深入探討「古有四聲」說的內容、缺失及對後世上古聲調研究的影響。

二、「古無四聲」說

江有誥起初相信陳第、江永的說法，認爲「古無四聲，確不可易」[1]，「四聲之說起於周沈，本不可言古韻」[2]，上古韻文四聲不諧的現象，是不分四聲所造成。此說在江有誥的主觀認識上，是承襲前人的說法，不過江有誥對前人學說的理解並不透澈，誤以陳、江之說為古韻無四聲之別[3]。其實上古韻文以同調相叶為常態，佔大多數，異調混押是變格，為少數，江有誥未深入瞭解前人的說法，又將視線焦點集中在少數的變例上，昧於多數同調相叶的普遍情況，而提出古韻無四聲的結論，顯然此時仍不敢突破前人舊說，另闢蹊徑。

江有誥於編撰《詩經韻讀》時，雖然主古無四聲，但細究其中注音，有些現象似乎已透露出後期「古有四聲」說的訊息。江氏以為古韻雖不必再以四聲區別，但以有聲調的今音讀之，則聱牙不協，其《韻讀》諸書為使以今音誦讀，聲韻得以諧適，對聲調不和的韻腳加以改讀，改讀的原則為：「一章之中，平多上少，則改上以從多；平少，

---

[1] 江有誥：〈古韻凡例〉，《江氏音學十書》，（北京：中華書局，1993 年 7 月，據成都渭南嚴式誨《音韻學叢書》本影印。）

[2] 江有誥：〈寄段茂堂先生原書〉，《江氏音學十書》。

[3] 江有誥認為陳第、江永主張古無四聲。但陳第《讀詩拙言》云：「蓋四聲之辨，古人未有」，又於《毛詩古音攷》中考證韻字上古音讀時，常指出某字當讀某音、某調；而江永《古韻標準·例言》也說：「四聲雖起江左，案之實有其聲，不容增減，此後人補前人之未備之一端。平自韻平，上去入自韻上去入者恆也，亦有一章兩聲，或三四聲者，隨其聲諷誦詠歌，亦自諧適，不必皆出一聲。」《古韻標準》也依四聲分卷排列韻字。這些做法都顯示陳第、江永二人認為上古與中古同樣具有四個聲調，只是古人無法分辨，而隨著詩歌的諷誦歌詠，會有四聲雜用的現象，並非沒有聲調。

則改平以從上，去入同此例。如是，則聲韻諧適，無詰屈聱牙之患，然止於注偶句，奇句則注韻而不改聲，以無關於詩之節奏也。」[4]然而細審其《詩經韻讀》發現江氏注音時並未完全遵守這些原則改讀。首先，有些異調相叶的韻段，其各調所具韻腳數相同，無所謂多少，而要改讀的是哪些字似有一定；有些則反而以多從少，似乎入韻之字該讀成何調是固定的，並非全部隨文牽就。如：「居」《廣韻》為平聲，《詩》中或叶去聲字，《詩經韻讀》或改讀為去聲，但〈召南・鵲巢〉一章「居去聲御」叶、〈唐風・葛生〉四章「夜居去聲」叶，都是一平一去；〈唐風・羔裘〉一章「袪去聲居去聲故」叶，二平一去，卻都將「居」改讀為去聲。又如「命」《廣韻》有去聲，《詩》中多與平聲字叶，《詩經韻讀》改讀為平聲，但〈大雅・韓奕〉一章「甸徒人反命平聲命命」叶，全為去聲，應不用改讀，卻都改為平聲，〈鄘風・蝃蝀〉三章「人姻信平聲命平聲」叶，二平二去，而改去聲的「信命」為平聲。可見韻字讀為何調，江有誥自有定見，並非完全隨文牽就、純粹只為了誦讀時能和諧。

其次，江有誥除了奇句不關詩的節奏，只改韻母而不改聲調外，句中韻的聲調也不在改讀之列。但《詩經韻讀》中卻有些奇句、小停頓或句中韻，可以不必改讀，而仍然改讀，如〈鄘風・蝃蝀〉三章「人姻信平聲命平聲」、〈衛

---

[4] 同註1。

風·氓〉四章「湯裳爽平聲行」中的「信、爽」爲奇句，〈小雅·杕杜〉四章「載穊去聲來音吏疚音記」的「載」爲句中韻，〈鄭風·叔于田〉二章「狩上聲酒酒好」的「狩」爲首句，都是無關節奏的韻腳，不必改讀卻都改讀，而改讀的聲調，多與該字在其他韻段的讀法相合，顯示江有誥注意到這些字在上古韻文中有固定的讀法。其實這些都是上古有聲調之別的證據，但江有誥卻輕易的忽略了。

另外，有些同部異調的韻段，可以再根據聲調的不同，加以細分，使原異調押韻的韻段，成爲同調自韻的幾個韻段，江有誥也有依調分韻的趨勢。如〈小雅·杕杜〉四章：「至入聲恤、偕音几邇」爲韻，以前二字爲入聲段，後二字爲上聲韻段，使上、入各爲韻。〈大雅·板〉六章「篪圭攜、益易入聲辟」爲韻，前三字平聲，聲調都未改讀，後三字全讀入聲，似有平、入各自爲韻之意。〈小雅·小旻〉五章：「止否、膴平聲謀叶音模」，二平二上，分段而韻。〈衛風·谷風〉五章「慉讎售平聲、鞠覆育毒」爲韻，但前三字讀平，後四字保持入聲，是平、入各自爲韻。這些韻段表面上通爲一韻，實際誦讀時，內部又依四聲的不同來區分，與段玉裁《詩經韻分十七部表》中依調分段各自爲韻的作法相同[5]。江有誥不贊同段玉裁的古聲調說，

---

[5] 如上文所引諸例，在段玉裁《詩經韻分十七部表》中，〈杕杜〉「至恤」歸十二部入聲，「偕邇」歸十五部上聲；〈板〉「篪圭攜」歸十六部平聲，「益易辟」歸十六部入聲；〈小旻〉「膴謀」歸一部平聲，「止否」歸一部上聲；〈谷風〉「慉讎售」歸三部上聲，「鞠覆育毒」歸三部入聲。

卻仍不免受其影響而分段改讀，實與其古韻無四聲之別的主張相互矛盾。

又以江有誥《唐韻四聲正》修訂的聲調與《詩經韻讀》注音相比較，發現《韻讀》所注聲調，往往與《唐韻四聲正》中的考訂一致。下引《唐韻四聲正》中之部韻字數字，以明《詩經韻讀》之注音實爲字調審訂的依據：(先引《唐韻四聲正》原文，其下列出韻字於《詩經韻讀》中改讀的情形，標有*者，表《唐韻四聲正》中引爲例證者)

時：《廣韻》平聲，古有上、去二聲。

叶平：期時來音釐(小雅頍弁二章)時茲(大雅召旻五章)

叶上：*有音以時上聲(小雅魚麗六章)*時上聲右音以(大雅文王一章)*時上聲祀悔呼鄙反(大雅生民八章)*時上聲子(大雅既醉五章)

叶平上：時謀謨丕反萊音釐矣平聲(小雅十月之交五章)膴謨丕反飴始謀謨丕反龜止時茲(大雅綿三章)

叶去：*能奴吏反又時去聲(小雅賓之初筵二章)*時去聲舊(大雅蕩七章)

來：《廣韻》平聲，古有去、入聲。

叶平：霾謨丕反來音釐來思(邶風終風二章)思來音釐(邶風雄雉三章)期哉音茲塒來音釐思(王風君子于役一章)來音釐貽(鄭風女曰雞鳴三章)佩音邳思音釐來(鄭風子衿二章)

叶去：*疚音記來音吏(小雅采薇三章)*載稷去聲來音吏

疚音記(小雅杕杜四章)*來音吏又音異(小雅南有嘉魚四章)*來音吏疚(小雅大東二章)

叶入：*亟來音力(大雅靈臺一章)*塞音息來音力(大雅常武六章)

叶去入：*牧明逼反來音力載音稷棘(小雅出車一章)

叶平去入：*來音吏服扶備反裘音記試(小雅大東四章)

事：《廣韻》去聲，古有上、入聲。

叶上：*沚事上聲(召南采蘩一章)*杞子事上聲母滿以反(小雅北山一章)戒音記事耜畝滿以反(小雅大田一章)*止右音以理畝滿以反事上聲(大雅緜四章)*子否方止反事上聲耳子(大雅抑十章)倍音備事(大雅瞻卬四章)

叶入：事式去聲(大雅崧高二章)

叶平入：事謀謨備反服扶備反(大雅板三章)

倍：《廣韻》上聲，古有去聲。

叶去：*倍音備事(大雅瞻卬四章)

式：《廣韻》入聲，古有去聲

叶入：式入(大雅思齊四章)式則(大雅下武三章)德則色翼式力(大雅烝民二章)

叶去：*式去聲晦(大雅蕩五章)*事式去聲(大雅崧高二章)

叶上入：祀食福方逼反式稷敕極億(小雅楚茨四章)

上述五例《唐韻四聲正》改某字爲某調或有某調的例證全是《詩經韻讀》中此字改讀爲此調的韻段。而〈大雅·瞻卬〉四章「倍音備事」爲上去相押的韻段，江氏「事」字有上聲，則此例應該也可以做爲「事」有上聲的例證，但因《韻讀》注音反過來改「倍」讀去聲，因此在《唐韻四聲正》中，江氏即以此例作爲「倍」有去聲的例子，故「事」下不取此例。可見《唐韻四聲正》所訂上古字調，是以《韻讀》注音爲基礎。

夏燮《述韻・論四聲》曾舉上古韻文中「享、饗」全與平叶，不與上同用，「慶」全與平叶，不與去同用，「予」與上叶，而不與平同用，以及同用一韻同在一章而四聲分用的情形，來證明上古有四聲之別。江有誥也已經注意到這些情形，但在提出古聲調理論時，卻忽略了這些現象所代表的意義，而仍然認爲上古無四聲的區別。

三、「古有四聲」說

江有誥在諸《韻讀》成書十年後，改變了對上古聲調的說法，提出「古有四聲」的說法，並寄信給王念孫，臚陳其見，藉以請益。綜合《唐韻四聲正》與〈再寄王石臞先生書〉的論述，江有誥的古聲調說可歸結爲四點：1.古人實有四聲。2.古人所讀之聲，與後人不同。3.古韻間有四聲通押。4.各部所具調類不同。

1. 古人實有四聲

江有誥並未說明「古有四聲」的理由，僅於〈再寄王石臞先生書〉中云：「古人實有四聲，特古人所讀之聲，與後人不同。」但江氏的朋友夏燮詳細論證了周秦有韻之文四聲具備的原因，主要說法爲：

> (1)有韻之文，有連用四、五韻，甚至十一、二韻，而全屬同一聲調，且平上去入四類均有連用者。
>
> (2)《詩經》中有同一韻部同在一章，而四聲不同的字分調為韻，或同屬一部而四聲分章，不相雜廁。
>
> (3)某字分見數詩、數章，全與同一調類的字押韻，反而不與《廣韻》中所屬調之字相叶。

史存直以〈魯頌・閟宮〉來證明夏燮的說法，該詩共九章，總計 23 個押韻單位，同調獨用有 22 個，不限於某一個聲調，計押平聲的 9 個，上聲 6 個，去聲 3 個，入聲 4 個，僅有四章「嘗衡剛將羹房洋慶昌臧陽常」爲平去合用，但「慶」於《詩》中全與平叶，上古當屬平聲，則23 個全爲同調自韻，四聲分用如此明顯，是上古有應四聲之別[6]。江有誥雖未明白指出，但從上節所歸納的注音現象可知，他至少對二、三兩點應已有認識。

近世許多支持江說的學者，據《詩經》韻腳統計四聲自叶與混押的比例，整體而言，四聲自叶的比例約在 80% 左右，而混押約佔 20%。如張日昇統計《詩經》韻腳 5350 中，同調獨用有 4416，兩調合用有 1033，多調合用有 204，

---

[6] 見史存直：《漢語語音史綱》，(北京：商務印書館，1981 年 6 月)，頁 37~41。

張氏云：「這些數字，明確的顯示出《詩經》用韻，是以四聲自叶爲主，所以，在全部《詩經》韻腳五千三百五十個中，佔了差不多五分之四」。[7]史存直也以《詩經》韻腳觀察上古聲調，總計1679個押韻單位，各調自押者共有1380個單位，史氏云：「四聲分押數，在全部押韻單位中所佔的百分比，竟達82.2%之多，由此可見上古不但有四聲，而且上古的四聲系統和後代舊韻書中的四聲系統相差並不太大」。如果把古今調類不同的字，按上古字調來計算的話，如「顧」作上聲字，「信、慶」作平聲字，「享、饗」作平聲字等，四聲分押的比例會更高一些。[8]另王健庵進一步

---

[7] 詳張日昇：〈試論上古聲調〉，四聲獨用、合用情形如下：

	平	上	去	入	獨用比例
平	2186	361	293	10	85%
上		882	166	39	76%
去			316	161	54%
入				732	85%

張日昇的韻腳，主要依據高本漢《英譯詩經》，旁參高本漢的《漢文典》、陸志韋《詩韻譜》、江舉謙《詩經韻譜》及江有誥《詩經韻讀》，其韻腳與江有誥差異較大。(《香港中文大學文化研究所學報》，第一卷，1968年，頁113~170)

[8] 詳史存直：〈關於周秦古音的聲調問題〉一文，所統計四聲押韻的情形如下：

各調自韻				平上去互押	舒入通押
平	上	去	入		
714	284	135	247	220	45
1380					

韻腳主要依據江有誥《詩經韻讀》，並參考顧炎武《詩本音》及其他書籍，而為呈現上古的韻母系統與後代差異不大，對入韻之字，一律依《廣韻》定調類。(《漢語音韻學論文集》，上海：華東師範大學出版社，1997年9月，

根據地域分別《詩經》中的詩篇，以〈周頌〉、二〈雅〉、二〈南〉、〈秦風〉、〈豳風〉屬西土，共 1163 韻段；其餘屬東土，共 543 段。分別統計四聲獨用合用比例，西土詩篇獨用韻段 897，所佔比例較低，但也有 76.8%，東土獨用韻段 463，所佔比例則高達 85.3%，雖西土混用的比例較東土爲高，但四聲分押比例也將近 77%。[9]韻腳的判斷往往影響統計的結果，但從學者的研究結果觀之，不論其韻例如何，各家的結論都相差不遠，可見《詩經》用韻大抵四聲分明，上古音應有平上去入四類之別，且從《詩經》時代到中古調類系統沒有多大的變化。

2. 古人所讀之聲，與後人不同

所謂「古人所讀之聲，與後人不同」非指上古四聲的調值與後代不同，而是說韻字所歸的調類古人與陸氏《切韻》不同。上古與《切韻》不同者，是「陸氏編韻時，不能審明古訓，特就當時之聲誤爲分析。有古平而誤收入上聲者，如『享、饗、頸、顙』等字是也；有古平而誤收入去聲者，如『訟、化、震、患』等字是也……。」江有誥於《唐韻四聲正》中根據韻文的押韻情形將古今字調歧異者，一一加以訂正，其注「古惟有某聲」者，是上古調類

頁 1~42）

[9] 詳王健庵〈《詩經》用韻的兩大方言韻系----上古方音初探〉，（《中國語文》，1992 年第 3 期，頁 207~212）。所謂東、西土是以華山、函谷關為界，西土約今陝西、甘肅東端，東土即今河南、山西、山東。

與《廣韻》不同，即上引文所謂「古某調而誤收入某聲者」，如平聲十四皆「偕，古諧切。按古惟有上聲，並無平聲，當削去改入駭部。」其餘注「古有某聲」者，是上古除《廣韻》的聲調外，還有其他聲調的讀法，如入聲十七薛：「舌，食列切。按古有去聲，當與祭部並收。」江有誥改變對上古聲調的看法，關鍵就在於古今字調不同的觀念上，他認爲許多異調相叶的韻段，並非真正異調押韻，而是古今字調不同所造成，訂正了上古與《廣韻》聲調歧異的字後，許多原爲異調混押的韻段，即成爲同調相押，提高了平自韻平，上去入自韻上去入的比例。

《唐韻四聲正》提供了上古韻語個別字異調相叶的情形，董同龢認爲此書「是考察字調在古韻語中與後代韻書的不同的最完備的一部書」，由此紬繹出上古聲調系統與中古平上去入的關係，發現上古韻語中的字調與後來完全不同的，少得出人意外，而異調間互叶的情形爲：(1)平上去多兼叶。(2)去與入多兼叶。(3)平上與入兼叶的極少。由此得知聲調的遠近關係，進一步推測出平上去因同爲陰聲韻，同是濁塞音韻尾，因此多兼叶；去入韻尾不同而多兼叶，是因調值近似；平上與入韻尾不同，調值又遠，所以極少押韻。[10]又方孝岳也根據江氏所舉的例證說明上古聲調的演變：(1)陰聲韻去聲字的「古有上聲」或「古有入聲」，正說明後來陰聲韻的去聲是分別來自上古的陰上聲和入

---

[10]說董同龢：《漢語音韻學》，（臺北：文史哲出版社，1987 年 9 月），頁 309~313。

聲。(2)陽聲韻上、去聲字「古惟平聲」或「古有平聲」，尤其去聲字多是「古惟平聲」，正說明後來許多陽聲韻的上去來自平聲。(3)入聲韻的「古有去聲」正說明上古入聲韻本包括兩種調類。[11]雖然後世學者的看法未必與江有誥相同，《唐韻四聲正》的正音觀點也有可議之處，但正如董氏所言，江有誥的整理提供了從上古韻文考察字調最完備的資料，所臚列的事實客觀呈現出上古聲調系統與中古平上去入的關係。

3. 古韻間有四聲通押

唐陸德明即已指出「古人韻緩」，陳第、顧炎武、江永等人也認爲「古人之詩，取其可歌可詠」，「一章兩聲或三四聲者，隨其聲諷誦詠歌，亦有諧適，不必皆出一聲」，江有誥肯定前人的說法，認爲在排除古今字調不同與一字多調的因素後，仍有異調相叶情形的，即是四聲通押，一如韻部有通韻、合韻的情形，不必一定要使入韻之字聲調完全一樣。江有誥云：「其中間有四聲通押者，如《詩經·揚之水》之「皓上繡去鵠入憂平」，〈大東〉之「來去服入裘平試去」，……此亦如二十一部之分，瞭然而不紊，而間亦有通用、合用者，不得泥此以窒其餘也。」[12]王力詮釋江有誥有的古聲調說，云：

---

[11] 方孝岳：《漢語語音史概要》，(香港：商務印書館，1979年11月)，頁63。

[12] 見江有誥：〈再寄王石臞先生書〉，《江氏音學十書》。

> (江有誥)不但承認古有四聲,而且基本上否認通押。他以為,《詩經》除兩處外,用韻都是同調相叶,絕對沒有異調通押的情況。……他先假設一個大前題:上古韻文必須同調相協,然後得出結論說,如果用今音讀來不是同調相協,那麼必然是那個字在古代另有某調。[13]

王力顯然誤解了。在異調混押的韻段中,如果韻腳字在《唐韻四聲正》中不見修訂,就應當以通押看待,如〈大雅・桑柔〉三章「將往競梗」,「往」上聲,「競」去聲,如江有誥認爲是同調相協,則「往」、「競」應有異讀,但《唐韻四聲正》中並未更正這兩個字的讀音;〈邶風・泉水〉三章:「舝邁衛害」,「舝」入聲,與去聲爲韻,《唐韻四聲正》也未更正讀音。《唐韻四聲正》是從「平自韻平,上去入自韻上去入」的觀點來考察上古字調,但並非「將同調相諧的規律極端化」[14],雖然江有誥認爲混押的情形不多,但仍然承認有四聲雜用現象的存在。

不過整體而言,江有誥字調的考訂仍然受傳統「以平叶平,仄叶仄」觀念的束縛,拘泥於四聲和諧,使「四聲

---

[13] 見王力:《漢語語音史》,(山東教育出版社,《王力文集》第十卷,1987年12月),頁84~85。

[14] 孟進也認為江有誥是在古詩必同調相諧的思想指導下,排比大量先秦兩漢的韻文材料,將唐韻中字調與上古不者一一指出,是將同調相　的規律極端化。見《中國學術名著提要・語言文字卷》中「音學十書」條下,(上海:復旦大學出版社,1992年7月,頁129~130)。

通押」的觀念不能充分靈活的運用。如此不但造成一字多音過於浮濫，也無法顯示平上去入在上古的遠近關係，也難怪王力會如此批評。

4. 各部所具調類不同

江有誥所謂的「古有四聲」，並不是每一部都四聲具備，有些韻部四聲具全，但也有三聲、二聲，甚而只有平或入聲者，各部所具調類多寡不一，陰聲韻多半四聲具全，而陽聲韻則上、去聲分化較慢。下將二十一部之四聲分佈情形表列於下：

	1 之	2 幽	3 宵	4 侯	5 魚	6 歌	7 支	8 脂	9 祭	10 元	11 文	12 真	13 耕	14 陽	15 東	16 中	17 蒸	18 侵	19 談	20 葉	21 緝
平	+	+	+	+	+	+	+	+		+	+	+	+	+	+	+	+	+	+		
上	+	+	+	+	+	+	+	+		+	+		+	+	+			+	+		
去	+	+	+	+	+	+	+	+	+	+	+	+	+	+	+				+		
入	+	+	+	+	+		+	+	+											+	+

由此各部聲調的分部狀況，可以看出隨著韻部不同，聲調分化的速度並不一致，大體來說陰聲韻較快，陽聲韻較慢。此一說法應該是承襲自段玉裁。段氏以《詩經》時代有平上入三聲，其《詩經韻分十七部表》中各部即依聲調分列韻字，不過並非每一部都三聲俱全，陽聲韻除真、侵、談三部有入聲外，其餘只有平聲；陰聲韻多半都有三個聲調，唯侯部無入，支部無上，宵、歌二部無上入。不過，段氏

因古韻分部尚有未精，去入分配也仍需修正，所以各部聲調的分配多有不妥之處。又中古的去聲字上古入韻較少，其中雖有不少與其他聲調的相叶，但也不是每一部都如此，某些韻部在《詩經》時代已有去聲一類。

調類是否獨立，江有誥取決於上古韻語是否有獨用的韻段，如有獨用韻段即認爲有某調，如支部上聲獨用者二、文部去聲獨用者三，真部去聲獨用者二，次數均不多，似乎只要獨用二例以上即成調。[15]如果某部有中古上、去聲字入韻，但都與異調字叶韻，未見獨用者，則認爲該部沒有上聲或去聲，如中部。[16]若以此爲聲調成立的標準，真部上聲獨用的韻段有四例，[17]較支部上聲、文部去聲、真部去聲獨用次數都多，應有上聲，但江有誥的真部卻無上聲。[18]

四、「古有四聲」說的缺失

江有誥對於上古韻語中異調互叶的情形，認爲是古今字調不同，或者上古另有其他聲調的讀法。但由於過於拘

---

[15] 如支部上聲：泚瀰鮮(邶風新臺一章)支脂元合韻 庳是(呂氏春秋下賢)。文部去聲：順問(鄭風女曰雞鳴三章)訓順(大雅抑二章)倩盼絢(論語八佾)。真部去聲：電令(小雅十月之交三章)願進(九章抽思)元真合韻。

[16] 中部：蟲螽忡降仲戎(小雅出車五章)仲宋忡(邶風擊鼓二章)

[17] 盡引(小雅楚茨六章)領騁(小雅節南山七章)真耕通韻領屏(小雅桑扈二章)真耕通韻甽盡(呂覽・任地)文真通韻。

[18] 後夏燮、周祖謨即都認為有上聲，說見夏燮《述均・論四聲》，(臺灣師範大學國文研究所藏番陽官廨刊本)；周祖謨：〈古音有無上去二聲辨〉，(《問學集》，北京：中華書局，1966 年 1 月，頁 32~80，原作於 1941 年)。

泥四聲和諧，以及取材、考訂方法上的缺失，造成一字數調過於浮濫的現象，《唐韻四聲正》中除少數字是古今字調不同外，大多數是具有二個聲調的字，兼有三個聲調也有28個。以下自材料與方法二方面說明江氏古聲調說的缺失。

1.取材龐雜

江有誥考訂字調所援用的古韻語，自先秦的《詩經》、《楚辭》、《易》、《左傳》、《國語》、《孟子》、《老子》、《莊子》，西漢《史記》中的韻語、司馬相如、劉向、劉歆的賦、《淮南子》、《易林》，東漢班彪、班固、揚雄、張衡的賦及樂府歌行，以至魏晉《三國志·魏文帝誄文》、曹丕、曹植、王粲、嵇康等人的文學作品等等，證據詳實豐富，但時間的跨度太長，常爲學者所詬病。董同龢討論上古聲調時，即認爲《唐韻四聲正》中有七十個字只有漢以後例證，如「規」字用揚雄〈校獵賦〉與《三國誌·魏文帝誄》，「嘻」字用《易林》，「該」字用枚乘〈七發〉與《漢書·律曆志》等，都應刪除。[19]《唐韻四聲正》中字調考訂因引用證據不妥而難以成立者，約有下列三種情形，下略舉只有漢以後例證者，以及有僞託之嫌、成書時間爭議較多等有疑問者數例說明之：

---

[19] 同註10，頁312。

(1)只有漢以後證據者。

嘻，有上聲，引《易林》二例爲證。

糾，有平聲，引《易林》、張衡〈思元賦〉、嵇康〈琴賦〉爲證。

鳳，古惟讀平聲，引《漢書》、《易林》爲證。

(2)證據不是出自漢以後，就是時代難有確論者，去除後無所憑據。

聖，有平聲，引《文子·符言篇》、《淮南子·齊俗訓》、《說苑》爲證，後二例非出自先秦，而《文子》有僞書之嫌，是否出於先秦，又有疑議。

謁，有去聲，引《家語·子路初見篇》及揚雄〈廷尉箴〉爲證，揚文出東漢，而《家語》清儒或多認爲出自王肅之手。

決，有去聲，引《鬼谷子》、《太玄經》、《吳越春秋》爲證，後二例爲漢以後，《鬼谷子》學者疑爲魏晉以來書。

(3)另有些字如將漢以後及有疑問的證據剔除，則先秦的例證往往成為孤證。如：

否，有平聲，引《楚辭·九章》、陸賈《新語》及《太玄經》爲證，去除後二例，僅剩《楚辭》一例。

柴，有去聲，引《詩經》及《三國志》爲證，剔除《三國志》例，僅存《詩經》一例。

塗，有上聲，引《莊子》、《史記》二證，剔除《史記》僅存《莊子》一例。

只有一個可靠的例子，似乎也難以決定這些字調是否能成立，是以書中考訂的結果，不能不加以區別的接受。江有誥討論入聲分配時，多次提到「論古韻必以《詩》《易》《楚辭》爲宗」[20]，選材以先秦爲主，但論古有四聲時，卻未僅守原則，常根據非先秦的資料修訂，選材實過於龐雜、粗疏。

對於古人所讀之聲與後人不同的說法，後世學者多無異說，但對一字而有二讀、三讀，則認爲是不可取的。王力即認爲江有誥的考證前題、結論都有問題，王力說：

> 按照他的原則來推斷古聲調，那就有很大的偶然性：假如他們所根據的材料少，一字數調的情況就會少；假如他所根據的材料多，一字數調的情況就會多，怎能得出正確的結論呢？……江有誥舉了許多一字三聲的字，差不多等於四聲一貫，表面上承認古有四聲，實際上是說每字古無定聲。[21]

甚至不承認上古除了辨義作用的異讀外，可能有一字多音的現象，王力曰：

> 我們不承認字無定調，同一個字，在同一個時代可

[20] 江有誥：〈復王石臞先生書〉，《江氏音學十書》。
[21] 同註13。

> 以讀平上去三音、平去入三音、上去入三音。甚至一字兩讀也不太可能，除非是辨義的。……必強紐為一聲，在方法上是不科學的。《唐韻四聲正》是不可取的。[22]

材料的多寡，的確會對字調的修正造成影響，若將上述證據超出先秦的，以及有疑問者、僅剩孤證者刪除，不但須要修正的字減少，一字兼有二聲、三聲的情形也會減少。如「期」兼有上、去聲，其中上聲例證有《楚辭》、《易林》、樂府〈滿歌行〉、《隸釋・淳于長夏承碑》，僅《楚辭》一例屬先秦，上聲一讀無法成立；「家」兼有上、去聲，其去聲例證《易林》五例，《白虎通》一例，皆漢以後，則去聲一讀不可取；「事」兼有上、去、入三讀，其中入聲以《管子》、《鬼谷子》、《素問》爲證，除《管子》外，皆有爭議。這種情形若如數刪除，能成立的可能不及半數。

董同龢則認爲上古異調互叶，可以用上古調值接近、韻尾相同解釋，而「江有誥以爲這些字古代當有平上，上去，……平上去……等兩讀或三讀就是多餘的了。他們簡直可以是『合韻』。按理說，韻語對聲調的要求是不必如對韻母那樣嚴的」[23]。然而，異調混押，是否只能從「合韻」的角度去解釋？上古是否如王力所說，除非是辨義，否則

---

[22] 王力：《清代古音學》，(北京：中華書局，1992年8月)，頁219。

[23] 同註10，頁313。

沒有一字兩讀、三讀的現象？

除了辨義的異讀外[24]，王力並不承認一個字在同一時代有兩讀、三讀。然自今日的音變理論觀之，即便是同一時代中，也可能有一字多音的現象。徐通鏘述語音演變方式時，有所謂「離散式音變」，即語音的變化是突然的、離散的，而這種變化在詞彙中的擴散卻是漸變的、連續的，首先在少數的詞中發生變化，其後逐漸擴散到所有相關的其他詞。因此處於演變當中的音類，未變的保留原來的音讀，已變的則讀變化後的語音形式，在變化中的，有時讀

[24] 上古漢語已有四聲別義的現象。近來學者觀察《詩經》押韻的情形，發現韻腳字有條件異讀的現象，如不將韻字隨義改讀，表面上看來會異調押韻的情形。如孫玉文統計「好」字在《詩》中入韻19次，作形容詞11次，押上聲10次；作動詞8次，押去聲6次。又《楚辭》「好」3次入韻，作形容詞1次，押上聲；作動詞2次，押去聲，可見「好」字上古讀上聲或去聲，詞義不同。又謝紀鋒考證了「食、右、祀、敖、勞、莫、度、除、好、告」等字，曾路明也自韻文考證了「莫、暴、祝、易、辟、識、副、瓜」等字隨詞義不同有不同的押韻行為。如「莫」《詩》入韻11次，作「暮」義5次，4次與陰聲韻相押，疊詞「莫莫」，以及訓為「謀」、訓為「定」時，皆與入聲字相叶，凡5見；《屈賦》已作「暮」，入韻4次都與陰聲韻相押。「暴」《詩》入韻3次，屈賦1次，為「疾猛」、「暴虐」之義，與陰聲韻押；《先秦韻讀》1次，作「曝曬」義，與入聲押。詳見孫玉文：〈略論清儒關於上古漢語四聲別義的研究〉，(《湖北大學學報》哲社版，1992年4期，頁88~94)。謝紀鋒：〈從說文讀若看古音四聲〉，(北京：商務印書館，《羅常培紀念論文集》，1984年3月，頁316~344) 曾路明：〈上古押韻字的條件異讀〉，(《中國語文》，1987年第1期，頁68~70)。

舊的語音形式，有時候可以念已經完成變化的語音形式[25]。如此即造成一字多音，以及音類糾葛不清的情形。從方言的研究中已可證明某一類音或某一字音若處在音變狀態下，同一時代老、中、青三代會有新舊不同的讀音，甚至同一個人有時也往往有新、舊兩讀的現象，造成一字多音。金有景解釋《詩經》陰、入通押的問題時，也提出語音新舊的更替，是以「漸變」方式進行的，新音產生後先經過新、舊共存的時期，隨著舊消新長的使用頻率變化，最後新音便完全取代了舊音。金有景以爲上古陰聲韻原具有的*-d、*-g 尾，在《詩經》時代正開始消失，逐漸變成元音韻尾，新的讀法產生，而舊的讀法仍就通行，於是造成陰、入通押的例外現象。[26]徐通鏘也認爲上古聲調的異調混押的雜亂現象，是一種正在進行中的離散式音變。《周易》、《詩》韻的時期由於還處於演變過程中，因而顯得雜亂而缺乏規律。[27]

若仔細觀察、統計《詩經》陰聲韻四聲用韻的情形，西周時期的〈大雅〉、〈周頌〉平、上、去、入各調自叶

---

[25] 說見徐通鏘：《歷史語言學》，「語言的擴散(下)：詞彙擴散」一節。(北京：商務印書館，1991 年 11 月，頁 248~371)。徐氏的「離散式音變」乃修正王士元「詞彙擴散」理論而來，王氏的詞彙擴散理論是以詞(語素)為單位，而徐氏謂「音變在詞彙中的擴散單位不是詞，而是詞中的一個音類」，「擴散的不是詞，是詞中的的一個類或特徵，擴散，這是語音演變的一種方式。」，頁 256。

[26] 金有景：〈上古韻部新探〉，(《中國社會科學》，1982 年第 5 期，頁 181~198)。

[27] 同註 25，頁 270。

的比例爲 60%、62%、33%、61%；東周時期的〈風〉及〈魯頌〉、〈商頌〉各調自叶的比例爲 80%、77%、62%、93%，〈小雅〉包含了部分東周的作品，各調自叶爲 75%、75%、29%、66%。顯示，東周時期四聲雖仍有糾葛，但獨用的比例已經很高；而西周時期則四聲混押的比例相當高，平、上、入獨用的比例才過 60%，去聲更只有 33%，根本無法獨立成類，東周四聲的界限已較西周時期明顯。[28]這情況與徐通鏘所述上古四聲的變化，由雜亂到整齊，是逐漸形成的情形相合，而《詩經》時代由西周到東周的五百年，可能正是聲調分化的重要時期。故據後世分別整齊的四聲去觀察上古韻文的押韻，會發現大體四聲分用，而仍有異調互叶的情形，即因正處於音變過程，有些詞音變已完成，有些未變，有些正在變，而時代越晚四聲即越分明，一字數調及調類間的糾葛，都是音變過程中的現象。

況且，以《詩經》而言前後歷時五百多年，又各有風土，並不是同一個時、地下的作品，其間語音隨時空產生變化，當然會有不同方音的差異及年代層次的累積。再加入《楚辭》、群經、先秦子史典籍，甚至魏晉的材料，一字多音，有不同的聲調，是極有可能的。上古不但有因聲辨義的一字多音，而且也有時空因素所造成的一字多音，

[28] 這當中應該也包含了地域的因素，〈大雅〉、〈周頌〉時代上屬西周，地域上屬西土；〈風〉及〈魯頌〉、〈商頌〉時代是東周，地域上則為東土。為了讓時代成為二者差異的主要因素，統計時〈國風〉暫不計算《秦風》與《豳風》，因為二者為西土的作品，《豳風》更是東周以前的詩歌。

王力之說實過於武斷。

不過，江有誥的一字數調當然不可能是以詞彙擴散理論觀察的結果。事實上，江有誥並未如此深入材料，《唐韻四聲正》中的一字數調，並未呈現出時、地的不同，也沒說明詞義上的差別[29]，僅少數幾個字提到時代不同聲調有不同的讀法。如「爽」字下注：「古惟讀平聲，至曹植〈釋愁文〉『亂我情爽』與『掌黨』叶，始作上聲」；「靜」下注：「古惟有平去二聲，至魏晉始間讀上」；「信」：「古惟讀平聲，至漢人乃間讀去聲」，注意到「爽、靜」上聲與「信」去聲產生的時間。少數幾個字注意到音義之間的關係，如「予」字下注：「古訓『我』之義，多讀上聲」，又云：「訓『我』之義，惟《楚詞・遠遊》『排閶闔而妄予』與『居、都』叶讀平聲，餘無讀平聲」；「盛」：「粢盛之『盛』平聲，茂盛之『盛』去聲，按古茂盛之『盛』亦讀平聲」，以「予、盛」二字中古韻書調異義異，但上古韻文卻沒有分別，顯示中古有四聲別義，上古未必有分別。

江有誥雖廣蒐先秦以至魏晉韻文考證上古字調，但對材料卻未再加細分，因此無法細究造成一字多音的原因，只能籠統的考證出某字上古有某調或惟讀某調而已。另外，有些字在《廣韻》具有數調，於上古韻文多集中與其

---

[29] 江有誥早期認為古人一字止有一音，此時是否改變看法，並無明顯的文字敘述可證，但《唐韻四聲正》既有一字數調，其看法應該已有不同。

中一調押韻，這類情形因《廣韻》無失收或誤置的情形，《唐韻四聲正》則往往不加修訂，以致無法顯示古今聲調的演變。如「夢、乘、勝」《廣韻》皆有平、去兩讀，而《詩》中皆與平爲韻，《唐韻四聲正》應注古惟有平聲；「喪、降」《廣韻》有平、去二音，義同，《詩》中多次出現，多叶平，既多次叶平，應讀平聲，但因《廣韻》原即有平、去二音，所以《唐韻四聲正》中並無「喪、降」，凡此皆無法顯示諸字平聲一讀是古音，而去聲是後起的。

2. 調類修正漫無條理

江有誥依據韻文的押韻情形考察上古聲調，但卻未訂出修正的條例，江舉謙即曾批評：「有觀念，無條例」[30]，將調類歸劃古今不同的觀念，應用得漫無標準。如：

(1)要多少證據改調才能成立，沒有一定，有些僅憑一二證據即認定該字有某調，有些字有二、三個與他調相叶的例證，又不見修正。如「子」中古上聲，上古韻語多與上聲爲韻，《詩》中與平聲爲韻者，也有三次，但《唐韻四聲正》中不見「子」字有平聲。而「司」有入聲，只引《大戴禮・哀公問五義篇》爲證；「休」與「嘻」僅以《易林》的〈賁之頤〉、〈屯之晉〉二例證古有上聲，而此二例又都非屬先秦。又如「謀」《詩》中除平聲叶韻外，與

[30] 江舉謙：〈試論上古字調研究〉，(臺中：《東海學報》，第五卷第一期，頁 11~24)，頁 15。

平、上聲叶者有二次，純與上聲相叶者也有四次，與去、入聲相叶者則僅一見，而江有誥無上聲一讀，卻兼有去聲。

(2)異調相叶的韻腳，該以何調從何調？其原則爲何？江有誥似乎並無一定。如「沼」《廣韻》爲上聲，江有誥云古有去聲，以〈小雅·正月〉十一章與「樂入炤去虐入」叶爲證，據以少從多的原則，似乎是「沼、炤」都應有入聲，而江有誥卻據此例定「沼」有去聲[31]。又如中古平聲「飄」字，據〈檜風·匪風〉二章與「嘌平弔去」叶，證古有去聲[32]，然二平一去，按理該是「弔」有平聲，而江有誥卻以「飄」有去聲，以與「弔」叶，「嘌」字卻仍讀平聲，「飄」字的修正，變得沒有意義。

(3)有些證據不夠充分，如「克」有去聲，《唐韻四聲正》先秦例證取〈小雅·小宛〉二章與去聲「富又」叶、《管子·四稱篇》與「富事」叶爲證，但「富、事」江有誥皆云有入聲，則《管子》中「富事」有讀入聲的可能，這個證據有問題。

(4)有些甲因乙而有乙之聲調，而乙卻又因同一組韻腳與甲叶而有甲的聲調。如「里」中古上聲，《唐韻四聲正》有去聲，以〈大雅·召旻〉七章與去聲「舊」

---

31 另舉司馬相如、班固與去聲相叶的例證。

32 另有曹植賦與去聲相叶之例證。

相叶爲證；另「舊」有上聲，也以〈大雅・召旻〉七章與上聲「里」相叶爲證，「里」因「舊」而有去聲，而「舊」又因「里」有上聲，自相矛盾，令人無所適從。又「祀」有去聲，以〈楚茨〉一章、〈大田〉四章與「福」相叶，〈旱麓〉四章與「載備」相叶，〈潛〉與「福」相叶爲證。但「祀」於《詩》中押韻多與入聲叶，如〈小雅・楚茨〉四章「祀食福式稷敕極億」〈小雅・大田〉四章「祀黑稷祀福」〈周頌・潛〉一章「祀福」全與入聲相叶；雜有去聲字的如，〈小雅・楚茨〉一章「棘稷翼億食祀侑福」、〈大雅・旱麓〉四章：「載備祀福」，「祀」當有入聲，但《唐韻四聲正》無入聲一讀，以「祀」與少數的去聲字「侑、福、備、載」爲韻，證古有去聲。其中「福」中古原爲入聲字，江有誥同樣又據〈楚茨〉一章、〈大田〉四章、〈旱麓〉四章、〈潛〉的「福」與「祀、侑、備」相叶，「福」證古有去聲。按理應是「祀」因與「福」爲韻而有入聲，或「福」因「祀」而有上聲，但江有誥卻改「祀、福」爲去聲。又「載」有去聲一讀，以〈旱麓〉四章與「福」叶爲證，而「福」有去聲，又以〈旱麓〉四章與「備祀」叶爲證，令人無所適從。

(5)或有甲改讀爲某調，所引例證與甲相叶的字非讀此調，而強改讀成此調，以合其說。如「式」中古爲入聲，《詩》中多韻入聲，與去聲相叶者僅見〈大雅·崧高〉，另〈大雅·蕩〉與上聲「晦」字爲韻，《唐韻四聲正》即引此二例證「式」有去聲一讀，而將「晦」字改爲去聲，以合其說。

(6)《唐韻四聲正》「若、賦」均有上聲，而都以〈大雅·烝民〉二章「若賦」相叶爲證，然此韻段二字一爲入，一爲去，照理應改入爲去，或改入爲去，卻莫名其妙的將兩字都改爲上聲。

(7)在江說中有些韻部並非四聲具備，如真部無上聲，中、侵、蒸部無去聲，這些沒有上、去聲的韻部，其中古屬於上、去聲的字，如真部上聲「盡、引、領、吅」，中部去聲的「仲、宋」，侵部去聲的「譖」、蒸部去聲的「孕」等，上古應該不讀上去聲，須改歸他調，但又不見《唐韻四聲正》修訂，上古究竟屬於何調，以及上古所沒有的這些聲調，又從何而來，江有誥均無說明。

由上述各種情形觀之，江有誥相當主觀，讀什麼調，存乎一心，沒有一個客觀的準則，毫無章法可言。他不但沒有訂出嚴謹的修正條例，對證據也沒有詳細比對清楚，因此有許多自相矛盾、糾纏不清的情形。

五、對後人的影響

古韻研究至嘉慶、道光時期，韻例判斷越來越正確，古韻分部也日趨精密，學者根據上古韻文、諧聲等材料研究上古聲調，也有較爲一致的結論。與江有誥同時、繼江氏之後，王念孫、劉逢祿、夏炘、夏燮諸家，或與江有誥來往論音，相互影響，或各自斟酌，而殊途同歸，也都對上古聲調，提出古有四聲之說，也都認爲除個別字調古今不同外，上古四聲與中古相差不遠，各部未必都四聲具足。江、王、夏諸家的古有四聲說，與陳第、顧炎武、江永等早期學者的結論表面上雖相似，實則有本質上的差異。陳、顧諸家之說是未經論證，以唐韻四聲爲上古四聲爲當然；而江、王、夏諸家則是經過詳細的論證，在韻部研究的成果上，透過精密的韻腳分析，比較上古韻語押韻情形與中古四聲的異同，歸納出與中古四聲差不多的四個大類，詳細舉證少數字調古今的不同，也發現各部四聲分佈參差不一，使古有四聲之論更爲可信。

對現代學者而言，江有誥的研究更是一個重要的基礎，具有相當的啓發性。首先，今日論古聲調者，依其說與清人古聲調說的關係，大致歸納一下，主要可分爲兩派：其一承段玉裁「古無去聲」、「平上爲一類，去入爲一類」之說，另一派則支持江有誥的「古有四聲」說。[33]這兩派學說，後者爲江說嫡系，固無庸置疑，而前者雖主要源自段說，然細加勘究，或多或少也受江說影響，實揉合了段、江兩家的意見，與江有誥的古聲調論並非全然無關。如王力雖支持段玉裁「古無去聲」說，認爲上古只有三調，但

[33] 前者如王力、陳新雄師；後者如高本漢、董同龢、李方桂、丁邦新、周法高、龍宇純等。另如陸志韋《古音說略》主張上古五聲說，認為上古去聲有兩類：一類為長，與平、上聲通轉；另一類短，與入聲相通。

也「以爲王(念孫)、江(有誥)的意見，基本上是正確的，先秦的聲調，分爲舒促兩大類，但又細分爲長短，舒而長的聲調就是平聲，舒而短的聲調就是上聲，促聲不論長短，我們一律稱爲入聲，長入到了中古變爲去聲(不再收-p、-t、-k)，短入仍舊是入聲。」[34]王力並未否定江、王的古有四聲之說。又如林尹先生古四聲押韻現象，認爲是實際語音與觀念認知上的差異：古人實際語音上已有四聲區別之存在，故詩中四聲分用畫然，又因其觀念上惟辨舒促，故平每與上韻，去每與入韻，謂段、江二說似相違而實相成。[35]可知，學者無論是持「古有四聲」之說，或是「古無去聲」之論，都承認上古音大抵可以分出相當中古於平、上、去、入的四類，自江有誥至今日，經學者不斷的論證，「總的來看，四聲在上古音中是已經存在了。」[36]

其次，清代古聲調論者中，江有誥首先明白指出上古各部調類多寡不一的現象，並具體說明上古聲調在各部分布情形。江有誥此舉顯現了漢語聲調發展的不平衡性，而後世學者由此現象進一步深入探索漢語聲調的起源與發展。楊劍橋在〈上古漢語的聲調〉一文中即指出「上古漢語既有聲調，則聲調音位亦應有分布特徵。古人雖然沒有

---

[34] 王力：《漢語史稿》，(《王力文集》第九卷，山東教育出版社，1988 年 4 月，原刊於北京：科學出版社，1957~1958 年)，頁 102~104。

[35] 見陳新雄師：《古音研究》，(臺北：五南圖書出版公司，1999 年 4 月)，頁 760。

[36] 李方桂著・張惠英譯：〈上古音〉，(《中國語文》，1984 年第 2 期，頁 136~144)。

這樣的名稱，但是這種研究早已有之，如江有誥……(表列江氏廿一部各部四聲分布情形)。上古每一個韻部之中包含許多韻母，而以如此眾多的韻母，卻不能具備所有聲調，必有其深刻的原因。」而「個別韻部四聲不具備的原因，在於聲調發展的不平衡性」楊氏並以羅常培、周祖謨《漢魏晉南北朝韻部演變研究》中所列兩漢各部聲調分布情形，與江表相比較，發現：蒸部增加去聲，真部平上去三聲也已具備；又先秦陽聲韻的上、去聲字不多，魏晉以後上去聲增多，兩漢以後宵部的平上去聲的分別也很清楚。而謂「漢語的聲調是發展的，有些韻部起初只有平聲或入聲，以後又增加了上聲、去聲，這可能正反映了整個上古漢語聲調的發展過程。」因此推測諧聲時代漢語的聲調當只有兩大類，A 類爲平聲，含中古的平上去聲；B 類是入聲，含中古的去入聲(去聲分爲二)。再經諧聲、四聲別義分析及漢藏語比較等詳加論證，歸結出漢語的聲調可能是後起的，是因應前綴音脫落及輔音韻尾簡化的一種補償手段，而先秦不整齊的聲調，正是處於演變過程當中的反映。[37]周祖謨對先秦聲調的觀察，也有相同的認識：漢語在周秦時代調類有三或四個，是經過長期逐漸發展而成，更早也許只有長、短之分；而不同韻部的調類多寡不一，也有一個

---

[37] 楊劍橋：〈上古漢語的聲調〉，(《語文論叢》，上海教育出版社，1983 年 2 月)，頁 86~95。

發展過程，去聲成爲一個調類，發展比較晚。[38]

由周、楊二文的研究，黃侃先生的上古唯有平、入，段玉裁的古無去聲，江有誥的古有四聲諸說，均於聲調的發展歷程中得到驗證，使上古聲調的情形更加明晰，而江有誥所提出各部調類多寡不一的現象，對這些研究應當是有啓示作用的。

再者，江有誥認爲個別字古今聲調不同，是造成上古韻文四聲不叶的主要原因，而將古今聲調不同的字，依韻文押韻情形一一加以考訂。但江有誥因隨文訂調，又取材不當，無嚴謹的修訂條例，造成一字多調的現象過於浮濫，評者多認爲多餘無可取。然而江有誥此舉對古聲調研究是否真的完全無意義？若說無意義，似有欠公允。周祖謨在〈古音有無上去二聲辨〉中接受江有誥「古有四聲」之說，力辨古音有上、去聲，以較嚴謹的條例，重新考訂出上古的上、去聲字，並謂：「因其與平入有合用之例，可知古人一字或有二聲，游轉未定，或爲古人一時權宜之便，或古聲本與今聲有異」，此言與江說如出一轍。且隨著後人對上古聲調的觀察越趨精密，我們發現也一字多調或許是造成《詩經》陰入互押或異調互叶的原因之一。郭錫良〈也談上古韻尾的構擬問題〉一文認爲只有 2.6%陰入通押，不須要擬成濁塞音韻尾，而認爲上古陰聲韻是元音收音的開

---

[38] 周祖謨：〈漢代竹書和帛書中的通假字與古音的考訂〉，(《音韻學研究》第一輯，1984 年 3 月，頁 78~91)，頁 82。

音節，並指出若能剔除上古可能有陰、入兩讀的字，陰入通押的比例會更低。[39]又如曾路明批評王力將《廣韻》中的去聲字與上古入聲有牽連者，都併到入聲作長入處理，在一定程度上掩蓋了條件異讀。曾氏認爲某些陰入通押實是因上古有辨義作用異讀的關係，應該要分開處理。

由此可知，後世學者對上古聲調的觀察較清人更爲細微深入，不再將中古四聲的框強架於上古聲調上，而是客觀的從韻文的互押情形，由異調混押中，根據詞義差異及押韻趨向，訂定個別「詞」的上古聲調，再由此觀察上古聲調是否四聲分明，使所得的結果更接近事實。雖然，江有誥上古聲調的考訂過於浮濫，所訂定的不同聲調也未考慮詞義的因素，但《唐韻四聲正》據韻文異調互叶以確定上古聲調的作法，卻也正是上述學者研究上古聲調、條件異讀的方法之一，對上古聲調的研究而言，在這方面應有其意義。

---

[39] 見郭錫良：〈也談上古韻尾的構擬問題〉，(《語言學論叢》第十四輯，〈上古音學術討論會上的發言〉，北京商務印書館，1984 年 11 月，頁 3~49)，頁 20~27。

國語ㄖ聲母例外來源考

陳梅香

一、前　言

從中古《廣韻》以至於現代國語的聲母演變當中，很重要的一項演變爲「捲舌音」的產生，指的是國語聲母讀爲ㄓㄔㄕㄖ，主要來自中古知徹澄、莊初牀疏、照穿神審禪、日等 13 個聲母，這類捲舌音的聲母在其他語言裏比較少見，即使在現代漢語方言當中也不普遍，所以，可以說是國語相當特殊的一類聲母。

其中國語ㄖ聲母的主要來源更是集中於中古的日母字，[1] 以國語韻母、聲調與ㄖ聲母相拼且有意義的語音當中，經與中古四十一類聲母對應比較之下，仍能發現些許例外，舉如榮、容、融、銳等，常用字「榮」字，《廣韻》以「榮」字爲反切上字的用字，經系聯分析的結果，中古聲母當屬「爲」母，擬爲 j-，[2] 另「容」字國語亦爲ㄖ聲母，中古屬「喻母」，擬爲零聲母的性質，榮、容二字皆非來自以上所舉 13 類中古聲母的範疇；以「容」字而言，竺家寧

[1] 詳見林師慶勳《古音學入門》，台北：學生書局，1989 年，p137。

[2] 本文中古四十一類聲母擬音，以陳師新雄《音略證補》，台北：文史哲出版社，1988 年，p38 所擬為主要依據。

先生以爲是「受到ㄖ聲母的類化」，[3] 雖是簡潔有力的說明，然總以爲欠缺實證，何以中古聲韻調的條件皆相同，後來國語語音殊別，皆有深究之處。

經歸納之後的例字或許不多，但嘗試經由《廣韻》以後主要爲北音系之韻書（含韻圖）、字書，與近年來大陸方言調查結果的比對與分析，以瞭解語音分合的狀況，與釐析國語ㄖ聲母特殊來源的可能性，進而豐富國語語音來源的面貌！

二、ㄖ聲母例外來源字例的歸納與說明

以近十年由大陸相關聲韻學者編纂而成的《漢語大詞典》爲例，利用〈單字漢語拼音索引〉之對照，搜集相關與ㄖ聲母有關的字音（不含簡化字），共計 383 字，逐一翻查詞典中相對應之韻書音注，以《廣韻》、《集韻》爲主要之時間上限，其中褸、𩝐、唌、栣、𨟃、叻、𠯿、㕣、鈤、熔、𪐴、蒫、鉫、偌、鰙、朊、𢉭、蒞等 18 字，或未注明韻書反切，或經覆查確認二韻書皆未收錄之字，實多爲俗字或後起字之性質，雖多可從其諧聲偏旁類推讀音，然以無可比較之緣故，暫不列入討論之對象，除此以外，其餘共得 42 字，茲以〈單字漢語拼音索引〉出現之先後，將《漢語大詞典》字例中所提供之相關語音訊息與複查之後的結果，再對照國內由教育部召集相關聲韻學者主編《重編國語辭典》之國語注音，列表說明如下：（漢：代表《漢語大詞典》，國：代表《重編國語辭典》）

---

[3] 詳見竺家寧《古音之旅》，台北：國文天地雜誌社，1995 年，p163。

次序	例字	注音 漢/國	韻書反切	韻書 41 聲類/韻部/聲調(韻攝)	備註
1	嘫	rán/ㄖㄢˊ	《廣韻》女閑切 《集韻》如延切	娘/山/平(山) 日/山/平(山)	《集韻》又尼鰥切
2	嬈	ráo/ㄖㄠˊ❶ rǎo/ㄖㄠˇ	《音韻闡微》日遙切 《廣韻》奴鳥切 《集韻》伊鳥切	泥/篠/上(效) 影/篠/上(效)	《廣韻》奴鳥切又音遶(而沼切)又火弔切 《集韻》又裹聊切、乃鳥切、爾紹切
3	紉	rèn/ㄖㄣˋ	《廣韻》女鄰切	娘/真/平(臻)	《集韻》尼鄰切
4	嶸	róng/ ＊❷	《集韻》乎萌切	曉/耕/平(梗)	《廣韻》未收此字 《集韻》又玄扃切
5	肜	róng/ㄖㄨㄥˊ	《廣韻》以戎切	喻/東/平(通)	《集韻》余中切
6	烿	róng/ ＊	《集韻》余中切	喻/東/平(通)	《廣韻》未收此字

次序	例字	注音漢/國	韻書反切	韻書41聲類/韻部/聲調(韻攝)	備註
7	容	róng/ㄖㄨㄥˊ	《廣韻》餘封切	喻/鍾/平(通)	《集韻》餘封切
8	傛	róng/　*	《廣韻》餘封切	喻/鍾/平(通)	《集韻》餘封切
9	瑢	róng/ㄖㄨㄥˊ	《廣韻》餘封切	喻/鍾/平(通)	《集韻》餘封切
10	榕	róng/ㄖㄨㄥˊ	《廣韻》餘封切 《集韻》餘封切	喻/鍾/平(通)	
11	溶	róng/ㄖㄨㄥˊ	《廣韻》餘封切	喻/鍾/平(通)	《集韻》餘封切
12	傛	róng/　*	《廣韻》餘封切	喻/鍾/平(通)	《集韻》餘封切
13	褣	róng/　*	《廣韻》餘封切	喻/鍾/平(通)	《集韻》餘封切
14	蓉	róng/ㄖㄨㄥˊ	《廣韻》餘封切	喻/鍾/平(通)	《集韻》餘封切
15	輍	róng/　*	《廣韻》餘封切	喻/鍾/平(通)	《集韻》餘封切

次序	例字	注音 漢/國	韻書反切	韻書41聲類/韻部/聲調(韻攝)	備註
16	鎔	róng/ㄖㄨㄥˊ	《廣韻》餘封切	喻/鍾/平(通)	《集韻》餘封切
17	榮	róng/ㄖㄨㄥˊ	《廣韻》永兵切	爲/庚/平(梗)	《集韻》維傾切、于兵切
18	嶸	róng/ㄖㄨㄥˊ❸	《廣韻》永兵切	爲/庚/平(梗)	《廣韻》又戶萌切 《集韻》乎萌切、于兵切
19	蠑	róng/ㄖㄨㄥˊ	《廣韻》永兵切	爲/庚/平(梗)	《集韻》于兵切
20	融	róng/ㄖㄨㄥˊ	《廣韻》以戎切	喻/東/平(通)	《集韻》余中切
21	瀜	róng/ ＊	《廣韻》以戎切	喻/東/平(通)	《集韻》余中切
22	頌	róng/ㄖㄨㄥˊ	《廣韻》餘封切	喻/鍾/平(通)	《廣韻》又似用切 《集韻》似用切
23	訟	róng/ㄙㄨㄥˋ＊	《集韻》餘封切	喻/鍾/平(通)	《廣韻》似用切 《集韻》又似用切

次序	例字	注音漢/國	韻書反切	韻書41聲類/韻部/聲調(韻攝)	備註
24	糅	róu/ㄖㄡˇ❹	《廣韻》女救切 《集韻》而由切	娘/宥/去(流) 日/尤/平(流)	《集韻》又女救切、忍九切
25	帤	rú/ㄖㄨˊ	《廣韻》女余切	娘/魚/平(遇)	《集韻》女居切
26	絮	rú/ㄖㄨˊ	《廣韻》女余切	娘/魚/平(遇)	《集韻》女居切
27	袽	rú/ㄖㄨˊ	《廣韻》女余切	娘/魚/平(遇)	《廣韻》又音如 《集韻》女居切、人余切
28	拏	rú/ㄖㄨˊ	《廣韻》女余切	娘/魚/平(遇)	《廣韻》又女加切 《集韻》女居切、人余切
29	阮	ruǎn/ㄖㄨㄢˇ	《廣韻》虞遠切	疑/阮/上(山)	《廣韻》又愚袁切 《集韻》愚袁切、五遠切
30	惢	ruǐ/○＊	《廣韻》蘇果	心/果/上	《廣韻》(桑果

次序	例字	注音 漢/國	韻書反切	韻書 41 聲類/韻部/聲調(韻攝)	備註
			切	(果)	切)又醉隨切(姊宜切)、才捶切《集韻》損果切、聚縈切
31	瑞	ruì/ㄖㄨㄟˋ	《廣韻》是僞切	禪/寘/去(止)	《集韻》樹僞切
32	[illegible]	ruì/ ＊	《廣韻》以芮切	喻/祭/去(蟹)	《廣韻》又弋雪切《集韻》俞芮切
33	㕡	ruì/ ＊	《廣韻》以芮切		《廣韻》無此字《集韻》俞芮切
34	兊	ruì/〇＊	《集韻》俞芮切	喻/祭/去(蟹)	《廣韻》杜外切
35	梲	ruì/〇＊	《集韻》俞芮切	喻/祭/去(蟹)	《廣韻》他骨切又音拙(職悅切)、他括切
36	銳	ruì/ㄖㄨㄟˋ	《廣韻》以芮切	喻/祭/去(蟹)	《廣韻》又杜外切《集韻》俞芮切
37	睿	ruì/ㄖㄨㄟˋ	《廣韻》以芮	喻/祭/去	《集韻》俞芮切

次序	例字	注音 漢/國	韻書反切	韻書 41 聲類/韻部/聲調(韻攝)	備註
			切	(蟹)	
38	叡	ruì/ㄖㄨㄟˋ	《廣韻》以芮切	喻 / 祭 / 去 (蟹)	《集韻》俞芮切
39	睿	ruì/　＊	《廣韻》以芮切	喻 / 祭 / 去 (蟹)	《廣韻》無此字 《集韻》俞芮切
40	挼	ruó/ㄖㄨㄛˊ ❺	《集韻》奴禾切	泥 / 戈 / 平 (果)	《廣韻》素回切又奴禾切 《集韻》又儒隹切、儒垂切、翾規切
41	捼	ruó/ㄖㄨㄛˊ ❻	《廣韻》奴禾切 又乃回切、儒隹切	泥 / 戈 / 平 (果) 泥 / 灰 / 平 (蟹) 日 / 脂 / 平 (止)	《集韻》儒隹切、奴禾切、而宣切
42	撋	ruó/ㄖㄨㄢˊ	《集韻》奴禾切	泥 / 戈 / 平 (果)	《廣韻》而緣切 《集韻》又儒隹切、儒垂切、而宣切

次序	例字	注音 漢/國	韻書反切	韻書41聲類/韻部/聲調(韻攝)	備註
	需	○/ㄖㄨˊ❼			《廣韻》相俞切《集韻》詢趨切、又奴亂切、乳兖切

注：❶ 嬈字，《廣韻》有上、去二讀，但未見平聲的讀法。

❷ ＊表《重編國語辭典》未收入日聲母的讀音。

❸ 《重編國語辭典》「嶸」字注云：「又讀ㄏㄨㄥˊ」。

❹ 《重編國語辭典》「糅」字注云：「又讀ㄋㄧㄡˋ」

❺ 《重編國語辭典》「挼」字云：「讀音ㄋㄨㄛˊ、語音ㄖㄨㄛˊ」。

❻ 《重編國語辭典》雖未於日聲母下收錄「捼」字，然於「挼」字右旁特標注「（捼）」，蓋意謂挼、捼音義皆同。

❼ 需字，二字典除皆收錄 Xū/ㄒㄩ、nuò/ㄋㄨㄛˋ二音之外，《重編國語辭典》收有ㄖㄨㄢˇ、ㄖㄨˊ兩個讀日聲母的音，而《漢語大詞典》則僅收錄 ruǎn 一音。

其中，《漢語大詞典》頌、訟 2 字有讀爲 róng 的情況，《廣韻》、《集韻》二書皆互有參照，《重編國語詞典》只將「頌」字保留ㄖㄨㄥˊ音的讀法，未有任何字義的說解，而逕讀「訟」爲ㄙㄨㄥˋ而未收錄ㄖㄨㄥˊ音音讀。兌、棁二字，《漢語大詞典》皆讀爲 ruì，檢閱《集韻》於「銳㓹梲兌」下云：「籒作㓹，或作梲，亦省」，蓋以「㓹梲兌」3字皆爲「銳」字字體不同的寫法而已，《重編國語詞典》一讀爲ㄉㄨㄟˋ、一讀爲ㄓㄨㄛˊ，其音皆可溯自《廣韻》杜外切、又音拙之注音方式。「惢」字ㄖ聲母上聲之讀法主要爲《漢語大詞典》所收錄，《廣韻》、《集韻》、《五音集韻》上聲皆讀蘇果或損果切，就所查語料而言，《併音連聲字學集要》（1574AD）音注爲「如累切」，《書文音義便考私編》（1586AD）列此字屬日母賄韻上聲，頗能說明《漢語大詞典》之音注狀況，且於「惢」字旁明確加注云：「本字」，顯然是以其他相關同音字「蕊橤繠」爲比較對象；又清呂世宜《古今文字通釋》（1853AD）於「惢」字云：「才累切，心疑也……，又今花蕋字當作此，作蘂橤蕋皆俗」，[4] 實可證前述所謂「本字」之意，然注「惢」爲「才累切」，聲母已非屬日母；由所注日母讀法來看，「惢」當本亦爲花蕊之意，後因蕊字使用廣泛，而使蕊行惢廢，而僅存「从三心」會意心疑之意而讀爲ㄙㄨㄛˇ之音。以《漢語大詞典》、《重編國語詞典》音義收錄狀況仍有差異，故頌、訟、兌、梲、惢等5字未列入本文討論之範圍。

睿、叡、㕙、壡4字，《集韻》蓋以「叡」字爲正，而注云：「古作睿㕙，籒作壡」，而今正體則已多選擇「睿」而非「叡」字，巆字，《集韻》注云：「《說文》崝嶸也，或作巆嵤㟅㟅」，其意蓋以「嶸」字爲正體，其他4字爲或體，以上所述，㕙、壡、巆等3字之形音義已較爲罕用，是以《重編國語辭典》未載列形音義，

4 詳見《續修四庫全書》第二三六冊，上海：上海古籍出版社，p269。

而睿、叡、壡等 3 字爲字形僅正、或體之差異，是以未列討論範圍，「睿」字已屬現今常用之字，則與「叡」字一併觀察討論。

「嘫」字音讀，《集韻》已收錄尼鰥切、如延切，其「如延切」一條之聲母即屬日母，屬北音系統之《五音集韻》，亦以「嘫」字爲「如延切」，其後諸多韻書概以此字較爲罕用，故多未收錄此字，以《集韻》所收錄之音已具ㄖ聲母來源之基本條件，故未將此字列入討論範圍。

「嬈」字，《漢語大詞典》引《廣韻》、《集韻》雖未見日母上聲之音讀，然覆查的結果，《廣韻》亦收錄「而沼切音遶」之音，亦符合 rǎo/ㄖㄠˇ音之來源，故「嬈」字ㄖ上聲之音亦未列討論。

「糅」字國語音讀爲有 róu/ㄖㄡˇ陽平與上聲之差異，《廣韻》「女救切」屬娘母宥韻去聲，《集韻》則收錄有平、上、去三讀，除保留《廣韻》「女救切」之音讀外，其餘「耳由切」、「忍九切」二讀皆屬日母，已能呈現《漢語大詞典》與《重編國語辭典》各讀陽平或上聲之來源說明，故此字亦不列入討論。

袽、蒘 2 字，「袽」字《廣韻》、《集韻》已收錄「又音如」、「人余切」屬日母之音，此外，《集韻》「蒘」字亦注與「袽」字同音，顯示此 2 字國語ㄖ聲母的讀法，實可上溯自《廣韻》或《集韻》，故本文亦不列入討論。

挼、捼、撋 3 字，《廣韻》挼、捼 2 字「奴禾切」雖屬同音性質，然於「捼」字下注云：「俗作挼」，顯示以「捼」爲正體、以「挼」爲俗體之差異，而「撋」字則與捼、挼 2 字爲異音性質，《重編國語辭典》「撋」字ㄖ聲母音讀當可溯自此；《集韻》挼、捼、撋 3 字有「奴禾切」、「儒隹切」2 個同音的情況，且於各反切下云：「或作挼撋」，顯示不管是奴禾切或儒隹切，皆以「捼」爲正體、以「挼撋」2 字爲或體，於音切上前者屬泥母，後者屬日母，於字形上亦可見《集韻》編輯當時「捼」字一般的俗寫已較《廣韻》所收錄多一「撋」字，而正、俗實爲相對性的概念，易因時空的變化而有不同，[5] 亦可從《重編國語辭典》將「捼」字標注於「挼」字右旁之處理方式，再增一例證；以現今讀爲 ruó/ㄖㄨㄛˊ音觀察，若以《集韻》「儒追切」之音讀而言，即屬日母，但韻母部分止攝音卻鮮少演變爲 uo/ㄨㄛ，而以「奴禾切」之音讀，均能符合韻母聲調部分之條件，只聲母部分未能符合，《重編國語辭典》於「挼」字下音讀特別標注有讀音、語音之別，其差異即爲聲母上之差異，顯示由讀音ㄋㄨㄛˊ向語音ㄖㄨㄛˊ之演變方向，故本文亦將此 3 字同音狀況，因正俗觀念之差異發展，一併列入觀察考索，「撋」字ㄖㄨㄢˊ音部分則不列入討論。

從二字典與《廣韻》、《集韻》二韻書之對照下，亦出現《重編國語詞典》有例外ㄖ聲母讀音的現象，即「需」字ㄖㄨˊ之讀法，釋爲「柔滑的樣子」，然以二字典所共舉《戰國策·秦策》：「其需弱者來使，則王必聽之」例子來看，似以《漢語大詞典》讀 nuò 即可，《重編國語辭典》另亦收ㄋㄨㄛˋ一音，同「懦」即可；又二字典亦皆收 ruăn/ㄖㄨㄢˇ音，《集韻》「乳兗切」即音讀之主要來源，而查閱《集韻》於「[illegible]輭軟需濡」等字下注云：「柔也，或从耎从欠，亦作需濡，通作耎」，以「[illegible]」字爲正體，說明或體的情況，且明言「需濡」二字爲「[illegible]」字音義相同字形不同的寫法，

---

[5] 詳見孔師仲溫《玉篇俗字研究》，台北：學生書局，2000 年，p27～31。

以「濡」字而言，國語即讀爲ㄖㄨˊ，此或可說明何以《重編國語辭典》收錄ㄖㄨˊ讀音之來源，然以《集韻》所載，或當以讀ㄖㄨㄢˇ音爲是，故「需」字ㄖㄨˊ音讀法，亦不列入討論。

另外，《重編國語辭典》未載讀音者如烿、傛、搈、褣、䡥、瀜、䓲等7字，因皆上溯自《廣韻》或《集韻》且亦涉及語音發展等諸多問題，故仍納入重要之考察對象。

綜上所述，除嘫、嬈（上聲）、糅、頌、訟、兊、梲、怂、袽、蓻、容、鴽、嚅、需等14字之外，本文將討論嬈（平聲）、紉、肜、烿、容、傛、瑢、榕、溶、搈、褣、蓉、䡥、鎔、榮、嶸、蠑、融、瀜、帤、毠、阮、瑞、䓲、銳、睿、叡、挼、捼、撋等共30字，以二字典載錄之國語讀音有 ráo/ㄖㄠˊ、rèn/ㄖㄣˋ、róng/ㄖㄨㄥˊ、rú/ㄖㄨˊ、ruǎn/ㄖㄨㄢˇ、ruì/ㄖㄨㄟˋ、ruó/ㄖㄨㄛˊ等7個音，róng/ㄖㄨㄥˊ音的比例最高佔30字中17字，其次爲 ruì/ㄖㄨㄟˋ5字，且以《漢語大詞典》爲例，若含同音異體字，實各佔該詞典 róng/ㄖㄨㄥˊ音、ruì/ㄖㄨㄟˋ音二分之一，又除了嬈、紉、阮、瑞等4字爲個別現象之外，《廣韻》或《集韻》以「容、傛、瑢、榕、溶、搈、褣、蓉、䡥、鎔」、「榮、嶸、蠑」、「肜、烿、融、瀜」、「帤、毠」、「䓲、銳、睿、叡」、「挼、捼、撋」等6組各爲同音的關係，其中前3組與第5組中古音皆屬喻母（或爲母）、第2組與第4組屬舌音娘母與泥母，於國語皆讀爲ㄖ聲母，此可謂其中特殊之現象。

三、例外現象之語料觀察

經歸納國語ㄖ聲母例外來源之 30 字，於十一世紀《廣韻》、

《切韻》之後以至二十世紀國語之前，各例字於元明清北音系語料所呈現之語音狀況，實爲例外來源之重要佐證，以下將 30 個例字分成七組，分別從韻書（含韻圖）、字書兩方面加以歸納觀察。[6]

（一） 嬈、紉、阮、瑞等 4 字

1・嬈

就相關語料的觀察而言，「嬈」字國語ㄖ聲母平聲之讀法，於《集韻》反切中已有平聲之讀音，然此反切「褭聊切」聲母實屬四十一聲類中之泥母，《五音集韻》沿襲此條反切之語音形式，至《蒙古字韻》雖已歸入日母，卻與「若弱蒻」（《廣韻》而灼切）等字列屬入聲聲調，其後《古今韻會舉要》（1297AD）等書皆已收錄日母平聲之音讀。

《玉篇》、《類篇》是與《廣韻》、《集韻》相副施行的兩部字書，在反切的音讀上仍有所取捨，不盡相同。「嬈」字國語ㄖ聲母平聲的讀法，於《重訂直音篇》（1460AD）以「又音饒」的形式呈現，其後字書亦多收錄日母平聲讀音。

2・紉

「紉」字國語音讀爲 rèn/ㄖㄣˋ，於《集韻》中雖有日母之讀音，然仍屬平聲，《五音集韻》沿襲此條反切之語音形式，然《西儒耳目資》仍擬爲濁平的「nin」，《元韻譜》有屬「紉母寅韻平聲」

---

[6] 本文元明清北音系語料主要以文淵閣四庫全書以及續修四庫全書為主，相關例字的語料觀察詳見文末附錄〈國語ㄖ聲母例外來源例字相關語料音注一覽表〉。

的音，也另外說明「又音人」，雖屬日母但聲調屬平聲，仍不符國語去聲之音讀。

《玉篇》已同時收有平、去兩讀的音，但仍屬娘母，《類篇》雖收有日母讀音，但聲調屬平聲，《新校經史篇海直音》雖以「音飪」之直音方式，但「飪」字有如林、女心二切，二切該如何取捨，又即使取屬日母之音，但聲調仍屬平聲，亦未符合國語音讀狀況，《重刊詳校篇海》雖注云「舊音飪」，蓋針對《新校經史篇海直音》而言，而至《正字通》（1644AD?）注其音讀爲「如禁切音刃」，實已符國語音讀之條件外，並特別加注云：「震韻刃部爲正」，顯示相對所見以往之音注狀況而言，「紉」字應以讀爲日母去聲爲是！而張玉書等《康熙字典》(1717AD)「紉」字云：「《廣韻》女鄰切，《集韻》而鄰切，並音人」，顯然仍以「紉」字平聲爲考量。

3·阮

「阮」字國語音讀爲 ruǎn/ㄖㄨㄢˇ，ㄖ聲母上聲之讀法，《廣韻》、《集韻》、《五音集韻》皆讀爲疑母上聲，《蒙古字韻》不同於以上三韻書之聲母讀法，將「阮」字讀爲「喻」母，顯示宋元時期北方音系頗爲特殊之處，其後《韻略易通》亦以「阮」字爲「一」母（屬喻母），《元韻譜》除於「元」母平、上聲之讀音外，特別標注「通別音」，實亦顯示「阮」字音讀特別之處，至《西儒耳目資》（1626AD）標注此音時，上聲讀法有日穩/juen-/、衣穩/iuen/兩種，此書擬日母爲/j-/，衣母屬零聲母性質，此二音頗能呈顯北音系《蒙古字韻》、《韻略易通》喻母之讀法外，又突顯出日母的出現，其他清代之相關語料多保留與《廣韻》、《集韻》疑母相同的讀法，

《書文音義便考私編》（1586AD）除疑母平、上聲之讀法外，亦注云：「俗呼音軟」，顯示此時「阮」字上聲應是疑母、日母共存的現象，明・孫耀《音韻正訛》(1644AD)列「軟□偄業擱阮」讀音同爲「軟」，[7] 至《同音字辨》（1849AD）於平聲讀法「音元」之外，真實地反映當時「阮」字上聲的讀音爲「俗訛軟音」，雖說明「阮」音日母讀法爲「訛讀」性質，但已具體呈現上聲讀成「軟音」應大於「元音」比例的事實。

字書部分多依循舊有反切形式，並未提出新音或看法，而以所查語料來看，同出李登之手的韻書、字書，韻部歸屬上仍小有差異，如韻書提出時音如「俗呼音軟」的狀況，但字書部分只說「虞遠切（原上聲）」，顯然較爲保守。

4・瑞

「瑞」字國語音讀爲 ruì/ㄖㄨㄟˋ，多數韻書所注聲母多屬禪母且與「睡」字同音，其中只《併音連聲字學集要》（1574AD）注其音爲「儒稅切」，列與「芮汭枘蚋萃悴」等字同音，與「惢」字只有上聲與去聲之分別，明・孫耀《音韻正訛》(1644AD)「瑞芮帨蚋銳睡睿叡」讀音同爲「瑞」，[8] 清・徐鑑《音泭》(1817AD)「瑞」字屬日母梅韻去聲，已與「睡」（禪母梅韻去聲）不同音，[9] 而《等切元聲》除審母之外，亦收錄有「喻」母的讀法，《同音字辨》則依《佩文詩韻》讀爲「所類切」，且與「睡」字同音，以反切上字

---

[7] 詳見《續修四庫全書》第二五九冊，上海：上海古籍出版社，p396。
[8] 詳見《續修四庫全書》第二五九冊，上海：上海古籍出版社，p402。
[9] 詳見《續修四庫全書》第二五九冊，上海：上海古籍出版社，p640。

屬「疏」母的聲母音變現象來看，仍屬於睡字捲舌音來源之範圍。

諸字書多標注睡、瑞同音，若加以考慮《字彙》(1615AD)「惢」字「如累切誰上聲」之音注狀況，則瑞字與惢字只是上、去聲調的不同，此則與《併音連聲字學集要》（1574）之說明相似。

（二） 容、傛、瑢、榕、溶、搈、褣、蓉、輍、鎔等10字

與「容」字聲符相關之字音，韻書皆書與「容」音相同，然字數不盡相同，故另列表如下：（○表有，★表無，雙直線之後爲本文未討論之其他例字，一併歸納）

	容	傛	瑢	榕	溶	搈	褣	蓉	輍	鎔	⿰容瓦	䈶	嵱	⿰足容	⿰容鳥	⿰容頁	⿱髟容	鰫	嫆
廣韻	○	○	○	★	○	○	○	○	★	○	○	○	○	★	○	★	★	★	★
集韻	○	○	○	○	○	○	○	○	○	○	○	○	○	○	○	○	○	○	○
五音集韻	○	○	○	○	○	○	○	○	○	○	○	○	○	○	○	○	○	○	○
新刊韻略	○	★	○	★	○	★	★	○	★	○	★	★	★	★	★	★	★	★	★
蒙古字韻	○	★	★	★	○	○	★	○	★	○	★	★	★	★	★	★	★	★	★
古今韻會舉要	○	○	○	○	○	★	○	○	○	○	★	★	★	★	★	★	★	★	★
中原音韻	○	★	○	★	○	★	★	○	★	○	★	★	★	★	★	★	★	★	★

	容	傛	瑢	榕	溶	搈	褣	蓉	⿰車容	鎔	⿰容瓦	⿱竹容	嵱	⿰足容	⿰容鳥	顃	髶	鰫	嫆
洪武正韻	○	★	○	★	○	★	★	○	○	○	★	★	★	★	★	★	★	★	★
韻略易通	○	★	★	○	○	★	★	○	★	○	★	★	★	★	★	★	★	★	★
併聲連音字學集要	○	○	○	○	○	★	★	○	★	○	○	★	○	★	★	★	★	★	★
書文音義便考私編	○	○	○	○	○	★	○	○	○	○	★	★	★	★	★	★	★	★	★
元韻譜	○	★	○	○	★	○	○	○	○	○	★	○	○	★	○	○	○	★	○
西儒耳目資	○	○	○	○	○	★	○	○	○	○	★	★	★	★	★	★	★	★ ❶	★
同文鐸	○	★	○	○	○	★	★	○	○	○	★	★	★	★	★	★	★	★	★
韻略匯通	○	★	★	○	○	★	★	○	★	○	★	★	★	★	★	★	★	★	★
五方	○	★	★	○	○	★	★	○	★	○	★	★	★	★	★	★	★	★	★

	容	傛	瑢	榕	溶	搈	褣	蓉	輍	鎔	㼸	䈶	嵱	⿰足容	⿰容鳥	⿰容頁	⿱髟容	鰫	嫆
元音																			
等切元聲	○	★	○	○	○	★	★	○	○	○	★	★	★	★	★	★	★	★	★
音韻闡微	○	○	○	○	○	★	○	○	○	○	★	★	○	★	★	★	★	○	★
音韻述微	○	○	○	○	○	★	○	○	○	○	★	★	○	★	★	★	★	★	★
同音字辨	○	★	○	★	○	★	○	○	○	○	★	★	★	★	★	★	★	★	★

注：❶《西儒耳目資》「鰫」字有日洪濁平 jum、石洪濁平 Xum 2 音，但不與「容」字同音。

綜觀所舉各韻書，與「容」字相關字形之字音多屬喻母或爲母，只《併音連聲字學集要》爲「胡弓切」屬匣母；直至《同音字辨》（1849AD），劉維坊特別注明時俗所聽得之音已讀成「而籠切」屬日母。

字書部分，從「容」得聲之字多以直音方式「音容」表明與容字字音之密切關係，而容字音讀亦呈現保守存古之形式，或以「餘封切」，或以「以中切」爲多，若以直音方式注音者，則多以「音庸」之庸字爲注音用字，說明容、庸二字音讀之密切性，實無法具體呈顯容字ㄖ聲母來源之狀況；值得注意的一個現象是，《重訂直音篇》（1460AD）「鱅」音注：「常容切，今音戎」，又「鰫」字有常容切、今音戎、又音容等音注說法，顯示此時從庸、容聲符得聲的少數字，已有讀爲日母的現象，故鰫字有禪、日、喻等三個不同的聲母讀音。

（三） 榮、嶸、蠑等 3 字

此 3 字《廣韻》、《集韻》、《五音集韻》皆同音，除「永兵切」或「于兵切」之音讀外，另「嶸」字亦有「戶萌切」之音，後《蒙古字韻》、《古今韻會舉要》、《韻略易通》、《西儒耳目資》、《韻略匯通》、《五方元音》等皆僅收錄舌根聲母的讀法，另外，《中原音韻》雖未注反切，然已列有兩個小韻的音讀，一即與「容溶蓉瑢鎔融」等同音屬東鍾韻平聲陽，一爲自爲一音屬庚青韻平聲陽，《同音字辨》（1849AD）雖將榮、嶸、蠑 3 字與融容等字同歸於「雍」字下平音之下，除了禺喁縈營塋罃等字補充《佩文詩韻》的反切外，其餘以「凡平上去入首一字下必註明反切，其餘不註者皆與首字同音」性質來看，[10] 可證知榮、嶸、蠑 3 字實與融容等字合流，同讀爲「而籠切」已屬日母。

榮字除舊有反切形式之外，《新校經史篇海直音》（1544AD 刊行）注爲「音容」，顯係與容字同音之性質，《字彙》（1615AD）榮、容、融 3 字皆有「以中切」的讀音，而直音則以兩兩互用之形式表示，顯係此 3 字實已讀爲同音之性質，然未有讀爲日母之證據；嶸字有匣、喻二聲母之讀法，蠑字亦取榮字聲符做爲直音之方式，多與榮字讀音相同，字書未收錄榮字日母之讀法。

---

[10] 詳見《同音字辨·凡例》，《續修四庫全書》第二六〇冊，上海：上海古籍出版社，p508。

（四） 肜、烿、融、瀜等4字

綜觀所查閱之韻書、韻圖之狀況，烿、瀜2字載錄較少，以所載錄之狀況而言，此4字聲母多屬喻母（或爲母），只《併音連聲字學集要》記其反切爲「胡弓切」，《西儒耳目資》標其音讀爲濁平的/ium/，亦屬零聲母性質，直至《同音字辨》時以「坊」字明確顯示時音爲「而籠切」屬日母。

〈重訂直音篇〉（1460AD）容、融同音，其他3字亦俱備與容同音之現象，俱爲「以中切」，各字書亦皆以「音容」爲直音方式，但以反切狀況來看，未顯示日母之讀音。

（五） 帤、䋈等2字

此2字中，「䋈」或以罕用，歷代韻書較少收錄，《新刊韻略》（1228AD）已載錄「帤」字「又音如」之日母讀音，其後《古今韻會舉要》（1297AD）注此字爲「如居切」亦屬日母，除此之外，《併音連聲字學集要》（1574AD）載錄其音爲「牛居切」，聲母讀爲疑母，雖頗爲特殊，然以疑母於十至十四世紀已轉變成零聲母的現象而言，屬開細三等的字當亦已與泥母合流，故此時「牛」之聲母恐已讀爲n-；[11] 其餘或未見收錄或仍屬舌音娘母或泥母，以國語ㄖ聲母來源而言，除「䋈」字或以罕用之外，其他《集韻》同音之袽、蒘、帤3字多能上溯至宋元時期，或可顯示以「如」字字形爲聲符之類化跡象。

字書此2字多以「女居切音袽」的形式注音，聲母屬娘母，而

---

[11] 詳見林師慶勳《古音學入門》，台北：學生書局，1989年，p132。

「袽」字，《類篇》音女居切或人居切，《新校經史篇海》注「音茹」，《字彙》注「女居切音茹」顯示反切與直音之間，有娘日混讀之現象，《正字通》（1644AD？）注「而遇切音茹」則照顧反切與直音聲母之一致性，明確表示袽字當讀爲日母性質。

（六） 蒍、銳、睿、叡等4字

此4字中，以「蒍」字較少爲韻書所收錄，其餘銳、睿、叡3字於《韻略易通》（1442AD）時聲母音讀當已屬日母，其後《併音連聲字學集要》（1574AD）銳、叡2字有「又音遂」一音，《西儒耳目資》（1626AD.）列此3字同音標爲去聲日母讀爲/jui/，《等切元聲》（1704AD）睿、叡2字同時收錄只有喻母、日母不同的讀音，顯示此時期二聲母讀法仍並存，而王祚禎《善樂堂音韻清濁鑑》（1721AD）列「銳睿叡遺」爲「俞桂切」同音，屬「喻四·歸微韻去聲」，並於「銳」下注云：「此母字俗讀磓非」；[12] 顯示此3字聲母當時一般當已有讀爲日母之現象。

字書的兩兩互注之音注狀況顯示銳、睿、叡3字同音的緊密關係，但多以屬喻母性質爲多，《正字通》（1644AD？）則明確注此3字反切爲「儒稅切」，應已明確接受此3字聲母讀音上已屬日母之性質，字書多以蒍字與其他3字爲同音關係。

（七） 挼、捼、撋等3字

此3字韻書載錄同音狀況者計有《集韻》、《五音集韻》、《元

[12] 詳見《續修四庫全書》第二五七冊，上海：上海古籍出版社，p594。

韻譜》、《音韻闡微》等，其他多以挼、捼同音，或捼、撋同音爲多，《廣韻》即明確以「捼」字爲正體，顯示以「捼」字爲重要中介音之字，而後代韻書雖有依《集韻》廣泛收音的現象，但已朝向分途辨音之方式發展，《古今韻會舉要》、《洪武正韻》、《韻略易通》、《併音連聲字學集要》、《西儒耳目資》、《同音字辨》以「捼挼」一組，而「撋」字單獨發展之趨勢，甚而《韻略匯通》、《等切元聲》二書已將此 3 字視爲不同的 3 個字音；以ㄖ聲母的狀況而言，3 字同音狀況，以《集韻》奴禾切、儒追切，《五音集韻》如之切、《元韻譜》閏聲回韻平聲爲主，顯示《集韻》收錄二音相同之音讀狀況，後代亦有所取捨不盡與《集韻》相同。

字書《類篇》、《正字通》有將此 3 字讀爲同音之情況，前者爲儒隹切，後者爲奴禾切，亦顯示《集韻》收錄二音相同之音讀狀況，後代亦有所取捨不盡與《集韻》相同，其他字書則多以挼捼同音，而撋字獨立一音爲主；値得注意的是，《類篇》（1066AD）於「挼捼」2 字除收錄「奴禾切」之外，亦收錄有「如禾切」一音，顯示此 2 字同韻同調而產生聲母混讀的時代很早，只是後代不論韻書、字書皆未重視此一現象而已。

四、例外來源現象之音變規律分析

從國語ㄖ聲母例外來源 30 字之「例外現象之語料觀察」於聲韻調之考索當中，歸納其語音變化之規律性，從以下四種情況說明：

（一） 因字形聲符相同而產生類推作用：嬈、紉、帤、[illegible]、嵘、蝾、肜、瀜、傛、瑢、榕、溶、搈、**褣、蓉、**輍、**鎔、**

嵡等18字

這種可以看做是爲了「節省記憶」而使得例外的和不規則的現象減少的語音變化，拼音語系語言主要用於解釋語法的形態變化，是一種內部借用的變化，也稱爲「類推（analogy）變化」[13] 這種字形上的形態類推引發字音產生音讀變化的連鎖反應，李榮則歸納爲「字形的影響」，包括「讀半邊字」和「多音字的合併」兩方面，[14] 竺家寧先生亦提出「漢語有一種極爲特殊的類化現象，是其他語言所沒有的，那就是受字形的影響而改變了音讀的『有邊讀邊』」，[15] 從國語ㄖ聲母例外來源的音讀現象來看，「嬈」字平聲音讀狀況，《廣韻》未收錄，《集韻》增列「裹聊切」一音，只有「嬈」1字，《五音集韻》沿襲而列聲母屬「泥」母，至《古今韻會舉要》已將「嬈」字列與「饒橈襓蕘𩞄擾」等字同爲「如招切」，其他同韻而从「堯」字形聲符得聲者有「驍澆僥」爲堅堯切，「翹」爲祈堯切，「膮嘵」爲馨幺切，「蹺」爲丘祆切，「燒」爲尸昭切，「堯嶢僥」爲倪幺切，即顯示讀「如招切」當爲从堯得聲所佔比例較高，容易直接引起心理的聯想。

「紉」字若從同音之其他字觀察，實可反映該字音讀深受以「刃」字字形聲符類化之跡象；而「帤𥿬」2字與袽字音讀關係頗

---

[13] 詳見維多利亞・弗羅姆金（Victoria Fromkin）、羅伯特・羅德曼（Robert Rodman）著，沈家　等譯《語言導論》，北京：北京語言學院出版社，1992年，p351～352。

[14] 詳見李榮〈語音演變規律的例外〉，《音韻存稿》，北京：商務印書館，1982年，p112～114。

[15] 詳見竺家寧《古音之旅》，台北：國文天地雜誌社，1995年，p51。

爲密切，袽字《廣韻》亦收錄「又音如」一音，顯示受「如」字字形聲符相同之其他字，產生類推作用的時代頗早，且影響日益深遠，直至現今，舉如與「如」字字形聲符相同之字音，已多類化讀如「如」音；嶸、蠑2字，嶸字雖有舌根音「音宏（紅）」之音，但字書亦有以「音榮」之直接方式注音，蠑字則多直音「榮」，字形聲符類推作用非常明顯；而烿、瀜2字亦受彤、融字形聲符影響；傛、瑢、榕、溶、搈、褣、蓉、輍、鎔等9字則明顯受「容」字字形聲符影響。

（二） 因音讀取捨而產生類推作用：挼、捼、撋等3字

《集韻》此3字有「儒隹切」、「奴禾切」二讀，而後代韻書、字書各有取捨，且比例相當，再加上其他諸多又讀的狀況，顯示對此3字在音讀的明確度上一直是混雜同用，在韻母聲調相同的情況下，《五音集韻》挼撋2字有奴禾切、女禾切僅爲泥娘二母區別之音讀，《書文音義便考私編》挼字有聲韻調「尼灰平」、「心灰平」僅爲娘心二母區別之音讀，《元韻譜》挼捼2字除了皆有聲韻調上「農回平」之同音關係外，挼捼2字亦有聲韻調「閏回平」同音狀況，《正字通》挼字兼收奴回切、蘇回切，《同音字辨》捼字兼收諾何切、奴何切二音，以上所舉皆僅聲母上的差異而已，顯示此3字一字兩音之間聲母混讀的現象，直至《重編國語辭典》採取讀音、語音分途的方式，由以「捼」變爲「挼」兩字正俗字體與字音的互相取捨，若這組字非爲常用字，恐怕因字形聲符之類推作用，還會持續進行。

（三） 聲母增生現象：容、彤、融、榮、銳、睿、蕊等7

字

容、肜、融、榮、蒤、銳、睿等7字可分爲2組，一組爲容、肜、融、榮4字，《中原音韻》已大致列爲同音性質，《同音字辨》則明確注明爲「而籠切」，銳、睿、蒤3字，[16]除《併音連聲字學集要》則標其音爲「徐醉切」外，《韻略易通》等多已注有屬日母性質的聲母，然如《等切元聲》仍有喻、日二聲母兼變的現象，顯示此7字ㄖ聲母讀法的出現，雖然後一組早於前一組，但至十九世紀，未完全合流爲ㄖ聲母的讀法，這種在聲母的音變形式上，皆從中古喻母演變爲現代國語的ㄖ聲母由無到有的增生現象，對應以北方方言語音變化研究的成果來看，或有可能是因「兒化」現象所引發同音的連鎖音變反應！

關於「兒化」現象時代，李思敬認爲「我們可以把兒系列的〔ɚ〕音値產生的時代大體斷限在1407AD～1471AD這半個多世紀的歷史時期之內，也就是明代的初期」，而發展期則可「從永樂五年上推到《中原音韻》成書之年，即元泰定帝泰定元年甲子（1324AD）」，[17]且很明確地從《西儒耳目資》與《拙菴韻悟》二書加以考察，提出兒化音最早的記錄是明天啓六年（1626AD）的《西儒耳目資》，[18]在時代上頗能涵蓋容、肜、融、榮、銳、睿、蒤等7字的音變現

[16]「蒤」字較為罕用，韻書較少收錄，字書則多與銳、睿等字同音，故依同音性質一併討論。

[17]詳見李思敬《漢語「兒」〔ɚ〕音史研究》，台北：商務印書館，1994年，p39。

[18]詳見李思敬《漢語「兒」〔ɚ〕音史研究》，台北：商務印書館，1994年，p40～53。

象，銳、睿、蕊3字於《韻略易通》（1442AD）時即已呈現聲母增生現象，故若此3字真因兒化而導致聲母增生，則兒〔ɚ〕音值下限之時代或可再縮小，以《韻略易通》西微韻，《西儒耳目資》標其韻母音讀爲[ui]的情況而言，這樣[ui]的音讀若碰上兒化現象，其語音的變化爲何？真有產生聲母增生的可能性否，當應從兒音與其他元音結合的難易度加以考量。

若從趙元任先生「可共存發音的同時性」原理的分析與推演，[19] 李氏歸納兒化過程當中，前一個音加兒字所引起的語音變化，其兒化難度的進程有三：

1·〔i〕〔y〕〔ɭ〕〔ə〕〔a〕〔o〕〔e〕和〔n〕為呈吻合狀態的第一進程。

2·〔u〕為呈游離狀態的第二進程。

3·〔ŋ〕為呈排斥狀態的第三進程。

而在第一進程當中，又以〔i〕〔y〕較難與兒音〔ɚ〕共存發音，其音理的解釋爲：

〔i〕〔y〕〔I〕〔Y〕這些音，舌頭是平的，跟捲舌音不能共存。按趙先生的分析還要「加進一個捲舌的中元音」。這

---

[19] 李氏解釋云：「所謂『共存發音』就是在詞根語素的韻尾元音所規定的開口度和舌位的限度內，容許〔ɚ〕音同時發出。換句話說，只要詞根語素的韻母最後一個音位的開口度不小於〔ɚ〕，舌位不高於〔ɚ〕，就可以同時發出〔ɚ〕音。詳」見李思敬《漢語「兒」〔ɚ〕音史研究》，台北：商務印書館，1994年，p72。

是因為：從口形上講，在這些高元音已經規定好的開口度和舌位的條件下，無法同時發出捲舌音，於是就要調整下，使它能發得出來。這個調整，就是把開口度加大一點兒，把舌位降低一點兒，直到可以容許發出捲舌音（也就是變成共存發音）的起碼限度。……因而像雞兒、氣兒、魚兒、枝兒、絲兒這樣一些音也就比較容易產生兒化作用。

李氏所論雖能捉住舌面前高元音與兒音結合過程中的難度，但僅強調其仍易產生兒化的例子，而忽略不易產生兒化的現象，而從所舉的例子來看，其韻母的音節結構只有〔i〕〔y〕〔I〕〔Y〕等主要元音，忽略與韻母部分仍有介音與韻尾，排列組合的結果，恐怕使兒化的狀況增加更大的難度。

而後高元音雖然可以與〔ɚ〕共存發音，但不那麼好結合，所以兒化的難度還要大一些。這是因爲：

發〔u〕〔U〕這些後高元音時，雖然舌根抬起而沒有規定舌尖的位置，可以共存，但試想在抬起舌根的同時又要捲起舌尖，舌器官在一瞬間要同時完成兩個規定動作，而且一個動作在舌根，一動作在舌尖，個舌身要變成兩頭高的馬鞍形，處於一種不那麼自然的狀態，因而兒化起來也就比較不自然，所以結合性較差，容易產生游離狀態。

而〔ŋ〕情況與〔u〕有相類之處，即在同一時間內要完成舌根、舌尖兩個規定動作，趙元任先生提出把兒化與鼻化兩個作一齊集中到主要元音上來的「妥協」說法，而說：

這種妥協狀態比〔u〕在兒化過程中保持馬鞍形舌位還要不自然，所以就產生了最不容易兒化的排斥狀應。即使兒化了，也會有游離現象。[20]

從李氏相關的論述當中，不難得出其他音與兒〔ɚ〕音共存發音的難易度上，應爲〔ŋ〕>〔u〕>〔i〕〔I〕〔y〕〔Y〕，顯然若韻母的音節結構若包含〔ŋ〕〔u〕〔i〕〔I〕〔y〕〔Y〕等音時，勢必造成兒化極大的挑戰，其中恐怕又以〔uŋ〕或〔iuŋ〕難度最高，是以屬兒化韻「小人辰兒」轍屬中東韻雖舉「用兒」爲例，然李氏特別註釋云：「撮口呼罕有必然兒化的詞例」，[21] 而其應變方式或以拒絕兒化或有游離不穩定的狀況，除此之外，徐通鏘先生即從方言兒化的研究中，提出增生聲母的現象，徐氏云：

兒化就是使原來分屬於兩個不同音節的語素擠進一個音節的框架，實現單音節化。「兒」插入聲、韻母之間，它自然就成為一個構詞中綴，它在語音上與聲母的關係更密切，例如 tɕ, tɕ´, ɕ 轉化為 ts, ts´, s，無形的「零」聲母兒化時伴隨著產生一個有形的新聲母 z-；有些方言還使聲母 ts, ts´, s 轉化為 tʂ, tʂ´, ʂ 等等，因而這個中綴「兒」〔l〕自然是聲母的一部分。[22]

---

[20] 以上所引，詳見李思敬《漢語「兒」〔ɚ〕音史研究》，台北：商務印書館，1994 年，p73～75。

[21] 詳見李思敬《漢語「兒」〔ɚ〕音史研究》，台北：商務印書館，1994 年，p110～111、p132。

[22] 詳見徐通鏘《歷史語言學》，北京：商務印書館，1996 年，p328～329。

徐氏所論，主要在強調現今方言當中兒化的構詞現象亦能形成複聲母狀況，而於此得出的另一個啓示即兒化現象除了排斥與游離之選擇外，亦可能與聲母結合，以求所謂的「共存發音」，觀察銳、蕊、睿等字，《西儒耳目資》於聲母部分已明確標爲日母，韻母部分則爲〔ui〕，實處於兒化之難度範圍內，除了有不兒化或游離的方式，增生聲母正是一個可以選擇的方式，其於音理的解釋，則在於增生聲母是一種音段增加（Segment Insertion）的性質，指的是「音韻規律在詞項的音位表相中插入一個母音或子音」，[23] 可能增加在詞首，如西班牙語在以〔s〕加另一輔音打頭的詞的開頭插入一個〔e〕，transcribir（譯寫），僅爲書寫之意時則爲 escribir，可能增加在詞中，如英語中有些方言讀 dance 爲〔dænts〕，也可能增加在詞尾，如國語借讀 bus 時爲巴士〔basi〕。[24]

以兒〔ɚ〕音的發音性質而言，是爲「複韻母〔əɭ〕，[25] 徐通鏘舉山西平定方言的兒音的音值即爲〔ɭ〕，其中芽兒、魚兒二詞兒化後的讀法爲 iɑ+ɭ→zlA、y+ɭ→zlʊ，[26] 由此綜合判斷之，蓋以後半舌尖後元音帶音且摩擦性強，故兒化過程中引起插入聲母和韻母之間的結合方式，起始或爲〔zl〕形式，而 z、l 只有發音方法上擦音與邊音之別，再加上後面所接的元音是與兒化結合難度頗高的高元

---

[23] 詳見謝國平《語言學概論》，台北：三民書局，1998 年，p118。

[24] 詳見維多利亞·弗羅姆金（Victoria Fromkin）、羅伯特·羅德曼（Robert Rodman）著，沈家　等譯《語言導論》，北京：北京語言學院出版社，1992 年，p112；謝國平《語言學概論》，台北：三民書局，1998 年，p118。

[25] 詳見李思敬《漢語「兒」〔ɚ〕音史研究》，台北：商務印書館，1994 年，p100。

[26] 詳見徐通鏘《歷史語言學》，北京：商務印書館，1996 年，p328。

音時，若爲 i 時與舌尖後元音產生異化而使 i 因排斥而消失，若爲 u 則因同爲後元音而容易結合，其次，因〔ɚ〕之捲舌性質，很容易使聲母再變爲捲舌聲母〔ʐ〕而將 -l- 異化，演變的過程可表述如下：

i(j)u-/-i (-n, -ŋ)+ ɭ→zlu-/-i (-n, -ŋ)→ʐu-/-i(-n, -ŋ)

由此應可解釋《併音連聲字學集要》（1574AD）於銳、睿、叡 3 字有「徐醉切」之過渡現象；而劉維坊保留《佩文詩韻》之反切，注爲「文沸切音位」或有〔ui〕+〔əɭ〕產生兒化排斥，是以至清代晚期仍有游離現象，而至現代漢語北方方言中有讀爲 z- 或 l-，有可能爲兒化形式之殘留跡象。

至於容、榮、融、肜等字，《西儒耳目資》（1626AD）標其音爲〔ium〕（此時-m 尾實已演化爲-n、-ŋ 兩尾，此處-m 形式所表述的語音內容當是-ŋ）仍屬零聲母性質，但於稍後之《五方元音》（1624～1672AD），樊騰鳳曾於〈俗訛字類〉中引「用」字云：

> 用（于共切），雍字去聲，本在雲字母下，今郡人呼為如重切，戎字去聲，妄歸日字母下，毫釐千里，若此之類，不可不辨。[27]

樊氏所論，雖是想糾正時俗之音，卻意外呈現當時時音讀「用」爲戎去聲之事實，而由於「用」字之韻母最難與兒〔ɚ〕音共存，所以，演化的時代最晚，且有排斥現象，直至《同音字辨》（1849AD），

---

[27] 詳見《續修四庫全書》第二六〇冊，上海：上海古籍出版社，p8。

劉維坊始依俗音校訂容、榮、融、肜等音爲「而籠切」，據趙紹箕《拙菴韻悟》選用「而」這個代表字，李氏認爲：

> 是為了可以取「而」字的捲舌尾音，從而少用一個有聲母的字（「而」在金元時代雖然有聲母，但入明以後已經失去聲母了）。[28]

說明「而籠切」捲舌音性質應頗強烈，反切下字「籠」恰巧有〔l〕音性質，然與「容」同音之「庸」字，後與「用」字皆游離排斥，於元音唇化後始加入兒化範圍爲「（著）用兒〔y(ə)+əɭ→y^{ə}ɭ〕，[29] 現今北京官話「榮兒」特指蛋裏的胚胎，已進一步讀爲〔**ʐə̃r^{35}**〕，[30] 已是把「兒化」與「鼻化」兩個作用一齊集中到主要元音來，而這樣的組合，其實北京也有游離開來的情況如樣兒、燈兒等，「榮兒」音讀已是進一步妥協性的結果。

（四） 其他：瑞、阮等2字

瑞字中古屬禪母，韻書、字書多列與「睡」字同音，至《併音連聲字學集要》（1574AD），音讀注爲「儒稅切」，且不與「睡」字同音，而與「芮萃」等同音，林師慶勳論及禪、日二母之音變狀況時，曾說：

---

[28] 詳見李思敬《漢語「兒」〔ɚ〕音史研究》，台北：商務印書館，1994年，p43。

[29] 詳見李思敬所引純粹老派兒化韻的「小人辰兒轍」中的「中東」黴，《漢語「兒」〔ɚ〕音史研究》，台北：商務印書館，1994年，p111。

[30] 詳見許寶華、宮田一郎編《漢語方言大詞典》，北京：中華書局，1999年，p3904。

> 日紐的舌面前鼻聲，先變成同部位的擦聲，最後再變成現代國語的舌尖後擦聲，董同龢說當→ʑ時，原來讀ʑ的禪紐，應該已變作別的音了。[31]

而瑞字此時仍讀日母的狀況，顯示瑞字可能未跟上禪母的語音變化，而獨留與日母讀爲同音，未跟上禪母的變化，或許與兒化現象有關，因爲《等切元聲》（1704AD）將瑞、睿、叡同列屬喻母徵攝去聲，瑞字列屬喻母頗爲特殊，而睿、叡 2 字另亦有ㄖ母徵攝去聲之音讀，正說明可能的聯繫，且國語已將此 3 字讀爲同音。

阮字於《蒙古字韻》（1269AD）、《韻略易通》（1442AD）時，其聲母實已零聲母化，而於《書文音義便考私編》（1586AD）已有「軟」音的讀法，以兒化的時代來看，與瑞、銳、睿、叡等字時間上僅晚十多年之差異而已，此或可說明韻尾與兒化的關係是：元音韻尾先於舌尖中鼻音韻尾先於舌根鼻音韻尾，且應證前述語音原理上兒化難度的三大進程！

五、結　論

從以宋元明清相關語料的考察與音變來源的規律分析來看，雖然韻書、字書反切、直音的音讀，有時因爲存古性質，而未能於時代上明確反映時音，呈顯語音演變的一致性，但誠如李思敬所言：

> 語音是漸變的，某一種讀音不會在某一個時期內突然消失而代之以它音，這種漸變的特點就規定了在新舊交替的時代會

[31] 詳見林師慶勳《古音學入門》，台北：學生書局，1989 年，p130。

> 在某些人口中殘存著舊的發音習慣，甚至語音完全變了以後，某個字處於某種特定地位上仍保存舊音，這也是語言史上常有的習慣。[32]

李氏所言，正明確點出了本文語料反切音讀，在新舊交替的時代先後上若干不平衡的語音現象，但仍能因此觀察分析語音演變的主流方向。

國語ㄖ聲母的例外來源，主要應爲字形聲符的類化，這類字形聲符中古多半即分屬兩類以上的聲母，且亦含國語ㄖ聲母來源的日母，又多集中在泥娘日三類聲母，如　「如」、「刃」、「堯」等字形之聲符，顯示漢語中因字形聲符心理聯想的類推作用，所造成語音合流的勢力，頗爲強大。

其次，更爲特殊的是中古喻母合細三等通攝平聲（含榮嶸蠑等字）、蟹攝去聲字以及零聲母化之後的阮字，到國語讀爲ㄖ聲母的現象，本文稱之爲「聲母增生」，由現代方言語音演變的特殊性的對照解讀，本文提出這種「聲母增生」的現象或與漢語構詞兒尾的規律性，導致語音產生音變現象有關，其次是禪日二母混讀的瑞字，而經語音原理分析的佐證，亦突顯這類屬中古喻母的字正是因兒化難度頗高，爲使「共存發音」而形成的妥協方式，也因兒化難度與游離排斥成正比，以致只殘留一些語音的特殊形式，這從現今方言「榮兒」一詞仍有兒化共存發音的處理方式，或可獲得例外來源背後的音變線索。

---

[32] 詳見李思敬《漢語「兒」〔ɚ〕音史研究》，台北：商務印書館，1994年，p32。

參考引用書目

《文淵閣四庫全書》，台北：台灣商務印書館。

《續修四庫全書》，上海：上海古籍出版社。

孔師仲溫 2000 《玉篇俗字研究》，台北：學生書局。

北京大學中國語言文學系 1989 《漢語方音字匯》（第二版），北京：文字改革出版社。

李思敬 1994 《漢語「兒」〔ɚ〕音史研究》，台北：商務印書館。

邵榮芬 1997 《邵榮芬音韻學論集》，北京：首都師範大學出版社。

林師慶勳 1989 《古音學入門》，台北：學生書局。

竺家寧 1995 《古音之旅》，台北：國文天地雜誌社。

徐通鏘 1996 《歷史語言學》，北京：商務印書館。

張自烈 1644? 《正字通》，北京：中國人民出版社。

國語推行委員會 1995 《重編國語詞典》，台北：教育部國語推行委員會。

陳師新雄 1988 《音略證補》，台北：文史哲出版社。

漢語大詞典編輯委員會 1994 《漢語大詞典》，上海：漢詞大詞典出版社。

維多利亞·弗羅姆金 1992 《語言導論》，北京：北京語言學院出版社。

(Victoria
Fromkin) 等
著,沈家
等譯
謝國平 1998 《語言學概論》,台北:三民書局。

附錄

國語日聲母例外來源例字相關語料音注一覽表

	作者	成書年代	嬈	紉	阮	瑞
廣韻	陳彭年等	1008	奴鳥切 而沼切 (音遶) 火弔切	女鄰切	虞遠切 愚遠切	是僞切
玉篇	宋人增修	1010	奴了切	女巾切 女鎮切	牛遠切	市惴切
集韻	丁　度	1039	伊鳥切 褭聊切 乃鳥切 爾紹切	女鄰切 如鄰切	五遠切 愚袁切	樹僞切
類篇	司馬光等	1066	乃了切 爾紹切 伊鳥切 褭聊切 馨叫切 女教切	而鄰切 尼鄰切 居覲切	五遠切 愚袁切	樹僞切
五音集韻	韓道昭	1212	褭聊切 而沼切	女鄰切 如鄰切	語軒切 元遠切 (虞遠切)	是僞切
新刊韻略	王文鬱	1228	*	女鄰切	虞遠切	是僞切
蒙古字韻	朱宗文?	1269	日.蕭.入	泥.真.平	喻下.先.上	禪.支.去
古今韻會舉要	邵武 熊忠	1297	如招切 乃了切	泥鄰切	五遠切 (虞遠	樹僞切

	作者	成書年代	嬈	紉	阮	瑞
			爾紹切		切)	
中原音韻❶	高安 周德清	1324	蕭豪.上聲	真文.平聲陽	先天.上聲	齊微.去聲
洪武正韻	樂韶鳳等	1375	如招切 爾紹切	尼鄰切	于權切 又銑韻	殊僞切
韻略易通	蘭　茂	1442	人.蕭豪.平	暖.真文.平	一　.先全.上	上.西微.去
重訂直音篇	章黼著 吳道長訂	1460	音裹 又音饒	尼幾切	五遠切	音睡
新校經史篇海直音	?	1544 刊行	音裊	音瑱	音遠	音睡
併音連聲字學集要	陶承學 毛曾	1574	時昭切	魚巾切	五遠切	儒稅切
書文音義便考私編	李登	1586	日.豪.平 日.稿.上 尼.篠.上	尼.真.平	疑.元.平 疑.阮.上 俗呼音軟	審.隊.去
重刊詳校篇海	李登	1608	鳥皎切 (音杳) 乃了切 (音裊) 爾紹切 (音擾) 如招切 音饒	尼鄰切 舊音瑱	虞遠切 (原上聲)	輸芮切 (音睡)
元韻譜	喬中和	1611	泥.遙.平 泥.杳.上 農.燿.去	紉.寅.平 又音人	元.琰.上 元.鹽.	順.誨.去

	作者	成書年代	嬈	紉	阮	瑞
			曉.燿.去		平 通別音	
字彙	梅膺祚	1615	如招切 (音饒) 尼了切 (音鳥) 爾紹切 (音擾)	尼鄰切 (匿平聲)	五遠切 (原上聲)	殊僞切 (音睡)
西儒耳目資	金尼閣	1626	日韶.濁平 jao 搦夭.上 jao 日少.上 jao	搦寅.濁平 nin	曰穩.上 juen 衣船.濁平 iuen.上 衣穩 iuen	石未.去 Xui
同文鐸	呂維祺	1633	如招切 (日三.蕭.平) 而沼切 (日三.篠.上) （注）	泥鄰切 (孃三.真.平) （注）	五遠切 (疑三.阮.上)	是僞切 (禪三.寘.去)
韻略匯通	畢拱辰	1642	*	暖.真尋.平(尼鄰切)	暖.先全.平 (英員切)	上.灰微.去 (所追切)
正字通	張自烈	1644?	如詔切 (音繞) 篠韻音鳥 又音擾	如禁切 (音刃)❷	五遠切 (元上聲) 又平音元	殊僞切 (音睡)
五方元音	樊騰鳳	1624-1672	日.獒.上下	鳥.人.上平	雲.天.上	石.地.去
等切元	熊士伯	1704	泥遙切	泥寅切	顯袁切	?切

	作者	成書年代	嬈	紉	阮	瑞
聲			(泥.效.平) 仁遙切 (日.效.平)	(泥.臻.平)	(疑.山.平) 顯遠切 (疑.山.上)	(喻.徵.去) 誰墜切 (審.徵.去)
音韻闡微	李光地王蘭生	1726	泥堯切 (泥四.蕭.平) 日遙切 (日三.蕭.平) 泥了切 (泥四.篠.上) 日眇切 (合聲耳鷕切) (日三.篠.上) 喜叫切 (曉四.嘯.去)	尼寅切 (孃三.真.平)	語卷切 (疑三.阮.上) 愚袁切 (疑三.元.平)	樹僞切 (禪三.真.去)
音韻述微	梁國治	1782	日遙切 泥堯切	尼寅切 又軫韻	語卷切 又元韻	樹僞切
同音字辨	劉維坊	1849	於皎切 而沼切 如敖切 火弔切 呼教切	女幾切	五權切 (音元) 俗訛軟音	所類切

注：❶ 《中原音韻》未注反切，相關例字狀況列示如下：「紉」屬真文韻平聲陽，共有 1 個同音字，「遠阮苑畹」屬先天

韻平聲陽之同音字，「睡稅說瑞」屬齊微韻去聲之同音字，

「遶繞嬈擾」屬蕭豪韻上聲之同音字。

❷ 《正字通》「紉」字注云：「震韻刃部為正」。

其他如：

※郭忠如《汗簡》「惢，人隹切」，《字典彙編》第一三冊，台北國際文化司，p245。張玉書等《康熙字典》(1717AD)「紉」字云：「《廣韻》女鄰切，《集韻》而鄰切，並音人」，引自邵榮芬〈《康熙字典》注音中的時音反映——聲母部分〉，《邵榮芬音韻學論集》，北京：首都師範大學出版社，1997年。

	作者	成書年代	容	榮	嶸	蠑
廣韻	陳彭年等	1008	餘封切	永兵切	永兵切 戶萌切	永兵切
玉篇	宋人增修	1010	俞鍾切	爲名切	戶萌切	永兵切
集韻	丁 度	1039	餘封切	于兵切 維傾切	戶萌切 于兵切	于兵切
類篇	司馬光等	1066	餘封切	于平切	于平切 乎萌切 玄扃切	于平切
五音集韻	韓道昭	1212	餘封切❶	永兵切 許營切	戶萌切 永兵切	永兵切
新刊韻略	王文鬱	1228	餘封切	永兵切	戶萌切	*

	作者	成書年代	容	榮	嵘	蠑
蒙古字韻	朱宗文?	1269	喻下.東.平❷	喻上.東.平	匣.東.平	*
古今韻會舉要	邵武 熊忠	1297	餘封切	于營切	乎盲切	于營切
中原音韻❸	周德清	1324	東鍾.平聲陽	東鍾.平聲陽 庚青.平聲陽	庚青.平聲陽	*
洪武正韻	樂韶鳳等	1375	以中切	于平切	胡盲切	于平切
韻略易通	蘭 茂	1442	一.東洪.平	一.庚晴.平	向.庚青.平	*
重訂直音篇	章黼著 吳道長訂	1460	以中切❹	于平切	音宏	音榮
新校經史篇海直音	?	1544 刊行	音庸	音容	音紅	音榮
併音連聲字學集要	陶承學 毛曾	1574	胡弓切	于平切	于平切	于平切
書文音義便考私編	李登	1586	喻.東.平	喻撮.庚.平	喻撮.庚.平 匣合.庚.平	喻撮.庚.平

	作者	成書年代	容	榮	嶸	蠑
重刊詳校篇海	李登	1608	以中切(音庸)又上音勇	於平切舊音容	胡盲切(音宏)于兵切(音榮)	永兵切(音榮)
元韻譜	喬中和	1611	喻.盈.平	喻.盈.平	喻.盈.平	喻.盈.平
字彙	梅膺祚	1615	以中切(音庸)尹竦切(音勇)于方切(音羊)	于平切(音營)以中切(音融)爲命切(音詠)	胡盲切(音橫)	于平切(音榮)
西儒耳目資	金尼閣	1626	衣洪.濁平 ium	衣洪.濁平 ium 自鳴字母.濁平 im	黑淙.濁平 hum	自鳴字母.濁平 im
同文鐸	呂維祺	1633	餘封切(喻四.冬.平)	于平切(喻三.庚.平)	胡盲切(匣三.庚.平)注	于平切(喻三.庚.平)

	作者	成書年代	容	榮	嶸	蠑
韻略匯通	畢拱辰	1642	一.東洪.平(於容切)	一.東洪.平(於容切)	向.東洪.平(呼紅切)	*
正字通	張自烈	1644?	以紅切(音庸)	于熒切(音營)❺	戶萌切(音橫)	于熒切(音榮)
五方元音	樊騰鳳	1624-1672	雲.龍.下平	雲.龍.下平	火.龍.下平	*
等切元聲	熊士伯	1704	袁雄切(喻.通.平)	余瓊切(喻.庚.平)	華行切(匣.庚.平) 余瓊切(喻.庚.平)	余瓊切(喻.庚.平)
音韻闡微	李光地 王蘭生	1726	余龍切(喻四.冬.平)	于平切(協用余瓊切)(喻三.庚.平)	乎萌切(匣二.庚.平) 于平切(協用余瓊切)(喻三.庚.平)	于平切(協用余瓊切)(喻三.庚.平)
音韻述微	梁國治	1782	余龍切	于平切	乎萌切	于平切

	作者	成書年代	容	榮	嶸	蠑
					于平切	
同音字辨	劉維坊	1849	坊而籠切	坊而籠切	坊呼籠切 又音榮	坊而籠切

注：❶《五音集韻》於「容」字下云：「音與融同」，顯係容、融2字反切雖依前代韻書，然當代語音實已同音。

❷《蒙古字韻》「榮」字與「容融彤」等字聲母符號不同，故別以「喻上」、「喻下」，顯係讀音仍有不同。

❸《中原音韻》未注反切，相關例字狀況列示如下：「容溶蓉瑢鎔庸傭鄘鏞墉融榮」屬東鍾韻平聲陽之同音字，另「榮」單獨爲小韻，亦屬庚青韻平聲陽，「紅虹洪鴻宏橫嶸弘」屬東鍾韻平聲陽之同音字，另「橫宏紘閎嶸鈜弘」屬庚青韻平聲陽之同音字。

❹《重訂直音篇》「�」音注云：「常容切，今音戎」，又「鎔」字有常容切、今音戎、又音容等音注說明。

❺《正字通》「榮」字注云：「榮本有融音，非飄音也」，北京：中國人民出版社，p525。

❻《同音字辨·凡例》云：「倘於諸書中實係不符者，坊即按韻而更之，凡更者上亦必註一坊字，或是或否，不與前賢相混」，由此可知此「坊」字當係作者劉維坊之「坊」字，特別標注當時流行之音讀，以別於之前學者所記載之音注狀況，續修四庫全書第二六〇冊 p508。

其他如：

※張玉書等《康熙字典》(1717AD)「榮」字云：「《唐韻》永兵切，《集韻》、《正韻》于平切，《韻會》於營切，音營」，引自邵榮芬〈《康熙字典》注音中的時音反映——聲母部分〉，《邵榮芬音韻學論集》，北京：首都師範大學出版社。

	作者	成書年代	融	瀜	彤	烿
廣韻	陳彭年等	1008	以戎切	以戎切	以戎切	*
玉篇	宋人增修	1010	余終切	弋終切	余弓切 丑林切	*
集韻	丁　度	1039	余中切	余中切	余中切	余中切
類篇	司馬光等	1066	余中切	余中切	余中切	余中切
五音集韻	韓道昭	1212	余中切	余中切	余中切	余中切
新刊韻略	王文鬱	1228	以戎切	以戎切	以戎切 又敕林切	以戎切
蒙古字韻	朱宗文?	1269	喻下.東.平	喻下.東.平	喻下.東.平	喻下.東.平

	作者	成書年代	融	瀜	肜	烿
古今韻會舉要	邵武 熊忠	1297	余中切	余中切	余中切	余中切
中原音韻❶	高安 周德清	1324	東鍾.平聲陽	*	*	*
洪武正韻	樂韶鳳等	1375	以中切	以中切	以中切	以中切
韻略易通	蘭　茂	1442	一.東洪.平	*	一.東洪.平	*
重訂直音篇	章黼著 吳道長訂	1460	以中切	音容	音琛 又音容 (音融)	音容
新校經史篇海直音	?	1544 刊行	音容	音容	*	音榮
併音連聲字學集要	陶承學 毛曾	1574	胡弓切	胡弓切	胡弓切	*

	作者	成書年代	融	瀜	肜	烿
書文音義便考私編	李登	1586	喻.東.平	喻.東.平	喻.東.平	喻.東.平
重刊詳校篇海	李登	1608	以中切音容	*	以中切音容	以中切音容
元韻譜	喬中和	1611	喻.盈.平	喻.盈.平	喻.盈.平	喻.盈.平
字彙	梅膺祚	1615	以中切音容	以中切音容	*	以中切音容
西儒耳目資	金尼閣	1626	衣洪.濁平 ium	衣洪.濁平 ium	衣洪.濁平 ium	衣洪.濁平 ium
同文鐸	呂維祺	1633	以戎切(喻四.東.平)	以戎切(喻四.東.平)	以戎切(喻四.東.平)	以戎切(喻四.東.平)
韻略匯通	畢拱辰	1642	一.東洪.平(於容切)	*	*	*
正字通	張自烈	1644?	以紅切音容	以紅切音容	音容	*

	作者	成書年代	融	瀜	肜	烿
五方元音	樊騰鳳	1624-1672	雲.龍.下平	*	雲.龍.下平	*
等切元聲	熊士伯	1704	袁雄切.喻.通.平	袁雄切.喻.通.平	袁雄切.喻.通.平	袁雄切.喻.通.平
音韻闡微	李光地 王蘭生	1726	余雄切 喻三.東.平	余雄切 喻三.東.平	余雄切 喻三.東.平	*
音韻述微	梁國治	1782	余雄切	余雄切	余雄切	余雄切
同音字辨	劉維坊	1849	切而籠切❻	切而籠切❻	切而籠切	*

❶《中原音韻》未注反切，相關例字狀況列示如下：「容溶蓉瑢鎔庸傭鄘鏞墉融榮」屬東鍾韻平聲陽之同音字。

	作者	成書年代	帤	鍚	挼	捼	撋
廣韻	陳彭年等	1008	女余切	女余切	奴禾切 素回切	奴禾切 乃回切 儒隹切	而緣切
玉篇	宋人增修	1010	女於切	女於切	奴和切 奴回切	儒隹切 奴禾切	如專切

	作者	成書年代	帤	鍚	挼	捼	撋
集韻	丁度	1039	女居忉	女居切	奴禾切 儒隹切 儒垂切 翾規切	奴禾切 儒隹切 而宣切	奴禾切 儒隹切 儒垂切 而宣切
類篇	司馬光等	1066	女居切	女居切	翾規切 儒隹切 宣隹切 如禾切 奴回切 蘇回切 思累切 呼恚切 盧臥切 奴臥切	儒隹切 烏禾切 而宣切 如禾切 如祁切 鄔毀切	儒隹切 儒垂切 宣隹切 儒純切 而宣切 奴禾切
五音集韻	韓道昭	1212	女余切	女余切	奴禾切 泥偽切 女禾切 如之切 魯過切	奴禾切 如延切 儒華切 如之切	奴禾切 如勻切 如延切 女禾切 如之切
新刊韻略	王文鬱	1228	女余切 又音如	*	素回切	乃回切 又奴和切(奴禾切)	*
蒙古字韻	朱宗文?	1269	娘.魚.平	*	*	泥.支.平	*
古今韻會舉要	邵武熊忠	1297	如居切	*	奴禾切 奴回切	奴禾切 奴回切	而宣切
中原音韻❶	高安周德	1324	*	*	歌戈.平聲陽	*	*

	作者	成書年代	帤	鍚	捼	挼	撋
	清						
洪武正韻	樂韶鳳等	1375	女居切	*	蘇回切 奴何切	奴何切 (俗作捼)	而宣切
韻略易通	蘭茂	1442	*	*	暖.戈何.平	暖.西微.平 暖.戈何.平	人.先仝.平
重訂直音篇	章黼著 吳道長訂	**1460**	女居切	女居切	音那 又奴回切	音那	而緣切
新校經史篇海直音	?	**1544 刊行**	音袽	音袽	音雖 音那	音瓷 音誠 音那	音堧
併音連聲字學集要	陶承學 毛曾	1574	牛居切	*	奴回切	奴回切	丞真切 而緣切 (如延切)
書文音義便考私編	李登	1586	尼.模.平	*	尼.灰.平 心.灰.平	尼.灰.平 日.元.平	日.元.平
重刊詳校篇海	**李登**	**1608**	女居切 (音袽)	女居切 (音袽)	音儺	音儺	而煮切 (音乳)
元韻譜	喬中和	1611	泥.胡.平	泥.胡.平	農.何.平 農.回.平	翁.訶.平 閏.邪.平 農.何.平❷	閏.鹽.平❺ 農.何.平

	作者	成書年代	帤	鍚	挼	捼	撋
					閨.回.平	農.回.平 ❸ 閨.回.平 ❹ 開.鹽.平	閨.回.平
字彙	梅膺祚	1615	女居切(音袽)	女居切(音袽)	奴何切(音那)蘇回切(音綏)	奴何切(音那)	而宣切(軟平聲)
西儒耳目資	金尼閣	1626	搦魚.濁平 niu	*	搦微.濁平 nui 搦和.濁平 no	搦微.濁平 nui 搦和.濁平 no	日盆.濁平 juen
同文鐸	呂維祺	1633	女居切(孃三.魚.平)	*	奴禾切(本作捼)(泥.歌.平)	奴禾切 而宣切	而宣切(亦作捼)
韻略匯通	畢拱辰	1642	*	*	暖.戈何.平(奴何切) 雪.灰微.平(蘇回切)	暖.灰微.平(奴回切)	人.先全.平(而宣切)
正字通	張自烈	1644?	女除切(音袽)	音袽	蘇回切(音雖)奴回切(餒平聲)	奴回切(音餈)奴何切(音那)需緣切	而宣切(音堧)如匀切(音犉)奴禾切

	作者	成書年代	帤	鍚	挼	捼	撋
					奴何切(音那)	(音堧)儒華切於詭切(音委)	(音挼捼)
五方元音	樊騰鳳	1624-1672	*	*	鳥.駝.下	*	日.天.上平
等切元聲	熊士伯	1704	奴余切(泥.遇.平)	*	嵩追切(心.徵.平)	農回切.(泥.蟹.平)	戎袁切(日.山.平)
音韻闡微	李光地 王蘭生	1726	女余切(孃三.魚.平)	*	奴訛切(泥一.戈.平)奴回切(泥一.灰.平)	奴訛切(泥一.戈.平)奴回切(泥一.灰.平)如員切(日三.先.平)	奴訛切(泥一.戈.平)如員切(日三.先.平)
音韻述微	梁國治	1782	女余切又麻韻	*	奴訛切	奴訛切(亦作挼)奴回切	如員切
同音字辨	劉維坊	1849	女余切	*	諾何切	諾何切奴何切	乳元切

注：❶《中原音韻》未注反切，相關例字狀況列示如下：「梛那挼儺」屬歌戈韻平聲陽之同音字。

❷《元韻譜》「捼」字下云：「撋同，俗作挼」，續修四庫全書第二六〇冊 p202。

❸《元韻譜》「捼」字下云：「挼同，又奴禾切」，續修四庫全書第二六〇冊 p208。

❹《元韻譜》「捼」字下云：「挼撋通」，續修四庫全書第二六〇冊 p211。

❺《元韻譜》「撋」字下云：「擩撌捼同」，續修四庫全書第二六〇冊 p171。

❻《彙音雅俗通十五音》於「官上聲寡字韻」的「寡」字右旁特注明「紅字」，顯示「寡」字之特殊性。

其他如：

※清・釋阿摩利諦《大藏字母九音等韻》（年代不詳）「撋」字為「　郡切」屬「日母根攝音合口副韻平聲」、「捼挼撋」屬「日母裓攝音合口副韻」，續修四庫全書第二五七冊 p58、p543。

	作者	成書年代		銳	睿	叡
廣韻	陳彭年等	1008	以芮切 弋雪切	以芮切	以芮切	以芮切
玉篇	宋人增修	1010	弋芮切	徒會切 弋稅切	余芮切	*
集韻	丁　度	1039	俞芮切	俞芮切	俞芮切	俞芮切
類篇	司馬光等	1066	俞芮切 欲雪切	俞芮切 徒外切 欲雪切	俞芮切	旬宣切 俞芮切 睽桂切
五音集韻	韓道昭	1212	以芮切 弋雪切	以芮切 弋雪切	以芮切	以芮切 夕連切

	作者	成書年代		銳	睿	叡
新刊韻略	王文鬱	1228	*	以芮切	以芮切	以芮切
蒙古字韻	朱宗文?	1269	*	喻下.支.去	喻下.支.去	喻下.支.去
古今韻會舉要	邵武 熊忠	1297	*	俞芮切	俞芮切	俞芮切
中原音韻❶	高安 周德清	1324	*	齊微.去聲	*	*
洪武正韻	樂韶鳳等	1375	*	杜對切 于芮切	于芮切	于芮切
韻略易通	蘭　茂	1442	*	人.西微.去	人.西微.去	*
重訂直音篇	**章黼著 吳道長訂**	1460	俞芮切	音兌 又俞芮切	音叡	俞芮切
新校經史篇海直音	?	1544 刊行	音銳	音兌 音睿	音銳	音銳 音位
併音連聲字學集要	陶承學 毛曾	1574	*	杜對切 徐醉切 (音遂) 于貴切	徐醉切 于貴切	徐醉切 (音遂) 于貴切 又音喻
書文音義便考	李登	1586	*	端.隊.去 日.隊.去	日.隊.去	日.隊.去

	作者	成書年代		銳	睿	叡
私編						
重刊詳校篇海	李登	1608	于芮切(音銳)弋雪切(音悅)	杜對切(音兌)以芮切(音睿)	以芮切(音位)音銳	以芮切(音銳)于芮切(音位)❷
元韻譜	喬中和	1611	喻.誨.叉喻.屑.入	喻.屑.入	*	*
字彙	**梅膺祚**	**1615**	于芮切(音銳)弋雪切(音悅)	杜對切(音兌)于芮切(音胃)欲雪切(音悅)	于芮切(音胃)❸	于芮切(音胃)
西儒耳目資	金尼閣	1626	*	日未.去 jui 德未.去 tui	日未.去 jui	日未.去 jui
同文鐸	呂維祺	1633	*	俞芮切(喻四.霽.去)注	俞芮切(喻四.霽.去)	俞芮切(喻四.霽.去)注
韻略匯通	畢拱辰	1642	*	人.灰微.去(如隹切)	人.灰微.去(如隹切)	人.灰微.去(如隹切)
正字通	張自烈	1644?	*	儒稅切(音睿)	儒稅切(音銳)	儒稅切(音銳)
五方元音	樊騰鳳	1624-1672	*	日.地.去	日.地.去	*

	作者	成書年代		銳	睿	叡
等切元聲	熊士伯	1704	*	戎墜切(日.徵.去) 通誨切(透.蟹.去) 泥杳切(泥.效.上) 仁杳切(日.效.上) 堯耀切(曉.效.去)	?切(喻.徵.去) 戎墜切(日.徵.去)	?切(喻.徵.去) 戎墜切(日.徵.去)
音韻闡微	李光地 王蘭生	1726	喻歲切(喻四.祭.去)	喻歲切(喻四.祭.去)	喻歲切(喻四.祭.去)	喻歲切(喻四.祭.去)
音韻述微	梁國治	1782	喻歲切	喻歲切	喻歲切	喻歲切
同音字辨	劉維坊	1849	*	文沸切 都隊切 （又音位）	文沸切	文沸切

注：❶《中原音韻》未注反切，相關例字狀況列示如下：「蚋芮銳玁」屬齊微韻去聲之同音字。

❷《重刊詳校篇海》「叡」字下云：「按今呼與芮同，舊本皆音位」。

❸《字彙》「睿」字下云：「別作『叡』非」，顯示此時睿、叡2字正、或體之寫法與認定已與《廣韻》、《集韻》時不同。

論柳宗元與佛道的接觸

黃靜吟

一、前言

在筆者〈從山水詩文看柳宗元貶謫後的心理反應〉一文中，[1]曾提及柳宗元在貶謫的期間其心境的改變約可分為三個階段，表列如下：

表一：柳宗元貶謫後心理反應一覽表

時間	心境
元和五年前	悲憤不平、憂鬱恐懼
元和五年至元和十年	淡泊淒清、幽峭冷鬱
元和十年後	清靜閒適、懷鄉思人

對於此種變化，文中曾嘗試提出解釋，分列如下：

[1] 黃靜吟著，〈從山水詩文看柳宗元貶謫後的心理反應〉，《國立花蓮師範學院通識教育年刊》第二期，頁 219～233。

1、經過數年之久，他已能適應永州、柳州當地的生活，也逐漸在山水中得到慰藉，心情自然平和下來。

2、由於長期的貶謫，使他改革政治的理想終於瀕臨絕望，感情也就轉變得較為深沉，不及元和四年前的激烈。

3、在柳州期間，因為已除了罪籍，不僅擔任刺史能獨當一面，多少更能實現他在政治上的理想，又兼得到人民的愛戴，因此心境也就轉為清靜閒適。

上述三點原因乃就時間、空間、身分等因素的改變所得出的大膽推論，但若換個觀察的角度，就其詩文做分析，是否可以得出其他的答案呢？

在檢閱過《柳河東全集》之後，發現一個特異的現象，也就是柳宗元在貶謫期間與僧道人士來往密切，並有詩文作品的來往，此皆爲貶謫前所罕見的，這是否也會對其心境的改變產生影響呢？下文即針對此現象做深入的討論。

二・柳宗元與佛道有關的詩文

觀察子厚對於佛道的接觸，可由《柳河東全集》

中一窺究竟。此書共分四十五卷，其中卷六「釋教碑」、卷七「釋教碑銘」、卷二十五「序四隱遁道儒釋」、卷二十八「記祠廟」、卷四十二「古今詩一」、卷四十三「古今詩二」，分別收錄許多與佛道有關的詩文。下茲就貶謫前、永州、柳州三段時期分別表列並加以討論。

表二：柳宗元與佛道有關詩文一覽表[2]

時　期	作　品	總數
貶謫前	南嶽雲峰寺和尚碑（貞元十七年）、南嶽雲峰和尚塔銘（貞元十七年）、南嶽彌陀和尚碑（貞元十八年）、送文暢上人登五臺遂遊河朔序（貞元十九年）、南嶽般舟和尚第二碑（貞元二十年）	5
永　州	永州龍興寺西軒記（貞元末、元和初）、永州龍興寺東丘記（貶謫初期）、永州龍興寺修淨土院記（元和二、三年）、構法華寺西亭（元和四年以前）、永州法華寺新作西亭記（元和四年以前）、法華寺西	28

[2] 作品一欄中所標示的時間，乃就自序所言或就內容推敲所得出。

	亭夜飲（元和新作西亭記（元和四年以前）、法華寺西亭夜飲（元和新作西亭記（元和四年以前）、法華寺西亭夜飲（元和元和六年）、南嶽大明寺和尚碑、碑陰（元和九年）、岳州聖安寺無姓和尚碑、送巽上人赴中丞叔父召序、送琛上人南遊序、送文郁師序、永州龍興寺息壤記、巽上人以竹間自採新茶見贈酬之以詩、法華寺石門精室三十韻、戲題石門長老東軒、自衡陽移桂十餘本零陵所住精舍、湘岸移木芙蓉植龍興精舍、巽公院五詠	
柳　　州	曹溪第六祖賜諡大鑒禪師碑（元和十年）、柳州復大雲寺記（元和十二年）、故處士裴君墓誌（元和十四年）、送賈山人南遊序、送方及師序、送僧浩初序、與浩初上人同看山寄京華親故、酬賈鵬山人郡內新栽松寓興見贈二首、浩初上人見貽絕句欲登仙人山因以酬之、雨中贈仙人山賈山人、韓漳州報徹上人亡因寄二絕、聞徹上人亡寄侍郎楊	16

	丈、摘櫻桃贈元居士時在望仙亭南樓與朱道士同處、送元十八山人南遊序	

在貶謫前的階段，與佛道相關的作品僅五首，且多爲碑銘，當爲應付亡者之徒眾要求所作，由此可知子厚此時與佛道的接觸尚淺。永州時期的作品最多，有二十八首，碑銘僅五篇，其它多爲敘述祠廟[3]或是與佛道人士交遊的篇章，而又以敘述與祠廟相關之作最多。柳州時期的作品有十六首，碑銘及敘述祠廟之作均僅一篇，而記佛道人士交遊之作則高達十四首。茲將細目表列如下：

表三：柳宗元與佛道有關詩文分類一覽表

分　類	貶謫前	永　州	柳　州
碑　銘	4	5	1
祠　廟	0	16	1
交　遊	1	7	14

三·佛道對柳宗元的影響：

〈南嶽雲峰和尚塔銘〉一文（元和十七年作，二十九歲）中，子厚云：

---

[3] 此所謂「敘述祠廟」意指篇名為與祠廟相關之作，如〈永州龍興寺西軒記〉、〈構法華寺西亭〉、〈湘岸移木芙蓉植龍興精舍〉、〈巽公院五詠〉等諸作皆涵括在內。

> 余既與大乘師重巽遊，巽其徒也，亟為吾言，故為其銘。

其次，在〈送巽上人赴中丞叔父召〉一詩中，又自註云：

> 吾自幼好佛，求其道，積三十年，世之言者罕能通其說，於零陵吾獨有得焉。

由此可證子厚接觸佛道很早，而且自認爲一直到貶謫至永州之後，才對佛法有更深入的了解，此點亦可由表二中永州、柳州時期詩文較貶謫前大增而得到證明。蘇東坡嘗曰：

> 子厚南遷，始究佛法，做曹溪、南嶽諸碑，絕妙古今，儒釋兼通，道學純備。自唐至今，頌述祖師者多矣，未有通亮簡正如子厚者。[4]

東坡說「子厚南遷、始究佛法」，這句話基本上是有錯誤的，但卻強調出子厚在左遷之後的確是接觸了更多的佛法。

在〈送元十八山人南遊序〉一文中，子厚云：

---

[4] 見《柳河東全集·曹溪第六祖賜謚大鑒禪師碑》一文題下所註。

> 要之與孔子同道，皆有以會其趣，而其趣足以守之，其氣足以行之，不以是道求合於世，常有意乎古之守雌者。及至是邦，以余道窮多憂，而嘗好斯文，留三旬有六日，陳其大方，勤以為諭，余始得其為人。

子厚於貶謫後常與道教人士往來，對道教也有所研究，而且非常肯定道教之道，甚至說「要之與孔子同道」。由此可證，其對道教的重視與鑽研實不亞於佛教。

若將出現在子厚詩文中的佛道人士列個明細表的話，更能突顯出其交遊的情形。

表四：柳宗元與佛道人士交往一覽表

時間	佛	道
貶謫前	文暢上人、重巽	
永州	浩初、元暠、重巽、琛上人、文郁	謝山人
柳州	方及、浩初、徹上人	賈鵬山人、朱道士、元十八山人（元居士）

由表四所列可看出，子厚在貶謫後所交往的佛道人士較貶謫前多得多，這些人自然也會帶給子厚不小的影響。

四·結論：

綜合上文所述，柳宗元在貶謫後對佛道的接觸的確較貶謫前要來的深，這對其貶謫後心理的舒解是有很大的作用的，如〈送僧浩初序〉曰：

> 浮圖誠有不可斥者，往往與易、論語合，誠樂之，其與性情奭然不與孔子異道……且凡為其道者，不愛官，不爭能，樂山水而嗜閑安者為多。吾病世之逐逐然唯印組為務以相軋也，則舍是其焉從，吾之好與浮圖遊以此。

佛道人士既是「不爭官，不爭能，樂山水而嗜閑安者爲多」，子厚日與其人遊，漸漸受到影響，也就轉變成「樂山水而嗜閑安」，此正與表一中所呈現心境的改變吻合。

其次，由表三與佛道交遊詩文一欄數目的遞增，以之與表一作比較，亦可證明，隨著對佛道接觸的日深及與佛道徒交往的日增，其心境的調適也就更趨向於平靜和緩，這都可以說是佛道對其的改變。

總結來說，柳宗元在貶謫後心境的改變，除了受到時間、空間、身份更易的影響之外，其與佛道徒往來及對佛道的鑽研與接受，當亦是促成其心境逐漸變化的一大原因。

六·參考書目：(以成書年代先後排列)

《舊唐書》，劉昫撰，臺北：藝文印書館，1982年。

《新唐書》，歐陽修,宋祁等撰，臺北：臺灣商務印書館，1988年。

《柳河東全集》，柳宗元撰，臺北：世界書局，1988年。

《柳文探微》，柳宗元著、行嚴撰，臺北：華正書局，1981年。

《柳宗元事蹟繫年暨資料類編》，羅聯添編著，臺北：國立編譯館，1981年。

《隋唐五代文學思想史》，羅宗強著，上海：上海古籍出版社，1986年。

《古典文學研究資料彙編,柳宗元卷》，吳文治編，北京：中華書局，1964。

《柳宗元散文藝術》，吳小林著，太原：山西人民，1989。

《柳宗元詩文》，王松齡,楊立揚譯注、周勛初審閱，臺北：錦繡，1993。

《柳宗元散文研讀》，王更生著，臺北：文史哲，1994。

悼孔即之師

黄靜吟

問學傳經卷秩修，清才盛節足千秋。
誨人不倦身爲瘁，一夕星沉道範留。

悼孔即之師

與世無爭品自崇，菁莪樂育令名隆。
當年幸立程門雪，此日空懷馬帳風。

王念孫上古韻分部析論

張意霞

提要

王念孫是清朝乾嘉學術皖派的重要學者之一，他上承戴震「實事求是」的治學精神，下啓「因聲求義」的溯源理論，使古聲得以呈現，古義得以闡發，所以對於上古韻分部的研究也下了不少的功夫。本文乃經由分析比較王念孫和段玉裁的上古韻分部，來彰顯王念孫對於古韻分部方面的創見與貢獻。

關鍵字：古韻分部、王念孫、段玉裁、與李方伯書

一、前言

「光陰似箭」是一句老話，但卻能貼切地表露我心中的感觸。猶記當年修讀碩士時，接受恩師　孔仲溫先生的指導，他雖然嚴謹地爲我的論文把關，但對於我能力所不及的地方，也往往能夠給予同情的諒解，還常與師母一起鼓勵我、加強我的自信心，所以仲溫師不僅是嚴師，也是慈父！

像我在撰寫「《說文繫傳》研究」時，對聲韻學有莫名的畏懼，碰到其中的朱翺反切就無法再進行，因此我問　仲溫師：「可不可以跳過去不寫？」恩師無奈地笑著說：「妳寫的是整本書的研究，聲韻也是其中一部分，不能不寫吧！」我哭喪著臉說：「可是以我目前的能力，不足以研究朱翺的反切。」於是恩師便要我將別人的研究加以闡述，只做整理的功夫，但是仍不忘叮囑我：「以後有空一定要加強妳的聲韻，因為聲韻和文字兩者的研究是密不可分的。」

民國八十五年，我在恩師的鼓勵下考上了臺灣師範大學的國文所博士班，並有幸在恩師的引薦下接受了太老師　陳伯元先生的指導。當下　伯元師就給了「王念孫《廣雅疏證》訓詁術語研究」的題目，並要　仲溫師私下多加督導。他聽了笑著說：「這樣妳應該四年就可以寫完，如果不寫完，我也不管妳了。」不料一語成讖，恩師竟在民國八十九年仙逝，真的「不管我」了，而我也就拖啊拖的終於在今年初（民國九十四年）完成了畢業博論。

由於我的博士論文題目是「王念孫《廣雅疏證》訓詁術語研究」，今年又適逢恩師五十歲冥誕，所以希望能寫一篇有關聲韻的論文來紀念恩師，讓他知道我已克服了對聲韻的恐懼，固然對聲韻學的研讀還不夠精深，但對我而言卻是跨出了一大步。

王念孫是清朝乾嘉學術皖派的重要學者之一，他上承戴震「實事求是」的治學精神，下啓「因聲求義」的溯源理論，使古聲得以呈現，古義得以闡發，所以對於上古韻分部的研究也下了不少的功夫。本文乃經由分析比較王念孫和段玉裁的上古韻分部，來彰顯王念孫對於古韻分部方面的創見與貢獻。

二、王念孫上古韻廿一部與段玉裁十七部之比較

有關上古音韻的研究，本師　陳新雄（伯元）先生在《古音研究》中曾說：

> 前賢之探研古音，每精究於韻而失遺於聲，古韻研究自宋吳棫開始，清代顧、江、戴、段諸儒踵跡而起，古韻研究，成績斐然。古聲研究，則尚在萌芽階段，縱考證之博如顧氏，雖知古無輕脣，亦未有專篇；審音之精如江氏，猶篤信三十六字母，以為「不可增減，不可移易。」待錢氏特起，古聲研究始有可觀。……[1]

王念孫在古聲方面沒有專篇的討論，而在古韻分部方面則被歸類於考古派。考古派最早源於鄭庠的「東」、「支」、「魚」、「真」、「蕭」、「侵」六部，到了顧炎武則從「東」、「魚」二部中又分出「陽」、「耕」、「蒸」、「魚」四部；江永審音精微，又從顧炎武的「真」、「蕭」、「侵」中分出「元」、「尤」、「談」三部，成爲十三部；後來段玉裁又將古韻分爲十七部，充分顯現了考古的功力；孔廣森有十八部之說，將「冬」從「東」中分出。

王念孫論古韻分部的說法約略與段玉裁同時，但根據劉盼遂《清王石渠先生念孫年譜》中所載，王念孫在乾隆三十一年入都會試時，得到江永《古韵標準》一書，後來又從《詩經》、群經和《楚辭》的用韻中求得古韻二十一部，而段玉裁的《六書音韻表》則創於乾隆三十二年，成於乾隆三十五年，兩人當時都沒有見到對方的

1　參見本師　陳伯元先生《古音研究》第529頁。

著作，但是王念孫分支、脂、之爲三，真、諄爲二，幽、侯爲二，都和段玉裁不謀而合。

現今王念孫古韻二十一部的韻目乃見於王引之《經義述聞》卷三十一〈通說·古韻廿一部〉中，[2]以下依序列出二十一部的目次，並與陸宗達先生〈王石臞先生韻譜合韻譜稿后記〉所載的韻目[3]及段玉裁《六書音韻表·今韻古分十七部表》所列的韻目[4]對照：

《經義述聞》卷三十一〈通說·古韻廿一部〉		〈王石臞先生韻譜合韻譜稿后記〉	《六書音韻表·今韻古分十七部表》	
目　次	四聲相配	目　次	目　次（列平、入韻目）	四聲相配
東弟一	平上去	第一部　東	弟九部　東冬鍾江	平上去
蒸弟二	平上去	第二部　蒸	弟六部　蒸登	平上去
侵弟三	平上去	第三部　侵	弟七部　侵嚴添緝葉怗	平上去入
談弟四	平上去	第四部　談	弟八部　覃談咸銜嚴凡合盍洽狎業乏	平上去入
陽弟五	平上去	第五部　陽	弟十部　陽唐	平上去

[2] 參見王引之《經義述聞》第六冊第1260-1268頁。

[3] 參見陸宗達先生《陸宗達語言學論文集》第11-12頁。

[4] 參見段玉裁《說文解字注》第815-817頁。

《經義述聞》卷三十一〈通說・古韻廿一部〉		〈王石臞先生韻譜合韻譜稿后記〉	《六書音韻表・今韻古分十七部表》	
目　次	四聲相配	目　次	目　次（列平、入韻目）	四聲相配
耕弟六	平上去	第六部　耕	弟十一部庚耕清青	平上去
真弟七	平上去	第七部　真	弟十二部真臻先質櫛屑	平上去入
諄弟八	平上去	第八部　諄	弟十三部諄文欣魂痕	平上去
元弟九	平上去	第九部　元	弟十四部元寒桓刪山先	平上去
歌弟十	平上去	第十部　歌	弟十七部歌戈麻	平上去
支弟十一	平上去入	第十一部　支紙（見諸子韻譜）陌	弟十六部支佳陌麥昔錫	平上去入
至弟十二	去入	第十二部　質	至歸於第十五部脂韻去聲；而質歸於第十二部真韻入聲。	
脂弟十三	平上去入	第十三部　脂旨術	弟十五部脂微齊皆灰術物迄月沒曷末黠鎋薛	平上去入

《經義述聞》卷三十一〈通說・古韻廿一部〉		〈王石臞先生韻譜合韻譜稿后記〉	《六書音韻表・今韻古分十七部表》	
目　次	四聲相配	目　次	目　次（列平、入韻目）	四聲相配
祭第十四	去入	第十四部　月	祭歸於第十五部脂韻去聲；而月歸於第十五部脂韻入聲	
盍第十五	入	第十五部　合	合盍均歸於第八部談覃韻入聲	
緝第十六	入	第十六部　緝	緝歸於第七部侵韻入聲	
之第十七	平上去入	第十七部　之止職	第一部　之咍職德	平上去入
魚第十八	平上去入	第十八部　魚語鐸	第五部　魚藥鐸	平上去入
侯第十九	平上去入	第十九部　侯厚屋	第四部　侯	平上去
幽第二十	平上去入	第二十部　尤有沃	第三部　尤幽屋沃燭覺	平上去入
宵第二十一	平上去入	第二十一部蕭	第二部　蕭宵肴豪	平上去

比較上表後，可看出《經義述聞》卷三十一〈通說・古韻廿一部〉和〈王石臞先生韻譜合韻譜稿后記〉的目次相同，僅至、祭、

盍、幽、宵五韻的韻目不同，主要原因是王念孫早期韻目是依照《廣韻》舊目，但晚年作《韻譜》時已拜讀段玉裁的《六書音韻表》，也認同段玉裁「古無去聲」的說法，所以將韻目改成和段玉裁相同。

此外，若將王念孫的廿一部分部與段玉裁的十七部分部做比較，則可發現它們主要的差別在於王念孫將（一）將緝、盍分爲二部[5]；（二）去聲至從脂部分出，而入聲質從真部分出，兩者獨立爲一部；（三）祭、月從脂部獨立；（四）割屋、沃、燭、覺四韻中部分的字爲侯部的入聲。這四點可視爲是王念孫在古韻分部方面的創見與貢獻。

三、王念孫上古韻分部之創見

（一）將緝、盍分為二部

王念孫在〈與李鄦齋方伯論古韻書〉中討論到四聲相配中的入聲時說：

> 入聲自一屋至二十五德，其分配平、上、去、之某部某部，顧氏一以《三百篇》及群經、《楚辭》所用之韻定之，而不用《切韻》以屋承東、以德承登之例，可稱卓識。獨於二十六緝至三十四乏九部，仍從《切韻》以緝承侵、以乏承凡，此兩岐之見也。蓋顧氏於經傳中求其與去聲通用之

---

5 孔廣森古韻分十八部，即從段玉裁侵、覃二韻中的「緝、葉、怗、合、盍、洽、狎、業、乏」分立為合部，而王念孫又將緝、盍分為二部，所以比段玉裁多出兩部。

迹而不可得，故不得已而仍用舊說。又謂〈小戎〉二章以驂、合、軜、邑、念為韻，〈常棣〉七章以合、琴、翕、湛為韻。不知〈小戎〉自以中、驂為一韻，合、軜、邑為一韻，期、之為一韻；〈常棣〉自以合、翕為一韻，琴、湛為一韻，不可強同也。今案：緝、合以下九部，當從江氏分為二部，徧攷《三百篇》及群經、《楚辭》，皆本聲自為韻，而無與去聲通用者，然則侵、覃以下九部本無入聲，緝、合以下九部本無平、上、去明矣。[6]

在本師　陳伯元先生《古音研究》中，將段玉裁、孔廣森和王念孫三家對緝、合以下九部的分合列了一個表[7]，可以很清楚地呈現王念孫緝、盍分部的狀況，今錄表於下：

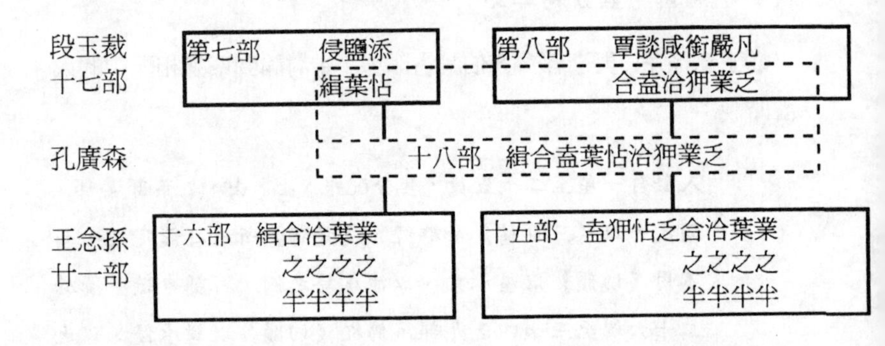

段玉裁的第七和第八兩部，王念孫將它們分成侵、談、緝、盍

[6] 參見李宗焜先生編撰《高郵王氏父子手稿》第75頁。

[7] 參見本師　陳伯元先生《古音研究》第119頁。

四部，而同時期的江有誥考證古有韻之文與《唐韻》的偏旁諧聲後，也同樣得到「緝部、葉部（盍部）獨立成部」的結論。

（二）去聲至從脂部分出，而入聲質從真部分出，兩者獨立為一部

王念孫所訂的至部包含去聲至、霽二韻，以及入聲質、櫛、屑、黠、薛五韻中的部分字。有關這些字之所以被王念孫獨立的原因，在〈與李鄦齋方伯論古韻書〉中提到：

> 去聲至部至、疐二字，霽部之替字，入聲之質部諸字，及迄部之　，黠部之八字，屑部之穴、卪、節、血四字，薛部之徹、別二字，皆以去、入通用，而不與平、上通，固非脂部之入聲，亦非真部之入聲，段以此諸字為真、先之入聲，亦猶顧以緝、合以下九部為侵、談之入聲也。意以為脂部之入聲則祇有〈載馳〉之濟、閟，〈賓之初筵〉之禮、至二條，《楚辭・遠游》之至、比一條。以為真部入聲祇有〈召旻〉之替、引一條。外此皆偶爾合韻，非全部皆通也。[8]

在〈答江晉三書〉中王念孫也說：

> 念孫所分至、霽二部，質、櫛、屑三部，但有從至、從疐、從質、從吉、從七、從日、從疾、從悉、從栗、從桼、從畢、從乙、從失、從八、從必、從卪、從血、從徹、從設

[8] 參見李宗焜先生編撰《高郵王氏父子手稿》第75頁。

之字，及閉、實、逸、一、別等字，具在前所呈〈與李方伯書〉中，其餘未分之字，不可悉數。[9]

至字讀上聲，乃《楚辭》所有，而〈三百篇〉中所無也，〈三百篇〉中，凡本句之上半與上句相疊者，其下半必轉韻，若〈關雎〉之「寤寐求之，求之不得」……然則兩「百禮」，兩「其湛」，兩「來假」皆入韻，而至字、樂字、祁字皆不入韻明矣。歌、脂之通，字周末始然，前此未之有也，況〈商頌〉又在周之前乎？此念孫所以必分去聲至、霽二部之至、疐、閉等字及入聲之質、櫛、屑別為一類，而不敢苟同也。[10]

而在〈與丁大令若士書〉中也有類似的說明，所以王念孫認爲去聲至、霽與部分既不是脂部的入聲，也不是真部的入聲的諸字應獨立成部，況且從《詩經》用韻來看，至部獨立也是符合當時實際的用韻狀況。今錄表於下：

段玉裁十七部	第十二部	真臻先	第十五部	脂微齊皆灰
		軫　銑		旨尾薺駭賄
		震𧦝霰		至未霽怪隊
				術物迄沒
		質櫛屑		祭泰夬廢
				月曷末黠黠鎋薛薛 之之　之之 半半　半半

[9] 參見李宗焜先生編撰《高郵王氏父子手稿》第88頁。

[10] 參見李宗焜先生編撰《高郵王氏父子手稿》第88頁。

王念孫 廿一部	十二部	至、霽、質、櫛、屑、黠之半、薛之半，凡從至、從疐、從質、從吉、從七、從日、從疾、從悉、從栗、從桼、從畢、從乙、從失、從八、從必、從卪、從血、從徹、從設，及閉、實、逸、一、別等字

（三）祭、月從脂部獨立

在入聲相配的部分，顧炎武將入聲質、術、櫛、昔之半、職、物、迄、屑、薛、錫之半、月、沒、曷、黠、鎋、麥之半、德、屋之半，以配支之半、脂、之、微、齊、佳、皆、灰、咍。段玉裁延用其部分分類，將《廣韻》的去聲至、未、霽、祭、泰、夬、隊、廢及入聲術、物、迄、月、沒、曷、末、黠、鎋、薛等韻都併入弟十五部脂部，不免略嫌粗糙。所以王念孫〈與李方伯書〉中說：

> 《切韻》平聲自十二齊至十五咍，凡五部，上聲亦若然。若去聲則字十二霽至二十廢共有九部。較平、上多祭、泰、夬、廢四部，此非無所據而為之也。考〈三百篇〉及群經、《楚辭》，此四部之字皆與入聲之月、曷、末、黠、薛同用，而不與至未霽怪隊及入聲之術物迄沒同用。且此四部有去、入而無平、上，〈音均表〉以此四部與未等部合為一類，入聲之月、曷等部亦與術物等部合為一類，於是〈蓼莪〉五章之烈、發、害，與六章之律、弗、卒；《論語·八士》之達、适與突、忽；《楚辭·遠遊》之至、比與厲、衛，皆混為一韻而音不諧矣。其以月、曷等部為脂部之入

> 聲，亦沿顧氏之誤而未改也，唯術、物等部乃脂部之入聲耳。[11]

所以王念孫認爲從段玉裁的脂部中應將祭部分出，這樣脂部的入聲在分到至、祭二部後，就只剩下術、物、迄、沒四韻了。今列表於下：

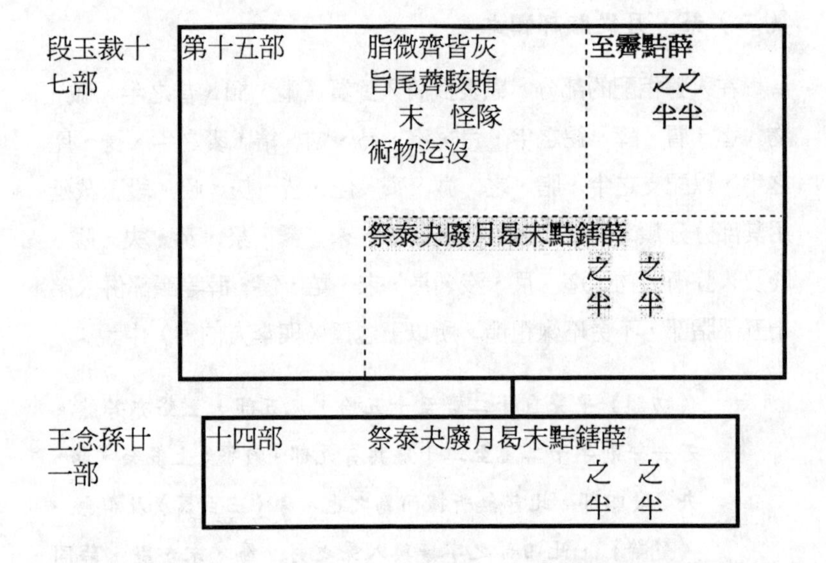

（四）割屋、沃、燭、覺四韻中部分的字為侯部的入聲

段玉裁〈音均表〉中將入聲屋、沃、燭、覺四韻都歸爲第三部尤部，第四部侯部則只有平聲侯、上聲厚和去聲候，並無相配的入聲，而是與第三部同入合韻。對於這一點，王念孫認爲與古不合。

---

[11] 參見王引之《經義述聞》第六冊卷三十一第1259頁。

他在〈與李方伯書〉中說：

> 屋、沃、燭、覺四部中，凡從屋、從谷、從木、從卜、從族、從鹿、從　、從菐、從彔、從束、從獄、從辱、從豖、從曲、從玉、從蜀、從足、從局、從角、從岳、從　之字，及禿、哭、粟、珏等字，皆侯部之入聲，而〈音均表〉以為幽部之入聲，於是〈小戎〉首章之驅、續、轂、馵、玉、屋、曲；〈楚茨〉六章之奏、祿；〈角弓〉三章之裕、瘉，六章之木、附、屬；〈桑柔〉十二章之穀、垢；《左傳》哀十七年繇辭之竇、踰；《楚辭・離騷》之屬、具；〈天問〉之屬、數，皆不以為本韻而以為合韻矣。且於〈角弓〉之「君子有徽，猷小人與屬」，〈晉〉初六之「罔孚裕，无咎」，皆非韻而以為韻矣。

王念孫認爲就四聲相配的原則來看，應從入聲屋、沃、燭、覺四韻中分出部分的字與十九侯部的平上去相承。關於這個問題，段玉裁後來在答覆江有誥的信中也接受且肯定了這樣的分法，可見這樣的分部的確較合於事實。

四、結語

以上簡述了王念孫廿一部與段玉裁十七部的比較，及王念孫在上古韻部方面的創見。雖然後世因等韻學發展漸趨成熟而使得分部更爲精確，但是王念孫的廿一部分部在上古韻分部的進程中，確實有承先啓後之功。

至於「東」、「冬」是否分部的問題，王念孫一直到晚年作《合韻譜》時，才認同孔廣森的主張將東、冬分部。所以在王念孫大部分的著作中，用韻時並未將「東」、「冬」分部。雖然也有人稱王念孫上古韻分部爲廿二部，但在審視王念孫的作品時，仍應以廿一部的分部爲主。

參考書目

1、王引之《經義述聞》，1979 年 1 月臺一版，臺灣：商務印書館。
2、陳新雄《古音研究》，1999 年 4 月初版 1 刷，台北：五南圖書出版有限公司。
3、陸宗達《陸宗達語言學論文集》，1996 年 3 月北京第 1 版第 1 刷，北京師範大學出版社。
4、段玉裁《說文解字注》，1991 年 8 月增訂八版，台北：黎明文化事業股份有限公司。
5、李宗焜《高郵王氏父子手稿》，2000 年 4 月出版，台北：中央研究院歷史語言研究所。

論左傳「君子曰」的政治思想

吳智雄

提要

《左傳》「君子曰」爲後世史論的濫觴，其形式結構、內容思想與經學史上的種種問題，向來皆是春秋學的研究重心之一，此情形說明了「君子曰」是可以成爲一個獨立的課題而進行整體性的研究。以此，本文乃從思想的角度，針對現存八十八則「君子曰」的內容，進行詳細的比較歸納與綜合分析，藉以探討具有史論者身份的「君子」在進行史事論評時的觀念與主張，以期勾勒出「君子曰」思想的整體面貌。依據「君子曰」的內容性質與評論重心，其思想可分成史論的核心觀念、政治思想、道德意識與書法觀念四個層面。本文爲此研究系列之二，專論「君子曰」的政治思想。政治思想是「君子曰」思想的主體，此與《春秋》的記載多爲政治事件的因素有密切關係。「君子曰」政治思想的涉及層面甚廣，在政權的合法性問題上，「君子曰」認爲應以民心的依歸爲基礎。強調國君要克已以禮，要求臣子必須事君以忠。同時，治國者要有戒慎遠慮的憂患意識，國君要懂得知人識人的方法，臣子要有舉善容人的雅量。治國技巧上要賞罰分明，政刑並重，並且要有善用眾力的重民觀念。在國家的外交策略與戰爭攻伐上，則要有度德量力的權宜認知。凡此皆顯示出「君子曰」的政治思想，形式上雖然看似片面而雜亂，但其實卻有著豐富而多樣化的內容。

關鍵詞：左傳、君子曰、政治思想、春秋、史論

一、前言

所謂《左傳》「君子曰」，指《左傳》中以「君子曰」字樣開頭及以「君子」的口吻與身份所發言的一批評論性質的文字。這批評論文字共有八十八則[1]，並且有一些固定的形式[2]。這些不同的形

[1] 關於「君子曰」的數量，歷來說法不一，少則七十八則，多至九十則。主張七十八則的是鄭良樹（見氏著：〈論左傳「君子曰」非後人所附益〉，《書目季刊》第 8 卷第 2 期（1974 年 9 月），頁 22）。主張九十則的是張高評與盧心懋，其中盧氏又將九十則分成直接引述的八十五則與間接引述的五則，而僅將直接引述的八十五則列入討論（張說見氏著：〈左傳史論之風格與作用〉，《成功大學學報》第 23 卷（1988 年 11 月），頁 7-8；盧說見氏著：《左傳「君子曰」研究》，臺北：政治大學中國文學研究所碩士論文，1987 年，頁 20-24）。此外，龔慧治主張八十八則（見氏著：《左傳「君子曰」問題研究》，臺北：臺灣大學中國文學研究所碩士論文，1988 年，頁 129）；楊明照不計「君子以」為八十二則，計之則為九十五則（見氏著：〈春秋左氏傳「君子曰」徵辭〉，《文學年報》第 3 期，原文未見，轉引自前引龔文，頁 127）；葉文信主張八十九則，除昭公二十年「君子韙之」一則外，其餘八十八則同於龔文，然「君子韙之」一則可否列入「君子曰」形式，因涉及文獻解讀的句讀問題，故仍有待商榷（見氏著：《《左傳》「君子曰」考述》，臺北：臺灣師範大學國文研究所碩士論文，1999 年，頁 125-127）。諸說的不同，乃緣於認定標準的不同。對此，筆者在爬梳判別後，贊同龔文八十八則之說。各公出現的次數，計隱公十一則，桓公四則，莊公六則，閔公〇則，僖公八則，

式，僅表示行文語氣的不同，對其內容與涵義並無任何影響。「君子曰」的內容都是與史事相關的評論與解說，相當於後世史論的形式與性質，因此向來都被視爲中國史書論贊體裁的濫觴，如唐代史學家劉知幾（661-721）便首開此說。劉氏在《史通·論贊》中說到：「《春秋左氏傳》，每有發論，假君子以稱之。……史官所撰，通稱史臣，其名萬殊。其義一揆，必取便於時者，則總歸論贊焉。夫論者，所以辯疑惑、釋凝滯，若愚智共了，固無俟商榷，丘明『君子曰』者，其義實在於斯。」[3]此後如梁啓超（1873-1929）、楊向奎（1910-2000）、張以仁、張高評等人亦踵繼此說[4]。此外，因爲「君

文公十一則，宣公六則，成公九則，襄公二十一則，昭公九則，定公二則，哀公一則。其詳細內容可見龔文附錄「左傳『君子曰』資料索引」，亦可見葉文附錄「《左傳》十二公「君子曰」一覽表」前八十八則部份，此不再贅錄。

[2] 「君子曰」的形式共有五種類型，如張以仁說：「由於它們前面大都冠有『君子曰』字樣，因此，歷來學者便都用這三字去稱呼它。其實，它有時是『君子謂』、『君子是以』，或『君子以為』、『君子以…為…』。並不都是『君子曰』的形式。雖然它們的實質是一樣的。」（〈關於左傳「君子曰」的一些問題〉，《孔孟月刊》第3卷第3期（1964年11月），頁29。）其中「君子是以」又可細分出「君子是以知」與「君子是以善」兩小類。在這些形式中，「君子曰」出現四十七次（龔慧治云四十九次，誤。見注1龔文，頁11），「君子謂」出現二十二次，「君子是以」出現十二次（含「君子是以知」十一次，「君子是以善」一次），「君子以…為…」出現四次，「君子以為」出現三次。在這些形式中，「君子曰」出現的比例佔了一半以上，所以歷來學者皆以「君子曰」一語來概稱這批史論文字，本文因之。

[3] 〔唐〕劉知幾著，〔清〕浦起龍釋，〔民國〕呂思勉評：《史通釋評》，新版（臺北：華世出版社，1981年），頁99。

[4] 如梁啟超說：「近代著錄家，多別立史評一門。史評有二：一批評史蹟者，二

子曰」在《左傳》中屬於形式比較特殊的一類，因此也被學者認爲是《左傳》傳《春秋》的四種方式之一，如徐復觀（1903-1982）即主張此說[5]。

由於「君子曰」特定的組成形式與不同於《左傳》以史事傳述爲主的評論內容，所以關於「君子曰」的形式結構、內容思想與經學史上的種種問題，歷來皆是春秋學的研究課題之一。而在前賢的努力下，也獲得了不少的研究成果[6]。在這些研究成果的基礎上，本

批評史事者。批評史蹟者，對於歷史上所發生之事項而加以評論，蓋《左傳》、《史記》已發其端，後此各正史及通鑑皆因之。」（《中國歷史研究法》，臺北：臺灣中華書局，1985 年，頁 23。）楊向奎說：「《左傳》中有所謂『君子曰』，蓋史家於某事某人所下之論斷也。其性質有似後日諸史中之論贊，此項論斷在當時自能代表某一部份人對於某事某人之見解。」（〈論左傳「君子曰」〉，《文瀾學報》第二卷第一期（1936 年 3 月），頁 1。）張以仁說：「『君子曰』，是指《左傳》於記載某人某事之後所下的論評文字。它的性質與後世史書中的論贊頗為相似。」（〈關於左傳「君子曰」的一些問題〉，頁 29。）張高評說：「史書論贊之體，定型廣用於太史公《史記》；前乎此者，則粲然大備於《左傳》『君子曰』。《左傳》評論史事，進退人物，載道資鑑，往往假君子發論。」（〈左傳史論之風格與作用〉，頁 7。）

5 徐復觀認為「君子曰」是《左傳》「以義傳經」的四種方式之一，他說：「第四，是以『君子曰』的形式，發表自己的意見。這也是傳《春秋》的一種方式。此在《左氏傳》中，佔重要的地位。」（《兩漢思想史》（卷三），臺北：臺灣學生書局，1979 年，頁 271。）

6 目前針對「君子曰」論題之直接研究者，計有三篇碩士學位論文與九篇期刊論文。前者為盧心懋、龔慧治、葉文信三人；後者為楊向奎、楊明照、鄭良樹、張以仁、黃翠芬、萬平、浦衛忠、余行達等八人。討論的內容包括了「君子曰」的形式、數量、真偽、作者、時代、結構、思想、風格、作用、解經觀、史論觀等課題。詳細的篇目與出版資料，可見本文註一及林慶彰先生主編之《經學研究論著目錄》初編、續編、三編，該目錄由漢學研究中心分別

文將從思想探討的角度，對八十八則「君子曰」進行統整性的歸納分析。此種研究取向與問題意識，乃建立在「君子曰」是可以成為一個獨立而整體的研究對象，並且顯示了某種思想體系與時代特徵的基礎上。換句話說，「君子曰」以隨文解說、因事舉義、依史發論的方式，所呈現出的片斷、部份而不完整的思想形態，雖然受到了某些學者的質疑或批評[7]，但通過綜合比對與歸納分析的研究之後，「君子曰」所展示的思想內容，其實已足以構成某種特定的時代思想特徵[8]。因此，筆者擬對此論題進行統整性的研究，本文即為其中之一，旨在探討「君子曰」的政治思想。「君子曰」的思想主要發揮在政治層面，因此想要建構「君子曰」思想的面貌，政治思

於 1989、1999、2002 年出版。

[7] 如〔宋〕朱熹（1130-1200）曾引林黃中之語說：「《左傳》『君子曰』，最無意思。」（《朱子語類·卷八十三·春秋》）又說：「《左氏》疎脫，多在『君子曰』。」（《朱子語類·卷一百二十三·陳君舉》）林黃中對「君子曰」的批評與質疑得到了朱熹的認同，朱熹說：「《春秋》自難理會，如《左氏》尤有淺陋處，如『君子曰』之類，病處甚多。林黃中嘗疑之，卻見得是。」（《朱子語類·卷八十三·春秋》）前引諸說，詳見〔宋〕黎靖德編：《朱子語類》（臺北：正中書局，1962 年影印國立中央圖書館藏明成化九年江西藩司覆刊宋咸淳六年導江黎氏本，頁 3468、頁 4796、頁 3476。）

[8] 如浦衛忠曾說：「任何時代都有它自己的思想特徵，君子既生活於一定的時代之中，他也必定要顯示出他那個時代的思想特徵來。我們把『君子曰』看成一個思想體系，通過研究，重構出他的社會觀以及價值觀等，是可能的。當然，《左傳》『君子曰』之評判隨人而異、隨事而異，有的甚至很簡短，但是，經過排比、歸納，我們或許可以構擬出一個思想體系來，儘管可能會是不全面的、不完整的。」（《春秋三傳綜合研究》（臺北：文津出版社，1995 年），頁 78。）就構擬「君子曰」思想體系的角度來講，本文的預設觀點與浦氏的主張相同。

想是不可或缺的部份；甚至可以說，如果忽略了「君子曰」所闡述的政治意義，「君子曰」的思想便無精彩之處，其重要性可見一斑。

「君子曰」思想以政治思想爲主體，乃緣於《春秋》一書的基本性質。《春秋》分年別月以記事，則所記之事爲何？孟子（372-289 B.C.）說：「《春秋》，天子之事也。」[9]所謂「天子之事」，董仲舒（179？-104？B.C.）說：「周道衰廢，孔子爲司寇，諸侯害之，大夫壅之，孔子知言之不用道，道之不行也。是非二百四十二年之中，以爲天下儀表，貶天子，退諸侯，討大夫，以達王事而已矣。」[10]「貶天子，退諸侯，討大夫，以達王事」，正是《春秋》所寄寓的理想，所謂「成天下之事業，定天下之邪正，莫善於《春秋》」[11]即是此意。這種理想是透過對當時政治事件的褒貶來達成，如國與國之間的朝聘會盟、戰爭換俘、婚姻往來、政權轉移、宗廟祭祀等，而這些都屬於統治階層的事；精確的說，是統治階層中居上位（如天子、諸侯、卿大夫）的事件記載，所以《春秋》的特色在專言政治，如梁啓超說：「蓋孔子手著之書，惟有一種，其書實專言政治，即《春秋》也。」[12]

《春秋》的特色既在專言政治，則解說春秋史事的《左傳》與

---

[9] 〔周〕孟子：〈滕文公下〉，見〔漢〕趙岐注、〔唐〕孫奭疏：《孟子注疏》（臺北：藝文印書館，十三經注疏本，1989年），卷6下，頁117。

[10] 〔漢〕司馬遷：〈太史公自序〉，見〔漢〕司馬遷撰、〔宋〕裴駰集解、〔唐〕司馬貞索隱〔唐〕張守節正義：《史記》（北京：中華書局，1997年），卷130，頁3297。

[11] 〔晉〕范甯：〈春秋穀梁傳序〉，見〔晉〕范甯集解、〔唐〕楊士勛疏：《春秋穀梁傳注疏》（臺北：藝文印書館，十三經注疏本，1989年），頁5。

[12] 梁啟超：《中國近三百年學術史》（臺北：臺灣中華書局，1987年），頁91。

作爲史論性質的「君子曰」，勢必也以政治事件的記載與評論爲主，也因而構成了「君子曰」思想的主體。因此以下便以「君子曰」所闡述的政治思想，分別從政權繼承者的合法性基礎、對國君的要求、臣子的本分、人才管理、憂患意識、治國技巧、重民觀念、外交策略等八個面向來了解。

二、民心爲主的嗣君條件

嗣君條件指政權繼承者必須具備的合法性繼承基礎。春秋時代嗣君的選立條件，一般以《公羊傳》的說法爲通則。《公羊傳·隱公元年》說：「立適以長不以賢，立子以貴不以長。」[13]也就是在正常的情況下，君位的繼承資格限定在嫡子，且以長先幼後爲繼承的順序，這是宗法制度的理想化設計[14]。但事實上，春秋時代禮崩樂壞，傳統的禮法已失去其原有的規範效力，這種根植於傳統效力的繼承法則，多因各種外在因素而無法實行。其中常因國君個人的喜怒好惡，隨意改變繼承的人選，如晉獻公因愛驪姬及其子，遂殺太子申生；宋穆公因其兄宣公喜愛與夷，而致國於與夷[15]。這種繼

---

[13] 〔漢〕何休解詁、〔唐〕徐彥疏：《春秋公羊傳注疏》（臺北：藝文印書館，十三經注疏本，1989年），卷1，頁11。

[14] 王國維（1877-1927）認為此種立子立嫡之制，是周人權衡利害後所定以利天下後世之制度，也是周人異於殷人的三大制度之一，其定制始自周公。由此並衍生出宗法及喪服之制、封建子弟之制、君天子臣諸侯之制；也就是說，有周一代的禮制，大抵皆由立子立嫡之制而出。（關於王國維的說法，詳見氏著：〈殷周制度論〉，《觀堂集林》（石家莊：河北教育出版社，2001年），卷第10，史林二，頁287-303。）

[15] 晉獻公欲立驪姬之子奚齊而殺世子申生，在魯僖公五年（655 B.C.）。宋穆

承常態的改變，導致繼承順序的破壞與混亂，也因此造成了許多因爭奪繼承權而引發的混亂事件[16]。

政權繼承者的合法性基礎是政治思想中最基本的問題，不過「君子曰」對此並沒有比較明確的說明，因此我們只能從有限的資料來推論「君子曰」的看法。

桓公十六年（696 B.C.），衛宣公與夷姜生急子，爲其娶妻齊女。宣公見齊女美而娶之，是爲宣姜，生壽及朔。後夷姜死，宣姜與朔構陷急子，壽向急子告知此事，使急子行，但急子拒絕，後二人皆爲盜所殺。左公子洩與右公子職怨惠公（公子朔），另立公子黔牟，惠公遂奔齊。莊公六年（688 B.C.），諸侯伐衛納惠公，惠公放公子黔牟及大夫甯跪，殺左、右二公子，乃即位。君子對二公子立黔牟一事，有如下的評論。

> 君子以二公子之立黔牟為不度矣。夫能固位者，必度於本末，而後立衷焉。不知其本，不謀；知本之不枝，弗強。《詩》云：「本枝百世。」（《左傳·莊公六年》）[17]

公致國於其兄之子與夷，在魯隱公三年（720 B.C.）。詳見《春秋》經傳文。

[16] 春秋時期各國之混亂常因繼承權的爭奪而起，如周有王子克、王子頽、王子帶與王子朝之亂，晉有申生與奚齊之爭，齊有陽生與荼之爭、公子糾與小白之爭，鄭有公子忽與突之爭等等。關於這個方面的論述，可見王初慶：〈論春秋之亂源〉,《輔仁學誌》（文學院之部）第 12 期(1983 年 6 月)，頁 327-341。

[17] 本文所引用之《左傳》內容，悉以〔晉〕杜預注、〔唐〕孔穎達疏：《春秋左傳正義》（臺北：藝文印書館，十三經注疏本，1989 年）為主。文字校勘部份，則參酌李學勤主編、浦衛忠整理之《春秋左傳正義》（臺北：台灣古籍出版社，十三經注疏整理本，2002 年）。再次徵引時逕於正文中註明出處，

君子認爲二公子立黔牟是不度，亦即沒有想清楚、不恰當之意。孔疏說：「君子以二公子之立黔牟也，爲不知揆度形勢矣。夫立人爲君，使能自堅固其位者，必當揆度於本末。」爲什麼立黔牟的決定是沒有揆度形勢呢？因爲能固位者必先度於本末，此「本末」即是君子認爲的嗣君條件，但君子並沒有進一步說明何謂「本末」，所以後世對本末遂有不同說法。杜注說本末即是終始，僅就字面解釋，仍不知本末爲何？孔疏說：「度其本者，謂其人才德賢善，根本牢固；度其末者，謂其久終能保有邦國，蕃育子孫，知其堪能自固而後立其衷焉。」（《左傳·莊公六年》）則以「本」爲才德賢善之意。孔疏又引劉炫說：「度其本，謂思所立之人有母氏之寵，有先君之愛，有彊臣之援，爲國人所信服也；度其末，謂思所立之人有度量，有知謀，有治術，爲下民所愛樂也。」（《左傳·莊公六年》）所說則過於理論化，恐不合實情。沈欽韓《補注》說：「度其本者，其人於義當立者也；度其末者，其人立後能安固國家者也。」（《左傳·莊公六年》）以「本」爲於義當立者。上引諸人說法，對「末」的解釋多爲保衛邦國、安固國家之意，爭議不大。比較有爭議者爲「本」的意涵。依孔疏之意，則立君依才德賢善爲準，著眼於道德層面，如此嗣君是否具有合法性基礎，則不甚重要。依沈欽韓之意，所謂「義當立者」，可指具有合法性基礎，亦可指具有才德賢能，仍不知確指爲何？若就二公子立黔牟一事來看，黔牟是否爲嫡長子，不得而知，但由記載來看應該不是，則上述對「本」的二種解釋在此都可適用，如此對君子「夫能固位者，必度於本末」

詳細出版資料不再另行標示。

的確實意涵，仍無法論斷，必須再看下個例子。

莒犁比公生去疾及展輿，曾立展輿爲世子，後廢之。襄公三十一年（542 B.C.）十一月，展輿以國人攻莒子，弒莒子，自立爲君，去疾爲齊女所生，故奔齊。昭公元年（541 B.C.），莒展輿奪群公子的俸祿，群公子召回出奔在齊的去疾，展輿爲吳女所生，遂出奔吳。君子評論說：

> 君子曰：莒展之不立，棄人也夫！人可棄乎？《詩》曰：「無競維人。」善矣。（《左傳・昭公元年》）

由《左傳》記載「莒犁比公生去疾及展輿」來看，去疾應年長於展輿，但展輿卻曾一度立爲世子，可知此時莒國的君位繼承，並非依照嫡長子繼承的傳統法則，而是繫於國君個人的喜怒好惡。展輿以國人攻莒子，雖可能因犁比公的暴虐而起，但展輿的弒君自立，於合法性基礎畢竟不符，可是君子卻從展輿棄人的角度來立論。杜注說：「奪群公子秩是棄人。」（《左傳・昭公元年》）君子認爲展輿的不立，是因爲失去群公子的人才緣故，失去人才便失去人心，而不是因爲展輿弒君的非法性來源。以當時莒國的政治已呈失序狀態的情況來看，則國君繼承權的合法性來源，似乎已不是那麼重要。假設如此，如與上述衛二公子立公子黔牟事件合看，則我們似乎可以推測，君子對嗣君的繼承條件，以能否取得民心、安邦固國爲首要考量，而非著重其是否爲嫡長子的合法性繼承基礎。

三、克己以禮的國君要求

君臣之間的互動關係，是古典政治思想中的重要環節。關於此點，《論語·八佾》記載：「定公問：『君使臣，臣事君，如之何？』孔子對曰：『君使臣以禮，臣事君以忠。』」[18]孔子（551－479 B.C.）所主張的君臣互動，是一種相對性的關係。在「君子曰」中，我們可以找到與「臣事君以忠」相似的主張，但對國君的對等要求，相對而言卻沒有那麼明確。君子對國君的要求，主要集中在國君的道德修養與治國之道上，而以「禮」爲國君各種行爲的規範；至於國君因受禮的規範而做到事事合禮，是否因此進一步以禮使臣，則因文獻的限制而無法得知。因此大致上可以這麼說，「君子曰」對政治倫理中的君臣關係，比較著重於臣子對國君盡忠的單向要求，也就是比較有後世君權至上的絕對性關係的傾向，而非孔子所主張的相對性關係。

君子對國君的要求，最基本的主張是國君的行爲必須合禮，亦即必須符合君主身份之所宜，如果國君的行爲非禮，首先會墮落國君之位的尊貴。成公二年（589 B.C.），魯、衛等國伐齊，楚令尹發動陽橋之役以救齊。魯遣孟孫賄賂楚軍以求和，楚人答應議和，於是魯、楚、蔡、許等國訂盟於蜀地，蔡、許二國君乘楚車，爲車左右。蔡、許二君的行爲，君子評爲「失位」，原文如下：

> 君子曰：位其不可不愼也乎！蔡、許之君，一失其位，不得列於諸侯，況其下乎！《詩》曰：「不解于位，民之攸塈。」其是之謂矣。（《左傳·成公二年》）

---

[18] 〔魏〕何晏注、〔宋〕邢昺疏：《論語注疏》（臺北：藝文印書館，十三經注疏本，1989年），卷3，頁30上。

孔疏說：「小國之從大國，其征伐也，怕自乘其車，自率其軍，至戰陳之時，與同出力耳。此二君棄己之車，乘楚之乘，乃爲楚王右右，則是失位；既失其位，非復國君，故侵與盟會，並皆不序。經書楚師、鄭師侵衛，於時蔡、許在矣；公會楚公子嬰齊于蜀，蔡、許亦在也；及盟，又蔡、許之君在焉。侵也、會也、盟也三事，並失其位，經悉不書。」（《左傳・成公二年》）蔡侯、許男身爲諸侯，卻乘蠻夷（楚）車，爲其左右，失去諸侯君該有的行爲，墮失了國君的身份，是君不君的失禮現象，所以《春秋》不書蔡侯與許男會盟之事，將其除於諸侯之列，以著顯其失位的不當行爲。

除了行爲的合禮外，信守承諾也是對國君的要求之一。孔子曾說：「人而無信，不知其可也。大車無輗，小車無軏，其何以行之哉？」[19]常人如此，何況是一國之君。「君子曰」對國君失信的評論，可見二例。

襄公二十六年（547 B.C.），衛獻公派子鮮爲他謀求復位，子鮮將獻公之命告知甯喜。後甯喜與右宰穀攻孫氏戚邑，殺衛侯剽及太子角，孫林父以戚地投奔晉國。衛人侵戚邑東部，孫氏向晉國告訴，晉國於是戍兵在戚東的茅氏一地，後殖綽攻伐茅氏，殺死了晉軍三百人。孫蒯起初不敢追擊殖綽的衛軍，之後受到其父孫文子對其連厲鬼都不如的言語刺激後，遂於圉地打敗衛軍，俘擄了殖綽，並再向晉國控訴。晉國因爲孫氏的緣故，欲召諸侯以討衛。六月，魯、晉、宋、鄭、曹會于澶淵討衛，取衛西邊懿氏六十邑以與孫氏。衛侯到了晉國，被晉國囚禁於士弱氏家。七月，齊、鄭二國君爲衛

[19] 同前註，《論語注疏》，〈為政〉，卷2，頁19上。

侯的事情到晉國交涉，晉侯終於答應釋放衛侯回國，但直到十月衛人歸還衛姬于晉後，晉國才真正釋放衛侯回國。君子認爲晉平公在七月時已答應要釋放衛侯，但卻在數月後才真正履行承諾，有失國君的威信，所以「君子是以知平公之失政也」（《左傳·襄公二十六年》）。

同樣是國君失信的例子。襄公五年（568 B.C.），楚向陳質問其於兩年前背叛的原因，陳國回答說是楚令尹子辛以侵害小國來滿足自己的私欲，楚共王便殺了子辛。君子對此事評論道：

> 君子謂楚共王於是不刑。《詩》曰：「周道挺挺，我心扃扃。講事不令，集人來定。」己則無信，而殺人以逞，不亦難乎？〈夏書〉曰：「成允成功。」（《左傳·襄公五年》）

君子認爲楚共王在刑罰的使用上不恰當，因爲楚共王自己失信卻不肯承認，反而以殺人來逞其快意[20]，違背國君應守的誠信之禮，所以君子譏刺之。

此外，君子認爲國君行爲的合禮與否，還會表現在諡號的選用

[20] 據《左傳》所載，楚與晉曾於成公十二年（579 B.C.）春，盟於宋西門之外，冬又盟於赤棘，但成公十五年（576 B.C.），楚背盟北侵鄭、衛，時楚共王之弟子囊即勸曰：「新與晉盟而背之，無乃不可乎？」（《左傳·成公十五年》）即君子所謂的「己則無信」。成公十六年（575 B.C.），晉敗楚、鄭聯軍於鄢陵，楚司馬子反（名側）自殺，經書：「楚殺其大夫公子側。」襄公二年（571 B.C.）殺公子申，經書：「楚殺其大夫公子申。」襄公五年（568 B.C.）殺令尹子辛，經書：「楚殺其大夫公子壬夫。」三大夫皆於楚共王在位時被殺，即君子所謂的「殺人以逞」。

上。諡號是中國古代在評判死者（通常是帝王、諸侯、大夫）生前事跡後所給予的一種稱號，此行為具有歷史評價的意義。在「君子曰」中，也曾從諡號的角度來臧否人物。襄公二年（571 B.C.），齊侯攻打萊國，萊國派正輿子帶精選的馬牛各百匹去賄賂夙沙衛，齊軍因此便退師。這麼一件看似平常的事件，君子竟然也評論說：

君子是以知齊靈公之為「靈」也。（《左傳·襄公二年》）

君子認為由此事來看，齊靈公以「靈」為諡是非常適當的。所謂「靈」，杜注說：「戮殺不辜曰厲。」（《左傳·襄公十三年》）可見「厲」是惡諡。楊伯峻也說：「襄十三年《傳》述楚共王臨死遺言，自請諡為『靈』或『厲』，足見『靈』是惡諡。」[21]因為在襄公十九年（554 B.C.）時，齊靈公寵幸戎子，遂憑「在我而已」的威權，廢太子光而改立公子牙，並以夙沙衛為少傅。後崔杼趁靈公病危時改立光為太子，光先殺戎子，即位後再執公子牙，夙沙衛則逃奔至高唐以叛。這一連串事件的發生，都是由於齊靈公擅自廢立太子、不採忠言而聽任佞臣所造成的，連兩國交戰都可因此而退兵，可見齊靈公之惡。所以君子從諡號的選用來論其人，即含有貶損的意涵。

國君的非禮行為，不僅身後會受到史書的貶責，也可能會因此帶來殺身之禍。襄公三十一年（542 B.C.）己亥，孟孝伯卒，季武子立敬歸之娣齊歸的兒子公子裯（即日後的魯昭公），但穆叔反對。穆叔認為胡女敬歸之子子野非嫡嗣，所以不必依照古制立同母弟，

---

[21] 楊伯俊：《春秋左傳注》（高雄：復文圖書出版社，1991 年），頁 920。

而且公子裯居喪時沒有哀戚之容，顯示他並無孝心，立一個不孝之人，必定會帶來憂患。但季武子不聽，仍然立了公子裯。到了襄公的葬禮時，公子裯年十九歲，換了三次喪服卻都像舊衣服般，顯示他此時仍有童心而嬉戲無度，於是預言說：

> 君子是以知其不能終也。（《左傳・襄公三十一年》）

孝道是禮的一環，公子裯居喪而不哀，在慼而有嘉容，是謂不孝。不孝即是非禮，而且身為儲君卻在葬禮中如孩童般嬉戲，不合儲君的身份，所以君子預言公子裯日後必不得善終。證諸史實的記載，昭公於即位二十五年後，即因季孫氏的逼迫而出奔齊國，之後陸續居於齊鄆邑及晉乾侯邑，直到昭公三十二年（510 B.C.）十二月病死於晉乾侯邑中，客死他鄉，未得回國壽終正寢，可證君子之說[22]。

在君主政治下，國君的言行除會影響自身的遭遇外，更與國家的發展有密切關係。如文公六年（621 B.C.）秦穆公卒，遺命以子車氏的三個兒子奄息、仲行、鍼虎殉葬，此三人都是秦國的賢良，所以秦國百姓賦〈黃鳥〉一詩以哀其遭遇。君子對此事評論道：

> 君子曰：秦穆之不為盟主也宜哉！死而棄民，先王違世，猶詒之法，而況奪之善人乎？《詩》曰：「人之云亡，邦國殄瘁。」無善人之謂。若之何奪之？古之王者知命之不

---

[22] 關於「君子曰」的預言作用及其史論作用，非本文論述重心，前人亦已有相關論述，可逕見盧心懋、張高評、葉文信等文（篇名出處如註1），以及黃翠芬：〈《左傳》「君子曰」考詮〉，《朝陽學報》第1期(1996年6月)，頁98-101。

> 長，是以並建聖哲，樹之風聲，分之采物，著之話言，為之律度，陳之藝極，引之表儀，予之法制，告之訓典，教之防利，委之常秩，道之禮則，使毋失其土宜，眾隸賴之，而後即命。聖王同之。今縱無法以遺後嗣，而又收其良以死，難以在上矣。君子是以知秦之不復東征也。（《左傳・文公六年》）

此則評論的篇幅之大與語氣之強烈，在「君子曰」中是少見的，不難看出君子對此事的憤慨之深，而且更可藉此了解君子對人殉習俗的看法[23]。對人殉的習俗，君子抱持完全反對且厭惡的態度，認爲這是一種棄民的行爲，更遑論以國家的賢臣良士來陪葬了。君子認爲國君不但在生前的言行要合禮，更要在死後樹立普遍而良好的典範供子孫遵行，所以不厭其煩地陳述了一大段治國之道。今秦穆公竟然做出此種棄民的行爲，而且殉葬的對象又是國之賢良，所以將其無法稱霸中原一事視爲理所當然，甚至將日後秦國無法再東進的歷史責任加諸其上。其評論顯示出三項重點，一則彰顯君子貶抑秦穆公的歷史評價，二則強調國君言行與國家前途發展的密切，三

---

[23] 根據張端穗的說法，《左傳》中與人殉有關的記載共有六次，分見於文公五年、宣公十五年、成公二年、成公十年、昭公十三年、定公三年。在分析《左傳》對這六件史事的評論後，張氏認為《左傳》的看法具有兩項意義：一是具有更深刻的人本思想與更崇高的人道情懷，因為其所關懷的範圍不再限於一般庶民，而及於所有的人群；所關懷的層次不再限於物質生活的富庶，而及於人類存在的本身。二是打破自古團體生活對個體地位壓抑的信念，認為個體在面對人類集團生活的要求中，也有其不可剝奪的生存價值與尊嚴。（關於張端穗的說法，詳見氏著：《左傳思想探微》（臺北：學海出版社，1987 年），頁 59－70。）

則提出人民在治國行爲中的重要性。而此三項重點，皆可以合乎禮的規範概括之。

四、事君以忠的臣子本分

在君臣倫理的互動上，君子對人臣行爲的評斷，基本上以「忠」爲判定的標準，而在相關的史事中，褒揚忠臣、貶抑不忠[24]。至於在忠與不忠的判定上，君子有意識的將忠的標準區分爲忠心與忠行兩方面，如君子評許太子止說：

> 君子曰：盡心力以事君，舍藥物可也。（《左傳・昭公十九年》）

昭公十九年（523 B.C.）夏，許悼公患上瘧疾，五月時喝下太子止所進的藥後便死了，太子出奔晉，經文書：「許世子止弒其君買。」君子認爲太子止盡心盡力的侍奉國君，如果捨掉進藥的行爲就可以了。杜預解釋說：「藥物有毒當由醫，非凡人所知。譏止不舍藥物，所以加弒君之名。」（《左傳・昭公十九年》）吾人生病吃藥，當然需要經由醫師判定，如果藥物已由醫師判定，而由子女進到床前侍奉，則有何不可呢？由此觀之，杜預的解釋似乎有些勉強。不過許太子進藥的過程不可得知，且是另一層次問題。若僅由

---

[24] 除了從史事的分析得知君子對「忠」的強調外，我們也可從字詞使用的頻率來比較。據筆者的統計，「君子曰」中德目的出現次數，最多是「禮」（39 次），其次是「信」（16 次），其次是「忠」與「義」（各 11 次），其次是「仁」（3 次），其次是「孝」（2 次）。由「忠」字出現 11 次的頻率來看，可以說君子對「忠」也是相當重視的。

君子的評論來看，君子以忠心與忠行的不同層次，來認定是否爲忠臣的用意是相當明顯的。

盡忠的層次既區分爲忠心與忠行，則二者的相互配合以達到兩全其美，自然是忠臣的最佳典範。如君子於襄公十四年（559 B.C.）評子囊爲忠：

> 君子謂子囊忠。君薨，不忘增其名；將死，不忘衛社稷，可不謂忠乎？忠，民之望也。《詩》曰：「行歸于周，萬民所望。」忠也。（《左傳・襄公十四年》）

君子以子囊的兩項作爲來肯定他的忠心。其一是君薨，不忘增其名。指襄公十三年（560 B.C.）楚共王以自己年幼登位，未得習師保之教訓而於鄢陵之戰敗於晉，覺得有辱社稷，於是預先自請謚號爲「靈」或「厲」，諸大夫在共王五命後勉強答應。楚共王卒後，子囊以共王外有征蠻之功，內知己過而自請惡謚，其行爲足以稱之爲「共」，諸大夫從之，於是改謚爲「共」。「共」即「恭」，是美謚；「靈」或「厲」則是惡謚，杜注說：「欲受惡謚以歸先君也。亂而不損曰靈，戮殺不辜曰厲。」（《左傳・襄公十三年》）今子囊改惡謚爲美謚，是增國君美名，所以君子稱之。其次，評子囊將死而不忘衛社稷。此事指襄公十四年（559 B.C.），子囊於攻吳後回國時便死了，臨死前還特地交待子庚要在郢地築城，以保衛楚國的安全。君子認爲子囊的作爲符合人民對忠臣的期望，所以引《詩・小雅・都人士》之首章以稱其忠心。

子囊可說是忠君愛國的典型代表。在君子的看法中，如果有忠君或愛國的行爲，便會在「君子曰」中得到讚揚，如君子評鬻拳爲愛君。

君子曰：鬻拳可謂愛君矣，諫以自納於刑，刑猶不忘納君於善。（《左傳・莊公十九年》）

莊公十八年（676 B.C.），楚武王攻克權國，設郡，派鬬緡治理，後叛，武王圍而殺之，遷權地人民於那處，派閻敖治理。後文王即位，與巴人伐申國而驚擾其師，巴人遂取那處而攻楚城門，閻敖逃，文王殺之。冬，巴人因此伐楚。十九年（675 B.C.）春，楚大敗巴於津。回國時，鬻拳拒絕文王入城，文王再伐黃，班師至湫地時而卒。鬻拳葬文王於夕室後，自殺而葬於絰皇。起初鬻拳強諫楚文王而不從，於是以兵器威脅文王，文王懼而從之，後鬻拳以此事之罪莫大而自刖。君子認爲鬻拳是一個愛君的臣子，其愛君之道有二，一是因諫而自納於刑，二是自刑時亦不忘納君於善。從史實來看，鬻拳初以兵器懼君，深感罪惡之大而自刖，可知鬻拳明知以兵脅君是大忌，卻甘犯此大不諱而使國君從之後再行請罪，可見確是個忠君之人。後鬻拳拒絕打勝仗的文王入城，文王因此轉向伐黃而卒於湫，鬻拳必定深深自責，所以在葬文王後以死謝罪，君子因此而稱其愛君。

鬻拳愛君的類型屬於個人生命與忠誠的衝突，在古代君主政治體制中最容易產生此種衝突，有時甚至會造成人倫的悲劇，如石碏殺子事件。衛公子州吁是嬖人之子，得寵而好武事，衛莊公弗禁，大夫石碏諫莊公，莊公不聽。石碏之子石厚與州吁交遊，石碏禁之不可。後衛桓公立，石碏便告老致仕。隱公四年（719 B.C.），州吁弒桓公自立，但未能安撫人民，君位不穩，石厚問定君之道於其父石碏。石碏趁機誘使他們到陳國請求幫助覲見周天子，暗中卻請陳國把他們抓起來，再派衛人至陳殺州吁與石厚。對石碏的作法，君子評論道：

> 君子曰：石碏，純臣也。惡州吁而厚與焉。「大義滅親」，其是之謂乎！（《左傳・隱公四年》）

君子以「大義滅親」的角度評石碏是一位「純臣」。杜注說：「純猶篤也。」（《左傳・隱公元年》）孔疏說：「《爾雅・釋詁》訓純爲大，則純孝、純臣者謂大孝大忠也。」（《左傳・隱公元年》）可知「純臣」即是大忠之臣。從尊尊的君臣倫理來看，州吁先恃寵而驕，後又弒君自立，石厚與之遊而不禁，有狼狽爲奸之嫌。石碏身爲朝臣，事前進諫不成而於事後補救，於人臣之責已盡，即使於人倫上已有所虧，但君子仍評爲純臣，而以大義滅親譽之，透露出「君子曰」重尊尊輕親親的傾向。

石碏殺子是尊尊與親親產生衝突的典型事件，這也是傳統政治體制中經常發生的忠孝不能兩全的爲難情況。忠孝兩全雖然很難，但並非不可能，《左傳》中即有一件忠孝兩全的史事，那就是有名的鄭莊公與其母在黃泉相見的事件。鄭莊公因母親武姜的厭惡與弟段的恃寵叛亂，對母親武姜心有嫌隙。在克段于鄢後，將武姜遷置於城潁，並誓言不到黃泉絕不相見。後莊公雖有悔心，但礙於先前講過的誓言而不知所措，所謂的君無戲言。此時剛好有潁考叔提供闕地及泉，隧而相見的方法，讓武姜、莊公母子得以相見，既不墮失莊公的威嚴，又成就莊公的孝名，所以君子讚美潁考叔說：

> 君子曰：潁考叔，純孝也。愛其母，施及莊公。《詩》曰：

「孝子不匱，永錫爾類。」其是之謂乎！」（《左傳·隱公元年》）

孔疏說：「此純猶篤者，言孝之篤厚也。」（《左傳·隱公元年》）孝之篤厚即前引孔疏所謂「大孝」。潁考叔以智慧化解了鄭莊公進退兩難的窘境，將其愛母的孝心擴及於莊公，又爲自己贏得了忠臣的美名，真可謂一舉數得，所以君子評爲「純孝」。

君子評忠臣的標準，除了對國君有實際的盡忠行爲外，對臣子的品德修養也很注重，如〈襄公五年〉評季文子：

君子是以知季文子之忠於公室也，相三君矣而無私積，可不謂忠乎？

襄公五年（568 B.C.）季文子卒，家臣欲以家裏的器具來準備葬具時，卻發現家裏「無衣帛之妾，無食粟之馬，無藏金玉，無重器備」（《左傳·襄公五年》）。君子認爲季文子爲官共歷三朝[25]，卻沒有私自積聚錢財，足見季文子是個忠於公室的清官，所以以「忠」字稱之。

「君子曰」有時會以「君子」的美名來稱揚忠臣，如於秦、晉郩之戰時稱譽晉狼瞫爲君子：

君子謂狼瞫於是乎君子。《詩》曰：「君子如怒，亂庶遄沮。」又曰：「王赫斯怒，爰整其旅。」怒不作亂，而以

---

[25] 楊伯峻說：「季孫行父于文六年即見于經，可見其入仕之早。宣公八年襄仲死，季孫為相，歷宣、成、襄三公，凡三十三年。」（《春秋左傳注》，頁944－945。）

從師，可謂君子矣。（《左傳・文公二年》）

文公二年（625 B.C.）秦、晉郩之戰的第二天，晉襄公綑綁秦囚，派萊駒以戈斬之，萊駒因囚犯大呼而失手，此時狼瞫取戈以斬之，襄公便似狼瞫爲車右。後在箕之役時，先軫廢黜狼瞫，以續簡伯爲車右，狼瞫發怒，其友勸其死之，但狼瞫以死非其所而拒絕。後在彭衙之役時，狼瞫帶著他的從屬直衝秦師而戰死，不過晉師卻因此大敗秦師。君子讚美狼瞫是位君子，因爲他能夠明理而且知所分際，不會因爲個人的恩怨而作亂，反以其身報效國家而死得其所，所謂死有輕於鴻毛，有重於泰山，是忠臣的類型，所以君子以「君子」稱之。

君子臧否人物，有時不下任何評語，而僅以引《詩》的方式來說明，此時便須同時從史事與詩義兩方面來了解。如〈襄公二十七年〉君子評樂喜與向戌：

君子曰：「彼己之子，邦之司直」，樂喜之謂乎！「何以恤我，我其收之」，向戌之謂乎！

襄公二十七年（546 B.C.），宋向戌倡弭兵之議，得到各國的認同而於七月盟於宋。後向戌以自己有功，欲向宋公請免死之邑的賞賜，宋公準備給向戌六十邑，拿與邑的簡札和子罕（即樂喜）商量。子罕以武力是安國服眾的憑藉，不可以輕易去除。今向戌四處奔走弭兵之議，已是去兵之舉，又以此功邀賞，子罕認爲這是貪得無饜之舉而不贊成，而向戌也因此推辭不受。後向氏族人欲攻子罕，向戌以子罕已存其生命爲理由來阻止。就子罕來說，他能從國家的安危來著想，斷然拒絕向戌不合理的請求，可說是忠臣的表現。所以君子引《詩·鄭風·羔裘》「彼己之子，邦之司直」詩句，以主管正人之過的司直官來稱讚子罕對國家的忠直。至於向戌，雖然其倡弭兵的動機在揚名，後又以此功邀賞，看似非忠之人，但向戌能適時知錯並阻止向氏族人的作亂，也算有功於國家。所以君子引「何以恤我，我其收之」詩句[26]，以「不論以何物賜予，皆將接受」之詩意，「善向戌能知其過」（杜注語）。

由上述可知，「君子曰」中可見的忠臣類型包括了增益國君美名、心存社稷安危、清廉自持、忠言諫君、大義滅親、爲國捐軀、成就國君孝行等，可以說凡是行爲合禮，對國君與國家有相當助益者，都符合君子思想中的忠臣類型。

但君子所評論者並非全是忠臣，對不忠的臣子也有若干批評。如〈成公二年〉評華元與樂舉：

> 君子謂華元、樂舉於是乎不臣。臣，治煩去惑者也，是以伏死而爭。今二子者，君生則縱其惑，死又益其侈，是棄君於惡也，何臣之為？

成公二年（589 B.C.）八月，宋文公卒，宋國增大葬禮的規制，諸如使用蜃灰及木炭、增加陪葬的車馬與各種器物、開始用活人殉葬，並僭用天子禮制，槨有四阿，棺有翰、檜的裝飾，種種作爲皆首開宋國厚葬的先例。君子不認同這種行爲，於是將矛頭指向當時

---

[26] 君子所引「何以恤我，我其收之」一詩，杜預以為逸詩，楊伯峻則認為是《詩·周頌·維天之命》「假以溢我，我其收之」的變文。（詳見楊伯峻：《春秋左傳注》，頁 1136。）

的執政大臣華元與樂舉，並提出臣子應盡的職責是治煩與去惑。煩者，亂也[27]；惑者，人主之惑也。所以治煩去惑是針對國家與國君而言。今華元與樂舉不但沒有盡到應盡的責任，反而在文公生前縱其惑，死後又益其侈，是陷國君於不義，所以君子評爲不臣，即是不忠之臣。由此也可以看出君子反對厚葬，這個主張應與厚葬是一種奢侈行爲，而且常會產生僭越的情形而造成禮制的破壞有關。

除了不能爲國治煩、爲君去惑會被君子評爲不臣外，不能爲國存良才也是不忠的行爲，如定公九年（501 B.C.），君子評子然殺鄧析一事即是。

> 君子謂子然於是不忠。苟有可以加於國家者，棄其邪可也。靜女之三章，取彤管焉。竿旄「何以告之」，取其忠也。故用其道，不棄其人。《詩》云：「蔽芾甘棠，勿翦勿伐，召伯所茇。」思其人，猶愛其樹，況用其道而不恤其人乎！子然無以勸能矣。（《左傳・定公九年》）

此件史事未載於《春秋》經文，屬於無經之傳，然傳文亦甚簡略，僅書：「鄭駟歂殺鄧析，而用其《竹刑》。」其下即是「君子謂」的評論，因此我們只能根據有限的資料來探討君子的用意。杜注說：「鄧析，鄭大夫。欲改鄭所鑄舊制，不受君命而私造刑法，書之於竹簡，故云竹刑。」（《左傳・定公九年》）據此，則鄧析可能因私造刑法而被殺，但子然卻又採用他所作的《竹刑》，可見

---

[27] 楊伯峻引《周禮・考工記・弓人》鄭注：「煩，亂也。」為例，證煩義為亂，所以治之，本文採其說。（詳見氏著：《春秋左傳注》，頁 802。）

《竹刑》必有優於舊制之處，則鄧析可說是國家的人才。君子認爲只要對國家有益的人，是可以赦免他之前的罪過，並引了三段《詩》義來加強他的主張。但子然卻依然殺死了鄧析，不但沒有爲國存才，更可以預知將來也無法爲國勸勉有才之士，所以君子認爲子然是不忠之臣。這種用人以才的主張，顯示出君子與孔子在政治人才選用標準上的不同觀點。

還有一種趁國亂而謀利的不忠之臣。宣公十二年（597 B.C.），晉、楚邲之戰時，鄭國大夫石制引楚師入鄭，預謀分一半土地給楚國，再用另一半土地立公子魚臣爲鄭君，想藉此專擅得寵於君前，但後來兩人皆被鄭國所殺。於是君子評石制說：

> 君子曰：史佚所謂「毋怙亂」者，謂是類也。《詩》曰：「亂離瘼矣，爰其適歸。」歸於怙亂者也夫！（《左傳·宣公十二年》）

君子認爲史佚所謂的不要藉著動亂來取利，指的就是石制這一類人。並引《詩·小雅·四月》的詩句而變其義，說戰亂爲害之甚，最先要歸罪的，就是這些藉著動亂爲自己牟利的人。所以石制被殺，只能說是自取其禍。

上述幾種不忠的類型，君子皆是就當事者未盡到臣子的職責而評爲不忠、不臣。最後，還有一種最嚴重的類型，不只未盡到爲臣的責任，還殘害人民，因此君子以「非人」的最嚴厲評語評之，如君子評羊斟即是，而這也是《左傳》「君子曰」中唯一使用「非人」的評語。

君子謂羊斟非人也，以其私憾，敗國殄民，於是刑孰大焉！《詩》所謂「人之無良」者，其羊斟之謂乎！殘民以逞。（《左傳·宣公二年》）

宣公二年（607 B.C.），宋、鄭二國即將戰於大棘時，宋國主帥華元殺羊犒勞將士，其御者羊斟沒有吃到。後來兩軍對陣時，羊斟對華元說：「疇昔之羊，子爲政；今日之事，我爲政。」（《左傳·宣公二年》）說完後便載著華元直衝鄭軍而戰敗。由羊斟對華元所說的話來看，宋國戰敗主要是羊斟對華元的個人過節所致，所以君子即從這個角度評論此事。君子認爲羊斟這種公報私仇的心態是非人的行爲，只是因爲沒有吃到羊肉的小嫌隙，竟然在戰爭中報復以逞私意，置國家安危與人民生命於不顧，罪惡之大莫過於此，難怪君子會引《詩經》「人之無良」一語，對羊斟發出「非人」的評價了。

君子評斷人臣的歷史功過時，雖然以是否忠心爲判定的標準，但若遇到昏君、庸君時，君子是否還堅持臣子仍須效忠，而出現類似愚忠的情形呢？其實不然。前面曾經提過，君子將臣子盡忠的標準分成忠心與忠行，忠心是必須的，但忠行卻是可以調整的；也就是說，在對象（國君）不足以盡忠時，臣子就必須做出適當的抉擇，否則可能會爲自己帶來災禍。君子說：

君子曰：忠為令德，非其人猶不可，況不令乎？（《左傳·成公十年》）

令者，善也。君子認爲忠是一種善德，不過盡忠時必須慎選對象，在對象不具善德時，臣子可以不必盡忠[28]。此處「君子曰」的評論，是針對叔申的遭遇而發。成公九年（582 B.C.）秋，鄭成公如晉，被晉國以貳於楚爲由執於銅鞮，後公孫申（即叔申）出一計謀，以出兵圍許國，並假裝要改立國君，且暫緩派使者至晉，表示鄭國不急於營救其君成公，如此晉國必定會歸送成公。果然，晉國於次年送還鄭成公，但成公回國後卻處死了叔申及其弟叔禽。從整件史實來看，叔申的計謀可說是妙計，十分善於揣摩人心，在不費一兵一卒、不須外交斡旋的情形下，安然營救成公回國。但叔申的忠心卻換來成公的猜忌而招來殺身之禍，真可謂所忠非人，難怪君子會對叔申的遭遇感到惋惜，而有「非其人猶不可，況不令乎？」的評論與感嘆。

另一個爲君子所惋惜的忠臣是荀息。晉獻公有子九人，其中三人爲申生、重耳與夷吾。申生爲獻公夫人齊姜（齊桓公之女）所生，後立爲太子；重耳之母爲大戎狐姬，申生弟；夷吾之母爲小戎子，重耳弟，三子皆有賢行。魯莊公二十二年（晉獻公五年，672 B.C.），晉伐驪戎，得驪姬，獻公嬖愛之。莊公二十九年（晉獻公十二年，665 B.C.），驪姬生子奚齊，後驪姬之娣生卓，獻公有意廢申生以改立奚齊爲太子，並立驪姬爲夫人。僖公四年（晉獻公二十一年，656 B.C.），驪姬利用獻公出外田獵時準備了毒酒，於獻公回來後

---

[28] 此段傳文中的「非其人」，楊伯峻認為古有兩解。一指盡忠的人，此指叔申，意謂叔申不足以行忠德，見顧炎武《左傳杜解補正》引陸粲說；一指所忠的對象，此指鄭成公，意謂鄭成公不能為之效忠，見杜注。楊氏認為從文法來看，兩解皆可通。（詳見氏著：《春秋左傳注》，頁 850。）既然兩解皆可通，則從前後事的發展來看，筆者認為應從杜注所解較為適當。

託言爲太子申生所獻，獻公將飲，驪姬說食自外來，不可不試，於是灑於地而地起沸，予犬食而犬死，予小臣而臣亦斃，驪姬便趁此誣陷申生。申生聽到此事後，將重耳寄託給里克，而於同年十二月戊申自殺於新城。申生死後，驪姬誣陷重耳與夷吾知道申生獻藥一事，二人深恐爲害，於是分別逃至蒲與屈。僖公九年（晉獻公二十六年，651 B.C.），獻公將奚齊屬於荀息。同年九月，晉獻公卒，奚齊即位。里克與丕鄭欲納重耳，遂以申生、重耳與夷吾之黨羽作亂。十月，里克殺奚齊，荀息立公子卓，里克又於十一月殺公子卓於朝，荀息殉死。里克使人迎公子重耳於翟，欲立之，重耳辭不受；里克便迎公子夷吾於梁夷，立之，是爲惠公。惠公以里克弒奚齊與卓二君，恐不免也爲里克所弒，於是里被殺克。在這整件宮廷權利鬥爭史中，君子選擇荀息爲評論的對象，《左傳・僖公九年》載：

> 君子曰：《詩》所謂：「白圭之玷，尚可磨也；斯言之玷，不可為也。」荀息有焉。

君子引《詩・大雅》的詩句來說明荀息的言語有瑕疵，但並非指荀息遵守其對獻公的承諾的行爲有錯；相反的，君子乃對荀息因遵守承諾而致身死的遭遇感到遺憾，此亦可從《國語・晉語二》作：「君子曰：不食其言矣。」[29]得到旁證。君子認爲荀息的言語有瑕疵，在於他答應獻公託孤的承諾。在晉室王位繼承人選中，申生本爲合法的政權繼承者，後獻公以個人的私好改立奚齊，破壞了繼承

---

[29] 〔三國吳〕韋昭註：《國語》（臺北：臺灣商務印書館，1956 年），卷 8，〈晉語二〉，頁 100。

法則的常態，已埋下日後政權爭奪之因。但荀息爲人忠貞，又爲奚齊傅，以致答應獻公託孤的遺言，其間雖經里克的威嚇，仍不改其初衷，終因信守承諾而亡。觀君子之意，似認爲荀息不應做此承諾，因獻公不是可以盡忠的國君；但從荀息忠君的個性與臨終受託的立場來看，這也是其不得已的選擇，於此吾人只能慨嘆荀息所遇非人了。

五、知人舉善的人才管理

對於政務人才的選用，「君子曰」主張任賢使能，知人善用，例如「君子曰」曾於〈襄公十五年〉說到：「官人，國之急也。能官人，則民無覦心。」能官人即是能善任臣子於其適當之官位，可免除人民的覬覦之心，因此爲國家之所急，由此可見君子對知人用賢的重視。在所見的「君子曰」中，所謂的知人用賢可分爲兩方面：一是君主的知人，一是賢臣的舉善。

在君主知人方面，例如襄公十五年（558 B.C.），楚國任命官員，以「公子午爲令尹，公子罷戎爲右尹，蔿子馮爲大司馬，公子橐師爲右司馬，公子成爲左司馬，屈到爲莫敖，公子追舒爲箴尹，屈蕩爲連尹，養由基爲宮廄尹」。「君子曰」認爲楚國此次對官位人選的安排非常適當，因此下以「能官人」的評論，所謂：

> 君子謂楚於是乎能官人。官人，國之急也。能官人，則民無覦心。《詩》云：「嗟我懷人，寘彼周行。」能官人也。王及公、侯、伯、子、男，甸、采、衛大夫，各居其列，所謂周行也。（《左傳·襄公十五年》）

官人即是安排官位的人選。君子認為楚康王是位能知人善任的君主，能官人即可使人民不存有非份之想，所以是治國的當務之急。為說明官人的重要，君子特地引《詩·周南·卷耳》：「嗟我懷人，寘彼周行。」為證。此乃欲藉經典的權威以論證其說，但此詩原為婦人思念丈夫之意，所以君子便採取斷章取義的方式來詮釋詩義，而逕以「能官人」之義釋之。由此亦可知「君子曰」引《詩》釋史義中的一種解釋《詩》義的方式。

《尚書·皋陶謨》曾載禹之言曰：「知人則哲，能官人安民則惠，黎民懷之。」[30]能官人者即為哲智者；換言之，惟哲智者方能官人。就君臣關係來講，一個善於擇才而任的國君，不僅可顯示君的智慧與臣的忠心外，更可讓君臣互蒙其利而帶來國家的利益。在「君子曰」的評論中，此種君智臣忠而互美的例子，可見之於君子對秦穆公與其臣子的評論：

> 君子是以知秦穆之為君也。舉人之周也，與人之壹也；孟明之臣也，其不解也，能懼思也；子桑之忠也，其知人也，能舉善也。《詩》曰：「于以采蘩？于沼于沚。于以用之？公侯之事。」秦穆有焉。「夙夜匪解，以事一人」，孟明有焉。「詒厥孫謀，以燕翼子」，子桑有焉。（《左傳·文公三年》）

僖公三十三年（627 B.C.），夏四月辛巳，晉敗秦師於殽，虜

30 〔漢〕孔安國傳、〔唐〕孔穎達正義：《尚書正義》（臺北：藝文印書館，十三經注疏本，1989 年），頁 60 下。

獲秦帥孟明等人，後因晉文公夫人文嬴的求情而得歸。孟明逃歸秦後，秦穆公不但沒有處以任何的罪罰，反仍使孟明爲政而將戰敗之責歸咎於己。二年後，即文公二年（625 B.C.）春，孟明帥師伐晉以報殽之役，再度被晉師敗於彭衙，但秦穆公仍重用孟明。孟明於是增修國政，重施於民，於次年（即文公三年，624 B.C.）再度伐晉，終於取得王官及郊之地，此時晉人不出，孟明遂帥師於茅津渡河，封殽尸而還，秦國從此獨霸西戎。從上述史實來看，秦國能於春秋中期以後獨霸西戎，乃因秦穆公能信任孟明，孟明能努力不懈之故；而秦穆公得知孟明之能，乃因子桑知而舉善之故。於是穆公的信任，孟明的盡忠，子桑的舉善，君臣三人不僅各自彰顯了本身的美德，更因此共同創造了國家的富強。所以君子特地引《詩》中意義相近的詩句，來讚美君臣之間此種難能可貴的相知與相善。

政治上的知人舉善，除了識才而將人才安排在適當的位置之外，還包括納忠言與去惡人。在納忠言方面，爲政者如能察納忠言，必能爲國謀利。例如成公八年（583 B.C.），晉欒書侵蔡，遂侵楚，獲楚大夫申驪，後又侵沈，獲沈子揖初。這接連獲得的戰功，乃是聽從了知莊子、范文子與韓獻子的謀略，所以君子便從人才的角度發出以下的評論：

> 君子曰：從善如流，宜哉！《詩》曰：「愷悌君子，遐不作人？」求善也夫！作人，斯有功績矣。（《左傳·成公八年》）

所謂「作人」，即是起用人才之意。君子認爲欒書因聽從人才的建議而有此功，因此特地引用《詩·大雅·旱麓》的詩句，說明起用人才方有功績的重要性。

此外，在去惡人方面，爲政者如果不能適時地除掉惡人，往往會招來不測的後果，例如鄭昭公爲高渠彌所殺事件。據《左傳》所載，鄭莊公初欲以高渠彌爲卿，太子忽（昭公）惡之，固諫，莊公不聽。桓公十五年（697 B.C.），原爲祭仲所立之厲公突奔蔡，太子忽入鄭，立爲昭公。高渠彌恐爲昭公所殺，遂於桓公十七年（695 B.C.）弒昭公，而改立公子亹。對昭公的遭遇，《左傳・桓公十七年》載曰：「君子謂昭公知所惡矣。」君子認爲昭公知道該厭惡的人爲誰，言下有昭公善於知人之意，如孔疏云：「弒君者，人臣之極惡也。昭公惡其人，其人果行大惡，是昭公知所惡矣，言昭公惡之不妄也。」（《左傳・桓公十七年》）但昭公雖知該惡之人，卻沒有適時採取行動，以致爲奸人所弒，可知國君除了知才而用之外，也要知惡而適時除之，如孔疏云：「昭公知其惡而不能行其誅，致使渠彌含憎懼死以徼幸，故昭公不免於弒，戒人君使彊於斷。」（《左傳・桓公十七年》）如此方是知人識人的最佳典範。

人才既如此重要，則拋棄人才即是一件危險的事情，如莒國的展輿。襄公三十一年（542 B.C.），莒公子展輿弒君自立。次年，即昭公元年（541 B.C.），展輿奪群公子秩祿，群公子召回逃奔至齊的去疾。秋，齊公子鉏納去疾於莒，展輿遂奔吳。對展輿的行爲，君子有以下的評論：

> 君子曰：莒展之不立，棄人也夫！人可棄乎？《詩》曰：「無競維人。」善矣。（《左傳・昭公元年》）

君子認爲展輿之所以不立，乃因棄人的緣故。所謂「棄人」，杜注云：「奪群公子秩是棄人。」（《左傳·昭公元年》）其後又引《詩·周頌·烈文》之詩句爲證，杜注云：「言惟得人則則國家彊。」（《左傳·昭公元年》）孔疏則云：「競，彊也。無彊乎？維得賢人也。得賢人則國家彊矣，故天下諸侯順其所爲也。」（《左傳·昭公元年》）則知「棄人」即是棄去賢人之意。莒輿奪群公子秩，人才隨之而去，遂不得立，所以君子才評之曰「棄人」，以此可知國君善用人才之重要。

除了上述知人識才的對象爲臣民外，國君知人善任的對象亦包括君位的繼承人選。例如〈隱公三年〉君子論宋宣公：

> 君子曰：宋宣公可謂知人矣。立穆公，其子饗之，命以義夫！〈商頌〉曰：「殷受命咸宜，百祿是荷。其是之謂乎！」

魯隱公三年（宋穆公九年，720 B.C.），宋穆公疾，囑咐大司馬孔父於其死後立與夷爲君，與夷爲穆公兄宣公之子。當初在宋宣公辭世之前，以「兄死弟及」的君位繼承原則，將君位讓與其弟和，和即位爲穆公。今穆公將卒之前，欲昭續宣公之德而將帝位傳給與夷，其間雖遭孔父的反對，然仍未改其初衷，並且使公子馮出居于鄭。後穆公卒，與夷便即位爲殤公。君子認爲宋宣公實在善於知人，其傳弟不傳子的選擇，固然有殷商以來「兄死弟及」的傳位原則可供遵守，但最主要的考量因素應該還是穆公的賢德，其後事實證明宣公的看法並沒有錯。宣公此種出於道義的決定，不但顯出他善於知人的眼光，更因此造福了後代子孫，如同《詩·商頌·玄鳥》所述殷受命咸宜而膺受百祿般，故君子引其詩以讚揚之。而君子在稱讚宋宣公的同時，也隱含讚揚宋穆公亦賢德而能不負先君所託之意。

而在賢臣舉善方面，君子所下的評論有一則。《左傳·襄公三年》載：

> 君子謂祁奚於是能舉善矣。稱其讎，不為諂；立其子，不為比；舉其偏，不為黨。〈商書〉曰：「無偏無黨，王道蕩蕩。」其祁奚之謂矣。解狐得舉，祁午得位，伯華得官，建一官而三物成，能舉善也。夫唯善，故能舉其類。《詩》云：「惟其有之，是以似之。」祁奚有焉。

襄公三年（晉悼公四年，570 B.C.），晉國中軍尉祁奚告老，晉悼公問可接任者，祁奚推薦與他有私仇的解狐，然解狐將立而卒。悼公再問繼任人選，祁奚推薦自己的兒子祁午。此時中軍尉佐羊舌職死，悼公問可接任尉佐者，祁奚推薦羊舌職的兒子羊舌赤。於是悼公便以祁午爲中軍尉，而以羊舌赤佐之。對祁奚如此的人事安排，君子以「能舉善」評論之。祁奚所舉薦的三位人選，都與他有「密切關係」，不是與他有私仇的解狐，就是自己的兒子與部屬的兒子。可見祁奚推薦人選的考量，不在於關係的親疏遠近，而在於其人的良善與否，所以才會出現內舉不避親、外舉不避仇的情形。如此的胸懷大量，甚爲君子所激賞，所以君子不僅以相當多的文字表達其感受，還一一指出祁奚稱讎、立子、舉偏並非爲諂、爲比、爲黨的考量，如孔疏云：「今祁奚以其人實善，故舉薦之，人見彼善，知奚不諂、不比、不黨也。」（《左傳·襄公三年》）甚至引用了《尚書·洪範》與《詩·小雅·裳裳者華》的經文，前者用以證明祁奚的無所偏私，後者則藉以說明祁奚亦是善者，因唯有善者方能舉其同類。此種在一則評論中同引兩次經文以讚美一個人的情形，在「君子曰」中是相當少見的[31]，可見君子對祁奚此種舉善美德的讚賞了。

六、戒慎遠慮的憂患意識

以史爲戒，向來是傳統知識分子的行爲準則之一，所謂「前車之鑑」即是。而君主治國策略或基本方向的釐定，亦往往以前朝興亡的因素爲戒，所謂「以史爲鏡，可以知興替」即是。此種記取前朝或他國興替盛衰的歷史教訓，反應在實際的政治措施或史事的評論上，即是有備無患的憂患意識。在「君子曰」的主張中，便常以執政者是否具有憂患意識的戒慎態度，作爲國家能否興盛的指標之一。

例如成公九年（582 B.C.），楚國子重率兵伐莒，在十二天內連克莒國三城，即因莒國平時疏於防備所致，因此君子便以「無備」評之。所謂：

> 君子曰：恃陋而不備，罪之大者也；備豫不虞，善之大者也。莒恃其陋而不修城郭，浹辰之間，而楚克其三都，無備也夫！《詩》曰：「雖有絲麻，無棄菅蒯；雖有姬姜，無棄蕉萃。凡百君子，莫不代匱。」言備之不可以已也。

---

[31] 符合這種情形者，除正文所引〈襄公三年〉評祈奚能舉善外，僅有〈文公二年〉評狼瞫為君子。傳文載：「君子謂狼瞫於是乎君子。《詩》曰：『君子如怒，亂庶遄沮。』又曰：『王赫斯怒，爰整其旅。』怒不作亂，而以從師，可謂君子矣。」八十八則「君子曰」中僅此兩見，可知「君子曰」對此二人的激賞。

（《左傳・成公九年》）

春秋時代，國際情勢詭譎，諸侯間的攻討殺伐常發生於一夕之間，因此能否在平時做好準備以防止意外的發生，往往是國家能否生存的關鍵。上述莒國的事件，即是最好的例證。所以君子便藉以闡述有備不虞、不備有患的治國之道。有備為善之大者，不備為罪之大者。最後並舉逸詩詩文來說明治國須全盤考量，不可只看好的一面，而忽略意外一面的預防，以再度強調不可停止平時防備的重要性。

君子既然強調憂患戒慎的重要，則執政者憂患戒慎意識的有無，當然成為君子評論一國國運盛衰的標準之一。在「君子曰」中，正好有兩則此種正反對比的例子。成公七年（584 B.C.），吳伐郯。郯與吳講和，但實為郯臣服於吳。吳為蠻夷之邦，郯為華夏諸國，今吳國勢力入侵於郯，實為華夏的國防安全亮起了紅燈。所以當時魯大夫季文子便憂慮地說道：「中國不振旅，蠻夷入伐，而莫之或恤。無弔者也夫！《詩》曰『不弔昊天，亂靡有定』，其此之謂乎！有上不弔，其誰不受亂？吾亡無日矣。」（《左傳・成公七年》）對季文子的憂心，君子給予了正面的評價。

君子曰：知懼如是，斯不亡矣。（《左傳・成公七年》）

君子認為季文子能由郯臣服於吳的事件中，對華夏與魯國的未來感到恐懼與憂心，顯示季文子具有憂患意識，由此可判斷魯並不會輕易地滅亡。相反地，昭公十八年（524 B.C.），宋、衛、陳、鄭四國皆發生大火，其中宋、衛、鄭諸國皆採取了補救的措施，但陳國不救火，許國不弔唁災國。《左傳》載君子的評論為：

君子是以知陳、許之先亡也。（《左傳・昭公十八年》）

國家發生重大災害，卻沒有救災的措施，反應執政者缺乏危機處理能力。鄰國發生災害，卻沒有給予人道的關懷，日後亦不會得到鄰國的幫助。君子認為這些都顯示出執政者缺乏憂患意識，所以由此斷言陳、許兩國將必先亡國，所謂「落葉知秋」即是[32]。

憂患戒慎的意識，乃是對不可知的未來的一種預防性考量。除了可用於國運的判定外，亦可用於其他與事前儆戒有關的層面。例如帶兵出師之法，《左傳・隱公五年》有載：

君子曰：不備不虞，不可以師。

隱公五年（718 B.C.）四月，鄭侵衛之郊，以報前一年（719 B.C.）的東門之役。衛人以燕師伐鄭，鄭以祭足、原繁、洩駕三人率三軍列之於前，而使曼伯與子元率軍繞於燕師之後。燕人僅畏於前面的鄭軍，卻沒有防備繞於其後的鄭軍。遂於六月時為此潛軍敗於北制。君子認為帶兵之法在防備不虞，今燕人沒有做到此點而為鄭軍所敗，所以君子以「不備不虞，不可以師」評之。

附帶一論，「君子曰」亦以憂患意識用於個人的知所進退，例如《左傳・襄公二十二年》所載：

---

[32] 許於定公六年（504 B.C.）為鄭所滅，距君子的預測僅二十年。陳於哀公十七年（478 B.C.）為楚所滅，距君子的預測僅四十六年。許、陳二國於華夏諸國中，皆屬早期被滅亡的國家。

君子曰：善戒。《詩》曰：「慎爾侯度，用戒不虞。」鄭子張其有焉。

襄公二十二年（551 B.C.），鄭大夫公孫黑肱（字子張）有疾，知自己將不久於人世，於是採取了一連串歸還封邑、立嗣、減省家臣、祭祀從簡等措施，因子張認爲：「生於亂世，貴而能貧，民無求焉，可以後亡。敬共事君與二三子，生在敬戒，不在富也。」（《左傳・襄公二十二年》）君子認爲子張善於事前防患戒慎，以備不虞，如《詩・大雅・抑》一詩所告誡般，故以「善戒」評之[33]。

七、政刑並重的治國技巧

在國家的治理上，有時難免需要使用一些手段與技巧。此種治國所需的手段與技巧，一般可概分爲賞與罰，在「君子曰」中，則稱之爲政與刑。

君子認爲君主治國必須政與刑並重，因此治國的最基本要求，即是不能失政與失刑。例如隱公十一年（712 B.C.），魯、鄭兩國共謀伐許。五月甲辰，鄭莊公於大宮授兵，大夫公孫閼與潁考叔爭車，潁考叔挾輈以走，公孫閼拔戟追至大路，未及而怒。兩個月後，魯、齊、鄭三國伐許。鄭軍欲登許城而攻之，此時潁考叔取鄭莊公之蝥弧旗先登，公孫閼自城下射之，潁考叔墜地而亡。後，鄭莊公命士兵準備豭、犬、雞，以用來詛咒射殺潁考叔的人。對鄭莊公的做法，君子評論說：

---

[33] 君子於此所云之「用戒不虞」，依其評論重心，應屬個人的處世態度。本文以其在「君子曰」中僅此一例，故附論於此。

君子謂鄭莊公失政刑矣。政以治民，刑以正邪。既無德政，又無威刑，是以及邪。邪而詛之，將何益矣！（《左傳·隱公十一年》）

公孫閼與穎考叔在五月時，即因爭車而心生嫌隙，而公孫閼竟在七月攻許城時，公報私仇地射殺穎考叔。照理說，鄭莊公應不會不知兇手爲誰，但鄭莊公不但沒有將公孫閼治罪，反而採取詛咒的邪惡方式，不但無助於兇手的懲罰，更失去國君應有的賞罰標準，而使自己也淪爲邪惡之人，所以君子評鄭莊公既失政，又失刑，如杜注云：「大臣不睦，又不能用刑於邪人。」（《左傳·隱公十一年》）而在評論鄭莊公的同時，君子也進一步提出他對政、刑的看法。君子認爲政與刑的對象不同，所謂的「政以治民，刑以正邪」。政的對象在民，治民須以德爲善，所以君子有「德政」的觀念；刑的對象在邪，正邪須以威爲主，所以君子有「威刑」的觀念。德政與威刑合而爲國法，今鄭莊公失政又失刑，即是失去國法應有的賞善懲惡的標準，所以受到君子的非議。

除了不失政、刑的消極要求外，君子認爲君主如欲富國強兵，更須積極地發揮政、刑在治國上的公平性與普遍性。例如僖公二十八年（632 B.C.）三月，晉軍攻入曹國時，晉文公曾下令不准進入僖負羈的家中，並赦免僖負羈的族人[34]。但顛頡不但不聽從，還放

---

[34] 在重耳還未回到晉國即位為文公前，曾在國外流亡了十九年。其中於僖公二十三年（637 B.C.）流亡至曹國時，曹大夫僖負羈對重耳曾有饋飧寘璧之恩。所以在僖公二十八年（632 B.C.）晉軍入曹後，重耳（時已為文公）即下令無入僖負羈之宮，且免其族人，即是為了回報五年前僖負羈對他的知遇之恩。

火燒了僖負覊的家，其後遂爲晉文公所殺以徇于師。同年四月，晉、齊、宋、秦諸國與楚爆發城濮之戰，楚師敗績。在戰爭過程中，晉中軍曾因遇大風而亡失了大旆的左旃，祁瞞因此犯了軍令，而被司馬所殺。後晉軍渡黃河，戎右將軍舟之僑棄軍先歸，亦在歸國後爲晉文公所殺。關於晉文公在同一年中處死了三位將軍，君子評論道：

> 君子謂文公其能刑矣，三罪而民服。《詩》云：「惠此中國，以綏四方。」不失賞、刑之謂也。（《左傳・僖公二十八年》）

晉文公所處死的三人，顛頡因違抗不得擅入僖負覊家之令，祁瞞因亡失大旆之左旃而犯令，舟之僑因擅離職守而犯令，三人皆因違反軍令而死。君子認爲晉文公的處置相當正確，因其能公正地行使刑罰以制裁罪人，不僅可以得到民心的歸附，更可以此來安定四方異邦，所以君子特引《詩・大雅・民勞》的詩句來嘉勉晉文公的不失賞、刑。由此也可看出，在「君子曰」的政治思想中，適當地使用刑罰也是被認可的治國手段之一。

八、善用眾力的重民觀念

政治是管理眾人之事，國家乃由人民組成。因此凡是執政者無不要面對如何治理人民的課題，而歷來的思想家或多或少也都會提出相應的主張。在「君子曰」中，雖然沒有對此提出明確詳細的主張，但仍提出「眾不可以已」等主張，表達執政者應重視民心、不可忽視人民力量的觀念。例如《左傳・成公二年》有載：

君子曰：眾之不可以已也。大夫為政，猶以眾克，況明君而善用其眾乎？〈大誓〉所謂「商兆民離，周十人同」者，眾也。

成公二年（589 B.C.），魯、晉、衛、曹伐齊於鞌，齊師敗績。楚令尹子重新發動陽橋之役救齊，晉軍避之，乃畏懼楚軍之眾。此因子重出兵之前，考慮到楚國君弱臣不肖的情況，而想出「師眾而後可」的策略。子重說：「君弱，群臣不如先大夫，師眾而後可。《詩》曰：『濟濟多士，文王以寧。』夫文王猶用眾，況吾儕乎？且先君莊王屬之曰：『無德以及遠方，莫如惠恤其民，而善用之。』」於是「大戶，已責，逮鰥，救乏，赦罪。悉師，王卒盡行」（《左傳・成公二年》）。事後證明子重「師眾」的策略是成功的。大夫爲政尙知如此，更何況是英明的君主呢？所以君子藉此闡述執政者須懂得善用人民力量的治國觀念，最後並舉《尙書・泰誓》的文句爲證，強調團結力量大的重要。

執政者要能善用人民的力量，前提是要得到民心的歸附。例如文公四年（623 B.C.），楚人滅江，秦穆公爲之穿素服，避正寢不居，去盛饌而徹樂，此舉超越哀悼他國被滅的禮數。大夫因此規諫穆公，但穆公卻認爲秦、江同盟，如今不能救亡，難道不需要替他們哀憐嗎？遂以此舉來警惕自己。對秦穆公的作法，君子有以下的評論：

君子曰：《詩》云：「惟彼二國，其政不獲；惟此四國，爰究爰度。」其秦穆之謂矣。（《左傳・文公四年》）

君子在此採取借經典說話的方式，直接援引經文的意義來評論秦穆公。所引詩文出自《詩·大雅·皇矣》，其引用之意義，杜注曰：「言夏、商之君政，不得人心，故四方諸侯皆懼，而謀度其政事也。言秦穆亦能感江之滅，懼而思政。」（《左傳·文公四年》）據杜注義，則君子引此詩文乃在讚許秦穆公能以他國未得民心而亡爲戒，強調爲政須得民心的重要。

九、度德量力的外交策略

得民心，用眾力，是維繫國家生存的要素之一。而在國際來往頻繁且密切的春秋時代，了解本身力量的大小與條件的優劣，有時更是避免國家陷入危難的關鍵所在，所謂的「知彼知己，百戰不殆」[35]，即是此意。此種對自身條件的了解，君子稱之爲「度德量力」。所謂「度德」，乃度己之德之意，主要針對君主而言，屬於道德層面的考量；所謂「量力」，乃量己之力之意，主要針對國家而言，屬於現實層面的考量。在「君子曰」的政治思想中，君主考慮自身德行的高低並量國家之力而行，是其評論時的依據之一。

在「君子曰」中，度德量力的評論常出現在國際外交事件的運籌帷幄上。例如隱公十一年（712 B.C.），秋七月，魯、齊、鄭伐許，入許城，鄭莊公以不佔有許地的方式處理之。君子評其有禮，其中即有「度德而處之，量力而行之」（《左傳·隱公十一年》）的理由。又如莊公八年（686 B.C.），魯與齊師圍郕，郕降於齊師。

[35] 〔周〕孫子：〈謀攻篇〉，見孫星衍、吳人驥校：《孫子十家註》，臺三版（臺北：臺灣商務印書館，1979年），頁63。

魯仲慶父請莊公伐齊，然莊公弗許，遂於秋還師於魯。對於魯莊公的決定，君子表示了讚許之意，《左傳·莊公八年》有載：「君子是以善魯莊公。」但傳文卻未言明君子讚許的原因，不過我們可從魯莊公不伐齊的理由得知一二。莊公說：「不可。我實不德，齊師何罪？罪我之由。《夏書》曰：『臯陶邁種德，德，乃降。』姑務修德，以待時乎！」魯莊公以自身德行不足以伐齊，故退而修德以待時。君子讚許莊公的行爲，可知君子乃從度德而行的角度贊成莊公的決定。

又如隱公十一年（712 B.C.），周桓王從鄭國取得鄔、劉、蔿、邘四邑之田，而將鄭人蘇忿生所擁有之溫、原等十二邑的田地給與鄭國。君子認爲桓王此舉將失去鄭國的歸心，《左傳》有載：

> 君子是以知桓王之失鄭也。恕而行之，德之則也，禮之經也。己弗能有，而以與人，人之不至，不亦宜乎？（《左傳·隱公十一年》）

周桓王從鄭國取得部份田地，再補以別邑之田，看起來似乎是一樁公平的交易。但實際上，當時蘇忿生已叛王，桓王對其城邑早無控制權，如杜注所云：「蘇氏叛王，十二邑王所不能有。」（《左傳·隱公十一年》）所以君子說到：「己弗能有，而以與人。」以此來看，桓王此舉實是慷他人之慨以奪鄭國之田，而是一種君不君、刻薄而不厚道的行爲，違反了「己所不欲，勿施於人」的恕道要求，恕爲德、禮的內涵之一，所以亦是不度己之德而行的事例之一。

除了上述國際外交事件外，君子關於度德量力的治國要求，在征伐戰爭相關事件的評論中尤爲明顯。例如隱公十一年（712 B.C.），鄭、息二國因言語相違恨，息侯遂伐鄭，鄭莊公與之戰於境，息師大敗而還。對息侯的行爲，君子有論曰：

> 君子是以知息之將亡也。不度德，不量力，不親親，不徵辭，不察有罪，犯五不韙，而以伐人，其喪師也，不亦宜乎？（《左傳・隱公十一年》）

君子認爲息侯犯了不度德、不量力、不親親、不徵辭與不察有罪五項過失，因此爲鄭所敗，亦是理所當然之事，並以此斷言息之亡無日矣。其中的度德量力，即指衡量雙方國君德行之高下與國家力量之強弱。息侯不知敵強我弱的現實情勢而逞匹夫之勇，自然會嘗到師敗而還的後果。同樣不自量力的例子，亦可見於隨國。僖公二十年（640 B.C.），隨以漢水以東諸侯叛楚。冬，楚伐隨，楚與隨盟誓講和而還。對隨國的行爲，君子有論曰：

> 君子曰：隨之見伐，不量力也。量力而動，其過鮮矣。善敗由己，而由人乎哉？《詩》曰：「豈不夙夜，謂行多露。」（《左傳・僖公二十年》）

君子認爲隨被楚征伐，是一種不自量力、自取其辱的行爲，因此引《詩・召南・行露》的詩句爲證。杜注說：「《詩・召南》言豈不欲早暮而行，懼多露之濡己。以喻違禮而行，必有汙辱，是亦量宜相時而動之義。」（《左傳・僖公二十年》）說明此種量力而動的善與敗，是可以操之在己的，今隨國未做到量力相時而動，故見伐亦屬自然之事。

由此可知，君子所謂度德量力的治國要求，即是一種權宜的觀念；也就是說，在處理國家對外關係時，必須隨時衡量人我之間形勢與力量的變化後，再做出適宜的決定，如此方可確保國家的永續存在。

十、結論

上述「君子曰」所揭示的政治思想，依其屬性共涉及了三大範疇，一是政權的合法性基礎，二是尊尊的政治倫理關係，三是內政與外交的治國技巧。

在政權的合法性基礎方面。「君子曰」對於嗣君的合法性問題，乃以能否獲得民心、安邦固國爲主要考量，而不是以繼任者的出身與地位來論斷。

在尊尊的政治倫理關係方面。「君子曰」比較強調臣對君的盡忠，具有絕對意義傾向的君臣關係。對於國君，「君子曰」認爲國君必須以禮來約束自己。在道德上要重信諾，在治國上則要符合禮的禮規範。如此，消極方面可免除地位的衰墮與生命的不測，也可免於史書的貶責與不佳的名聲；積極方面則可行善去惡，達到富國強兵的治國目標。對於臣子的行爲，基本上以忠爲論斷的標準，褒揚忠臣、貶抑不忠。重視臣子的品德與治煩去惑的職責，強調對國君的忠心與忠行。以兩全其美爲臣子的最佳典範，但在尊尊與親親無法兩全時，則有重尊尊的傾向。以增益國君美名、心存社稷安危、清廉自持、忠言諫君、大義滅親、爲國捐軀、成就國君孝行等爲忠臣的類型；而以不能爲國治煩、不能爲君去惑、不能爲國存良才、趁國亂謀利，甚至殘害人民，爲不忠之臣的類型。但當國君不是可盡忠的對象時，則保留了臣子可擇良木而棲的觀念。

在內政與外交的治國技巧方面。「君子曰」強調知人舉善、納忠言、去惡人的重要性。執政者必須有時時戒慎的憂患意識，並承認刑罰在治惡上的功用，而有以政治民、以刑正邪、不能失政與失刑等等的主張。同時要注意民心的歸趨，懂得善用人民的力量，而有「眾不可以已」的主張。至於在外交場合、攻伐爭戰時，則要有度君之德與量國之力的權宜認知觀念。

諸如此類，皆是「君子曰」所闡釋的政治主張。由這些主張可知，「君子曰」的思想雖然不是系統性的專門論著，而是以隨文評論、因事舉義的方式呈現出來，以至於常給人雜亂無章、不成體系的錯覺。不過，在透過統整性的歸納分析後，仍可發掘並整理出豐富而多樣的內容。

在這些豐富而多樣的思想主張中，本文認爲「君子曰」的政治思想具有下列的意義與特色。

在思想史的意義方面。「君子曰」評論政治事件時，雖然有些許現實層面如用刑的考量；但整體而言，仍是以當事者的行爲是否合禮爲主要量尺。也就是說，「君子曰」的政治思想所呈現的以禮爲斷的思想意義，不僅顯示出儒家思想的特徵，同時也是「君子曰」以禮爲斷的史論核心觀念的應用，而隱含了「秩序的重整與回歸」的思想深層要求[36]。

而在政治思想的特色方面，本文認爲有四點特色可資注意與討

---

[36] 「君子曰」以禮為斷的史論核心觀念，可見拙著：〈論左傳「君子曰」的史論核心觀念〉，待刊稿。

論：

其一，在分析有限的文獻資料後，本文推論「君子曰」所主張的政權合法性，乃建立在民心是否依歸、國家是否安定的基礎之上，此與《公羊傳》及《穀梁傳》的主張截然不同。《公羊傳》主張「立適以長不以賢，立子以貴不以長」（〈隱公元年〉），《穀梁傳》也有嫡長子繼承制或以嫡子長幼排行爲繼承順序的觀念[37]。這兩種截然不同的主張，透露出了何種思想上的轉變、學派主張的差異或解經觀點的不同？值得後續的觀察。

其二，在尊尊的君臣互動關係上，「君子曰」比較偏向於臣對君盡忠的一環，對於國君，則主張國君必須以禮的規範來高度自我要求，君臣之間因而形成了一種臣忠君、君依禮的依存信賴關係。在此種關係下，一方面，國君是完美人格典型的化身，而有著濃厚的儒家內聖觀念，對於臣子則爲權利的支配關係；另一方面，臣子則以貫徹國君意志爲職志，對於國君則爲義務的盡忠關係。如此一來，君臣之間便由先秦儒家所主張的相對關係，演變爲臣向君盡忠的絕對服從關係，而具有後世絕對君權的色彩[38]。但「君子曰」同

---

[37] 關於《穀梁傳》在政權合法性基礎方面的觀念，可見拙著：《穀梁傳思想析論》（臺北：文津出版社，2000 年），第四章「政治思想——居正觀」，頁 129-188。

[38] 如孫廣德說：「孔、孟大體對臣的地位、權利、尊嚴等都非常重視，對君臣之間的關係，也都認為是相對的，必要的時候可以解除。而比較言之，孟子尤甚於孔子。荀子則特別重視臣的功能與義務，對臣的地位、權利、尊嚴等不甚重視，尤其對君臣之間的關係，認為是絕對的，似乎永遠不能解除。」（〈我國古代的君臣民理論〉，《中國政治思想專題研究集》（臺北：桂冠圖書公司，1999 年），頁 62。）

時也保留了「忠爲令德，非其人猶不可，況不令乎」（《左傳・成公十年》）的觀念，顯示「君子曰」對此種單向式的絕對服從關係，似乎仍抱持著懷疑的態度而保留了某種類似救濟的主張。此種既承認臣子的某種自主性但又向國君方面傾斜，既主張國君對臣子的支配權利但又以禮的規範要求國君的觀念，與荀子（336－238 B.C.）的主張是比較接近的。如荀子說：「君者，國之隆也；父者，家之隆也。隆一而治，二而亂。」[39]又說：「天子者，埶位至尊，無敵於天下，夫有誰與讓矣？道德純備，智惠甚明，南面而聽天下，生民之屬莫不震動從服以化順之。」[40]又說：「君者儀也，民者景也，儀正而景正。君者槃也，民者水也，槃圓而水圓。」[41]凡此皆與「君子曰」的主張有若干相合處。此種思想上的相似，實値得注意。

其三，對於治國是否使用刑罰的問題，「君子曰」也有自己的看法。孔子曾說：「道之以政，齊之以刑，民免而無恥；道之以德，齊之以禮，有恥且格。」[42]又說：「禮樂不興，則刑罰不中。」[43]孟子則說：「未有仁而遺其親者也，未有義而後其君者也。王亦曰仁義而已矣，何必曰利？」[44]又說：「施仁政於民，省刑罰，薄稅斂，深耕易耨。」[45]孔、孟對於刑罰在治國技巧中的重要性，基本上持

---

[39] 〔周〕荀子：〈致士篇第十四〉，見李滌生著：《荀子集釋》（臺北：臺灣學生書局，1979 年），頁 308。

[40] 同前註，《荀子集釋》，〈正論篇第十八〉，頁 398。

[41] 同前註，《荀子集釋》，〈君道篇第二十〉，頁 270。

[42] 同註 18，《論語注疏》，〈為政〉，卷 2，頁 16 上。

[43] 同註 18，《論語注疏》，〈子路〉，卷 13，頁 115 下。

[44] 同註 9，《孟子注疏》，〈梁惠王上〉，卷 1 上，頁 9 下。

[45] 同註 9，《孟子注疏》，〈梁惠王上〉，卷 1 上，頁 14 下。

著否定的態度，或至少不是與仁、義、禮、德等德目有著同等的地位，但此主張到了荀子時有了轉變。荀子一方面仍強調禮義在治國技巧中的主位性，例如：「禮者，治辨之極也，強固之本也，威行之道也，功名之總也，王公由之所以得天下也，不由所以隕社稷也。故堅甲利兵不足以爲勝，高城深池不足以爲固，嚴令繁刑不足以爲威。由其道則行，不由其道則廢。」[46]但另一方面卻也開始承認刑罰在治國上的重要性，例如：「眾人徒，備官職，漸慶賞，嚴刑罰，以戒其心。使天下生民之屬，皆知已之所願欲之舉在是于也，故其賞行；皆知已之所畏恐之舉在是于也，故其罰威。賞行罰威，則賢者可得而進也，不肖者可得而退也，能不能可得而官也。」[47]以此而論，「君子曰」不失賞刑的看法乃與荀子的主張相近。尤其是「政以治民，刑以正邪」（《左傳·隱公十一年》）的說法，主張以德政治民，以威刑正邪，與荀子下面一段言論：「聽政之大分：以善至者待之以禮，以不善至者待之以刑。兩者分別，則賢不肖不雜，是非不亂。賢不肖不雜，則英傑至；是非不亂，則國家治。若是，名聲日聞，天下願，令行禁止，王者之事畢矣。」[48]更是有著異曲同工之妙。其間是否透露出「君子曰」的學派思想傳承？或是兩者在思想上有何種的關係？甚至是「君子曰」作者的身份問題？都值得後續觀察。

其四，以民爲本，向來是儒家的基本觀念，《孟子·盡心下》：

---

[46] 同註39，《荀子集釋》，〈議兵篇第十五〉，頁331。
[47] 同註39，《荀子集釋》，〈富國篇第十〉，頁211。
[48] 同註39，《荀子集釋》，〈王制篇第九〉，頁163。

「民為貴，社稷次之，君為輕。」[49]即為其中典型的說法。而在「君子曰」的政治思想中，則提出了「眾之不可以已」與「善用其眾」的主張。此種從人民對國家有現實利益的角度論述人民的重要性，與儒家本有的民本觀念雖沒有本質上的不同，但論述的角度已有若干差異。先秦儒家多從尊重民意、重視人民地位、安民保民養民教民等角度論述其民本觀念[50]，但「君子曰」卻從不可忽視群眾的力量到善用群眾力量的角度，論述人民對國家的重要性。此種論述的角度，相對程度上似乎比較接近荀子所主張的載舟覆舟之說。荀子曾說：「君者，舟也；庶人者，水也。水則載舟，水則覆舟。」[51]人民能如水般地載舟覆舟，便在於人民有如水般的力量可載君覆君，即是從現實利害的角度論人民的重要性。此種相似在思想關係或演變上透露出了何種訊息，也確實值得注意。

---

[49] 同註9，《孟子注疏》，〈盡心下〉，卷14上，頁251上。

[50] 關於中國民本思想的內容，可見孫廣德：〈我國民本思想的內容與檢討〉，《中國政治思想專題研究集》（臺北：桂冠圖書公司，1999年），頁159-211。

[51] 同註39，《荀子集釋》，〈王制篇第九〉，頁167。

撫今憶昔懷師恩
——我的恩師、我的驕傲

謝佩慈

身爲「孔門弟子」，注定要擁有一份獨特而難以言喻的「驕傲」。屬於我的這一份，是點點滴滴醞蓄成形，歷久而彌堅的。然而對於這樣的驕傲，從前的我卻是有些逃避的，而今，在恩師改換形式教育我們之後五年，終能了然於心，繼而挺起胸膛，「當仁不讓」了。

最早發現這份驕傲，是在恩師臉上。當時正恣意品味著廟口令人垂涎的汕頭麵（興致一來，恩師便會率領弟子尋訪美食，大宴小酌，不一而足，這只是其中一幀寫照），春風滿面的恩師稱許著隨行及未隨行的弟子們，陶陶自得的臉上寫著的，就是驕傲二字。只不過那些爲我們鼓起風帆的美言，聽在駑鈍自輕如我的耳裡，只覺得自慚形穢，誠恐有辱師門。

投入恩師門下，悠悠已近十載；初沐春風，更遠在十五年前。猶記得講堂上，恩師意氣風發，巧妙自況爲烹鮮的廚子，將生硬艱澀的聲韻學煨成一道道入口滑順的養「生」佳品，讓原本因文學而半路出家的我，發現了另一個桃花源。大四那年，恩師延續往年的

「習慣」，義務輔導有志投考碩研的同學，不僅面授機宜，更親自評閱我等生澀不通的文言作文，諄諄不倦的形象，至今仍歷歷可見。

回顧與碩研失之交臂、決定捲土重來，而後偶然領得教職，漸次沉淪於生活逸樂，及至痛下決心東山復起，再度展開寒窗苦讀的孜矻生涯…，三年之間千迴百折的進退歷程，內心深覺愧對師恩，而恩師卻恆常只有勉勵，未曾有分毫責難；恩師教我順隨事勢，力爭上游，不論身處何時何地，仍可實現自我價值，這對當時惶惑失意的我，不啻是盞溫暖的明燈。

永遠「即之也溫」的恩師，治學之嚴卻是眾所周知的，即令公務紛繁，疾病纓身，亦未嘗有須臾廢馳，方逾不惑之年便獲致海峽兩岸學界高度稱譽，學術成就囊括語言文字領域諸學門。令人稱奇的是，悠然游刃於考據之學的恩師，最愛的竟是詞章之學，對此，恩師早有一幅創作藍圖，絲毫未曾愧對內心深處的夢想；凡此種種皆是最好的身教，也使我的驕傲更明朗堅實。

而那最爲核心的部分，則來自於恩師賦予我等的操練，每週研讀約八十多頁的學術論文，不分年齡、輩分均須提出見解，嚴謹的態度曾讓我在夜夢中驚慌失措，以爲自己會被恩師評得一文不值（恩師聞之莞爾；那豈是恩師的風範？夢境和現實果真背道而馳！）；恩師期許每位孔門弟子皆能獨當一面，因此文選之抄錄、吟誦，學術研究方法之見習，乃至學術刊物之編輯都是孔門弟子的基本功，倘若躬逢主辦研討會之盛事，則能有幸親炙海外學人的學養與風采；這些得之不易的禮物，年紀日長益發見其珍貴。

執鞭十一年，在我更能體悟「經師」與「人師」的當下，驀然了悟的是，恩師不僅以身教示現所謂「人師」，還隱然有一番系統完備的教學計劃，教育弟子學會「理直氣婉」、圓融練達；在我終能尋獲源源不絕的教育熱忱時，也才終於發現恩師對弟子那份大愛的活水源頭。也唯有此時，我可以挺直腰桿，堂而皇之地接受孔門弟子的光環，大聲地說：這是我的驕傲！

孔廣森「陰陽對轉」對章太炎「成均圖」的影響

何昆益

一、前言

「陰陽對轉」是清代古音學家的一大發明，一般對於陰陽對轉的解釋是指：上古漢語中的陰聲韻和陽聲韻之間的相互轉變，其中構成陰陽對轉的主要條件是彼此間的者要元音必須是相同的。

「陰陽對轉」這一個說法，追本溯源須從戴東原講起，戴東原將古韻分成「陰、陽、入」三類而三聲相配，並且認為陰聲與陽聲兩兩相配，並且是以入聲為其樞紐。雖然戴東原並沒有提出「陰陽對轉」的概念，但仍然可以說他為「陰陽對轉」這個理論奠下了基礎、提出了一個先決條件。

戴東原未曾明確提出「陰陽對轉」這個名詞，但是在戴東原〈答段若膺論韻書〉中有提及「陰」與「陽」的名稱，並且也為之下了定義，戴氏云：

> 大箸六、七、八、九、十、十一、十二、十三、十四，凡九部，舊皆有入聲，以金石音喻之，猶擊金成聲也。一、

> 二、三、四、五、十五、十六、十七，凡八部，舊皆無入聲，前七部以金石音喻之，猶擊石成聲也。惟第十七部歌、戈，與有入者近，麻與無入者近，遂失其入聲，於是藥、鐸溷淆不分。僕審其音，有入者，如氣之陽、如物之雄、如衣之表；無入者，如氣之陰、如物之雌、如衣之裏。又平上去三聲近乎氣之陽、物之雄、衣之表；入聲近乎氣之陰、物之雌、衣之裏。故有入之入，與無入之去近，得其陰陽、雄雌、表裏之相配。

孔廣森據其此說定名如氣之陽、物之雄、衣之表者爲陽聲；如氣之陰、物之雌、衣之裏者爲陰聲，並進而確定了「陰陽對轉」之名。民國章太炎先生繼承了孔廣森的古音學說，太炎先生在《國故論衡》及《文始敘例》中，根據韻部之間的遠近關係，製定了一個表示古音陰陽對轉、旁轉等音韻關係的圖表－成均圖。

本文首先探討孔廣森「陰陽對轉」說的學理根據，再探討太炎先生「成均圖」形成，最後將孔廣森「陰陽對轉」說對於太炎先生「成均圖」影響做出說明。

二、孔廣森「陰陽對轉」說的立論依據

孔廣森是戴東原的門生，受戴氏啓迪甚深，他在古音學上最著名的創見有五：一爲「冬部獨立」、二爲「合部獨立」、三爲「侯幽分配入聲」、四爲「陰陽對轉」、五爲「通韻說」這五個見解。

在審音上，孔氏並未將入聲獨立，而是將入聲併入陰聲，這點與他的老師戴東原不同，其中值得一提的是，孔氏的「陰陽對轉」

之理仍是承襲自戴東原，但是他歸納古韻的方法卻是本於段玉裁，其《詩聲類》即根據諧聲偏旁來歸納古韻部。

以下茲簡述其「陰陽對轉」說。

孔氏將古音分爲十八部，這十八部分別爲：一原（即元部）、二丁（即耕部）、三辰（即真諄部）、四陽、五東）、六冬、七綅（即侵部）、八蒸、九談、十歌、十一支、十二脂、十三魚、十四侯、十五幽、十六宵、十七之、十八合部。

他的《詩聲類·序》分陰聲韻、陽聲韻各九部，云：

> 竊嘗基於《唐韻》，階於漢、魏，躋稽於二雅、三頌、十五國之風，而繹之、而審之、而條分之、而類聚之、久而得之。有本韻、有通韻、有轉韻，通韻聚為十二，取其收聲之大同，本韻分為十八，乃又剖析於斂侈、清濁、毫釐、纖眇之際，言元之屬、耕之屬、真之屬、陽之屬、東之屬、冬之屬、侵之屬、蒸之屬、談之屬，是為陽聲者九；曰歌之屬、支之屬、脂之屬、魚之屬、侯之屬、幽之屬、宵之屬、之之屬、合之屬，是為陰聲者九。此九部者，各以陰陽相配，而可以對轉。

意即孔廣森根據《唐韻》、漢魏韻文與詩經風雅，條理分析出古韻十八部，在這十八部中，有本韻、通韻與轉韻。

「本韻」就是指他所歸納的古韻十八部。「通韻」則取這股韻十八部中收聲相近，大抵是韻尾相同或是相近者，歸納爲十二部，他的《詩聲類》分成十二卷，就是根據這個通韻的道理來分卷的，其實孔廣森的通韻，也就是現在「旁轉」的觀念。至於「轉韻」是對於古韻十八部再進行細部歸納，可分成陰聲九部、陽聲九部，這陰聲九部是：歌、支、脂、魚、侯、幽、宵、之、合九部，陽聲九部是：原（元）、丁（耕）、辰（真諄）、陽、東、冬、綅（侵）、蒸、談九部；這九部可以陰陽相配，而且可以彼此對轉。

由上文所引，可以得見孔氏判斷陰聲韻與陽聲韻的觀念，以現在的說法即：凡收鼻音韻尾的韻部，稱之爲「陽聲韻」；凡無輔音韻尾的韻部，稱之爲「陰聲韻」。自從戴東原提出「陰陽」的概念後，孔廣森據之將陰陽通押及諧聲的情形，定名爲「陰陽對轉」的學說。

至於對轉的形成原因，孔氏有明確的定義，見《詩聲類・序》云：

> 分陰分陽，九部之大綱；轉陽轉陰，五方之殊音。

他在《詩聲類・序》也說明了對轉的方法：

> 入聲者，陰陽互轉之樞紐，而古今遷變之原委也。舉之哈一部而言，之之上為止，止之去為志，志音稍短則為職，由職而轉為證、為拯、為蒸矣；哈之上為海，海之去為代，代音稍短為德，由德而轉則為嶝、為等、為登矣。推諸他部，耕與佳相配、陽與魚相配、東與侯相配、冬與幽相配、侵與宵相配、真與脂相配、元與歌相配，其間七音遞轉，莫不如是。

以下茲擬孔廣森古音十九部之陰陽九部相配表於下：

陽聲九部		陰聲九部		（附於陰聲之去入聲）
孔氏韻部	廣韻韻目	孔氏韻部	廣韻韻目	廣韻韻目
一原	元寒桓刪山仙	十歌	歌戈麻	無
二丁	耕清青	十一支	支佳	麥錫
三辰	真諄臻文殷魂痕	十二脂	脂微齊皆灰	祭泰夬廢、質術櫛物迄月沒曷末黠轄屑薛
四陽	陽唐庚	十三魚	魚模虞半	鐸陌昔
五東	東鍾江	十四侯	侯虞半尤半	屋燭
六冬	冬	十五幽	幽尤半蕭	沃覺半
七侵	侵覃凡	十六宵	宵肴豪	覺半藥
八蒸	蒸登	十七之	之咍	職德
九談	談嚴添咸銜嚴	十八合	無	合盍緝葉帖洽狎業乏

孔廣森古韻十八部之陰陽對轉的情形，並不是沒有錯誤，細考第九類合談對轉，就有待商榷了，因為與第九談部對轉的第十八合部全為入聲，實則為陽入對轉，詳細說來並不能算是陰陽對轉。

由上表可知，孔氏以入聲韻為陰陽互轉的樞紐，是根據入聲的音韻條件來講的，就發音的部位而言，我們知道入聲的收尾與陽聲相似，其中的分別即在於收音的短促不同，且在聽覺上，入聲與陰聲相近，因爲介於陰陽兩聲之間，故與陰陽皆可通轉，這就是入聲得以成爲陰陽「互轉」的緣故。

換句話說，「陰陽對轉」是指陰聲韻之字與陽聲韻之字互相諧聲、協韻、假借而言，因此這些韻部的相諧條件，必須決於主要元音是否相同了。

以下，謹羅列錢玄同先生以及王了一先生對於孔廣森「陰陽對轉」說的評價。吳興錢玄同先生云：[1]

> 自戴孔以來，言古韻之通轉，有「對轉」之說，謂陰聲、陽聲、入聲通轉也。夫陽聲、入聲之異於陰聲，即在母音之後，多 n、ŋ、m 及 p、t、k 等收音之故，陽聲、入聲失收音，即成陰聲，陰聲加收音，即成陽聲、入聲，音之轉變，失其本有者，加其本無者，原是常有之事，如是則對轉之說，當然可以成立。

王了一先生云：[2]

> 古音中常有陰聲字變成陽聲字，或是陽聲字變成陰聲字的例子，這是語音變化中常有的現象，中國音韻學家叫做「陰陽對轉」。所謂陰陽對轉，並不是一個陰聲字可以隨便變成一個陽聲字，或是一個陽聲字可以隨便變成一個陰聲

---

[1] 詳見錢玄同《文字學·音篇》，台灣：學生書局，1975 年，p31-32。

[2] 詳見王了一先生《王力文集》（第四卷《漢語音韻學》），山東：山東教育出版社，p82-84。

字。對轉之間，是有一定的原則和條例的，陽聲韻變成陰聲韻時，牠所變成的，必是與牠相當的陰聲；而陰聲變為陽聲時，牠所變成的，必是與牠相當的陽聲。例如陰聲的a，相當於陽聲的 an、aŋ、am；陰聲的o，相當於陽聲的on、oŋ、om；陰聲的 e，相當於陽聲的 en、eŋ、em；陰聲的 i，相當於陽聲的 in、iŋ、im。凡是陰聲，都可以變作與牠相當的陽聲，而陽聲也可變陰聲，這就是陰陽對轉。

三、章太炎「成均圖」的內容與特色

太炎先生的「成均圖」收入《國故論衡》（上卷）及《文史敘例》，皆編入《章氏叢書》上冊之中，圖前有「韻目表」與「紐目表」各一，顯示出太炎先生古音研究的成果。太炎先生分古韻爲二十三部，大抵依據清夏炘的二十二部，再以從脂部的去入聲字隊部，他將二十三部按照對轉、旁轉的道理，納入圖中，讓人開卷視圖，覽之而諸部通轉之理皆可明白。

茲列太炎先生「成均圖」於下：

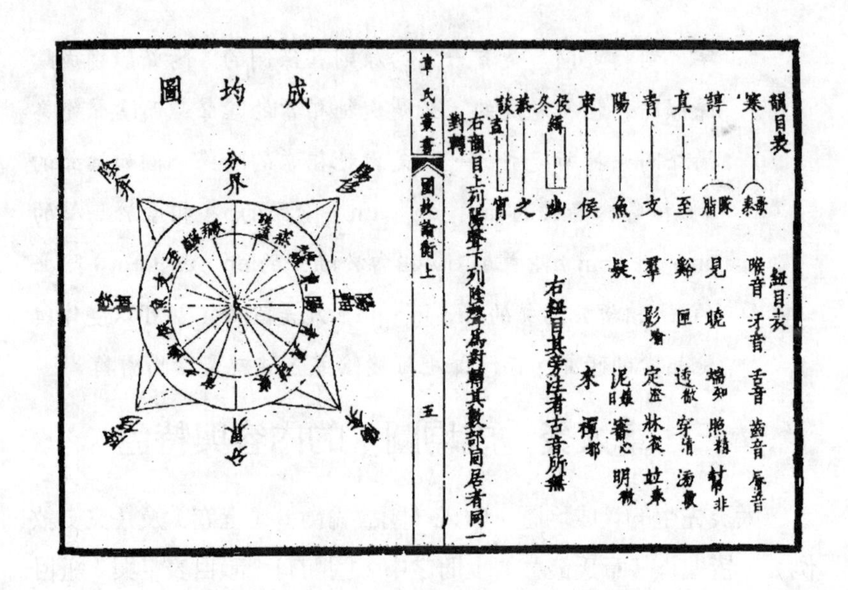

太炎先生除了承襲孔廣森的「陰陽對轉」的觀念外，更進一步地將「陰陽」兩字下了明確的定義：[3]

> 孔氏《詩聲類》列上下兩行，為陽聲、陰聲，其陽聲即收鼻音，陰聲非收鼻音也。

太炎先生認爲「陽聲」指的是收鼻音的韻部，「陰聲」則是沒有收鼻音的韻部，如此說明，使得「陰陽」這個名詞更加具體明確了。

根據吳家宜先生《古音對轉說研究》中，對於「成均圖」內容

---

[3] 詳見章太炎《國故論衡・成均圖》，台北：廣文書局，1997 年，p9。

的介紹，茲依其條列略述如下：[4]

（一）陰陽分界

「成均圖」以「陰軸」、「陽軸」橫置圖中的左右兩端，兩點形成通過圓心的軸，該軸線將園分爲上下兩區，而縱軸亦通過圓心形成一條「分界線」，將圓分成左右兩區，分爲陰陽兩界，其中的陰陽視其陰軸、陽軸而定，至於弇侈則成對角對應的關係。也就是說，「分界線」的左邊是陰弇、陰侈；右邊是陽弇、陽侈。

圖中凡通過圓心的軸線皆爲「陰陽對轉」的關係，「成均圖」不但納其古韻二十三部於圖中，既能將陰聲十一部、陽聲二十二部依「陰、陽、弇、侈」的關係分別部居，井然成理，更能合於對轉、通轉之理，匠心獨運，前所未見。

值得討論的是太炎先生雖將其古韻二十三部置入「成均圖」中，但是其中對轉的軸線卻分成九條，也就是說，他將古韻二十三部分成九組對轉的關係，細探之，其中陰聲類中有二部同居一組的，如：脂隊、泰歌；陽聲類中不但有二部同居一組的，如：盍談，亦有三部同居一組的，如：冬、侵、緝。可見這樣的分組關係仍是受到孔廣森九組對轉的影響。

（二）弇侈隔軸

太炎先生《小學略說》云：[5]

---

[4] 詳見吳家宜《古音對轉說研究》，台北：國立台灣師範大學碩士論文，2002年，p74-76。

[5] 詳見章太炎《國故論衡·成均圖》，台北：廣文書局，1997年，p9。

陽聲弇者，陰聲亦弇，陽聲侈者，陰聲亦侈，陽聲軸者，陰聲亦軸。是故陰陽各有弇侈而分為四，又有中軸而分為六矣。

「成均圖」以橫線區分弇侈。陰軸的上下部分，分別叫做陰弇聲、陰侈聲，陽軸的上下部分，分別叫做陽弇聲、陽侈聲。從現在的觀點來看，清代的古音學家通常將主要元音張口度的大小當做判斷「弇侈」的依據。「成均圖」中，陽聲的弇侈是以「-m、-n、-ŋ」韻尾來區分，而陰聲韻的弇侈，亦是從韻尾來判斷。關於這點，姚師榮松採用李方桂先生的韻尾系統比對，結果發現陰聲的弇侈與陽聲的弇侈代致上有相配的傾向：[6]

陰軸聲：-g、-k

陰弇聲：-d、-t、-r（脂、微、至、泰、歌）。

例外：-g、-k（支）。

陰侈聲：$-g^{w}$、$-k^{w}$（幽、宵）。

例外：-g、-k（之、侯）。

（三）音轉規範

太炎先生「成均圖」中各韻之間有對轉、旁轉、次對轉、次旁

---

[6] 詳見姚師榮松〈《文始·成均圖》音轉理論述評〉，台北：台灣師範大學國文學報，p238。

轉，它們之間的遠近的關係即形成了所謂的「音轉規範」，分爲五個正聲之例與兩個變聲之例，玆列表於下：

<table>
<tr><td rowspan="5">正聲之例</td><td>近轉</td><td>兩部同居</td></tr>
<tr><td>近旁轉</td><td>同列相比</td></tr>
<tr><td>次旁轉</td><td>同列相遠</td></tr>
<tr><td>正對轉</td><td>陰陽對轉</td></tr>
<tr><td>次對轉</td><td>自旁轉而成對轉</td></tr>
<tr><td rowspan="2">變聲之例</td><td>交紐轉</td><td>陰陽以比鄰相出入者</td></tr>
<tr><td>隔越轉</td><td>閒以軸聲隔五相轉者</td></tr>
</table>

除了以上三項之外，「成均圖」中尙有幾個關鍵性的特殊名詞，如：「弇」、「侈」、「軸」，太炎先生在解釋上，具有特殊的色彩：[7]

> ……然鼻音有三孔道，其一侈音，印度以西皆以半摩字（m）收之，今為談蒸侵冬東諸部，名曰撮脣鼻音；其一弇音，印度以西皆以半那字（n）收之，今為青真諄寒諸部，名曰上舌鼻音；其一軸音，印度以央字（ŋ）收之，不待撮脣者使聲上揚，上舌者使聲下咽，既已乖異，且二者非故鼻音也，以會厭之氣，被閉距于脣舌，婉轉趨鼻，以求渫宣，如何決然；獨發鼻音則異是，印度摩（mo）、那（na）皆在體文，而央（ŋ）獨在聲勢，亦其義也，談蒸侵東諸部，

7 詳見章太炎《國故論衡·成均圖》，台北：廣文書局，1997年，p9-10。

少不審則如陽。

一般而言「侈音」是指元音的開口度較大、「弇音」是指元音的開口度較小，而太炎先生以侈音與半摩字[-m]相配，以弇音與半那字[-n]相配，細考旨意，其於侈音半摩與弇音半那相同之處均爲「以會厭之氣，被閉距于脣舌，婉轉趨鼻，以求渫宣」，相異處則撮脣鼻音爲「使聲上揚」、「被閉距于脣」，上舌鼻音爲「使聲下咽」、「被閉距于舌」。關於這一點，陳梅香先生的分析是：[8]

> 脣舌為發音部位的不同，而二者發音狀態的最大差異在於聲音上揚與下咽，聲音上揚的發音狀態為氣流充塞於口腔之內，口腔開口較大，發上舌鼻音時，聲音下咽，為口腔氣流保留的較少，口腔開口相對較小。

如此解釋太炎先生以弇侈表達鼻音韻尾的孔道，或可得一較爲合理的解釋。

上述乃其「侈」、「弇」的特殊性，至於「軸」是太炎先生進一步提出的概念，他認爲「軸」－不但除了可以「不待撮脣上舌，張口氣悟，其息自從鼻出」之外，亦可以與弇、侈二音互相交捷，只是弇、侈二者本身並沒有這個特性。太炎先生云：[9]

> 夫惟當軸處中，故兼檻弇之聲與侈之聲，與之交捷；其弇

[8] 詳見陳梅香《章太炎語言文字學研究》，高雄：中山大學博士論文，1997 年，p198-199。

[9] 詳見章太炎《國故論衡·成均圖》，台北：廣文書局，1997 年，p9-10。

侈者為軸所隔，則交捷之塗絕矣。

「軸音」的特殊性是在於它不須「婉轉趨鼻，以求渫宣」，而且「張口氣悟，其息自從鼻出」，更「兼檻」弇、侈之聲，能與之交捷。由此可見，太炎先生在解釋「弇」、「侈」、「軸」，確實具有相當特色。

四、章太炎對孔廣森「陰陽對轉」的評議

太炎先生《小學略說》云：[10]

孔氏所表，以審對轉則優，以審旁轉則疐，辰、陽鱗次，脂、魚櫛比，由不知有軸音，故使經界華離，首尾橫決，其失一也。緝、盍二部，雖與侵、談有別，然交、廣人呼之，同是撮脣，不得以入聲相格，孔氏以緝盍為陰聲，其失二也。對轉之理，有二陰聲同對一陽聲者，有三陽聲同對一陰聲者，復有假道旁轉以得對轉者，（此所謂次對轉，若東亦得與幽對轉，是假道於冬、侵也。至亦與青對轉，是假道於支也，支、脂亦與寒對轉，是假道於歌、泰也。之亦與緝、侵對轉，是假道於幽也。）非若人之處室，妃匹相當而已。孔氏所表，欲以十八部相對，伉　不踦，有若魚貫，真諄二部，埶不得不合為一，拘守一理，遂令部粍殽，其失三也。今為圜則正之，命曰〈成均圖〉，〈成

---

10 詳見章太炎《國故論衡・成均圖》，台北：廣文書局，1997年，p11。

均圖〉者，大司樂掌成均之法，鄭司農以均為調，古之言韻曰均，如陶均之圓也。

太炎先生這段話說明了他的「成均圖」的創作動機－爲了訂正孔廣森之誤，他提出了孔氏的三個缺失：

(1)在古韻部的次序排列上，孔廣森雖然顧及到了陰聲與陽聲的「對轉」關係，卻忽略了陰聲與陰聲韻部、陽聲與陽聲韻部的遠近關係，而且又沒有「樞軸」來加以分別彼此之間的遠近親疏，使得韻部之間「經界華離，首尾橫決」。

(2)孔廣森在陰聲韻與陽聲韻的認定上，將入聲一併歸陰聲韻部，這點實在是值得商榷的說法，太炎先生以方音存古的現象，認爲緝、盍二部應歸到陽聲韻部，不應歸到陰聲韻部。

(3)在陰聲韻與陽聲韻的配對上，孔氏必以一部陰聲配對一部陽聲，看起來雖然嚴謹有序，但是細審其間，倘有不能兼顧的情形，爲使之呈現出有規律的系統，卻忽略了整個陰陽配對的多元性，孔氏之意雖美，卻使得整個對轉關係產生了混淆。

太炎先生認爲孔廣森的「陰陽對轉」理論的關係是直線的平行配對，所以產生了－看似和諧然內部並不完整的情形，因此一改孔氏的直線平行配對法，另以圓形圜圖的形式呈現，命名爲「成均

圖」：[11]

> 今為圜則正之，命曰〈成均圖〉，〈成均圖〉者，大司樂掌成均之法，鄭司農以均為調，古之言韻曰均，如陶均之圓也。

太炎先生認爲以圓的形狀，這種類似太極、地球的南北極與赤道的原理，來表現陰陽對轉的關係，既可以彌補孔廣森的缺失，又能使得系統的內部與外部變得更臻完善。

關於「對轉」一詞，太炎先生更明白地說明是承襲自孔廣森：

> 聲有陰陽，命曰對轉，發自曲阜孔君，斯蓋眇合殊聲，同其臭味，觀夫言語遷變，多以對轉為樞，是故　燕不殊，亢胡無別，但裼嬴裎，一義而聲轉，幽衾杳暗，同類而語殊，古語有陰聲者，多由陽聲之對構，由是聲義互治，不間飄忽。

太炎先生明白地指出「言語遷變，多以對轉爲樞」以及「古語有陰聲者，多由陽聲之對構」的情形，太炎先生的這個說法，可說是對孔廣森的「陰陽對轉」學說，做了歷史性的肯定。

太炎先生承襲了孔廣森的「陰陽對轉」學說，不但能善加分析闡述，並能有補正完備之功，其對諸轉名稱的統一及遠近關係、文字轉注假借與同源字的探討，實在有其不可抹滅的價值。關於太炎先生「成均圖」的價值，陳夫子伯元的評價極爲中肯，亦肯定了太

---

[11] 詳見章太炎《國故論衡・成均圖》，台北：廣文書局，1997 年，p11。

炎先生「成均圖」的歷史價值：[12]

> 章君此圖僅為說明文字轉注假借及孳乳之由，以及古籍用韻例外相押韻之現象，所以如此排列者，只為表明古韻某部與某部相近而已，並未泯滅古韻分部之大界。且古韻分部自段玉裁、孔廣森、王念孫、江有誥以來，無論如何縝密，而例外押韻之情形，仍在所不免，在段、王則謂之合韻；在孔則謂之對轉與通轉，在江又謂之通韻、合韻、借韻，章君一之以旁轉、對轉之名，原所以整齊百家，使名歸一統而易曉也。為圖以表明之，所以省記識之繁而已。倘因一二疏漏，概謂章君之說為不可信，則亦率爾操觚，未之深思者也。

主要參考書目

一.專書書目

(一) 古籍

明・顧炎武	音學五書	廣文書局	1966.01
清・戴震	聲韻考	廣文書局	1966.01
清・戴震	聲類表	廣文書局	1966.01
清・段玉裁	六書音韻表	廣文書局	1966.01
清・孔廣森	詩聲類	廣文書局	1966.01

[12] 詳見陳夫子伯元《古音研究》，台北：五南圖書公司，1999年，p151。

(二) 今人著作

章炳麟　　章氏叢書　　世界書局　　1982.04

黃侃　　文字聲韻訓詁筆記　　木鐸出版社　　1983.09

　　黃侃論學雜著　　學藝出版社　　1969.05

王力　　漢語音韻　　中華書局　　1991.10

　　漢語音韻學　　藍燈文化事業　　1991.06

　　中國語言學史　　谷風出版社　　1987.08

林尹　　中國聲韻學通論　　黎明文化　　1982.09

陳師新雄　　文字聲韻論叢　　東大圖書公司　　1994.01

　　古音學發微　　文史哲出版社　　1983.02.

　　毛詩　　學海出版社　　1989.10

　　鍥不舍齋論學集　　台灣學生書局　　1990.10

　　古音研究　　五南圖書出版公司 1999.04.

陳師新雄・于大成　聲韻學論文集　木鐸出版社　　1976.05

陳梅香　章太炎語言文字學研究　國立中山大學博士論文 1997.07

吳佳宜　古音對轉說研究　　國立台灣師範大學碩士論文 2002.01

二.期刊論文

楊樹達　〈古音對轉疏證〉清華學報第十卷第二期 1935

陳師新雄　〈王念孫《廣雅釋詁疏證》訓詁術語一聲之轉索解〉聲韻論叢第三輯 1997

姚師榮松　〈《文始·成均圖》音轉理論述評〉台灣師大國文學報 1989.06

靳華　〈論章太炎的古音學〉研究生論文選集 江蘇古籍 1985.09

劉曉東　〈《文始》初探〉 研究生論文選集 江蘇古籍　1985.09

陳壬秋　〈古音通假淺說〉　語言文字學　1987.02

郭乃禎　戴震《聲類表》研究 國立臺灣師範大學碩士論文 1997.07

郭店楚簡中的喻四及其上古的通轉

丘彥遂

1993年冬，在湖北省荆門市郭店一號楚墓出土了一批竹簡，約800多枚，其中有字簡約730枚。經考古證明，這批竹簡的年代大約在戰國中期偏晚；由於年代久遠，而且保存完好，因此對於作爲上古語料的研究非常有價值。

喻四的上古來源向來被認爲是非常複雜的，本文即擬以郭店楚墓出土的竹簡（以下簡稱郭店楚簡）作爲研究的對象，進行整理和統計，並將結果與前賢之努力結合，以幾遇統計法排除少數偶然通假的例子，從而突顯出上古喻四的通轉情形。

一、郭店楚簡中喻四的通假情況

本文以荆門市博物館編（1998），北京文物出版社出版的《郭店楚墓竹簡》爲主要根據，整理出喻四的通假情況如下：

1.喻／喻（136次）

2.喻／見（39次）

7.喻／邪（8次）

8.喻／照（7次）

3.喻／心（23次）
4.喻／定（17次）
5.喻／審（11次）
6.喻／疑（9次）
9.喻／透（3次）
10.喻／澄（3次）
11.喻／非（1次）

根據以上的整理，可以統計出以下結果：

【說 明】：

表格中的「次數」表示「郭店楚簡」中喻四字與其他聲母字的通假次數；而「百分比」表示通假次數在「郭店楚簡」全部喻四字中所佔的比例。下同。

統計／聲母通轉	郭店楚簡	
	次 數	百分比%
喻／喻	136	52.9
喻／見	39	15.2
喻／心	23	8.9
喻／定	17	6.6
喻／書	11	4.3
喻／疑	9	3.5
喻／邪	8	3.1
喻／章	7	2.7
喻／透	3	1.2
喻／澄	3	1.2
喻／非	1	0.4

	257	100

喻四在郭店楚簡中的通轉次數及百分比

由以上結果可見，喻四在上古自身通假的百分比超過五成，高達 52.9%，遠不是與其他聲母相通假的百分比所能及。然而我們不能單憑郭店楚簡所統計出來的結果就認爲喻四在上古是一個獨立的聲母。下一節本文將綜合其他學者的統計結果作進一步分析。

二、綜合統計與分析

陸志韋（1985）、李玉（1994）、全廣鎮（1989）三位先生曾經分別對《說文》、秦漢簡牘帛書、兩周金文作過統計，其中李玉先生的秦漢簡牘帛書統計因時間上的關係，未能涵蓋郭店楚簡，本文的統計正好補其未備。

玆將三人及本文的統計結果綜合列表如下：

統計 聲母通轉	兩周金文	戰國文字			《說文》	總計	百分比%
		秦漢簡帛	郭店楚簡	加總			
喻／幫						0	0
喻／滂					2	2	0.1
喻／並						0	0
喻／明		2		2	3	5	0.3
喻／非			1	1		1	0.1

喻／敷						0	0
喻／奉					1	1	0.1
喻／微						0	0
喻／端		1		1	14	15	0.8
喻／透	2	58	3	61	39	102	5.2
喻／定	5	112	17	129	94	228	11.6
喻／泥					1	1	0.1
喻／知		1		1	2	3	0.2
喻／徹		3		3	20	23	1.2
喻／澄		12	3	15	43	58	3
喻／娘		1		1		1	0.1
喻／見	3	14	39	53	43	99	5
喻／溪					7	7	0.3
喻／群		4		4	7	11	0.5
喻／疑		3	9	12	6	18	0.9
喻／精					3	3	0.2
喻／清					3	3	0.2
喻／從					7	7	0.3
喻／心	3	19	23	42	26	71	3.6
喻／邪	4	57	8	65	37	106	5.4
喻／莊						0	0
喻／初		1		1		1	0.1
喻／崇						0	0

喻／生		14		14	1	15	0.7
喻／章	1	15	7	22	23	46	2.3
喻／昌		11		11	3	14	0.7
喻／船		10		10	15	25	1.3
喻／書	3	52	11	63	46	112	5.7
喻／禪		1		1	11	12	0.6
喻／影		40		40	4	44	2.2
喻／曉		4		4	9	13	0.6
喻／匣	1	4		4	23	28	1.4
喻／喻[1]	13	316	272	588	247	848	43.3
喻／云					9	9	0.4
喻／來		8		8	11	19	1
喻／日		5		5	3	8	0.4
	35	768	393	1161	763	1959	100

上古喻四通轉統計表

從表中可以發現，喻四自身通假的百分比最高，佔 43.3%，超過四成，其次才是喻／定母的 12.5%。我們還可以發現，在通假次數方面，無論是兩周金文、秦漢簡牘帛書、郭店楚簡或《說文》，喻四自身的通轉都是高居榜首，而且遠超過與其他聲母通轉的次數，即使是次高的喻／定（12.5%），喻／喻也比它高出 30.8%，是

1 喻四自身相逢（136 次），每次作兩次算（共 272 次）。

喻／定的 3.5 倍。至此，我們可以說，上古喻四的確是一個獨立的聲母，我們必須給予它獨立的地位。曾運乾片面的把喻四古歸定母是不夠週延的，從統計的角度去看，「喻四古歸定」的說法甚至是不正確的。

如果拿兩周金文的通假次數跟統計結果的百分比作一比較，將會發現以下這個現象：在兩周金文中的七個最高通假次數，剛好是本文統計結果中，七個最高的百分比。如下表所示：

統計 ＼ 聲母通轉	兩周金文中的最高通假次數	統計結果中的最高百分比%
喻／透	2	5.6
喻／定	5	12.5
喻／見	3	5.4
喻／心	3	3.8
喻／邪	4	5.8
喻／書	3	6.1
喻／喻	13	43.3

兩周金文與統計結果比較表

這個現象是否告訴我們，喻四從兩周金文一直到《說文》，也就是西周至秦漢之際，其間的變動並不是很大呢？！

陸志韋（1947：261）在整理「上古喉牙音跟舌齒音的通轉」時，「只有喻四（《切韻》j）通喉牙或是通舌齒的沒有收。」因爲他認爲「喻四的來源是五花八門的，收了這樣的例子，未必能把問題說得更清楚一點。」的確，從本文以上的綜合統計來看，喻四的上古來源應該不只一個，倘若冒然的認爲喻四只有一個來源，這個來源不管是喻四本身，或者是「上古定母」，恐怕都會把事實的真相給抹殺。

另外有一點必須注意，喻四和喻三在郭店楚簡中並沒有互相通假的例子，這和李玉（1994：11）所收集到的秦漢簡牘帛書通假字中，尚未發現喻四和喻三有互相通假的例子是一致的。這個結果使我們更加肯定，喻四和喻三在上古是兩個不相同的聲母，直到中古以後才逐漸合而爲一的。

三、幾遇統計法的運用

陸志韋（1947：231）首先使用統計法中的幾遇統計法[2]，對《廣韻》五十一聲紐在《說文》中的諧聲通轉進行了全面的統計。所用的公式爲：

$$\frac{AB}{\frac{N(N-1)}{2}}\times\frac{N}{2}=\frac{AB}{N-1}$$

A 是甲聲母的通轉次數，B 是乙聲母的通轉次數，N 是所有聲母的通轉總數。例如《說文》中喻／定的幾遇數是：

$$\frac{1010\times633}{19582(19582-1)}\times\frac{19582}{2}=\frac{1010\times633}{19582-1}$$

---

2 幾遇，即幾遇相逢數，簡稱幾遇數，又稱幾率、機率、或然率。陸志韋先生認為，不是兩個聲母互相通假或諧聲就表示它們有語音上的關係，因為這當中不能排除有偶然相諧的可能性；因此必須利用幾遇統計法將那些偶然相諧的例子排除。

2

=(1010×633)÷19581

=32.7

喻／定在《說文》的通轉是 94 次，比幾遇數高出 2.9 倍（94÷32.7），可見喻／定有語音上的關係而非偶然通轉。

使用幾遇統計法統計喻四在《說文》中的通轉，可以得出以下結果（括弧中的數字是本文所作的修正）：

聲母通轉＼統計	次　數	百分比%	倍　數[3]
喻／透	39	5.1	2.6（2.5）
喻／定	94	12.3	2.9
喻／徹	20	2.6	2.7（2.3）
喻／澄	43	5.6	2.3（2.2）
喻／邪	37	4.9	3.7（3.6）
喻／船	15	2	（4.3）[4]
喻／書	46	6	2.8
喻／喻	247	32.4	4.4（4.7）

喻四在《說文》中的通轉（超過幾遇數者）

李玉（1994）在統計秦漢簡牘帛書中，聲母、韻母的通假時，也用了相同的方法。茲將陸、李二先生有關喻四在上古通轉的運算結果（其中的倍數）列成一表以作比較：

3 「倍數」表示某母與喻四諧聲或通假的次數是幾遇數的幾倍。

4 陸志韋的統計缺，今補。

統計 聲母通轉	倍數	
	秦漢簡牘帛書	《說文》
喻／透	4	2.6（2.5）
喻／定	2.5	2.9
喻／徹		2.7（2.3）
喻／澄		2.3（2.2）
喻／邪	3.4	3.7（3.6）
喻／昌	1.3	
喻／船	1.4	（4.3）
喻／書	1.8	2.8
喻／影	1.2	
喻／喻	11.7	4.4（4.7）

秦漢簡牘帛書和《說文》超過幾遇數者

根據以上的結果，我們可以看到，喻四在秦漢簡牘帛書中，與透、定、邪、穿、昌、船、書、影、喻八母的通假次數都超過幾遇數；而在《說文》中，喻四則與透、定、徹、澄、邪、船、書、喻八母的通轉次數大於幾遇數。這兩組共十個聲母可以說在上古與喻四有語音上的關係。如果我們保守一點，將表格中只出現在秦漢簡牘帛書的昌、影和只出現在《說文》的徹、澄共四母給排除掉，只保留同時出現在兩者的透、定、邪、船、書、喻六母，那麼我們就可以更加肯定的說，上古與喻四通轉的聲母共有六個，這六個聲母是：*透、*定、*邪、*船、*書、*喻。（加「*」號表示有別於透、定、邪、船、書、喻）單就統計而言，它們都是「上古喻四」。

四、餘　論

使用幾遇統計法可以幫助我們確定哪些聲母和哪些聲母是有語音上的關係，同時排除那些偶然通轉的、少數的例子。然而實際上是否真如此呢？換言之，使用幾遇統計法是否真如陸、李兩位先生所認爲的，可以分辨哪些聲母是有語音上的關係，哪些聲母只是偶然通轉？

就統計而言，的確如此，而且也必須如此。然而就事實而言，則恐怕不一定。

首先，對於使用幾遇統計法所統計出來的結果，我們可不可以作彈性的解釋？例如在李玉（1994：12-13）的統計中，心母與書母、心母和曉母的通假次數都超過幾遇數，照理應該被認爲有音理上的關係，可是李先生卻認爲它們也許「同是擦音的緣故而得以通假，不一定有音理關係。」反過來說，在李玉先生的統計中，溪母與曉母的通假次數大於幾遇數，應該是有音理關係的，然而事實上卻相反，李玉（1994：15）說：

「溪」母與「曉」母相通假數（24 次）比幾遇數（20.7）大 0.2 倍，但尚不能據此認爲「曉」母於秦漢時期與「溪」母同屬一類（即同爲舌根塞音），因爲「曉」母與「見、群」兩母通假數均小於幾遇數，無音理關係，不能視爲同類。

因爲「曉」母與「見、群」兩母的通假次數均小於幾遇數，所以連帶的認爲與「溪」母也沒有音理上的關係，不能視爲同類，李先生這個理由充分嗎？使用幾遇統計法所統計出來的結果，卻可以作彈性的解釋，到底標準何在？

其次，通轉次數比幾遇數低的聲母，它們在上古是否真的與喻四沒有音理關係？特別是那些通假次數雖然沒有超過幾遇數，但是卻非常高的聲母，它們是不是也與喻四沒有音理關係？拿本文所統計出的百分比來說（見下表。超過幾遇相逢數者加上黑框），除了最高的前五名肯定與喻四有密相關係外，其他聲母（尤其是佔據第六高的見母）是否真如陸志韋（1947：221）所質疑的：「偶然遇見甲乙二字可爲異文，就可以說甲的聲母跟乙的可以通轉麼？」這恐怕是另一個可以深入探討的問題。

統計 聲母通轉	總　計	百分比%
喻／喻	848	43.3
喻／定	228	11.6
喻／書	112	5.7
喻／邪	106	5.4
喻／透	102	5.2
喻／見	99	5
喻／心	71	3.6
喻／澄	58	3.
喻／章	46	2.3
喻／影	44	2.2
喻／匣	28	1.4
喻／船	25	1.3
喻／徹	23	1.2

喻／來	19	1
喻／疑	18	0.9
喻／端	15	0.8
喻／生	15	0.7
喻／昌	14	0.7
喻／曉	13	0.6
喻／禪	12	0.6
喻／群	11	0.5
喻／云	9	0.4
喻／日	8	0.4
喻／溪	7	0.3
喻／從	7	0.3
喻／明	5	0.3
喻／知	3	0.2
喻／精	3	0.2
喻／清	3	0.2
喻／滂	2	0.1
喻／非	1	0.1
喻／奉	1	0.1
喻／泥	1	0.1
喻／娘	1	0.1
喻／初	1	0.1

	1860	100 (99.9)

喻四上古通轉次與百分比最高排序表

因此，個人認爲，對於幾遇統計法的使用應該採取比較保守的態度，也就是對於那些通假次數沒有超過幾過數，但百分比卻很高的聲母，應該給予保留而不是排除；尤其是在進行聲值擬測的時候，必須參考其他材料，例如同族語的比較、域外譯音等，根據實情，讓它們有自己一席的地位。同時還要注意一點：*透、*定、*邪、*船、*書、*喻六類聲母，本文認爲屬於上古喻四，然而這只是權宜的做法。事實上，它們到底是屬於上古喻四呢？還是屬於上古透、定、邪、船、書？或者是獨立於上古透、定、邪、船、書、喻的另外六個聲母？不管怎樣，重要的是：聲值應該擬成什麼，並且能夠充分說明後來的演變過程。

此外，必須一提的是，船母在秦漢簡牘帛書和《說文》中的通轉次數雖然都大過幾遇數，但是船母本身字少，字少容易使幾遇數變小，使得通轉次數大於幾遇數，因此船母是否與喻四有音理關係？或者如李玉先生所認爲的，「曉母不跟見、群母通轉，因此也不跟溪母通轉」那樣，喻四不跟章、昌、禪母通轉，因此也不跟船母通轉呢？這些問題都是可以作進一步討論的。

（2002 年 1 月完稿，10 月修訂）

參考引用書目

全廣鎮《兩周金文通假字研究》，台北：台灣學生書局，1989。

李玉《秦漢簡牘帛書音韻研究》，北京：當代中國出版社，1994。

陸志韋《古音說略》，《陸志韋語言學著作集（一）》，北京：中華書局，1985。

荊門市博物館《郭店楚墓竹簡》，北京：文物出版社，1998。

附錄

郭店楚簡中喻四的通假情況

（一）「喻」母自相通假的字例（136 次）

夜／豫—〈老子〉甲，頁 111：1。

猷／猶[5]—〈老子〉甲，頁 111：1、112：3；〈老子〉丙，頁 121：1；〈緇衣〉，頁 131：1；〈五行〉，頁 151：2；〈成之聞之〉，頁 168：1；〈尊德義〉，頁 174：1；〈性自命出〉，頁 179：1；〈六德〉，頁 188：1；〈語叢三〉，頁 209：2。

甬／用—〈老子〉甲，頁 113：2、118：2；〈老子〉丙，頁 121：2；〈緇衣〉，頁 130：1；〈成之聞之〉，頁 167：1；〈性自命出〉，頁 179：1、180：6；〈六德〉，頁 187：1。

罷／一—〈太一生水〉，頁 125：2；〈五行〉，頁 149：2；〈成之聞之〉，頁 167：1；〈語叢四〉，頁 218：1。

余／餘—〈太一生水〉，頁 125：2。

�弋／弋—〈緇衣〉，頁 129：1。

尹／伊—〈緇衣〉，頁 129：1。

躳／尹—〈緇衣〉，頁 129：1。

---

[5] 「猶」字聲母有「喻」、「見」兩讀，今取前一音讀。

谷/欲—〈緇衣〉，頁129：2。

敓/悅—〈緇衣〉，頁129：1；〈魯穆公問子思〉，頁141：1；〈語叢三〉，頁209：1。

恢/噫—〈魯穆公問子思〉，頁141：1。

舁/與—〈緇衣〉，頁131：1。

咠/揖—〈魯穆公問子思〉，頁141：1。

昜/揚—〈窮達以時〉，頁145：1。

礜/譽—〈窮達以時〉，頁145：1。

學/幽—〈窮達以時〉，頁145：1。

𢝊/憂—〈五行〉，頁149：3、158：2。

𦒷/由—〈五行〉，頁150：2。

𥝩/攸—〈五行〉，頁150：1。

膉/益—唐虞之道〉，頁157：1。

俞[6]/渝—〈忠信之道〉，頁163：1。

繇/由—〈成之聞之〉，頁167：3；〈尊德義〉，頁173：3、174：1；〈六德〉，頁187：1、188：4；〈語叢一〉，頁193：1；〈語叢三〉，頁213：1。

浧/盈—〈老子〉甲，頁 112：1、113：2、118：1；〈太一生水〉，頁 125：1；〈性自命出〉，頁 181：1；〈語叢四〉，頁218：1。

甬戈/勇—〈成之聞之〉，頁167：2；〈尊德義〉，頁174：1；〈語叢四〉，頁218：1。

---

6 「俞」字聲母有「喻」、「徹」兩讀，今取前一音讀。

羕／養—〈性自命出〉，頁 179：2。

羕／咏—〈性自命出〉，頁 180：2。

㥑／憂—〈性自命出〉，頁 180：2、181：2；〈六德〉，頁 188：1；〈語叢二〉，頁 203：1、204：1。

恿／勇—〈性自命出〉，頁 181：1。

恩／慍—〈性自命出〉，頁 180：1。

遜／由—〈語叢一〉，頁 194：5、198：1；〈語叢二〉，頁 205：3；〈語叢三〉，頁 211：3。

䌛／由—〈語叢一〉，頁 199：1。

忩／欲—〈語叢二〉，頁 203：6。

𨿽／欲—〈老子〉甲，頁 112：1。

躳／允—〈緇衣〉，頁 130：1。

慽／威—〈唐虞之道〉，頁 157：1。

（二）「喻」「見」母相通假的字例（39 次）

浴／谷—〈老子〉甲，頁 111：2、112：1；〈老子〉乙，頁 118：1。

谷／欲—〈老子〉甲，頁 111：3、112：2、113：2；〈成之聞之〉，頁 167：5；〈尊德義〉，頁 174：1；〈性自命出〉，頁 181：16；〈六德〉，頁 187：1。

纓／驚—〈老子〉乙，頁 118：3。

與／舉—〈五行〉，頁 151：1。

淫／涇—〈緇衣〉，頁 129：1。

（三）「喻」「心」母相通假的字例（23 次）

攸／修—〈老子〉乙，頁 118：5；〈性自命出〉，頁 181：1；〈六德〉，頁 188：1。

唯／雖—〈老子〉甲，頁 113：1；〈緇衣〉，頁 131：1；〈窮達以時〉，頁 145：1；〈成之聞之〉，頁 167：3、168：1；〈性自命出〉，頁 179：2、180：1、181：3；〈六德〉，頁 187：2；〈語叢四〉，頁 218：1。

（四）「喻」「定」母相通假的字例（17 次）

兌／悅—〈五行〉，頁 149：3、150：4、151：1；〈尊德義〉，頁 174：1；〈性自命出〉，頁 179：4、180：1、181：3。

（五）「喻」「審」母相通假的字例（11 次）

弋／式—〈緇衣〉，頁 129：1。

斁／釋—〈窮達以時〉，頁 145：3。

亦／赦—〈五行〉，頁 150：2。

懌／釋—〈老子〉甲，頁 111：1；〈成之聞之〉，頁 168：1。

舍／餘—〈老子〉乙，頁 118：2。

說[7]／悅—〈成之聞之〉，頁 168：1。

（六）「喻」「疑」母相通假的字例（9 次）

藥／樂[8]—〈五行〉，頁 149：4、150：1。

---

7 「說」字聲母有「喻」、「審」兩讀，今取前一音讀。

8 「樂」字的聲母除有「疑」外，還有「來」一音讀。

牙／與—〈語叢三〉，頁 209：4。

（七）「喻」「邪」母相通假的字例（8 次）

羕／祥—〈老子〉甲，頁 113：1。

頌／容—〈老子〉甲，頁 111：1；〈緇衣〉頁 130：2；〈性自命出〉，頁 181：1。

采／由—〈唐虞之道〉，頁 157：1；〈忠信之道〉，頁 163：1。

寺／夷—〈窮達以時〉，頁 145：1。

（八）「喻」「照」母相通假的字例（7 次）

杙／桎—〈窮達以時〉，頁 145：1。

隹／惟—〈緇衣〉，頁 129：3、130：1。

伀／容—〈五行〉，頁 150：1。

隹／唯—〈語叢三〉，頁 211：1。

（九）「喻」「透」母相通假的字例（3 次）

弋／忒—〈緇衣〉，頁 129：1。

惕／易—〈老子〉甲，頁 112：2。

（十）「喻」「澄」母相通假的字例（3 次）

呈／盈—〈老子〉甲，頁 111：1。

睪／擇—〈語叢一〉，頁 197：1；〈語叢三〉，頁 211：1。

（十一）「喻」「非」母相通假的字例（1 次）

繂[9]／紼—〈緇衣〉，頁 130：1。

9　裘錫圭先生說：「疑『繂』所从的『聿』實當讀為『筆』，『筆』、『紼』聲韻皆近。」（《郭店楚墓竹簡》，頁 135，註 75）《說文》「聿」字下說：「所以書也。楚謂之聿、吳謂之不律、燕謂之弗。」又「筆」字下云：「秦謂之筆。」「繂」在當時可能是個唇音字，所以能和「紼」通假。

羅常培、周祖謨之兩漢韻部商榷——論其魚侯合部

戴俊芬

一、前言

音韻之學極盛於清代，音韻學家所鑽研者以周秦古音爲範疇，[1] 材料輒以詩經爲主，間或旁及群經諸子等資料以輔助之。就漢語音韻史而言，其研究實屬平面之研究，而縱面的、歷時性的研究尚未開展，仍在起步階段。兩漢音韻現象之觀察，在清代並未受到學者重視，論者鮮少；學者之研究古韻，於引及兩漢之音時，輒聊示一二音之轉變，未論其韻類之分合。然而，兩漢之

[1] 所謂「周秦古音」僅為一泛稱，蓋指西元前十一世紀至西元前二世紀的上古音，詳見羅、周（1958：9）。

音異於周秦古音，[2] 前賢學者多已知之，如段玉裁《六書音韻表》中論古韻分期，已將兩漢從音韻學史中區隔出來。其後王念孫《兩漢韻譜》、江有誥《漢魏韻讀》、張成孫《說文諧聲譜韻附》出，三家蓋取兩漢之辭賦及楚騷史傳之文，發其韻讀，定其分合；從此兩漢音韻研究始發其端。然而囿於觀念與方法，其成就猶爲有限。周祖謨（1993 a ：131）言及兩漢韻部研究情況，曾云：

> 蓋自段氏以迄張氏，諸家之論，約分兩派：隨說舉發，略示漢代一二類用韻之趨勢者，一也。以周秦古音部屬兩漢之韻讀，二也。段玉裁、孔廣森為前派，王念孫、張成孫為後派。而二派又各有所失，前者失之于泛，後者失之于拘。

由此可見，學者雖知兩漢音之轉變，猶未能精確別其韻部之分合。故有強以周秦之音釐別漢韻，是歸兩漢音於周秦音也，皆非正確之觀念。

羅常培、周祖謨（以下簡稱「羅、周」）合著之《漢魏晉南

---

2 本文所訂「兩漢音」之時間範圍，一依羅、周《漢魏晉南北朝韻部演變研究》一書所言，由漢初至漢獻帝劉協建安十二年（西元前206年～西元207年），約有四百年之久。而其中因為時間地域之變化、方言因素、材料多寡等，西漢音亦不盡同於東漢音。詳見羅、周（1958：13）。

北朝韻部演變研究》一書，[3] 致力於音韻史縱向之研究，於兩漢音韻現象之探研，已有初步之成就。凡言兩漢音或音韻史之研究者，無不以該書爲首要。近年來兩漢音韻之研究，逐漸獲得重視，其因乃於兩漢時期上承周秦古音，下啓魏晉南北朝音韻及《切韻》，可謂二者之間的過渡時期，是以凡研究音韻史者，兩漢音絕不能略而不論。

然而兩漢音韻之研究，亦有其困難，是以向來論之者少，周祖謨（1993 a ：132）對此曾描述曰：

> 揆其困難所在，由於西漢之材料少，韻部之分合卒不易辨，是論斷為難；東漢之材料雖多，而演變方厲，通用較廣，且一人之用韻往往兩歧，是決擇為難。

由此可見，學者雖知兩漢之音不完全同於詩經一系之上古音，然而限於客觀之材料與方法，[4] 對於韻部分合，輒與詩經音系混同視之，使兩漢音終究不脫周秦音韻之範圍。近來由於音韻史縱向之研究、方言研究及地下出土材料，如漢簡帛書等之輔證，使兩漢音系之研究得以更順利開展，而音韻史上周秦至《切韻》間之段落亦得以繫聯起來，音韻變遷之脈絡亦將更爲清楚。這種以歷

3 羅、周《漢魏晉南北朝韻部演變研究》乃第一分冊，該書內容以探討兩漢韻部分合為主；至於魏晉到陳隋之間音韻之演變，則另載於周祖謨《魏晉南北朝韻部之演變》（臺北，東大圖書公司出版，1996年1月初版）。

4 研究兩漢音韻者，向來以詩文用韻為主，兼及漢儒音讀、《方言》、《釋名》等之材料，後來凡研究漢魏晉南北朝甚至到隋唐宋之音韻者，亦多循此一途徑。

史發展觀點爲著眼點，以羅、周《漢魏晉南北朝韻部演變研究》一書，爲目前研究兩漢音韻著作中，較爲完備且深入者。

羅、周二人合著之書，雖然爲現今研究兩漢韻部中較爲完備之著作，然而其中仍有不少論點、韻部之分合等問題值得再加以商榷。所以本文不揣淺陋，擬以該書爲起點，就羅、周二人對兩漢魚、侯合部的意見，再加以深究、討論。

二、兩漢音系中魚、侯兩部分合之研究概況

周秦魚、侯分部始於段玉裁，之前顧炎武以侯歸魚，江永以侯歸幽。孔廣森之陰陽對轉之說中，以魚對陽，以侯對東，進一步明確了魚侯的分野。

關於漢代魚、侯兩部之分合，是否仍同於周秦音系？學者各持不同的看法，有的認爲魚侯已經合部，有的主張魚侯依然分立。舉羅、周二人而言，即認爲西漢時期魚、侯已經合部。他們（1958：13）主要根據西漢詩文用韻的歸納研究，認爲：

> 韻部分合的不同，在西漢時期最顯著的是魚侯合為一部，脂微合為一部，真文合為一部，質術合為一部。

更進一步說明，到東漢時期，不僅魚侯合部，而且原屬魚部的麻韻一系字已經并入歌部。[5]

周祖謨於其〈兩漢韻部略說〉一文，也再次重複同樣的意見，他（1993a：136）說：

---

[5] 羅、周（1958：22）。

> 嘗考兩漢之音，西漢已與《詩》三百篇不同。要言之：《詩經》之脂微兩部已合為一部，魚侯兩部合為一部，真諄兩部合為一部，質術兩部合為一部，……足證語音因時而變，兩漢之音不同於周秦，東漢之音又不同於西漢也。

與羅、周一樣持魚侯合部的看法，還有王力。王力在早期著作《漢語史稿》中肯定漢代魚、侯在韻文中是互用的，但認爲可能是合韻的原因。他也指出，漢代麻韻已經由魚部分化出去，一般不再和魚、侯兩部押韻。[6] 在《漢語語音史》中則認爲先秦的侯部到兩漢已經轉入魚幽二部。[7] 所以王力在《漢語語音史》所歸納之兩漢29個韻部中，是併魚、侯二者爲一部。

在兩漢音系之研究上，與上述學者持相反意見者，亦所在多有。例如：陸志韋（1935）曾對《說文》讀若作了研究，認爲魚侯兩部到了東漢仍是分立，依此類推，當然西漢也是如此。其《古音說略》第十五章「上古音跟中古音之間發音基礎的變動」中亦云：「東周以後，陽跟東，魚跟侯，漸漸通　，漢韻幾乎不能分部。」（1990b：286）雖幾乎不能分部，但其中界限仍然存在。

繼陸氏從《說文》讀若來研究者，有學者張鴻魁。張氏（1992：394-422）〈從《說文》"讀若"看古韻魚侯在東漢的演

---

[6] 王力《漢語史稿》第二章〈語音的發展〉，頁104。

[7] 王力《漢語語音史》第二章〈漢代音系〉，頁84，註1云「漢代沒有侯部，因為先秦侯部字都轉入魚幽兩部去了」。本文不擬對王力之漢代音系多作討論，乃因其音系所歸納之材料，大部分根據東漢張衡之詩文，取材並不全面，所以其意見僅供本文之參考。

變〉一文，則從《說文》之讀若字來分析、歸納東漢魚、侯二部之押韻情況，所整理出來的結果，兩部亦是分立之情形。

主張魚、侯分部的學者，不管是從傳統的詩文用韻，或是從《說文》讀若的現象來證明，都無法忽略魚、侯兩部在兩漢時期，的確有某個程度相押、相混的情況。所以陳師伯元（1999：456）在《古音研究》中論及「魚侯旁轉」時，有云：

> 迨及漢世，魚侯旁轉尤多，已有併二部為一部之趨勢。蓋魚讀〔a〕，侯讀〔au〕，主要元音相同，只侯部有〔u〕韻尾為異耳，是以二部常相旁轉也，魚侯之旁轉猶之乎之幽之旁轉也。皆以主要元音相同，而以有無〔u〕韻尾為異。

另外，邵榮芬（1982：410-411）〈古韻魚侯兩部在後漢時期的演變〉一文中，針對東漢時期魚、侯兩部大量通押的現象，可能是虞韻兩部分字互相靠攏的結果，故進一步觀察東漢時期虞韻字與魚、侯的相通情況，歸納出即使到了東漢，侯部中的虞韻字併入魚部中的虞韻，魚、侯二部仍是分立的。

亦有學者從漢簡帛書入手，來證明兩漢魚、侯分立的事實。如李玉（1994）、李存智（1995）認爲魚、侯部之所以漸趨合流，多出現在楚方言音系裡，其他區域並沒有這種情形。

以上爲兩漢音系中魚侯兩部分合之研究概況，茲列一表以總結上文：

魚侯合部／魚侯分	主張的學者（著作出版時	研究方法

部	間）	
魚、侯合部	羅、周　（1958）	詩文用韻
	王　力　（1985/1988）	
	周祖謨　（1993）	
魚、侯分部	陸志韋　（1990）	《說文》讀若
	邵榮芬　（1982）	詩文用韻
	張鴻魁　（1992）	《說文》讀若
	陳師伯元　（1999）	詩文用韻
	李　玉　（1994）	漢簡帛書
	李存智　（1995）	漢簡帛書

三、兩漢詩文用韻中魚、侯兩部之押韻情形

在漢代，魚、侯二部是否真如學者所說已經合一？或仍為獨立之兩部？本文擬就羅、周《漢魏晉南北朝韻部演變研究》一書做進一步的觀察，來看看羅、周之說是否有其商榷之處？並試著討論其中是否有方音的因素。首先，筆者先根據丁啓陣之《秦漢方言》所劃分之秦漢時期漢語方言區，[8] 將兩漢詩賦作家之詩文中魚、侯用韻情況，列其方言歸屬情形：

---

[8] 對於漢代方言進行分區，最早有林語堂（1989：16-21）〈前漢方言區域考〉分為十四區，然而分區太細，其中有不少問題；羅、周《漢魏晉南北朝韻部演變研究》（1958：72）分為七區，但是沒有作具體的說明。所以筆者以丁啟陣《秦漢方言》中之八大方言區為本文論述之依準。

【詩文用韻中魚侯押韻情形表・體例】

1、以下諸表分魚部獨用、侯部獨用、魚侯合用三欄，將詩、文用韻分開，再依平、上、去三聲列其押韻數。

2、其中西漢與東漢之詩文押韻，並以雙線加以隔開。

3、又本文歸納之魚部、侯部押韻情形，主要根據羅、周《漢魏晉南北朝韻部演變研究》一書之兩漢詩文韻譜，魚部韻譜部份，頁143-149；至於魚部之合韻譜因爲材料不足，且判斷不易，所以省之不計。

（一）海岱方言區

時代	作家	魚部 獨用		侯部 獨用		魚侯 合用	
		詩	文	詩	文	詩	文
		平:上:去	平:上:去	平:上:去	平:上:去	平:上:去	平:上:去
西漢	韋玄成	0:0:1		1:0:0			3:2:0
西漢	東方朔		1:1:4				
西漢	孔臧		1:0:0				
西漢	韋孟	0:4:1		0:1:0			
西漢	公孫弘		0:1:0				
東漢	禰衡						1:1:0

	孔融	0:0:1					

（二）秦晉方言區

時代	作家	魚部 獨用		侯部 獨用		魚侯 合用	
		詩	文	詩	文	詩	文
		平:上:去	平:上:去	平:上:去	平:上:去	平:上:去	平:上:去
西漢	劉友	0:0:1					
	司馬談		0:0:1				
東漢	班彪		1:0:3				2:0:0
	馮衍		2:3:3				
	杜篤		2:0:0		1:0:0		2:0:0
	梁竦		1:0:0				
	班固		2:4:2		2:0:0		3:3:5
	馬融		1:1:1				1:1:0
	竇武				1:0:0		
	張奐						1:0:0
	傅毅	0:1:0	0:2:3				0:2:1
	蘇順		0:1:0				
	史岑		0:1:0				

（三）周洛方言區

時代	作家	魚部 獨用		侯部 獨用		魚侯 合用	
		詩	文	詩	文	詩	文
		平:上:去	平:上:去	平:上:去	平:上:去	平:上:去	平:上:去
西漢	賈誼		2:2:4		1:0:0		1:0:0
東漢	張衡		6:13:3		2:0:2	1:0:0	13:1:4
	蔡邕		4:8:7				2:10:2
	鄭眾		0:1:0				
	蔡琰					0:1:0	

（四）蜀漢方言區

時代	作家	魚部 獨用		侯部 獨用		魚侯 合用	
		詩	文	詩	文	詩	文
		平:上:去	平:上:去	平:上:去	平:上:去	平:上:去	平:上:去
西漢	司馬相如		10:7:0				3:2:2
	王褒		2:5:1		0:0:2		0:0:2
	楊雄		17:15:12		6:1:0		6:7:2

東漢	李尤		2:1:1		1:1:1		1:0:0
	趙壹						1:0:0
	白狼王					0:1:0	
	唐菆						

（五）楚方言區

時代	作家	魚部 獨用		侯部 獨用		魚侯 合用	
		詩	文	詩	文	詩	文
		平:上:去	平:上:去	平:上:去	平:上:去	平:上:去	平:上:去
西漢	劉安					0:1:0	
	劉向		2:4:5		1:1:0		
	劉歆		3:0:0				
	劉章	1:0:0					
東漢	王逸		2:0:0		0:1:1		1:1:0
	王延壽		1:0:1				3:3:0
	桓麟		1:0:0		0:0:1		
	胡廣		0:1:0				
	黃香						0:0:1

（六）趙魏方言區

時代	作家	魚部獨用		侯部獨用		魚侯合用	
		詩	文	詩	文	詩	文
		平:上:去	平:上:去	平:上:去	平:上:去	平:上:去	平:上:去
東漢	崔駰		3:2:3		1:0:0		3:0:0
	崔瑗		2:0:1		0:1:0		0:1:0
	崔琦						2:0:0
	李延年				1:0:0		
	張超						0:1:0
	崔寔		0:0:1				

（七）吳越方言區

時代	作家	魚部獨用		侯部獨用		魚侯合用	
		詩	文	詩	文	詩	文
		平:上:去	平:上:去	平:上:去	平:上:去	平:上:去	平:上:去
西漢	枚乘		2:0:1		1:0:0		1:1:0
	嚴忌						0:1:0

（八）燕朝方言區

時代	作家	魚部獨用		侯部獨用		魚侯合用	
		詩	文	詩	文	詩	文
		平:上:去	平:上:去	平:上:去	平:上:去	平:上:去	平:上:去
西漢	崔篆					0:1:0	

（九）其他[9]

時代	作家	魚部獨用		侯部獨用		魚侯合用	
		詩	文	詩	文	詩	文
		平:上:去	平:上:去	平:上:去	平:上:去	平:上:去	平:上:去
西漢	闕名	0:0:2	1:9:0		1:0:0		
	無名氏	0:4:1	1:0:0			0:2:1	
	武帝劉徹		1:3:0				
	劉勝						2:0:0
	華容夫人	1:0:0					
	戚夫人	1:0:0					

[9] 此表為闕名、無名氏、或作家之籍貫不明，無法作歸類者。

	哀帝劉欣		0:1:0				
	劉胥					0:0:1	
東漢	闕名		2:5:1		1:0:0		1:0:1
	無名氏	9:18:5		4:2:0		6:2:1	

我們將上面九個表格進一步整理，如下面表一：

方言區	作家數(人)		魚部 獨用		侯部 獨用		魚侯 合用	
	西漢	東漢	西漢	東漢	西漢	東漢	西漢	東漢
海岱方言	5	1	14	1	2	0	5	2
秦晉方言	2	11	2	34	0	4	0	21
周洛方言	1	4	8	42	1	4	1	34
蜀漢方言	3	3	69	4	9	3	24	3
楚方言	3	5	15	6	2	3	1	9
趙魏方言	0	6	0	12	0	3	0	7

吳越方言	2	0	3	0	1	0	3	0
燕朝方言	1	0	0	0	0	0	1	0
其他			25	41	1	7	6	11

（表一）

根據上表，再進一步歸納出西漢、東漢時期，各方言區中魚、侯部押韻情形，如表二、表三：

西漢	海岱方言	秦晉方言	周洛方言	蜀漢方言	楚方言	趙魏方言	吳越方言	其他
魚部獨用	66.6%	100%	80%	67.7%	83.3%	0	42.85%	78.1%
侯部獨用	9.4%	0	10%	8.8%	11.1%	0	14.3%	3.1%
魚侯合用	24%	0	10%	23.5%	5.6%	0	42.85%	18.8%

（表二）

東漢	海岱方言	秦晉方言	周洛方言	蜀漢方言	楚方言	趙魏方言	吳越方言	其他
魚部獨用	33%	57.6%	52.5%	40%	33.3%	54.5%	0	69.5%

侯部獨用	0	6.8%	5%	30%	16.7%	13.7%	0	11.9%
魚侯合用	67%	35.6%	42.5%	30%	50%	31.8%	0	18.6%

（表三）

從表二、表三，可以看出不同方言區域、不同時期，魚、侯押韻的情形不盡相同。以西漢而言，魚、侯分用的情形仍然十分清楚，在海岱方言、秦晉方言、周洛方言、楚方言中均是如此；當然這亦涉及詩家用韻寬嚴標準不一，若同一方言區內不僅一位作家反映相同的語音特色，一般是反映方言現象；用韻較嚴者亦然，而舉如蜀漢方言中司馬相如、王褒、楊雄的詩文用韻一般是較寬的，所以反映的語音現象可能就不是方言現象。

再看東漢的魚、侯關係，在海岱方言與楚方言中，魚、侯合用的比例已經超過魚部獨用，可見兩地區之魚、侯有高度互押的情形；在其他方言區中魚、侯合韻與魚部獨立之比例亦相去不遠；可見得魚侯合流在東漢比在西漢更加明顯。然而，從上表，是否就可以推論魚、侯兩部在東漢已經合爲一部呢？筆者認爲證據並不充足。從表二來看，魚部獨用與侯部獨用，其數値相差甚遠，故兩部分立，明顯可見。再看表三有些方言區中，如海岱方言、秦晉方言、周洛方言、蜀漢方言、趙魏方言等，魚部獨用的比例還是不少，佔了全部的三分之一以上，故魚部獨立的事實仍不容忽視。

四、其他材料中魚、侯兩部之押韻情形

（一）西漢簡牘帛書

由上節，我們發現西漢時期魚、侯分立仍是十分明顯，那麼東漢時期兩部積極混用的情形究竟代表什麼？是否兩部已經合爲一部？首先，西漢時期魚、侯押韻之界限在詩文用韻中仍然清楚，在西漢其他材料中仍是如此，例如西漢之簡牘帛書中魚、侯通假次數如下表：[10]

方言區	西漢簡牘帛書【魚、侯部字通假次數】				通假次數統計
楚方言區	馬王堆漢墓帛書【11】	江陵漢簡【4】	睡虎地秦簡【1】	阜陽漢簡【1】	【17】
秦晉方言區	武威漢簡【5】				【5】
海岱方言區	銀雀山漢簡【9】				【9】

從上表之數值尚不能判斷魚侯是否合爲一部，然而我們可以看出在地域上，尤其在楚方言區上，魚侯兩部的確有高度的合流趨勢。

李玉（1994）延用陸志韋在《古音說略》中所運用的數學統計法中的機率統計法，由魚、侯通假數與機率比值的比較，判定

10 表中數據蓋採用李玉《秦漢簡牘帛書音韻研究》一書之統計結果，頁114。

武威、銀雀山漢簡之魚、侯通假是爲偶然因素，不具音理之關係。而西漢的簡牘帛書中，魚部本部字相通假次數比機率大10.3倍，侯部本部字通假次數亦比機率高27.5倍，而魚、侯通假則低於機率，所以李玉認爲「魚、侯兩部在當時的『雅言』音系裡仍像先秦古韻那樣各自分立」，「秦漢時期魚、侯兩部在楚方言音系裡可能正趨於合流」。[11] 由西漢時期的地下出土材料來證明西漢魚、侯之關係，我們發現與西漢詩文用韻所呈現出來的結果並不完全符合；一方面這是因爲目前地下出土材料仍然有限，一方面則可能是材料不同之緣故，因爲簡牘帛書所出土之墓葬多爲大夫貴族之墓，則其語音應較近當時之「雅言」，而詩文用韻則較爲不拘，詩家用韻寬嚴不一，或可能依其鄉音方言作詩，亦未可得知。所以李玉據漢簡帛書所言除了楚方言魚、侯漸趨合流，其他方言區域並無合流情形，事實上我們可以解讀爲西漢時期的語音現象仍是承《詩經》一脈而來，在語音表現上以秦晉、周洛方言爲當時之主導，亦可視爲當時之「雅言」；然而在共時中的其他方言區，語音已經開始產生變化，或許是個別的方音現象，如漢簡帛書所呈現的楚方言魚、侯合流情形就是一例，值得我們注意。

周秦時期魚、侯分部的結果已爲學者所公認，西漢時期仍是如此，至魏晉時期的魚侯分化，倘若古代曾經有魚、侯合一之事

---

[11] 同前註引書，頁114。另外李存智（1995：146-149）對魚、侯分立之意見，亦同於李玉，故在此不再引述。

實，就應該只能發生於東漢時期。所以以下擬就東漢其他材料，[12] 如《論衡》、《釋名》等著作，來進一步了解東漢魚、侯二部合流的現象。

（二）東漢・王充《論衡》

《論衡》的作者王充是會稽上虞人，生於東漢光武帝建武三年（西元27年），卒於和帝永元年間（西元90年之後）。今根據羅、周所列《論衡》中最多韻語的《自紀篇》韻腳，取魚、侯部押韻之韻腳觀察。（體例：下方列其韻部：韻腳，【】內爲總押韻數）

1・魚部：居虛、雅野者、雅睹者下、雅者、黍序、迂舒、寡補下者、舒餘、居與如。【9】

2・魚、侯部：附去、部餘、厚者。【3】

3・侯、幽部：授取久、醜部九、久口。【3】

4・魚、侯、幽部：須、陶、牙、武、牢。【1】

雖然韻腳材料不多，但是我們可以發現魚部字自押佔了總數的56.25% ，魚、侯二部合押佔了總數之18.8% ，可見得在東漢時期吳越方言中，魚、侯二部雖漸趨合流，但其分立之勢，仍然存

---

12 所據材料，主要根據羅、周《漢魏晉南北朝韻部演變研究》一書中，第七章「個別方言材料的考查」所列之東漢著作，如《論衡》、《釋名》二書。

在。

（三）東漢·劉熙《釋名》

《釋名》是東漢劉熙所作的一部訓釋詞義之書。劉熙《釋名》所反映的是青徐一帶的方音，屬於海岱方言區。以下爲《釋名》聲訓分韻表中，魚、侯二部之相韻表：（體例：下方列其韻部：韻腳，【】內爲總押韻數）

1·魚部：暑煮、雨羽、雨輔、土吐、午仵、露慮、鹵爐、岵估、岨臚、渚遮、梧忤、路露、涂度、徐舒、吳虞、膚布、距矩、胡互、股固、步捕、據居、撫敷、匍捕、寤忤、女如、 忤、助午、麩 、父甫、祖祚、姑故、夫扶、孤顧、武舞、語敘、序抒。【36】

魚·鐸部：庶摭、麤錯、疏索、鼓郭。【4】

2·侯部：（霧冒）、（口空）、溝構、軀區、孺濡、耇垢、后後、趨赴、走奏、駐株、窶數、耦遇、蹃投、奏鄒。【13】

侯·屋部：頭獨。【1】

侯·魚部：候護、弣撫。【2】

由上表觀察，《釋名》中魚、侯二部明顯分立爲二，魚、侯合韻僅佔總數之3.57%，所以羅、周二人（1958：112）亦云：「《釋名》中魚侯兩部有分，與東漢一般押韻的情況不同」。這種情形亦與詩文用韻中，魚、侯漸趨合流的現象不同。

所以我們可以發現，東漢時期在詩文用韻中魚、侯二部雖然已趨於合流，然而在王充《論衡》、劉熙《釋名》中，二部截然有分，這種特殊情況值得注意。這顯示了在東漢時期，魚、侯二部雖然有高度合韻、混押的情況，但兩部之間的分野，依然十分清楚。

五、結論

從本文以上討論，可以得出魚、侯兩部合一的說法，是值得商榷的。看到魚、侯大量合流現象，而主張這樣說法的人，應該更進一步去探討，與魚部相合的是上古音當中虞韻部分，還是虞侯兩部都跟魚部合一？其次，還要再進一步解釋，爲何魚、侯兩部在東漢合一，經過南北朝後，到《切韻》時代卻又分立？查呂靜、夏侯該、陽休之、李季節、杜臺卿等五家韻書中，魚虞分開，侯模也分開，故四部分立的情況是很明確的。那麼，若羅、周、王力、周祖謨所言爲是的話，這種「周秦魚侯分部→東漢魚侯合部→《切韻》魚侯分部」的演變，在漢語語音史上是否有其他的例子？

從本文的觀察，我們可以得到以下結論：西漢時期魚、侯兩部承《詩經》系統而下，其語音現象與周秦時期一樣保持分別；比較值得注意的是，在個別方言區中，魚、侯兩部已經開始發生音變，產生合流情形。李玉（1994）云：「魚、侯合流始於西漢的楚方言中」，其實在其他方言區也已經開始發生這種現象；這種合流現象在漢代詩文押韻中幾乎可以說是一種趨勢，然而這種趨勢尚不致造成兩部合爲一部的情況。

同時，我們除了顧及語音的共時性，亦當視其歷時性。東漢時期魚、侯合韻情形較西漢更為顯著，可能是因為政治、社會的動亂，促使方言歧異的加劇，觀察楊雄《方言》，即可看出當時各地語音歧異的現象。其中某些方言區裡，魚、侯合流情形十分普遍，甚至兩部之間界限已經模糊不清；然而經由上文從詩文用韻、其他著作材料之討論，我們可以發現，其實東漢時期魚、侯兩部之畛域依然分明，迄至魏晉以下加以演化，持續分立，此一演變脈絡應該是十分清楚的。

六、參考書目（一依姓名筆畫排列）

一、專書

王　力

1988 《漢語史稿》，見《王力全集》第九卷，山東教育出版社。

1985 《漢語語音史》，中國社會科學出版社。

丁啓陣

1992 《秦漢方言》，東方出版社

李　玉

1994 《秦漢簡牘帛書音韻研究》，當代中國出版社。

李存智

1995 《秦漢簡牘帛書之音韻學研究》，臺大中文所博士論文。

陳師伯元

1999 《古音研究》，五南出版公司。

張 琨

1987 《漢語音韻史論文集》，華中工學院出版社。

羅常培·周祖謨

1958 《晉南北朝韻部演變研究》第一分冊，北平科學出版社。

二、單篇論文

史存直

1984 〈古韻之幽兩部之間的交涉〉《音韻學研究》第一輯，中華書局，頁296-313。

林語堂

1989 〈前漢方音區域考〉，《語言學論叢》，上海書店。

周祖謨

1993 a〈兩漢韻部略說〉，《周祖謨學術論著自選集》，北京師範學院出版社，頁130-137。

1993 b〈漢代的方言〉，《周祖謨學術論著自選集》，北京師範學院出版社，頁138-145。

邵榮芬

1982 〈古韻魚侯兩部在後漢時期的演變〉，《中國語文》，頁410-415。

黃 綺

1980 〈論古韻分部及支脂之是否應分爲三〉《河北大學學報》，頁71-93。

陸志韋

1990a〈說文讀若音訂〉《陸志韋語言學著作集》（二），北京：中華書局。（源自《燕京學報》第三十期，1935年出版）。

1990b〈古音說略〉，《陸志韋語言學著作集》（一），北京：中華書局。（源自《燕京學報》專號之二十，1947年出版）。

張鴻魁

1992〈從《說文》"讀若"看古韻魚侯在東漢的演變〉《兩漢漢語研究》P394-422，山東教育出版社

臨江仙[13]

戴俊芬

—乙酉年四月初七先師五週年忌日，於佛光山悼祭有感

料峭春風迎冷節[14]，重回又是經年。
綠楊影裡弄絲連。飛蓬紛似雪，玉露不成圓。

爐冷香吹魂杳杳，如今閬苑登仙。[15]
別來幾向夢中看。欲說強忍淚，含笑立尊前。

---

13 臨江仙格律一依龍沐勛《唐宋詞格律》。例如：蘇軾〈臨江仙〉：「夜飲東坡醒復醉，歸來彷彿三更。家童鼻息已雷鳴。敲門都不應，倚杖聽江聲。長恨此身非我有，何時忘卻營營？夜闌風靜縠紋平。小舟從此逝，江海寄餘生。」

14 冷節即寒食節，約當清明之前二日。有的地區把清明也叫寒食。

15 閬苑：仙人所居住的仙境。

附錄：工作日誌

日期	負責人	工作內容
9/26	仲翊	今天是頭一次來這裡開始整理老師的書，學校研究室裡的、所長辦公室裡的，以及老師家裡的，全部都集合到這裡了，今後，這裡是老師的藏書室。 稍微擦拭了桌椅櫥櫃，面對浩瀚書海，一面懷念著老師。如何擺設這些書呢？向師母請示過之後，考慮實際的狀況，目前擺設位置大致規劃如下：門口進來的三個書櫃放置聲韻學方面的書；對面也有三個書櫃，右邊兩個放訓詁學方面的書，左邊一個則放文字學方面的書，客廳的電視櫃也用來放文字學方面的書，不過，電視櫃的左右兩側裡面都是玻璃隔層，恐怕也不能放太重的東西，所以文字學的書，架子放不完的，就只好先堆放在大桌子上了，而這個小桌子，就做爲桌面了。另外，走道

		盡頭的小房間，裡面放的全部都是古文字方面相關的的書籍，這方面是老師生前最後階段主要的研究領域，累積了特別多的資料。如此，大致規劃好之後，就逐步把未拆封的部分，主臥室裡一一拆開、歸類，如此一來，先分出大類（聲韻、訓詁、文字、古文字）之後，再進一步做四大類中的細部整理。 這裡是令元的房子，希望他將來能念中文系，那麼這些書籍、資料，都會成爲具有無上價值的寶貝。承蒙師母信任，由我暫時負責來整理，保管這些寶貝，同時也繼續享受著老師的關懷和教誨，心中真是感到十分幸福溫馨，我會好好的把這個地方經營起來，讓它成爲一個有有著濃濃書香的溫暖小窩，老師也永遠與這裡，與我們同在。
9/26	仲翊	弄了一天，大致步上軌道了，接下來就是逐一拆封、分類、上架，這該是一個好的開始，大桌子上的，都是與《說文解字》有關的部分，慢慢再整理。
10/10	仲翊	上禮拜二沒來，因爲今年的（第十一屆南師）文字學研討會就要召開了

		（10/21、10/22），我是學會秘書，跟著林老師有好多事要處理，還好有甯今幫我，不然恐怕忙不過來。今天，又繼續來整理，慢慢的拆封、上架，跟老師這堆書在一起，度過半天時光，倒也快樂！看著整理的工作，又逐漸有些進度，心裡也覺得踏實了些。
10/13	令元	辛苦您啦！因爲沒帶家裡的 Key，所以向 Mother's brother 拿到這裡的 Key，進來看看，發現書的位置都已規劃好了，十分驚訝，我也會時常來看一看的，多謝！
10/24	仲翊	不由得對老師發出讚嘆之聲！原本以爲今天把書全部上架分類好了，後來才發現，還好滿滿的九箱書！其它的則是些研究計畫的卡片，就不開箱了。下次來再繼續處理那九箱了。
11/20	師母	看到書架上的書，內心充滿感激，謝謝你們辛苦的付出，願這些書能孕育出最優秀的學者，祝福大家。
11/28	仲翊	停了兩三個禮拜，才又來，不過今天也沒做多少，整理了兩箱多一些，今天彥遂也來了，來看看老師的書，找些

		資料。
12/12	仲翊	到今天，總算是把老師的書都大致分類上架完畢，這應該算是第二階段工作的完成，（當然，第一階段是把這些書分別從學校和老師家裡集中到這裡來，學校的部分主要是我和甯今、彥遂，家裡的則是令文、令元）整理的工作斷斷續續，並沒有如原先預期的，在短期之內集中力量完成，主要是時間零碎，事情也多，而且，整理這些紙箱，確實也極耗費體力……。但是，無論如何，總算是差強人意的完成，希望這樣的整理結果，師母還有老師能覺得滿意，不過，說真的，這些書要進行編目的工作的話，那真是第三階段更浩大的工程了！
2/7	令元	Sorry！不小心把地板弄髒了！下次我來弄這裡！
1/9	仲翊	快過年了，今天來尋找些參考資料，也稍微把這裡整理了一下，掃掃地，擦擦桌椅。儘管從這裡可以聽見民族路上車水馬龍的聲音，不過，每次在這裡待上半天，總可以使心境平和沈穩

		許多，看著這些書，也會感受著一股熟悉的味道。去年的現在，和俊芬一起努力的幫老師趕著稿子，轉眼又是一年，俊芬也即將從日本回來，人世的變化，真的很大，雖然遙遠，還是祝福老師……。
3/2	仲翊	來借、還書。
3/28	俊芬	很高興來這裡，學長們辛苦了。我都沒有幫上忙，對不起！不過，我很喜歡這個圖書室，我要求令元給我來看這些書，不要讓它們睡太久啊！我回來了！（大叫！）見書如見人，好感動，好親切……好捨不得……五味雜陳！！我要好好加油了！頑強！我覺得老師一直在我旁邊呢！尤其是今天上漢字教學，上得很順，我想老師來助我一臂之力嘍！謝謝老師！
3/31	仲翊	今天帶來了兩本書，一是《郭店楚墓竹簡研究－文字考釋》，這是去年老師最後來不及完成的國科會報告，彥遂花了很大的心力編輯排版後完成才結案的，托我帶過來，只有薄薄的不到三十頁，……真令人心酸！另一本是文字

		學會重新刊印的《文字論叢》第一輯，這是老師在秘書長任內就開始要做的工作，經過許多人的努力，key-in，到排版，我還是要特別推崇彥遂一下，那一段時間，他實在出了很大的心力……。 快屆滿一年了，將這兩本書送來這裡，實在也有著重大意義，這是老師的完美句點。自從陳老師任文字學會理事長以來，已經辦了第 11 屆南師的研討會以及 12 屆銘傳的研討會，下一屆已經確實要到花失去開。這次在銘傳，多虧了有燕梅學姊全力配合與支援，……老師的苦心，總算有了印證！ 4 月 7 日下午又要到佛光山去參加法會，面對老師，希望我這一年來的表現，還不致令老師失望才好。
4/4	gfeng	今天是兒童節，清明節，下午在梅香姐之家待到晚上，幫忙論文集的工作。學姐很辛苦，手還受傷了，真是心疼！我們奮戰了一天（我沒有學姐久）明天大概可以將初稿孵出，帶去給孔老師看！

		晚上來找三個資料，多虧元元幫忙，不過還是沒有找到……元元先一步棄我而去，嗚……丟我一個人在這裡……，我也要走了，下次再來。
5/1	令文	呵呵！從今天起我就要開始住在這兒了，請大家多多指教。
5/4	仲翊	早上和彥遂來查閱資料，發現似乎有人來住在這裡的跡象，真不好意思！還好我們進門前都會先按門鈴……原來是令文，這裡的確是專心讀書的好地方，相信令文在這裡一定可以有更大的進步。加油！
5/19	仲翊	今天把以前老師國科會計畫的一些檔案帶來，讓它們也在這裡保存下來，學校只剩下那些電腦，以及私電腦相關的東西了。
5/21	令文	RO 已經可以使用了，所以如果需要飲水可自助喔！至於水壺旁的那罐液體是素姿姐家做的，記得要多加點水，免得被酸到了。
7/20	仲翊	好久沒來了！今天和彥遂一同來還書，借書和查閱資料，以後還是應該常常來查閱資料才是，但是希望不會打

		擾到令文才好。
8/2	仲翊	來還幾本書，發現老師有好些舊書，封面早已經破損，所以，就用透明膠帶土法修補了一下，至少不會四散離析，當然，這也不可能一次就全部都修補好，幾本較嚴重的先處理，以後隨見隨補，還是有點用吧。

國家圖書館出版品預行編目資料

孔仲溫教授逝世五週年紀念文集

孔仲溫教授逝世五週年紀念文集編輯委員會編. – 初版. – 臺北市：臺灣學生，
2005[民 94]
面；公分

ISBN 957-15-1290-7(精裝)

1. 中國文學 – 論文，講詞等
2. 中國語言 – 論文，講詞等

820.7　　94023456

孔仲溫教授逝世五週年紀念文集（全一冊）

編　　者：孔仲溫教授逝世五週念紀念文集編輯委員會
出 版 者：臺灣學生書局有限公司
發 行 人：盧保宏
發 行 所：臺灣學生書局有限公司
臺北市和平東路一段一九八號
郵政劃撥帳號：00024668
電話：(02)23634156
傳眞：(02)23636334
E-mail：student.book@msa.hinet.net
http：//www.studentbooks.com.tw
本書局登記證字號：行政院新聞局局版北市業字第玖捌壹號
印 刷 所：長欣彩色印刷公司
中和市永和路三六三巷四二號
電話：(02)22268853

定價：精裝新臺幣六五〇元

西元二〇〇六年一月初版

80281

ISBN 957-15-1290-7(精裝)